dtv

›Treue und Verrat‹ bildet den Abschluß von Tišmas großem fünfbändigem Romanzyklus und reicht zeitlich am
weitesten voraus, bis in die Mitte der sechziger Jahre. Auch
im sozialistischen Novi Sad ist die Vergangenheit des
»Dritten Reichs« überall präsent. Am Beispiel Sergijes
stellt Tišma die Frage, ob auf dem heillosen Grund der
Geschichte menschliches Glück noch gedeihen kann. »Das
ist das Verstörende an Tišmas Werken: Der Mensch ent-
kommt sich nicht; er ist im Guten wie im Bösen dazu verdammt, eine fremde Wirklichkeit zu erschaffen, aus der es
nur einen Ausweg gibt – den Tod.« (Andreas Breitenstein
in der ›Neuen Zürcher Zeitung‹)

Aleksandar Tišma wurde 1924 im ehemaligen Jugoslawien
geboren und wuchs in Novi Sad auf. 1944 trat er in die ju-
goslawische Befreiungsarmee ein. Nach dem Krieg arbei-
tete er als Journalist und Verlagslektor. Er lebt in Novi Sad.
Auf deutsch sind außerdem erschienen: ›Der Gebrauch des
Menschen‹ (1991), ›Die Schule der Gottlosigkeit‹ (1993),
›Das Buch Blam‹ (1995), ›Die wir lieben‹ (1996) und
›Kapo‹ (1997).

Aleksandar Tišma

Treue und Verrat

Roman

Deutsch von
Barbara Antkowiak

Deutscher Taschenbuch Verlag

Von Aleksandar Tišma
sind im Deutschen Taschenbuch Verlag erschienen:
Der Gebrauch des Menschen (11958)
Die Schule der Gottlosigkeit (12138)
Das Buch Blam (12340)
Die wir lieben (12623)
Kapo (12706)

Ungekürzte Ausgabe
Februar 2001
Deutscher Taschenbuch Verlag GmbH & Co. KG,
München
www.dtv.de
© 1983 Aleksandar Tišma
Titel der serbischen Originalausgabe:
›Vere i zavere‹ (Nolit, Belgrad)
© 1999 der deutschsprachigen Ausgabe:
Carl Hanser Verlag, München · Wien
Umschlagkonzept: Balk & Brumshagen
Umschlagfoto: © Premium/ibid
Satz: Fotosatz Reinhard Amann, Aichstetten
Druck und Bindung: C. H. Beck'sche Buchdruckerei,
Nördlingen
Gedruckt auf säurefreiem, chlorfrei gebleichtem Papier
Printed in Germany · ISBN 3-423-12862-3

Die Aufforderung zum Kauf oder Tausch der Wohnung fällt wie eine irrtümlich ausgebrachte Saat auf unfruchtbaren morastigen Boden. Der Zahnarzt Rudić weicht müde den modernen Strömungen aus, seine Frau ist beschäftigt mit den Scherben ihres Gefühlslebens. Er will seine Ruhe, sie erblickt Anzeichen für Untreue in seinen furchtsamen Versuchen, allein zu sein. Zum erstenmal in ihrer vierzigjährigen Ehe ist sie eifersüchtig auf ihn, denn er ist ihr zum erstenmal überlegen. Sie wird von niemandem mehr gebraucht, während er nach ihrer Meinung für andere Frauen noch begehrenswert sein oder sich das zumindest einbilden könnte. Sie beurteilt ihn nach dem, was sie selbst an seiner Stelle tun würde. Er hat noch Gelegenheiten. Jeden Vormittag geht er in die Ambulanz, zieht den weißen Kittel an, den ihm seine Assistentinnen waschen und stärken; sie führen ihm wie Kupplerinnen junge, füllige, zutiefst ergebene Patientinnen zu, die er bei der Untersuchung und Behandlung auf dem Stuhl in fast liegende Position versetzt und sich dann über sie beugt, seine Spiegel und Bohrer und Zangen und Finger in ihre geöffneten Münder schiebt. Ihr Inneres steht ihm zur Verfügung, zum Betasten, zum Kneifen, was auch immer. Er bringt sie dazu, wie Schafe »aaa« zu blöken, streift und zupft sie und bedrängt mit seinem schon schlaffen Greisenbauch und den mageren, knotigen Knien ihre schwellenden Hüften, an denen er sich heimlich und gierig reibt.

Das alles hat sie viele Male durchgemacht, als passive Gegenseite, mit einem fast wollüstigen Schauder und einer Ahnung ähnlicher Empfindungen bei jenen zufälligen, jetzt schon halbvergessenen Zahnmedizinern, die sie aufsuchte, als sie noch um das Strahlen ihres Lächelns bangte. Also denkt sie nicht daran, ihren Mann vom Verdacht sündiger

Gedanken zu befreien. Sie sieht ihm ins Gesicht, wenn er zum Mittagessen kommt, belauert das Zittern seiner Finger, wenn er nach dem Löffel greift und das Brot bricht; sie kontrolliert Hemdkragen und Krawatte; ist etwas verrutscht oder aufgeknöpft, gibt es verräterische Lippenstiftflecke? Findet sie keine Spur von Vergehen und Sünde, fühlt sie sich noch schlimmer hintergangen. »Was hast du heute gemacht?« attackiert sie ihn mit ihrer dünnen, russisch zwitschernden Stimme, anfangs leise, dann, unzufrieden mit den gleichgültigen Antworten, die er durch Müdigkeit rechtfertigt, immer gereizter, immer fordernder: »Wen? Wann? Warum? Mit wem? Weshalb?« Um am Ende zu explodieren: »Als wüßte ich nicht, wie du dich amüsierst, altes Ekel!« Der Löffel fällt in den Teller, etwas Suppe wird verschüttet, der Zahnarzt greift sich ins verklebte graue Haar, seine Frau stößt den Stuhl um und läuft ins Schlafzimmer, er steht auf und geht mit steifen Schritten zwischen Fenster und Tür hin und her, versucht, die Zeitung zu lesen, sich mit einer Zigarette zu beruhigen, bis sein Blick den Tisch streift, das Geschirr mit den erkalteten Speisen, und ihn überkommt die Trauer der Nutzlosigkeit, der vergeblichen Mühe, der betrogenen Hoffnung auf Harmonie. Das hält er nicht aus, geht ins Schlafzimmer, um sie zur Rückkehr zu überreden, und da sie schweigt, setzt er sich an den Bettrand, spricht auf ihren schmalen, vom Schluchzen geschüttelten Rücken ein, daß er nur ihr Mann ist und an keine andere denkt, daß er wider Willen in der Ambulanz arbeitet, nur um durch das Honorar die Rente aufzubessern, und dann wird sein Flüstern drängend, weil er weiß, daß einzig er sie erweichen kann, und weil ihr Widerstand ihn reizt. Er kriecht zu ihr unter die Decke, versucht ihren Trotz durch Manneskraft zu brechen. Die keuchende Paarung betäubt für einen Moment, und er kann seine Frau dazu bewegen, den Tag dort fortzusetzen, wo er unterbrochen wurde. Aber in ihr bleibt ein Stachel von Bitterkeit und Mißtrauen, denn sie betrachtet sein erwiesenes Begehren als erzwungen und als Widerspruch zu seiner geheuchelten Erschöpfung.

Jetzt schweigt sie, während er sieht, daß sich der Abgrund wieder auftut, und sich bemüht, sie zu unterhalten; er schildert noch einmal den Arbeitstag, schmückt ihn aus mit überraschenden Vorfällen und selbstironischen Bemerkungen. Er macht sich im Haushalt zu schaffen, öffnet eine Flasche Wein, schenkt ihr ein, schlägt vor, einen Brief an Sergije zu schreiben, einfach so, obwohl er dieser Tage kommen soll. Mit voller Absicht erwähnt er ihren gemeinsamen, so erwachsenen, gescheiten, erfolgreichen Sohn. Und damit erreicht er tatsächlich, daß sie sanft, auch ein bißchen traurig wird, weil Sergije nicht hier bei ihr ist, sondern nur einmal in der Woche pflichtschuldig zu Besuch kommt, und das mehr zum Vater, mit dem er immer vertrauliche Gespräche führen kann, während er sie, die Mutter, gar nicht sieht, sie kühl und abwesend küßt; sie weiß, daß sie ihn an die andere verloren hat, seine Frau, die ihn mit ihrer vorgeblichen Zartheit und Schwäche behext hat, was nur ein Vorwand ist, ihn und vor allem sich selbst von ihnen, seinen Eltern, fernzuhalten, die ihr offenbar nicht gut oder vornehm genug sind, so daß sie ihnen das eigene Enkelkind vorenthält. Alle weichen ihr aus, alle schieben sie weg, weil sie alt ist: solange du jung bist, mögen dich alle, aber im Alter wirst du zur Last. Rudić stimmt dem nicht zu, er hat, obwohl alt, noch seine Interessengebiete, er vertieft sich gern in eine Fachzeitschrift, in ein Memoirenbuch, in die Presse, aber vor allem liegt ihm daran, sie nicht im Sumpf der Verzweiflung versinken zu lassen, also widerspricht er, während er allein trinkt, weil sie vom Wein Sodbrennen bekommt. Und damit liefert er einen neuen Anlaß für Bitterkeit, denn er findet auch in diesem ordinären Vergnügen Trost, er lebt auf, seine Augen verschleiern sich wie einst, er redet ungehemmt, hat schnelle, kühne Gedanken, verjüngt sich. Und was wird sie verjüngen? Nichts. Mit diesem Seufzer legt sie sich abends zu ihm, der zu schnarchen beginnt und sie verletzt und schlaflos allein läßt.

Sergije kommt wirklich pflicht-
schuldig und widerwillig zu Besuch, der auch, was seine
Mutter nicht weiß, eine Zuflucht ist. Er würde das nie
eingestehen, obwohl er ahnt, daß er sie damit begütigen
könnte. Aber er braucht ihr Verzeihen nicht, will nicht trä-
nenreich an die Mutterbrust gedrückt werden. Er hat sich
entfremdet von diesen Brüsten unter den Blusen und Kleidern, die auf abfallenden Frauenschultern sitzen, er hat
sich entfremdet, weil sie das Siegel vom Fall des Vaters tragen. Deshalb entfremdet er sich auch vom Vater, obwohl er
ihm sehr nahe, ja ähnlich ist. Derselbe knochige Körper-
bau mit heller Haut und hellem Haar, das kantige Gesicht
mit niedriger, steiler Stirn; dieselbe Zielstrebigkeit, Ar-
beitsfreude, Neugier. Als all diese Eigenschaften bei Sergije noch ungefestigt und unausgeprägt waren, fand er in
seinem Vater dafür eine Art Vorbild. Er wollte so werden
wie dieser tagsüber geheimnisvoll abwesende Mann, der
mit energischem Schritt und Gruß nach Hause kam, des-
sentwegen eilig der Tisch mit Aufschnitt und Käse und
einer nur für ihn bestimmten Flasche Wein gedeckt wurde;
der über die aufgeschlagene Zeitung hinweg sein festes
Wort der Erfahrung verkündete.

Aber so wie er ihm durch Aussehen und Naturell
näherkam, so fiel auf das Vorbild ein immer dichterer und
nebulöserer Schatten. Diesen Schatten verursachte das
Strahlen der Mutter, ihre Unterwürfigkeit mit dem Teller
in der Hand und den gesenkten Augen, der der Vater seine
Festigkeit entgegensetzte wie ein großes, steifes Glied.
Dieses Spiel von Licht und Schatten entdeckte Sergije
nachträglich den Sinn jenes Flüsterns und Schlurfens, das
er nur flüchtig in seinem Kinderschlaf notiert hatte, und
das wie aus einem Spiegel einen spöttischen Blick auf seine

Verursacher zurückwarf. Der Mutter, die ihn in seiner Kindheit mit kleinlichen Erziehungslaunen gejagt hatte, konnte dieser Blick nicht mehr schaden, aber er war tödlich für jenen, der scheinbar souverän über sie herrschte. Er sah seinen Vater, jenes feste Mannsbild, als Gaukler, ähnlich jenen Gewichthebern und Feuerschluckern, die in nachmittäglichen Kinovorstellungen die Pausen füllten, und seine Worte klangen ihm wie das Geklapper, mit dem diese Darsteller auf ihre Heldentaten aufmerksam machten und zugleich den Betrug darin vertuschten. Der Vater befaßte sich mit Politik; als gebildeter Mann bäuerlicher Herkunft und nicht durch Staatsdienst gebunden, gehörte er der Opposition an; bei jeder Wahl verkündete er stolz, er habe gegen die Regierung gestimmt, und verhöhnte die feigen Beamten aus seinem Bekanntenkreis, die ihm heimlich zu seinem Mut gratulierten. Aber dieser selbe Mann liebte Militärparaden und nahm seinen Sohn mit zum Hauptplatz, wenn der König kam, er wies die Einladungen seiner Verwandten vom Dorf zurück, das er als seine Wiege pries, aber zum Hauspatronsfest holte er einen dickbäuchigen Geistlichen, damit er den Kuchen segnete, bewirtete ihn mit Wein und Gebäck, nickte demütig bei der Deklamation gottgefälliger Sprüche, die er sonst verlachte. Als Sergije einmal mit dem Regenschirm in die väterliche Praxis geschickt wurde, weil sich das Wetter plötzlich verschlechtert hatte, und die ausgetretenen Holztreppen zum ersten Stock des Hauses hinaufstieg, das er bisher nur von außen kannte, traf er den Magier aus seinen Phantasien dabei an, wie er mit dem Fuß den Motor des Bohrers betätigte und den Kiefer einer Frau behandelte, die ihre plumpen Beine gespreizt hielt und schmutzige Bergschuhe trug. Als Sergije ihm den Schirm wie ein Schwert in der Scheide hinreichte, ließ der Vater vom Bohren ab und flüsterte über dem aufgerissenen Mund eine Entschuldigung wegen der kurzen Pause, bis er seinen Sohn hinausbegleitet habe. Die Frau in den Bergschuhen gab Sergije die Hand, der Vater bedankte sich mit einer Verbeugung für die Freundlichkeit, als wollte er das Demütigende des eigenen Berufs und seine Abhängigkeit von dessen präziser und gewissenhafter Ausübung bestätigen. In dieser untertänigen Geste, die dem Standpunkt des Vaters so absolut widersprach, entdeckte Sergije voller Entsetzen etwas Fleischliches, das noch schlimmer als die nächtlichen Geräusche, nämlich weiblich, also widernatürlich war. Es war ein Punkt des Ekels, wonach man nur den Kopf wenden und weggehen konnte; aus dem Vater als Vorbild war eine Schande geworden. Aber diese in Unzufriedenheit und Vorsicht wurzelnde Schande wuchs im Augenblick der Verzweiflung und Reue zu einer kleinen, aber einzigen Festung im vernebelten Blick auf Heim und Leben; in seiner Todesangst schrieb Sergije dem Vater den ersten und letzten aufrichtigen Bitt- und Dankbrief, der im Grunde seine ganze jugendliche Rebellion entwertete. Und die beiden eigenen, späteren, gescheiterten Ehen weckten in ihm den Verdacht, daß er vielleicht selbst zu überheblich war in seiner Auffassung, daß die Beziehung zu einer Frau ohne List und Anpassung aufzubauen sei; allmählich erblickte er in seinem Vater einen Helden im Erhalt der Familie, die er selbst noch brauchte.

In Belgrad, wo er lebt, hat Sergije sie nicht mehr; er ist getrennt von seiner Frau, seinem Kind, dessen Schicksal er nicht beeinflussen kann; er sieht sich wie einen Obdachlosen, der sehnsüchtig auf ein helles Fenster blickt, hinter dem er voller Mitleid und Grauen nahe Personen ahnt, zu denen er nicht gelangen kann. Diese Einsamkeit, von der er weiß, daß sie aus seiner Unfähigkeit kommt, sich verantwortungsvoll männlich zu verhalten – was er früher seinem Vater so sehr vorwarf –, macht ihn weniger kritisch; an den arbeitsfreien Tagen mit dieser Erkenntnis zu leben bedeutet für ihn, sich endloser Selbstquälerei auszusetzen, und die Tatsache, daß es ein Heim gibt, wo man ihn annimmt und erwartet, liebt und sogar braucht, ist für ihn jetzt die gewachsene Festung jener selben Rettung, die im Dunkel der Todesgefahr vor ihm aufleuchtete. Das sind die Tage, da er Belgrad und seine Junggesellenwohnung hastig verläßt und zu Vater und Mutter nach Novi Sad fährt.

In diesem Wechsel der Umgebung liegt etwas wirklich Befreiendes. Ein Schweben, ohne daß man hierhin oder dorthin gehört. Beschränkung auf Zwischenzeit und Zwischenraum: etwa zwei Stunden, etwa achtzig Kilometer. In den ersten Jahren war das Instrument zu ihrer Überwindung die Eisenbahn, fast militärisch organisiert mit uniformierten Zugbegleitern, welche die Fahrscheinkontrolle wie eine Hausdurchsuchung praktizierten – sie wenden die Karten um und um, werfen flüchtige Blicke auf den Besitzer, als könnte man an ihm etwas Vorschriftswidriges feststellen, zum Beispiel daß er ein Kalb oder Krokodil ist, das sich unter die Menschen geschmuggelt hat –, ihr Bahnhof mit langen, dichtbevölkerten, zugigen und feuchten, sommers heißen, straßenähnlichen Durchgängen zu den Gleisen, mit Waggons, die sich wie Häuser bewegen auf den Schienen zwischen Städten, über Flüsse und durch Felder, mit zimmerartigen Abteilen, wo die harten und weichen Bänke nach Holz und Leder und Eisen riechen, nach menschlichem Atem, nach Urin aus den Klosetts, mit monotonem metallischem Gerumpel und breitem Fenster, aus dem sich der Blick öffnet auf die zurückweichende Landschaft, auf die Stationen, wo kurz gehalten wird, auf die an den Masten wippenden Stromkabel.

Dann entschied sich Sergije in den fünfziger Jahren für den immer dichteren Autobusverkehr, der pünktlicher und schneller, aber auch zwangloser war, mit gut zugänglichen, luftig gebauten Stationen und den davor geparkten gutmütigen großen Fahrzeugen, die man über zwei niedrige Stufen in letzter Minute besteigt, häufig ohne Fahrkarte, weil man sie auch beim Schaffner kaufen kann, einem hemdsärmeligen Jungen, der das Wechselgeld aus der Hosentasche fingert; die Sitze sind übersichtlich angeordnet und man bekommt sicher einen; man fühlt sich weniger in einem fahrenden Haus, wenn man schon das eigene vorsätzlich verlassen hat. Hier blickt man nicht sehnsüchtig aus dem von Mänteln verhangenen Fenster wie ein Gefangener aus der Zelle, sondern achtet mehr auf das Innere, die dicht und ohne Zwischenwände sitzenden Mitreisenden, ohne daß man sich auf ein Gesicht konzentrieren muß. Es ist eine Lotterie, mit der sich Sergije abfindet wie früher mit den strengeren, aber umfassenderen Regeln der Eisenbahn. Und er bemerkt keinen Unterschied, außer wenn er zufällig den ersten Autobus verpaßt, den Zugbahnhof betritt – der in Belgrad wie in Novi Sad gleich neben der Autobusstation liegt –, den Zug besteigt und sich an frühere Fahrten erinnert. Dann entsinnt er sich zehn Jahre alter Gesichter und Gestalten von Schaffnern und Reisenden, die ihm von selbst nie eingefallen wären, bestimmter Gesprächsfetzen, eines Mannes, der in einem Nachtzug die ganze Zeit aus hohler magerer Brust hustete und dabei trotzdem eine Zigarette nach der anderen rauchte, ohne daß seine gegenübersitzende Frau ein einziges Mal protestierte; einer kräftigen Bäuerin, die auf der gemeinsamen Heimfahrt mit einigen Eisenbahnern über ihren allen bekannten abwesenden Mann lästerte; eines barfüßigen, zwergenhaften und wie mottenzerfressenen Bauern mit Trachtenmütze, dem Sergije mitleidig eine Zigarette anbot und der lang und breit seine Wanderungen durch die Bačka auf der Suche nach Saisonarbeit schilderte, zu der er durch die Kärglichkeit des eigenen Besitzes gezwungen war.

Wo sind jetzt diese Menschen, fragt sich Sergije und stellt sie sich zehn Jahre älter vor oder schon gestorben, starr und verwest unter der Erde, und ihm scheint, daß diese Fahrten zwischen Belgrad und Novi Sad und zurück die einzige Wirklichkeit sind, die ihre Entwicklung und ihre Konflikte hat, die Veränderungen und Altern mißt, während die Ziele, denen er zustrebt, in Reglosigkeit verharren. Dann erkennt er, daß das eine Täuschung ist, daß sich die Dinge hier wie dort verändern; nur die Wiederholung läßt sie verblassen im Vergleich mit den Gestalten, welche die Erinnerung wie ein Blitz erleuchtet, und daß jedes Geschöpf, er selbst und seine Eltern, seine Frau und seine Tochter, unter so einem Blitz unwiederholbar und einmalig wird. Diese Erkenntnis macht ihm angst, er sieht ein, daß der Augenblick der Unwiederholbarkeit und Einmaligkeit irgendwann und zufällig eintreten kann, und dann noch mehr, als er gewahr wird, daß dieser Augenblick bereits eingetreten ist und daß alle, zu denen er fährt und von denen er wegfährt, mit ihm zusammen eine Summe so markanter, geformter, leicht definierbarer, da endgültiger Individuen darstellen.

Die Endgültigkeit stößt ihn ab. Er stellt sich gern vor, daß diejenigen, die von ihm abhängen und von denen er abhängt, noch nicht endgültig sind, korrigierbar, einer neuen, künftigen Formung unterworfen. Sich selbst sieht er tatsächlich so. Als träte er erst jetzt ins Leben und könne über dessen Richtung entscheiden, und als wären diese Fahrten Erkundungsmärsche in die eine oder andere Möglichkeit, die er wählen kann. Oder aber in keine, weil ihm beide beschwerlich sind. Leicht ist es nur, solange er unterwegs ist und die Fahrt genießt und nicht an ihr Ziel denkt. Er ist einfach ein Körper, der auf dem hölzernen Sitz des Zuges oder dem gepolsterten des Busses zusammen mit anderen, ihm gleichgültigen Körpern darauf wartet, daß die rumpelnde Fahrt endet. Wobei er nur sein Gewicht fühlt, seine Konturen, die sich an anderen lebenden oder nichtlebenden Konturen reiben, Hunger oder Durst hat, ungeduldig oder schläfrig ist, friert oder schwitzt.

Wie auf jener zusammen mit Franz Schultheiß und Milivoje Vujošević geplanten Reise nach Afrika zu den riesigen Schwarzen, die erhobenen Hauptes durch die Savanne reiten, Elefantenzähne auf der Schulter und begleitet von fernem, dumpfem Trommelklang. Das sollte eine Reise ohne Ziel werden, einzig um wegzugehen, zu entfliehen, wobei der Ausgang dem Zufall des nächsten Schrittes, des nächsten Augenblicks überlassen war. Aber die Reise kam nicht zustande, sie blieb ein Wunsch und wohl deshalb bezeichnend für alle, die er unternommen hat oder unternehmen mußte. Und die auch nicht so ausfallen, wie er sie sich vorstellt, wie jetzt im Zug oder Bus zwischen Belgrad und Novi Sad. Das Fahrzeug hält, er steigt aus, empfangen von der Luft des bekannten Ortes, der bekannten Straßen, aus denen er in keinen Zufall und nichts Unvorhergesehenes entweichen kann, sondern die ihn, die eine wie die andere, ans Ziel führen, das unerwünschte Ziel, das nur ein Ersatz für den ebenso unerwünschten Ausgangspunkt ist. Ein Deckel hebt sich und läßt ihn unter den anderen, ebenso erstickenden schlüpfen. Der einzige Trost in diesem Augenblick ist die Erkenntnis, daß die Rückkehr bevorsteht, die Fahrt an jenes andere Ziel.

Bei einem Besuch in Novi Sad im März 1962 erfährt Sergije, daß die Wohnung seiner Eltern den Besitzer gewechselt hat; sie gehört nicht mehr dem Staat, sondern den Erben von Jakob Lebensheim. Die Nachricht wird Gegenstand vorübergehender Aufmerksamkeit und wie alle im Verlauf der Woche angesammelten Nachrichten auf den für den Gast gedeckten Eßzimmertisch geschüttet. Da sind die dünnen Teetassen, der silberne Samowar aus dem Erbe der Sarubins, da sind die Honig- und Nußplätzchen, die Sergijes Mutter in der Konditorei kauft, weil sie keine Zeit hat, selbst zu backen. Und da sind die fast gegenständlichen, disharmonisch klirrenden Mitteilungen über die unangemessen hohe Wasserrechnung – weil bei dem Agronomen im dritten Stock die Leitung tropft –, über den Tod eines entfernten Bekannten, über das Rheuma der Mutter, weshalb sie vorgestern nicht aufstehen konnte, über den qualmenden Ofen, über die Topfpflanzen, die unter der Zugluft Schaden genommen haben, über die Katzen Topi und Ščuka, die von Gassenkindern gequält wurden oder über die sich die Nachbarn beschwert haben, weil sie in deren Speisekammer eingedrungen sind und Schaden angerichtet haben, über einen Film, über eine beunruhigende Zeitungsnotiz, über einen abgestatteten oder empfangenen Besuch. All das, vermischt mit ebenso angehäuften Fragen und Sergijes Antworten zum Wohlergehen von Frau und Tochter, zu seiner Arbeit und seinen Sorgen, zerfließt, verschwimmt im duftenden Teedampf, in der Süße von Honig und Nüssen, um schließlich in den unveränderten Gewohnheiten aufzugehen, die auch um diese zeitweiligen Familientreffen entstanden sind.

Nach dem Tee, der als Vespermahlzeit gilt, obwohl seine Stunde variiert, je nachdem, ob Sergije sich wegen einer samstäglichen Verpflichtung verspätet, reckt er sich, erklärt, er möchte sich nach der langen Sitzerei im Bus oder Zug die Beine vertreten, was er der Mutter wegen begründen muß, die sich gegen seinen nach ihrer Meinung hastigen Aufbruch ebenso sträubt wie sich der Zahnarzt Rudić darüber freut, dem er auch als Gabe zugedacht ist. Die Argumente pro und kontra kollidieren, die Mutter behauptet, Sergije sei sicher müde, draußen sei es kalt oder feucht oder windig, er wiederholt geduldig seinen Wunsch vor den kaum verhohlenen dankbaren Blicken des Vaters, bis der Widerstand nachläßt, sie beide im Vorzimmer nach ihren Mänteln greifen und scheinbar ohne Eile das Haus verlassen. Auf den Straßen im Karree um das Gebäude, die man zwei-, drei-, viermal durchquert, entfaltet sich ein Männergespräch über dieselben Themen, die schon bei der Begrüßung berührt wurden und bei den weiteren Tischsitzungen erörtert werden sollen, jetzt auf strengere, konzentriertere Weise und unter Verzicht auf unwichtige Einzelheiten, an deren Stelle der Bericht über das Wichtigste tritt, um am Ende alles andere zu verdrängen – über die Eheprobleme.

»Sie kennt kein Maß mehr«, erklärt der Vater und bleibt stehen, wie um sein Unverständnis zu betonen. »Dieses Klimakterium nimmt kein Ende, und das bringt mich noch um. Sie ist kleinlich geworden, launisch, ich erkenne sie nicht wieder. Ständig klagt sie über Schmerzen und Beschwerden, aber wenn ich ihr empfehle, mit mir zu einem Kollegen zu gehen, oder mich selbst informiere und ihr ein Medikament besorge, will sie nichts davon hören. Sie übertreibt ihre Probleme und sieht nicht, daß sie mit ihrer Panik selbst daran schuld ist. Weißt du, daß ich nach zweiundvierzig Jahren Ehe fast an Scheidung denke?«

Sergije fühlt sich unbehaglich, weil er es nicht mag, dauernd stehenzubleiben und von den Passanten beobachtet und belauscht zu werden, und weil er diese Vertraulichkeiten als unpassend und geschmacklos empfindet. Er glaubt ihnen schon lange nicht mehr, denn wann immer er in früheren Jahren geraten hat: »Na gut, laß dich scheiden«, hat es sich gezeigt, daß dem Vater nur an einem Zeichen des Verständnisses lag und nicht an einer wirklichen Veränderung, für die er keine Kraft hat. Sergije also schleppt den Schritt des Vaters und seine Worte wie eine klebrige, zähflüssige Masse durch die Straßen, er weiß, daß beide ermüden werden, und er bringt den erleichterten, fast erheiterten Alten in das zurück, was als Hölle beschrieben wurde.

»Ha, das Abendessen duftet schon von weitem!« – so betreten sie die Zimmer, die wirklich nach heißem Fett und Zwiebeln riechen, denn es gilt, daß Sergije während dieser zwei Tage die dreifach längere Entbehrung in der Großstadt wettmachen muß. Er und der Vater setzen sich zu Tisch, aber aus der Küche erheischt die Mutter mit Fragen und Forderungen die Aufmerksamkeit des Sohnes: ob er Hunger habe, wie es draußen sei, oder mit einer Neuigkeit, die sie ihm beim Vesperbrot nicht mitgeteilt hatte; also steht er auf, geht hinüber in die warme und fettdampfende Küche, gibt Antworten, hört zu, weicht der Mutter aus, die mit Tiegel oder Kochlöffel ohne Spur von Krankheit umherläuft; der ungeduldige Vater fordert ihn auf, vor dem Essen ein Gläschen Schnaps zu trinken; er folgt, trinkt, kehrt auf den Ruf der Mutter zurück und sieht, wie sich inzwischen das Geschirr auf dem Herd und unter der Spüle stapelt und alles zu verstopfen droht. Das Essen wird auf dem Tisch serviert, den die Mutter in ihrer Hast noch nicht abräumen konnte; das Teeservice und die Schnapsgläser nebst Flasche werden beiseite geschoben, und während die Mutter die Teller hinstellt, bringt der Vater das benutzte Geschirr in die Küche, wo der Stapel noch gefährlicher anwachsen wird.

Sie machen sich ans Essen, das köstlich ist, wenn auch für Sergije schwer, weil er der Zutaten und Gewürze seiner Mutter entwöhnt ist, aber gerade deshalb reizt es zur Unmäßigkeit. Teller und Weingläser werden herumgereicht, Fleisch wird geschnitten, gedünstetes Gemüse aufgespießt, geschmatzt, und allmählich wiederholen sich die schon gehörten Neuigkeiten über den Rheumaanfall von vorgestern, über die Probleme mit Topi und Ščuka, ergänzt durch weitere Einzelheiten, so auch die Überführung der Wohnung in Privateigentum. Wessen Eigentum, wird nicht klar, trotz der langen Erörterung der verwandtschaftlichen Beziehungen, mit dem alten Lebensheim an der Spitze, von dem der Zahnarzt Rudić nach Verhandlungen im selben Haus die Wohnung gemietet hat.

Hier, eine Etage tiefer, hat Lebensheim gelebt und ist später still gestorben, gepflegt von einer Enkelin, die seine Wohnung geerbt und verkauft hat, nicht jedoch die von Rudić, denn das Haus ist irgendwann in den fünfziger Jahren verstaatlicht worden. Sie debattieren lange darüber, ob vor oder nach Lebensheims Tod, als das Abendbrot schon gegessen und reichlich mit Wein begossen ist, vor sich das unabgeräumte Geschirr mit den erkalteten roten Fetträndern. Aber das ist nicht wichtig, stellt sich heraus, da die Erbin ihrer Wohnung nicht die Enkelin ist, die Lebensheim gepflegt hat, im übrigen verheiratet mit dem Serben Milan Stepanov, den Sergije sehr gut kennt, sondern eine andere Enkelin, die in Deutschland oder Österreich oder so lebt. Sergije fährt zusammen, er erinnert sich nicht nur an Stepanovs einstige Freundin, die wirklich Deutsche war, sondern auch an ihre etwas jüngere Kusine, ein schon vor dem Krieg attraktives Mädchen mit langen blonden Zöpfen und geraden Beinen; er fragt, ob es vielleicht dieselbe ist, die mit seinem Banknachbarn aus der Schule, Franz Schultheiß, befreundet war; aber die Eltern wissen nichts darüber.

Es wird still unter ihnen, die Bilder längst vergangener, gefährlicher und bewegter Jahre tun sich auf, sie folgen ihnen mit ein paar kurzen Worten, Sätzen, die sich wie lange, kalte Nadeln in die Stille bohren, aber dort, wo sie einstechen, heiße Verbrennungen verursachen, um die der Dampf einer untergegangenen Zeit weht. Sie beugen den Kopf, weil dies Versunkene sie mehr als alles in der Gegenwart vereint, sie verjüngen sich um zwanzig Jahre; die Rudićs sind Menschen in voller Kraft, eifrig miteinander und krampfhaft mit der Rettung ihres Einzigen beschäftigt; Sergije ist ein wilder junger Bursche, der ihnen entkommen will in die Welt. »Ja, ja«, sagt schließlich jeder für sich, verknüpft durch die Bänder der Vergangenheit, über die sie miteinander nicht sprechen, weil sie fühlen, daß diese in Wirklichkeit nur ihre eigenen sind; dieses Gefühl trennt sie wieder und nähert sie der Gegenwart.

Es ist spät, fast Mitternacht; die Mutter läßt schon müde die Schultern hängen, obwohl sie sich bemüht, munter und möglichst lange mit ihrem Sohn zusammenzusein; der Vater leert eilig sein Glas Wein, betäubt sich oberflächlich für das Alleinsein mit seiner Frau. Sergije durchschaut sie, er fühlt, daß sich über dem Tisch statt dem verflogenen Fettgeruch der Gestank von Haß und ungewollter Anziehung verbreitet; er erklärt, es sei Zeit zum Schlafengehen. Sie stehen auf, die Mutter bringt hastig das Bettzeug in sein Zimmer, er und der Vater bemühen sich, nicht im Weg zu stehen. Noch ein paarmal begegnen sie sich vor dem Bad, wechseln Seufzer und Schulterklopfen, während das Wasser rauscht, zuerst Sohn und Mutter, dann Vater und Sohn, aber schon werden sie von der Mutter ermahnt und verabschieden sich, zwei Männer, von denen der eine sich noch für seine heutigen Vergehen rechtfertigen muß und der andere in der Einsamkeit bekannten, quälenden, gedämpften heimischen Geräuschen lauschen wird.

Der Sonntag steht nicht mehr unter dem Druck der abgelagerten Ereignisse, welche die Erinnerung hervorholt, um sie an den Nichtbeteiligten, Beurteilenden weiterzugeben; wenn in seinem Verlauf Spannung auftritt, so kommt sie von der Nähe des Abschieds. Sergije erwacht in einer Wohnung mit geschlossenen Vorhängen zwischen Schatten und Flüsterworten, die unwillkürliche Ahnungen wecken, aber deren wirklichen Sinn schwere Schritte und das Scharren des Schüreisens im Ofen verraten; sie machen einen Bogen um ihn wie um einen Patienten, und er kommt sich wirklich schwach vor und behütet wie während einer Kinderkrankheit. Er bleibt mit geschlossenen Augen liegen und empfindet leichte Gewissensbisse, aber auch Befriedigung, wie bei einer listigen Selbstverteidigung. Er wartet, bis die Stimmen verebben, erkennt an ihrer ausklingenden Schärfe, daß alle Anweisungen erteilt und die Ausführenden verschwunden sind, also steht er träge auf, wie er das in Belgrad nicht mehr tut, tastet mit den Füßen nach den bereitstehenden Pantoffeln des Vaters, tritt ans Fenster und blickt zwischen den Ritzen der Jalousie lange auf die Straße.

Ihr vor ihm liegender Abschnitt ist still und verlassen; nur an der Ecke vor der ukrainischen Kirche, die er nicht sieht, versammeln sich Frauen in Kopftüchern und Männer mit dunklen, in die Stirn gezogenen Hüten; er hört, wie sich zwei Passanten unter dem Fenster begrüßen, bevor sie weitergehen. Das ist das Novi Sad seiner Knabenzeit, erstarrt in den seltsamen, bis zur Unverständlichkeit verworrenen Ritualen geschlossener, wortkarger Gruppen, die er zerschlagen wollte, weil sie ihn erstickten. Jetzt ersticken sie ihn nicht, sondern geben ihm das Gefühl, daß er sich hierher verirrt hat wie in ein düsteres und kaltes Wirtshaus, wo niemand bedient wird. Verglichen mit diesem Eindruck blitzt Belgrad in seinem Bewußtsein lebhaft und heiter auf: das Getöse der Straßenbahnen und Lastautos, die lauten Stimmen der Menschen – der einzigartige, streitlustige Reiz der Großstadt. Hier aber ist alles gedämpft, wozu er auch selbst beiträgt, indem er lautlos hinter der Jalousie steht wie im Hinterhalt. Oder wie einst in der Gefängniszelle oder in Erwartung der Agenten. Er erinnert sich an Patak, weiß, daß er kommen wird, und wenn nicht, wird er ihn selbst aufsuchen. Denn Patak ist ein Bestandteil des Sonntagsprogramms in Novi Sad, ein Teil dieser Wallfahrt. Wie eine rituelle Waschung. Und er geht seufzend ins Bad. Es ist alt wie alles in diesem Haus und riecht säuerlich nach einem eingeweichten Wäschestück oder nassen Handtuch. Er wäscht sich, putzt sich die Zähne, und schon ruft aus der Küche die Mutter, die ihn gehört hat und überflüssigerweise kontrolliert, ob er aufgestanden ist. Er knurrt etwas durch die zusammengebissenen Zähne, die er bürstet, trocknet sich ab und macht sich auf, ihr Gesellschaft zu leisten. Aber zuerst ihren Katzen, denn die kommen ihm stolzierend entgegen, streifen mit Rippen und Schwänzen den Türrahmen, beide graugetigert, mit kleinen Köpfen und hellgrünen Augen, Mutter und Tochter, die keinen Generationsunterschied mehr zeigen.

»Topi! Ščuka!« begrüßt er sie, geht in die Hocke, krault ihr seidiges Rückenfell und dann ganz zart die empfindlichste Stelle hinter den Ohren. Sie recken sich, schnurren, seine Finger haben die beabsichtigte Wirkung erzielt, was ihn befriedigt. Er liebt die Tiere wegen ihrer Berechenbarkeit als Beweis seiner Macht und denkt bedauernd, daß man bei Menschen viel kompliziertere Tricks anwenden muß, um sie zu gewinnen. Die Katzen bieten in diese schwierigere Art keine schlechte Einführung, woran ihn in diesem Augenblick die Mutter erinnert: sie vergöttert Topi und Ščuka und ist bereit, ihretwegen ihre zweite Liebe zu vergessen, derentwegen sie am Herd steht, und danach auch ihre dritte. Sie erscheint in der Tür, zierlich, mit ihrem schmalen länglichen, von schütterem, unordentlichem rötlichgefärbten Haar umrahmten Gesicht, betrachtet gerührt die Szene, begegnet mit zärtlichen Augen – die grünlich und funkelnd sind wie die der Katzen – dem Blick des Sohnes.

»Ihr habt ihn gefunden, meine Lieben?« sagt sie, halb auf russisch, wie immer, wenn sie mit ihnen spricht. »Ihr habt ihn erkannt?« Und während er sich aufrichtet, schildert sie ihm ausführlich, daß sie sie schon frühmorgens vor der Tür angetroffen hat, wohin sie sich aus dem Keller gestohlen haben, »als wüßten sie, daß du hier bist und daß sie deshalb heute ein gutes Frühstück bekommen«. Natürlich wissen sie es, behauptet sie weiter, und Sergije bejaht das gern, tritt zu ihr, berührt ihr schlaffes Gesicht mit den Lippen, um sich dann an den Tisch zu setzen. Dieser ist bis zur Hälfte mit gestapeltem Geschirr und zur anderen mit einem Tafeltuch bedeckt, darauf Tasse, Brot, Butter, und vom glühenden Herd dampft frischer Kaffee. Die Katzen folgen dem Gast auf den Fersen, reiben sich an seinen Waden, erkunden mit federleichten Vorderpfötchen die Gastfreundschaft seines Schoßes, um sich gleich darauf dort niederzulassen.

»Oho!« tadelt er sie und schüttelt sie mit einem Schenkelzucken sanft ab, um sich dem Frühstück widmen zu können, das er auch gleich lobt – das knusprige Brot, die frische Butter –, worauf die Mutter mit zweideutigem Lächeln antwortet: »Bedank dich bei Papa! Er ist früh aufgestanden, damit du bekommst, was du gern magst; es ist das einzige Mal in der Woche, wo er auf mich hört«, endet sie mit schiefem Mund. »Aber Mama«, versucht Sergije sie zu begütigen, »an den anderen Tagen geht er arbeiten!«, womit er jedoch bei ihr nur eine geringschätzige Bemerkung hervorruft: »Ja, er rennt zu seinen Schwestern.«

Es droht ein Gewitter, und Sergije wechselt schnell das Thema, fragt sie, wie sie sich heute morgen fühlt, und als er hört, daß sie Stiche im Bein hat, die sie seit dem letzten Winter quälen, beginnt er einen didaktischen Vortrag über die Nützlichkeit von Bädern, deren eines zum Glück auch in Novi Sad existiert, und wenn es sogar von Leuten aus Serbien und Bosnien besucht wird, warum sollte nicht seine Mutter, die hier lebt, davon Gebrauch machen. Die Mutter jedoch unterbricht ihn schroff und erklärt, daß der ganze Haushalt auf ihren Schultern laste, weshalb sie nicht an sich selbst denken könne; ja, wenn er, ihr Sohn, in der Nähe wäre … Zum Glück hat er da sein Frühstück schon beendet, steht mit einer bedauernden Geste auf und kehrt in sein Zimmer zurück. Die Katzen folgen ihm voller Hoffnung, doch er sieht sie nicht mehr an und weist sie damit schmerzlos von sich; er rasiert sich, zieht sich an und ruft von der Tür aus:

»Mama, ich geh zu Patak!«, was sie nicht hindert, in der Diele zu erscheinen. »Wieso denn, er war vor ein paar Tagen hier«, was nur eine Ausflucht ist. Patak kommt zu ihr wie auch zu anderen Bekannten, die keine Haushaltshilfe haben, um Teppiche zu klopfen und Fenster zu putzen, aber die Mutter will Sergije zugleich auf diese neue Rolle seines Freundes hinweisen. »Da habe ich ihn nicht gesehen«, erklärt er, ohne hinzuzufügen, obwohl er es eigentlich sollte, daß er das erste Recht auf Patak und andere, außergeschäftliche Gründe hat, ihn zu sehen. Die Mutter stört sich offenbar gerade daran, aber auch sie läßt sich auf keine Auseinandersetzung ein, sondern wirft ihm nur einen verzweifelten Blick zu.

»Und Papa?« jammert sie noch. Aber er wiegelt ab.

»Wir sehen uns zu Mittag. Ich bin pünktlich.« Das entwaffnet sie für einen Moment, den er nutzt, um unmerklich die Tür zu schließen. Erleichtert geht er zu Patak und kehrt nicht besonders pünktlich zurück, um am sonntäglichen Mittagsmahl teilzunehmen. Obwohl das Essen fertig ist, wird es unter Verzögerungen aufgetragen, weil sich im letzten Moment herausstellt, daß nicht genug Geschirr da ist, was unter nervösem Streit zwischen Vater und Mutter bereinigt wird. Sergije beruhigt sie: »Ich habe es nicht eilig«, und er hält diese Verzögerung wirklich für einen Gewinn, der den familiären Dialog verkürzt. In dem er für keine Seite mehr Partei nehmen kann, ohne das Gleichgewicht zu stören.

Deshalb geht er weniger unwillig als sonst auf die Fragen der Eltern nach Schwiegertochter und Enkelin ein, die am Vorabend wegen der dringlicheren Probleme vernachlässigt worden waren. Ja, Ljiljana geht es ganz gut, man hat sich vor kurzem gesehen, und die kleine Stojanka besucht, soweit er weiß, regelmäßig die Schule, wo sie gute Noten erhält, Fortschritte macht und gehorsam ist. Natürlich machen sich weder der Berichtende noch die Zuhörer Illusionen über diese zwar wichtigen, aber flüchtig ausgewählten Tatsachen, um welche die Leere der fehlenden Antwort auf die nicht gestellte, aber wichtigste Frage gähnt: Was geschieht eigentlich in dieser Ehe, wenn Mann und Frau getrennt leben, ohne legal geschieden zu sein, und wenn, was für den Zahnarzt und seine Frau am schmerzlichsten ist, sie als Großeltern nicht das Recht haben, Schwiegertochter und Enkelin einzuladen, kennen- und liebenzulernen und in ihnen eine Spur der Erinnerung zu hinterlassen? Durch Sergijes unklare und mürrische Ausreden seit langem in ihrem Wunsch abgewiesen, sprechen sie ihn nicht mehr aus, um den Sohn nicht vor den Kopf zu stoßen und damit auch seine Besuche aufs Spiel zu setzen; sie beschränken sich auf die gelieferten Angaben, lächeln über gute Nachrichten, wofür sie Sergije dankbar mit einer weiteren Auswahl über neue Anschaffungen seiner Frau und Schulerlebnisse seiner Tochter belohnt.

Inzwischen wird eilig das Essen konsumiert, die Reste sammeln sich an den Tellerrändern, und am Ende dampfen vor ihnen nur noch die Kaffeetassen und die Teeschale der Mutter. Als wäre alle Neugier befriedigt, obwohl das natürlich nur Schein ist, um den nahen Abschied zu verschleiern, auf daß er kein Hindernis sei, sondern eine sanfte, mit guten Erinnerungen versüßte Vorbereitung auf den nächsten Besuch. Die halbgefaßten Beschlüsse werden jetzt wiederholt wie Entscheidungen: Mama wird sich gründlich untersuchen lassen, und über die neuen Verpflichtungen in der jetzt privatisierten Wohnung wird man genaue Informationen einholen. Der Nachmittag hüllt sie in seine Halbschatten, der Vater muß sich nach dem Essen hinlegen, nicht wahr, und obwohl dieser das nicht zugibt, stehen sie alle drei mit einem verlegenen Lächeln des Abschieds auf.

Sie umarmen sich, küssen sich auf die Wangen, die Mutter bietet plötzlich an, Gebäck für die Enkelin einzupacken; Sergije lehnt entsetzt ab, aber als er ihre enttäuschte Miene sieht, gibt er nach; es wird ein kleines, für den Transport ziemlich ungeeignetes Päckchen gemacht; er verstaut es in der Reisetasche, die sich deshalb nicht mehr schließen läßt; der Vater schlägt vor, ihn zum Bahnhof zu begleiten, doch Sergije lehnt entschieden ab und erntet dafür einen dankbaren Blick der Mutter. Er geht fast taumelnd unter der Last dieser vielfältigen ausgesprochenen und verschwiegenen Liebe, eilt keuchend zum Bahnhof. Allmählich verlangsamt er den Schritt unter dem Befehl des Körpers, der sich schon der Seligkeit des Reisens, des Schwebens, des Nirgendwohingehörens anpaßt. Er setzt sich in den Zug oder Bus, betrachtet die Mitreisenden, betrachtet die Gegend, die er durchquert, erinnert sich an ähnliche Fahrten, an das Rattern der Räder und das Klirren der Ketten, an wütende Schreie, an zitternde, mit ihm zusammengedrängte Körper, und ist jetzt wieder nur Sergije Rudić, der sich durch den Raum bewegt.

Der Faden der Eigentumsfrage, der in der Wohnung von Zahnarzt Rudić, Marko-Miljanov-Straße 12, II. Stock links, geknüpft wurde, reicht bis nach Mistendorf bei Wien. Ein Dutzend Jahre lag er beiseite geschoben und überrollt vom gesetzgebenden Apparat des sozialistischen Jugoslawien, der in einem Anlauf alle Wohngebäude verstaatlichte und den ehemaligen Besitzern zwei größere oder vier kleinere Wohnungen überließ. Besitzer des Hauses in der Marko-Miljanov-Straße 12 war damals der achtzigjährige Deutsche Jakob Lebensheim, der mit seiner unverheirateten Tochter zusammenlebte, nachdem sein jüngerer Sohn gefallen und der ältere mit dem deutschen Heer abgezogen und seitdem unter ungeklärten Umständen verschwunden war. Lebensheim wollte sich den abziehenden Soldaten nicht anschließen, weil er sich nicht schuldig fühlte, und diesen beruhigenden Standpunkt übernahmen auch seine Tochter Paula sowie die Witwe des gefallenen Sohnes, Wilhelmina, die mit ihren Kindern schutz- und ratlos dastand, als sich das Kriegsglück wendete. Für ihr ruhiges Gewissen zahlten diese jüngsten Lebensheims den höchsten Preis: sie starben an Typhus in einem Lager für nicht geflohene Deutsche, das von der Seuche befallen war.

Paula überstand die Krankheit, während der Alte der Ansteckung entging, so daß er mit seiner Tochter nach einem knappen Jahr in die Freiheit entlassen wurde. Seine Mühle war inzwischen enteignet worden, aber Wilhelminas älteste Tochter Magda, die sich der Vergeltung durch Flucht entzog und später einen Serben geheiratet hatte, setzte durch, daß ihrem Großvater und ihrer Tante das Haus zurückgegeben und ihre frühere Wohnung im ersten Stock für sie geräumt wurde. Hier in diesen fast kahlen drei Zimmern, die sich mit Hilfe von Magda Stepanov allmählich mit den nötigsten Dingen füllten, verbrachten Vater und Tochter etwa sechs Jahre in relativer Ruhe und Sicherheit und lebten von den Einkünften aus fünf vermieteten Wohnungen. Die Verstaatlichung im Jahr 1953 machte diese Einkünfte nahezu völlig zunichte, verschonte außer ihrer eigenen Wohnung – nachdem in die benachbarte auf der ersten Etage ein mazedonischer Winzerbetrieb gezogen war – nur die darüberliegende im zweiten Stock. Dieser Zufall verlieh dem Mietverhältnis der Familien Lebensheim und Rudić, das ohnehin ein persönliches Gepräge trug, einen neuen Akzent.

Der Zahnarzt war nämlich nicht ganz freiwillig im Kriegsfrühjahr 1942 hier eingezogen: der orthodoxe Geistliche Vlada Stanojević hatte das Einfamilienhaus gekauft, in dem Rudić bis dahin gewohnt hatte, und ihn um Räumung gebeten. Rudić hätte sich dem auf gesetzlicher Grundlage widersetzen können, aber da das Paragraphen der Besatzer waren, ebenso wie diejenigen, die seinen Sohn kürzlich ins Gefängnis gebracht hatten, entsann er sich seiner serbischen Solidarität und altmodischen Moral und beugte sich dem Willen des Popen. Aber wo eine neue Wohnung finden? Es stellte sich heraus, daß er in der Tiefe seines durch eigene Not belasteten Bewußtseins die Lösung im Unglück eines anderen fand, seines jüdischen Kollegen Dr. Emerik Kraus, der einen Monat zuvor bei der großen Razzia umgekommen war und in dem schönen, traditionell an Ärzte vermieteten Haus von Jakob Lebensheim gelebt hatte.

Er ging zu dem Hausbesitzer, den er als alten Bürger von Novi Sad kannte, und bekam leicht seine Zustimmung. Er zog also um und fand, was nie jemand erfuhr, im Behandlungszimmer und den Nebenräumen viele wertvolle, ganz moderne zahnärztliche Gerätschaften, die das ungarische Heer in seiner räuberischen Hast nicht hatte plündern wollen oder können, und die er behielt und noch lange nutzte. Diese Einzelheit markierte seinen Aufenthalt bei Lebensheim mit einer Mischung aus Schuld- und Dankbarkeitsgefühl, die neue Nahrung bekam, als Sergije wegen eines Ausbruchsversuchs aus dem Gefängnis wieder vor Gericht gestellt wurde und Rudić auf der Suche nach dem besten Verteidiger durch Vermittlung seines Hauswirts Kontakt mit dem damals einflußreichsten Anwalt Dr. Albert Schultheiß aufnahm, der überdies der Vater von Sergijes Schulfreund war. Schultheiß übernahm das Mandat und entdeckte in einem Augenblick juristischer Erleuchtung den wichtigsten Punkt: die Jugend des Delinquenten zur Tatzeit. Die Volljährigkeit – achtzehn Jahre – war gerade um ein paar Tage überschritten, aber der orthodoxe Kalender mit seiner dreizehntägigen Verspätung konnte die Rettung bringen, also eilte Rudić zum Popen Stanojević, damit er seinem Sohn ein entsprechendes Taufzeugnis ausstellte.

Anderthalb Jahre später jedoch kam er dem alten Lebensheim nicht zu Hilfe, als dieser nebst Tochter und Schwiegertochter und Enkeln von den Partisanen abgeholt und ins Lager verbracht wurde. Er konnte nicht! Nicht nur, weil er Zahnarzt war und kein Anwalt, sondern weil diese Gewalt keinem geschriebenen Gesetz unterworfen war, vielmehr dem stillschweigenden, von Mythos und Mystik umwehten Volkswillen; wäre er also vom Weg abgewichen, hätte er sein eigenes Herz verleugnet, das in diesem Moment der Befreiung so schlug wie das große gemeinsame Herz der nationalen Wiedergeburt. Natürlich sah er wieder mit einem gewissen Schuldgefühl dem Hausbesitzer in die Augen, als dieser mit seiner durch die Krankheit geschwächten Tochter aus dem Lager zurückkam. Er hätte vielleicht versucht, seine Gewissensbisse mit nachbarschaftlicher Solidarität zu besänftigen, die willkommen gewesen wäre, als der alte Lebensheim sich wieder einrichtete. Aber bei der bloßen Erwähnung solcher Gedanken stieß er auf den erbitterten, fast wilden Widerstand seiner Frau, die ansonsten das Leiden der Deutschen im Lager mitleidig und ohne seine Rachsucht betrachtet hatte.

Zu der Zeit erschienen bei ihr bereits erste Anzeichen weiblicher Unsicherheit, und sie argwöhnte, daß die Beschützerrolle ihres Mannes zu einer ungehörigen Beziehung mit der fünfzigjährigen, schmalen und weißgesichtigen Jungfer ausarten könnte. Rudić brachte kaum den Mut auf, zum Friedhof zu gehen, als der im Schlaf gestorbene alte Lebensheim beigesetzt wurde, und seine Tochter Paula, die ein Jahr später weniger an ihrer Krankheit und deren Folgen als an der Einsamkeit starb, begleitete er nicht einmal mehr auf ihrem letzten Weg. In ihm wirkte im Verhältnis zu den Lebensheims ein Unbehagen weiter, das er zu verdrängen suchte. Deshalb nahm er den Übergang seiner Wohnung in staatliche Hand, nachdem der Besitzer gestorben war, als Versöhnung, als Zeichen des Verzeihens. Als hätte eine höhere Gewalt mit ihrer ausgestreckten Hand gezeigt: dies ist serbisch, jenes deutsch. Deutsch war Lebensheims geräumte Wohnung, welche die Erbin Magda Stepanov alsbald dem Weinbetrieb verkaufte, so daß er sich über den ganzen ersten Stock ausbreiten konnte. Solange die Verhandlungen andauerten, sah er die junge Frau die Treppe heraufsteigen, allein oder mit ihrem dunkelhaarigen Mann, grüßte sie, fragte, wie es ihnen ginge, aber all das tat er mit dem Gefühl, sich einzuschmeicheln und seine früheren Schwächen zu offenbaren.

Er atmete auf, als der Kauf perfekt war: die Deutschen, so rechnete er, hatten ihr Geld bekommen, und niemand, auch er nicht, war ihnen etwas schuldig. Aber dann tauchte bei ihm in der Ambulanz plötzlich diese selbe Frau auf, die letzte Vertreterin der Familie, und teilte mit, daß das Verfahren um das Erbe seiner Wohnung seitens Inge Schultheiß geb. Lebensheim, der zweiten überlebenden Enkelin des alten Müllers, vor dem Gericht in Novi Sad erfolgreich abgeschlossen worden sei.

Auch Patak weiß schon, daß die Wohnung der Rudićs einen neuen Besitzer bekommen hat: Sergije hat es ihm gesagt. Aber wie? So wie er ihm alles sagt, spöttisch und destruktiv, wobei er Patak selbst nachahmte. Obwohl Patak nicht von Natur aus ein Spottbild ist, sondern nur so wirkt. Er wirkt wie der personifizierte Spott, vor allem auf eigene Rechnung. Er ist klein und gedrungen, mit niedriger Stirn unter borstigem Haar unbestimmter Farbe, runden Knopfaugen, breiter Nase und eckigen Bewegungen. Den Namen Patak hat sein Vater zur k. u. k. Zeit in den zehner Jahren angenommen, um den für damalige Begriffe diffamierenden Namen Polak loszuwerden, den die Hälfte der aus Galizien zugewanderten Juden trug, was ihn jedoch nicht davor bewahrte, 1944 von den Ungarn in ein österreichisches Todeslager geschickt zu werden.

Der Junior, also Eugen Patak, entging diesem Schicksal nur, weil er zu der Zeit, als die Juden in Novi Sad zusammengetrieben wurden, im Gefängnis saß (auch einem ungarischen), und daran hatte Sergije Rudić keinen kleinen Anteil. So wie Sergije wiederum unter Pataks Einfluß dorthin geraten war. Sie beide ergänzen sich wie Don Quijote und Sancho Pansa, wobei hier und heute der große, knochige Sergije das tut, was sich der kleine Patak ausdenkt. Patak seinerseits erfindet, um mit Sergije gleichzuziehen, und das macht aus ihnen mehr als ein Paar – ein Knäuel. In diesem Knäuel ist längst nicht mehr klar, wer sich zuerst mit dem anderen verschlungen hat. Sie sind nebeneinander aufgewachsen, jeder eingegrenzt und zugleich beschützt durch die wirtschaftlichen, sozialen und emotionalen Gegebenheiten seiner Familie: Sergije im Wohlstand, Eugen in Armut. Dabei gilt beides mit Vorbehalt in Anbetracht einer kleinen, ländlichen, an leiblicher Nahrung reichen, an geistiger eher dürftigen Stadt, wie es Novi Sad am Vorabend des Krieges war.

Der Zahnarzt Rudić ist hier eine bedeutende Persönlichkeit: er schleift und zieht Zähne statt wie die meisten anderen Eisen zu schmieden und Holz zu hacken, sein Feld am Stadtrand zu pflügen und zu jäten oder unter Verneigungen Zucker und Petroleum über den Ladentisch zu reichen. Seine Frau hat eine Hausangestellte und nichts anderes zu tun, als dieser die Arbeit zuzuteilen; den Sohn kleiden sie wie einen Erwachsenen, nur daß die Hosen kurz sind, und packen ihm morgens wie einem Beamten das in eine Damastserviette gewickelte Frühstückssandwich in die Ledertasche. Patak hat kein Frühstücksbrot bei sich (er besitzt auch keine Tasche, in der er es transportieren könnte, die Bücher klemmt er sich unter den Arm), und gekleidet wird er von der jüdischen Glaubensgemeinde, auf deren Mildtätigkeit zum Teil auch der alte, Zeitungen austragende Patak angewiesen ist. Einer jener Juden, welche die allbekannte Zielstrebigkeit ihres Stammes durch außergewöhnliche Beschränktheit ausgleichen (oder büßen): grob, fast analphabetisch, vorangetrieben nur durch seinen Neid als ehemaliger Vagabund; während den aus dem Srem stammenden serbischen Zahnarzt Rudić das geduldige Kalkül eines Bauernsohns leitet, der sich als erster aus dem Ackerschlamm befreit hat. Die Söhne folgen den Ambitionen ihrer Väter nicht, wie es häufig der Fall ist in dieser Region unterbrochener Traditionen: sie begeben sich auf die Flucht.

Sergije flieht aus der Isolierung des neureichen bürgerlichen Heims, das er verachtet; als Vorbild im Widerstand dienen ihm die Großeltern mütterlicherseits, der strenge, zaristisch-russische Ingenieur und seine lebhafte, ihm ständig nachrennende Frau, die sich mit »Michail

Grigorjewitsch« und »Alina Petrowna« anreden, nie miteinander streiten und sonntagnachmittags in ihrer ordentlichen Einzimmerwohnung auf dem Hinterhof Gäste in Paradekleidung vom Anfang des Jahrhunderts empfangen. Eugen Patak hat keine solchen Vorbilder: seine Ahnen liegen weit verstreut unter hölzernen Denkmalen mit unleserlichen Inschriften; also sucht er sie in außerräumlicher Ferne, in den Büchern, die er in den Häusern seiner wohlhabenden Stammesbrüder entdeckt, wenn er sie anstelle seines Vaters aufsucht, um die Zeitung abzuliefern oder ein Paar abgetragene Schuhe entgegenzunehmen, oder für ein Trinkgeld den Hof zu fegen, oder den Teppich zu klopfen, und da er früh begreift, daß er trotz unüberbrückbarer Unterschiede des Besitzstandes mit ihnen das Schicksal des Fremdseins teilt, findet er den Mut, die entdeckten Gegenstände, die leicht zu transportieren und ein Ersatz für die Vergangenheit sind, zum Lesen auszuleihen. Dieser Abtrünnige, der verletzt ist, weil ihm Minderheitenstatus und Andersgläubigkeit nicht wenigstens genug Geld gesichert haben, erobert auf diese Weise schon früh die Theorien und die Gedankengymnastik entlegener intellektueller Milieus, und da ihm dafür der gesellschaftliche Rahmen fehlt, schüttelt er sie unbearbeitet aus dem Kopf auf die grüngestrichenen, mit eingravierten Herzen und Namen verzierten Bänke des Novisader Gymnasiums.

Wenn ihn der Geographieprofessor nach der chinesischen Wirtschaft fragt, referiert er lauthals und gestikulierend über die halbfeudale Ordnung dieses Landes; wenn er über den Schriftsteller der Aufklärung Matija Antun Relković spricht, erwähnt er den Rationalismus als geistigen Ausdruck der bürgerlichen Klasse, die ihre Revolution verwirklicht hat. Diese Abweichungen führen zu Mißtrauen (bei den Professoren) und Spott (bei den Schülern), aber da Eugen ein ausgezeichnetes Gedächtnis hat, muß man ihm zugestehen, daß seine Antworten, wo er sie mit Zahlen und Namen belegt, verständig und klug sind. Dieser Vorzug befördert ihn an die Spitze der Klasse neben Rudić, der auch ein Musterschüler ist, aber nicht nur dank seiner Intelligenz, sondern auch seiner häuslichen Erziehung, was ihn veranlaßt, Eugen zu bewundern. Eugen wiederum bewundert an Sergije, wie verächtlich er bei seinen Antworten nur auf die Noten abzielt, ohne Angeberei, die er, gutaussehend und geachtet, gar nicht nötig hat. Anführer der Klasse ist er, der nicht nur gescheit, sondern auch sportlich genug ist, um beim Laufen und als Stürmer im Fußball zu siegen, und nicht Eugen, der trotz seiner eisernen Muskeln hoffnungslos tolpatschig und trotz seines Verstandes völlig zerfahren ist. Alle laufen Sergije nach, versuchen, ihn zu imitieren, gieren nach einem Wort, einem Lächeln von ihm, suchen seine Nähe mit pubertärer Wollust.

Er entzieht sich dieser sabbernden Anbetung mit einem Puritanismus, der schon in der Verachtung gegenüber seinen Eltern und der Bewunderung für die edleren Vorfahren angelegt ist; aber gerade diese Bewunderung, diese Suche nach einem Ausweg im Fremden, Russischen, zieht ihn wieder in den Kreis der Gleichaltrigen zurück. Denn auch sie verherrlichen das Russische, das am Vorabend der großen Weltabrechnung in den nach Veränderung strebenden Köpfen mit dem Bolschewismus gleichgesetzt wird, einer Mode, die alle anderen verdrängt. Der russische Film *Der Hirte Kostja* gilt als Offenbarung und wird mit allen Übertreibungen des kollektiven Wollens eingeschätzt, und Sergije, der selbst in den komischen Irrtümern des Hirten nicht die erhoffte Erhabenheit findet (ebenso wie viele andere, bevor sie sich der vorherrschenden Meinung anschließen), erliegt der Welle. Jetzt imitiert er die anderen, weniger Bedeutenden, um von ihnen um so mehr imitiert zu werden; er geht in die Wirtshäuser, die auch sie besuchen, obwohl es dort nach abgestandenem Alkohol und Zigarettenresten stinkt; er lernt Kartenspiele und Billard und empfindet diese Befreiung aus der verhaßten bürgerlichen Obhut als Glück. Eugen Patak kann ihm auf diesem Weg in die Unterwelt nicht folgen, aber er gelangt beim einsamen Studium des *Kapitals* und des *Dialektischen Materialismus* zum selben Schluß. Denn all diese wilden Kräfte will in ihrer eisernen Faust die Kommunistische Partei vereinigen, die nach dem Überfall Deutschlands auf Jugoslawien und die Sowjetunion die führende Rolle übernehmen wird; sie wird die Karten, Farben, Menschen mischen und ihrem Kampf unterordnen. Die Kaffeehausschwätzer und braven Broschürenleser werden zu Stoßtrupps formiert mit der Aufgabe, Getreidefelder in Brand zu stecken und antifaschistische Parolen an Häuserwände zu schreiben; und so werden sich Eugen und Sergije mit dem Billardspieler und Witzbold Duško Kalić als Drittem im Bunde eines Nachts auf den Feldern von Bački Jarak wiederfinden, ausgerüstet mit Kerze, Streichhölzern und Benzinkanister. Sie stecken zwei Garbenhaufen an, doch der rote Widerschein ruft die Gendarmerie aus den umliegenden Dörfern auf den Plan, und schon im Morgengrauen werden sie umzingelt und festgenommen. Leiden, die größer sind als alle Unterschiede, die zwischen ihnen waren, werden sie zusammenschweißen.

E meio deuteron. Nach meinem Tode. Halálom után. Après ma mort. Doppo la mia morte. Post mortem meam. After my death.« Was für Brocken rollen ihm da unter dem Gaumen über die Zunge? Was für rasselnde Konsonanten, näselnde, abgerissene, schreiende, lockende, lispelnde, keuchende, jammernde, meckernde Laute? Er hält sich den Kopf, der zu platzen droht. Jedes Wort sucht einen Ausgang, jedes will verraten, anschwärzen. Für Worte wird man bestraft, aber sie entfliehen so leicht. Hat er etwas gesagt? Hat er irgend etwas zu sagen? Nein, im Gegenteil, die Worte sprechen in ihm, sie dringen von außen durch Augen und Ohren in seinen Kopf, sie winden sich hier in der Zugluft und kriechen, von anderen bedrängt, in verborgene Höhlen. Aber sie lassen sich nicht verdrängen, geben keine Ruhe. Alles, was er je gehört, gelesen, gedacht hat, strömt in einem unablässigen Schwall hier herein, wo kein Platz mehr ist, aber es muß herein, denn das, was voll ist, ist zugleich leer, hungrig, obwohl satt, weil einmal irgendwo ein Riegel ausgefallen ist, der die Räder aufhalten soll, welche mahlen und mahlen und diese fremden Laute in ihn schieben, ja, fremd, denn obwohl er ihre Bedeutung versteht, läßt er sie vorbeigleiten, ist sich ihres Gewichts und der Verantwortung nicht bewußt. Er ist verantwortlich, aber warum? Nie hat er etwas gewollt, nie entschieden. Er hat nur Worte gehört, ihnen zugestimmt oder sie verworfen, in Abhängigkeit von anderen Worten, die sein Gedächtnis schon aufgenommen hat. Immer waren es fremde Worte, eigene hat er nicht. Er hat nicht einmal eine Sprache, um sie Zweigen und Schichten zuzuordnen. Er erwacht aus dem Schlaf oder aus seinen Gedanken und lallt sie vor sich hin, in sich hinein, ohne zu wissen, was er ausspricht, und er muß nachgrübeln, bis er darauf kommt, welcher Lektüre, Rede, welchem Gedankengang er sie entnommen hat, welchem Gebiet, welcher Ausdrucksweise. Er hat keine Ausdrucksweise, er hat nur Sinnesreize, nur seine Hirnzellen übertragen auf Kehle, Kiefer, Zunge, Gaumen das, was sich ihnen für einen Augenblick eingeprägt hat und verschwunden ist, um einzig diese Spur, diesen Rest zu hinterlassen, mit dem er nichts mehr anzufangen weiß.

Er braucht die Worte nicht, aber er kommt nicht ohne sie aus, weil er keine eigenen hat. Er hat nichts. Keine Sprache, keine Gedanken, keine Entschlüsse, keine Erkenntnis, weder Liebe noch Haß. Er hat Hunger, wenn er lange nichts ißt, er friert, wenn er zu dünn angezogen ist oder im Winter nicht geheizt wird, er ist müde, wenn er zu lange sitzt, zu lange geht, er ist schläfrig, wenn es abends spät wird, sein Glied wird steif, wenn er sich ins Bett kuschelt. Es ist das Bett der Mutter, das einzige, was er vorfand, als er ankam, in den Schuppen geräumt schon, als sein Vater zum zweitenmal heiratete und mit der neuen Frau auch ihr Bett ins Haus holte. Nach ihrer beider Festnahme ist es jedoch fortgeschafft worden, wohin? Und wozu? Wahrscheinlich zum Zerhacken als Brennholz, wie der andere alte Trödel, sein Bett, die Schränke, Tische, Stühle. Eugen erinnert sich jetzt an diese Dinge, vergießt unsichtbare Tränen um sie. Er sehnt sich nach ihnen, obwohl er sich damals, als sie ihn umgaben, über sie mokierte. Er lud sich gern einen feinen Mitschüler ein und grinste: »Setz dich, wenn du einen Platz findest« oder »Paß auf, daß du dir nicht die Hose zerreißt« und »Was Besseres haben wir nicht«. Er sprach das aus wie eine Offenbarung, fast stolz wie ein Schauspieler, was er eigentlich auch war, denn dieser Spott kam nicht aus ihm selbst, sondern war wie alles andere ein Produkt von Gelesenem und Gehörtem: wenn er die Augen verdrehte wegen seines hinkenden Vaters,

der klein war, dick, ebenso wie er selbst künftig sein
würde, der grunzte und sabberte und knurrte und nachts
schnarchte, ein wildes, nur durch das Alter einigermaßen
gezähmtes Tier; wenn er ironisch der Stiefmutter schmei-
chelte, einer geduckten, schmuddligen, durch Arbeit zer-
mürbten, ehemaligen Dienstmagd, die mit dem Leben
dafür bezahlte, daß sie als Christin erst im vorgerückten
Alter den närrischen, mit einem wunderlichen Sohn belasteten jüdischen Witwer heiratete; sie als einzig Besonnene
unter ihnen, deren Besonnenheit Eugen an den Schand-
pfahl des Hauses schlug. Jetzt sehnt er sich nach ihr, nach
dieser Normalität mit warmer Suppe, warmem Herd, trok-
kenen Strümpfen, geputzter Petroleumlampe, er sehnt sich
nach den Abenden nach dem Zubettgehen, wenn ihn das
Stöhnen, Murren und Schnarchen der Alten aus der Konzentration auf sein Buch rissen und ihm den Sinn raubten.
Aber jetzt, da sie nicht mehr da sind, haben auch die
Bücher, mit denen er sich gegen sie wehrte, keinen Sinn
mehr. Um ihn ist Leere, wie auch in seinem Kopf. Alles
kann ungehindert herein und hinaus. Ein Nachbar kann
kommen, um ihn abzuschlachten, ein Milizionär, um ihn
ins Gefängnis abzuführen. Er kann das Klirren der Häft-
lingsketten hören, das Keuchen der Lokomotive, die ihn in
die russische Taiga bringt, die Befehle der Soldaten, aufzustehen, Schaufel und Picke zu schultern, um Eis aufzu-
hacken und die gefrorene, von Gräben durchzogene Erde.
Nichts schützt ihn, ringsum ist Öde und Stille. Der Wind
heult aus dem Hof, an den Zimmer und Küche grenzen,
auf der einen Seite sind Mieter, deren Absichten er nicht
kennt, auf der anderen Schuppen und Latrinen, um die
vielleicht unbekannte Feinde schleichen und darauf lauern,
ihn zu ergreifen und zu erwürgen. Er flieht vor ihnen in
die Lektüre. Das ist jetzt ein Lehrbuch des Griechischen,
das er schon bei seiner Ankunft vom Dachboden des Hau-

43

ses gegenüber an sich genommen hat, als er erfuhr, daß man dort die Bibliothek des Selbstmörders Rosenblum verstaut hatte. Er liest und merkt sich die Worte. Sie graben sich in sein Bewußtsein, er sammelt sie auf, schmatzt über ihnen, fühlt sich als ihr Herr. Aber wenn ihn ein Geräusch unterbricht, wird er unruhig, und die Worte fließen ungehemmt aus ihm weg, panisch, sie kreuzen sich, gehen in eine andere Sprache über, in andere Sprachen, werden zum Spiel, zum Hohn. Nur die Angst bleibt und die Leere, die nicht davor schützt. Ein Zimmer ohne Schatten. Ein Zimmer ohne jemandes Atem. Ein Zimmer mit einem einzigen Bett und einem Koffer voller Kleidung darunter und um den Koffer verstreuten Büchern. Soll er packen und gehen? Manchmal hat er das Bedürfnis, das war auch der erste Impuls, als er hierher zurückkehrte – verschwinden aus dieser Leere wie ein Staubwölkchen. Aber er ist geblieben. Er weiß nicht, wohin. In der Welt gibt es noch jüdische Gemeinden, die ungeschickten Glaubensgenossen eine kleine Hilfe gewähren, wenn sie herbeiirren, wie er hierhergeirrt ist und sich sein Scherflein verdiente. Daran ist er schon gewöhnt. Irgendwo dort oder hier, ist es nicht egal? Hier ist immerhin dieses Bett, Mutters Bett, in dem sich sein Glied unflätig versteift, bis er es durch Reiben zur Ruhe bringt, hier sind noch die Fetzen seines Spotts, die er durch das Zimmer schleifen kann, hinten im Hof, im Schuppen und in der Latrine grinsend über die Worte, die ihn durchfließen, wie er einst über die Barrieren grinste, die sie daran hinderten. Hier ist fast regelmäßig einmal in der Woche Sergije, schön, sauber, gesund, ordentlich, der selbst spottend in Eugens Spott gleitet oder ihn binnen kurzem hinaufzieht in seine Ordnung, die Eugen ermüdet, weil er sie nicht versteht, die ihm aber den Eindruck jener Barriere verschafft, hinter der die Worte einen Sinn erhalten.

44

An einem der nächsten Sonntage geht Sergije mit Eugen zu den Stepanovs. Sie folgen auch hier einem spöttischen Impuls: diese Kleinbürger werden schon sehen, mit wem sie es zu tun haben! Denn Sergije ist jetzt schon gereizt durch den Wechsel des Eigentums an der Wohnung seiner Eltern, er verheißt Sorgen. Nach der ersten Information, wo es eher um die unbeglichenen Rechnungen mit den Lebensheims ging, teilen ihm Vater und Mutter mit, daß sich Magda Stepanov, die barmherzige und unternehmende Enkelin des Müllers, wieder gemeldet und schon einmal kurz bei ihnen vorgesprochen hat, offenbar weniger, um die Wohnung zu besichtigen – sie wollte nicht einmal hereinkommen –, als um an sich zu erinnern; schließlich wird Sergije in Belgrad während einer Redaktionssitzung durch einen Anruf des Vaters gestört: er solle den versprochenen Besuch in Novi Sad ja nicht versäumen, denn die Stepanovs hätten den Zahnarzt Rudić zu einem Gespräch gebeten, er aber wolle sich von seinem Sohn vertreten lassen. Weshalb, wird in dem Telefongespräch ebensowenig geklärt wie des Vaters Zweifel an Sergijes Besuch, der regelmäßig stattfindet, wenn er ihn nicht extra absagt. Als er den Hörer aufgelegt hat, muß er wieder daran denken, daß seine Eltern wirklich alt geworden sind und sich eines nicht fernen Tages mit all ihren Problemen seinen Schultern aufladen werden. Er fühlt sich bisher kräftig genug, diese Last zu tragen, aber es tut ihm leid um sich und seine Mühe. Darum versucht er, die Beunruhigung mit Ruhe zu beantworten: er nimmt wie üblich den Samstagnachmittagsbus nach Novi Sad, sammelt unterwegs seine Gedanken; daheim angekommen, hält er sich an den gewohnten Verlauf der Befragungen, in dem die Gesundheit der Mutter und ihre Ängste und seine Beschwichtigungen das zentrale Thema sind, während der für den nächsten Tag verabredete Besuch hinter die unbezahlten Rechnungen und die Unarten der Katzen verdrängt wird. Es folgt der Spaziergang mit dem Vater, bei dem er die Erörterung möglicher Absichten von Magda Stepanov mit einem »Wir werden sehen« und lautem Gähnen durchkreuzt; dann das Abendessen, dann die späte Bettruhe, Tags darauf beim Frühstück sagt er der Mutter, er gehe zu Eugen, schon vorbereitet auf den Einwand, ob er sein Versprechen vergessen habe. Aber sie spricht ihn nicht aus, sondern begleitet ihren Sohn mit sorgenvoller Miene und dem stummen Vorwurf hinaus, daß er seine Zeit in unwürdiger Gesellschaft vertut. Seine Verpflichtung hat sie offenbar vergessen, was Sergije bei aller Erleichterung einen Stich versetzt: sie betrachten also das, was sie auf ihn abgewälzt haben, als nicht mehr vorhanden. Altersegoismus, konstatiert er, und fügt als erleichternden Umstand hinzu: als Schutz. Darum begreift er den Besuch bei Eugen mehr als sonst als Zwischenspiel: ein Spiel zwischen zwei aufgezwungenen und langweiligen Wirklichkeiten. Er nimmt den gewohnten Weg durch Gassen, die in eine stillere, ärmere Gegend münden, wo die Häuser niedriger und dichter bewohnt sind, wie geduckt, aus Widerwillen gegen die eigene Übernutzung. Brunnen an den Ecken, kleine Goldschmiede- und Schneiderläden mit geschlossenen Rollos wie Augen, die sich für unsichtbar halten, wenn sie selbst nicht sehen; schiefe, frisch geweißte Wände (es ist Frühling) mit exakt konturierten dunkleren Stützmauern; vor den Toren Kinder, die sich an dem öden Sonntag ohne Ausflug in die Umgebung langweilen. All das in seiner Plattheit, Kraft- und Sinnverschwendung ruft Widerwillen hervor, jenen selben, der ihn seinerzeit in die Rebellion getrieben hat; aber auch damals stand am Ende des Weges nur ein Wunder namens Eugen Patak. Das

46

Wunder ist jetzt dasselbe und noch größer, denn es verbirgt sich einsam mitten in einem Haus, wo geräuschvoll das sonntägliche Mittagessen vorbereitet wird: der Blick fällt durch das Tor, über den Hof auf die kleine Wohnung wie auf eine dunkle, vermauerte Festung, in der nur Sergije ein flackerndes Licht ahnt. Diese winzige Wohnung, deren Giebel über die ganze Hofbreite reicht, besitzt einen Flur, von dem die Türen zu Eugens Küche und Zimmer abgehen, und der wie ein Festungstunnel zum Zufluchtsort wie zum Kerker führt. Er klopft, tritt ein, Eugen ist über ein Buch gebeugt. Er sitzt auf dem Bett, die kurzen Beine in Soldatenstiefeln hängen herab, ohne den Boden zu berühren, die Schultern, über denen sich der Pullover spannt, sind vorgebeugt, die Augen im erhobenen Gesicht ängstlich gerundet. Gleich darauf lächeln sie, denn sie haben Sergije erkannt, das ganze unrasierte Gesicht mit dem breiten Mund und der Entennase verzieht sich bis zu den fleischigen, hochangesetzten Ohren.

»Du bist also da?«

»Ja.«

»Setz dich.«

»Was liest du?«

Eugen zeigt mit gespielter Nonchalance den Bucheinband, es ist Voltaires *Le siècle de Louis XIV, tome second.* Sergije entreißt ihm den Band, blättert und liest mit gekünstelten Zäpfchen-R und Nasalen den Anfang eines Kapitels laut vor:

»Si l'on compare l'administration de Colbert à toutes les administrations précédentes, la postérité chérira cet homme dont le peuple insensé voulut déchirer le corps après sa mort. Les Français lui doivent certainement leur industrie et leur commerce, et par conséquent cette opulence dont les sources diminuent quelquefois dans la guerre…«

Er läßt sich neben Eugen aufs Bett fallen, wobei sein Kopf gegen einen Balken stößt, und lacht schallend.

»Wunderbar! Ich wußte nicht, daß du dich für Administration interessierst, noch dazu für die französische des siebzehnten Jahrhunderts. Sag mal, bist du verrückt?«

Eugen lächelt unsicher: »Ich? Wieso?«

»Weil du das 1962 in diesem spießigen Novi Sad liest, wo die Administration nichts anderes tut, als Besitz hin und her zu schieben, mal in die linke staatliche Ecke, mal zurück an die Eigentümer, aufgrund irgendwelcher zwischenstaatlicher Verträge. Dich interessiert das natürlich absolut nicht. Du studierst Colbert!«

»Weil seine Zeit eine der glänzendsten in der europäischen Zivilisation ist. Auf die, wenn du willst, auch unsere Entwicklung zurückgeht.«

»Ja, aber was hast du damit zu tun, Dummkopf? Wo ist bei dir die Zivilisation? Hier ist nicht mal geheizt.« Er schüttelt sich. »Kalt wie in der Hundehütte.«

Eugen springt vom Bett auf, reckt sich. »Ist dir wirklich kalt? Da hilft ein bißchen schwedische Gymnastik.« Er geht in die Hocke, streckt die kurzen, kräftigen Arme vor und läßt sich zurückrollen. »Gesunder Geist in gesundem Körper!« ruft er. »Uns kann kein Problem umwerfen, wie Duško Kalić sagte.«

Sergije nickt: »Kalić wäre uns heute willkommen, denn wir haben einen Klassenauftrag.«

»Oho! Wieso das?«

»Weil der administrative Knoten durchgehauen werden muß, den du bei Colbert studierst. Es geht um eine Wohnung, verstehst du? Das einzige Eigentum im Sozialismus. Aber der Klassenfeind, und zwar ein ausländischer, also ein Intervent, will es an sich reißen.«

Eugen kann sich wie immer auf sein Gedächtnis verlassen: »Lebensheim?«

Sergije nickt: »Und das noch im Tod, über seine Verbündeten, die Stepanovs. Ich muß in die Höhle des Löwen.«

Eugen nimmt den Text auf. »In die Höhle des Löwen, den Klassenfeind stören«, wiederholt er dann in schrillem Singsang so lange, bis Sergije ihn unterbricht:

»Hör auf! Mir reicht es schon so.« Und dann kommt er mit dem Vorschlag heraus, der schon seit dem Aufbruch hierher seine Gedanken beschäftigt: »Es sei denn, du gehst mit. Zur Belohnung darfst du auf dem ganzen Weg deine Komposition singen.«

Eugens Augen blitzen neugierig auf: »Im Ernst?«

»Natürlich«, bestätigt Sergije seinen Entschluß, den er schon halb bereut; dennoch erleichtert er ihm den Aufbruch zu einem Unternehmen, dem er sich nicht gewachsen fühlt. »Mach dich bereit, Sträfling!« befiehlt er. »Durchbruch oder Tod, das ist der Auftrag. Wo hast du Mantel und Mütze?«

»Hier, hier.« Eugen greift unters Bett und zieht eine Jacke aus grünem Tweed und eine blaue Baskenmütze hervor. Dann greift er mit Daumen und Zeigefinger um sein rundes Kinn: »Aber ich bin unrasiert, Mensch.«

»Um so besser«, ermutigt Sergije ihn und damit auch sich selbst. »Damit man weiß, wie ein Proletarier aussieht, sogar am Sonntag!« Er öffnet die Tür und stößt Eugen in den Rücken, so daß er in den Hof springt. Sie sind draußen, Eugen fühlt sich beengt im ausgewachsenen Jäckchen, stülpt sich die Mütze über den Kopf. Wie seh ich bloß aus mit ihm, denkt Sergije halb besorgt, halb zufrieden, wenn er sich das Bild vorstellt, das sie beide abgeben: ein gepflegter Bürger und ein zerlumpter Zwerg, der kaum mit ihm Schritt halten kann.

Wie sich herausstellt, haben die Stepanovs doch den alten Rudić erwartet, dessen halbherzige Absage sie nicht richtig verstanden haben. Sie sind feingemacht, Milan Stepanov in dunkelblauem Anzug mit Krawatte, die Hausfrau in weißer Bluse und schwarzem Rock. Aber als sie dem Gast entgegengehen – Stepanov mit dem Dackel an der Leine, während die Frau die eiserne Gartenpforte öffnet und die Kinder wegscheucht –, tritt Erleichterung an die Stelle ihrer ersten Überraschung. Der Mann läßt den Hund laufen, der nach unschlüssigem Knurren die Ankömmlinge fröhlich schwanzwedelnd beschnuppert, und Magda überläßt sich dem Ansturm ihrer vier Kinder, die, sobald sie ihren erleichterten Aufschrei hörten, alle Verhaltensregeln für den Umgang mit einem älteren Onkel Doktor vergessen haben. Alle Anwesenden bis auf die Kinder kennen sich mehr oder weniger als Schüler des Vorkriegsgymnasiums und sind gleichaltrig, nur Stepanov zählt ein paar Jahre mehr als Sergije und Eugen, und schon auf dem Weg zum Haus, während er dem Dackel Herkules Schläge androht und die Kinder bittet, nicht vor den Füßen umherzulaufen, legt er den Gästen seine kräftigen Arme um die Schultern. Er ist fast zärtlich, seine großen dunklen Augen blicken gerührt, als er erklärt, er habe schon lange auf eine Gelegenheit gehofft, zwei so bedeutende alte Freunde zu treffen, und es sei traurig, daß erst eine Geschäftssache den Anlaß dafür gegeben habe. Auf der geräumigen, mit einem eisernen Öfchen beheizten Glasveranda erwartet die Gäste ihrerseits eine Überraschung: bei ihrem von Gebell und Kinderlärm begleiteten Eintritt erheben sich aus den Korbsesseln zwei Gestalten, in denen sie Balthasar Schultheiß und Inge Lebensheim erkennen. Wieder werden Hände geschüttelt und Schultern geklopft, was Sergije nicht gleichgültig läßt, da Balthasar der ältere Bruder seines einstigen Mitschülers Franz ist, und da ihn der Anblick von Inge Lebensheim sofort fasziniert. Dieser hatte ihn schon früher fasziniert, denn so wie ihn der robuste, weißhäutige und rothaarige Balthasar an den weicheren Franz erinnert – was ihn wenig überrascht –, so erscheinen ihm hinter dem Bild der Frau, die aus dem Stuhl aufsteht, die Konturen des jungen Mädchens im grauen Jagddreß, das er einst in Franz' und Balthasars Gesellschaft gesehen hatte. Sie ist jetzt eine gutgewachsene Blondine mit blasser Haut und sicheren Bewegungen, die ihm mit rauchgrauen Augen gerade ins Gesicht blickt, die vollen Lippen leicht voneinander gelöst, so daß er, während er ihre etwas feuchte Hand hält, den Eindruck hat, sie öffne sich ihm ganz. Dieser Eindruck verläßt ihn nicht wieder und hält ihn in Inges Nähe fest, spornt ihn an, Worte zu finden, die sie interessieren könnten. Die ersten, die ihm aus der Erinnerung einfallen, beziehen sich auf Franz, mit dem die schwärmerischste Zeit seiner Jugend verbunden ist, als er Erforscher des afrikanischen Dschungels, Jäger und Wohltäter der Eingeborenen werden wollte. Reminiszenzen dieser Art erfordern eine intime Kommunikation, so daß sie beide unbewußt zueinander rücken und sich von dem Kreis um Eugen absondern. Dieser Kreis hat mehr Teilnehmer schon wegen seines Gesprächsthemas, nämlich der Veränderungen, die in den langen Jahren, da man sich aus den Augen verloren hatte, eingetreten sind. Diese Veränderungen bestätigen bei den einen durch ihre Offensichtlichkeit nur das bereits Erahnte: daß die Stepanovs Mann und Frau mit einem Haus voller Kinder und Trubel sind und Eugen ein Einzelgänger ohne jemanden, der bei ihm für auch nur äußere Ordnung sorgt. Weniger durchschaubar ist der Schultheißsche Status, obwohl ins Auge fällt, daß alles an ihnen neu und praktisch ist in

einer Art, die auf leichten Erwerb und sorgenfreien Erhalt
hindeutet, denn all dieser Glanz bekommt in einer Umgebung, in die er nicht gehört, erst Sinn, wenn er ihr erklärt,
sozusagen in ihre Sprache übersetzt wird. Diese Aufgabe
übernimmt Balthasar, nüchtern, aber ausführlich: nach
dem Krieg hat er mit Inge bei null angefangen, ist aber
inzwischen Inhaber eines gutgehenden Transportunter-
nehmens mit Sitz in Wien und Zweigstellen in anderen
österreichischen und deutschen Städten; sie sind hergekommen, um die Wohnung zu besichtigen und vielleicht
zu verkaufen, die ihnen nach langem Rechtsstreit zugefallen ist. Diese zwar überzeugende Information im Zusammenhang mit ihrem Treffen klingt dennoch unwirklich in
der behaglichen Atmosphäre von Stepanovs altertümli-
chem ebenerdigem Haus mitten in Novi Sad, das nur an
staatliche große Unternehmungen und vorsichtige indivi-
duelle Karrieren gewöhnt ist. Sie löst Stille aus, eine Pause
im Gespräch, die zusammenfällt mit der Unterbrechung
des Dialogs zwischen Sergije und Inge, welcher wiederum
Wachsamkeit zugrunde liegt, wie sie alle konspirativen Lie-
benden zum Schweigen bringt. Stepanov in seiner Rolle als
Gastgeber, der für den Fortgang der Konversation verantwortlich ist, bricht das Schweigen mit einer vorbereiteten
Erklärung allgemeiner Zufriedenheit.

»Ach«, ruft er, »wozu sind wir Neuigkeiten nachge-
rannt, als könnten sie uns jünger machen. Wenn ich euch
so anschaue«, sagt er mit warmem Blick und einladenden
Gesten an alle gewandt, »dann habe ich den Eindruck, daß
hier und in dieser Stunde unser altes ehemaliges Novi Sad
wiederauferstanden ist und, wenn ich so unbescheiden
sein darf, unser aller Heimat, die Vojvodina.«

Er zwinkert jedem einzelnen aufmunternd zu. »Nicht
wahr? Sind nicht wir das alte Novi Sad aus der Vorkriegszeit, das im Abgrund der Zeit versunken ist? Sind wir

nicht alle Schüler unseres Gymnasiums – komm, Magda, setz dich zu uns!« ruft er seiner Frau nach, die unterwegs ist, um Schnaps und Gläser zu bringen, »denn auch du gehörst zu uns wie altes Eisen in den Schuppen. Haha! Seht euch nur um, wir sind vollzählig. Ich, das Gewächs dieser Schwarzerde, die so viel Schweiß und Mühe kostet, und ihr, Balti und Inge, als Vertreter deutschen Fleißes und Erfindergeistes, zusammen mit meiner Magda – die wir bitten werden, uns einen Kaffee zu kochen, nicht wahr? –, und der Genosse Rudić, Sproß nicht nur dieser hügligen Landschaft, sondern auch des slawischen Ostens, der seit jeher den Geist der Rebellion und Revolution in unsere Gegend getragen hat, und unser Freund Eugen Patak, ein Bücherliebhaber und Intellektueller par excellence biblischen und, wie ich sagen würde, talmudischen Schlages. Uns alle, so verschieden wir sind, vereint diese Atmosphäre, die wir mit der Muttermilch aufgesogen haben, diese, wie es heißt, ungesunde staubige Luft, die aber für uns einzig auf der Welt ist und zu der wir uns immer hingezogen fühlen. In diesem Sinne, im Sinne dieser Rückkehr und Begegnung, erhebe ich das Glas und trinke auf eure Gesundheit.«

Alle greifen nach den gefüllten Gläsern und trinken mit einem Lächeln über Stepanovs Worte, die ihnen übertrieben oder sogar unpassend erscheinen, deren Ehrlichkeit jedoch auf sie wirkt wie die Prozente des genossenen Getränks.

Eugen aber, der an Trinken und Geselligkeit am wenigsten gewöhnt ist, findet in den Worten des Hausherrn einen Anlaß, seine Gelehrsamkeit zu bestätigen, und ruft: »Les racines! Sicher denken Sie daran. An die Wurzeln, auf die Maurice Barrès schon 1895 hingewiesen und in seiner *L'âme de la France et la guerre* thematisiert hat. Auch Spengler hat sich etwa zur selben Zeit mit dem Problem befaßt, nur von seiner negativen Seite als Möglichkeit und Notwendigkeit des Verschwindens geographischer, also auch kultureller Erdsäfte. Ich glaube, in der Hinsicht war Schopenhauer am originellsten, weil er alle Relativität menschlicher Bindungen nicht nur an den Boden, sondern ans Leben überhaupt dargelegt hat. Ihn jedoch hat Einstein überflügelt, der dem Thema eine metaphysische Dimension verlieh.«

»Reden Sie mir nicht von Einstein«, unterbricht Stepanov, nicht unzufrieden, wie es scheinen könnte, sondern aus Rührung, die ihm die Augen verschleiert. »Wissen Sie, daß er fast einer von uns ist, ja, ja, keine zweihundert Meter von hier hat er mit seiner Frau Mileva gewohnt und vielleicht schon die Relativitätstheorie erdacht, die im Grunde ein Produkt dieser Landschaft ist, denn nur der unendlich weite Himmel über der Ebene kann zu einer so umfassenden Idee über das Weltall inspirieren. Wir alle hier sind schwerblütig, enttäuscht, mit uns selbst zerstritten, oft verzweifelt meditativ, fern vom Adlerblick des Gebirglers, der alles wie auf der flachen Hand vor sich hat. Wir hingegen blicken zum Himmel auf, und wenn wir die Augen senken, treffen wir auf eine unendliche Weite wie die des Himmels, die uns mit Trauer und Mutlosigkeit erfüllt. ›Weinend freut sich der Ungar‹, sagt ein Lied, das auch aus dieser melancholischen Ebene stammt und sich auf alle hier wohnenden Nationen bezieht. Wissen Sie, Herr Genosse, daß hier auf diesem fruchtbaren Boden der Vojvodina, wo aus einer eingegrabenen Gummisohle über Nacht ein kniehoher Stiefel wächst, daß hier weltweit die meisten Selbstmorde passieren? Wenn es dunkel wird und der Ostwind weht, greifen hier die Leute scharenweise zum Strick und hängen sich auf, wie andere ›gute Nacht‹ sagen. Und warum? Weil sie hungern? Weil sie frieren? Nein, dieses Land gibt ihnen allen Überfluß, wie er Israel in der Bibel verheißen wurde, es gibt ihnen nur keine Ruhe, kein Gefühl der Sicherheit. Denn wenn sie in die Höhe blicken, zeigt sich ihnen der Himmel, und in diesen weiten Himmel stürzt alle Ruhe und Sicherheit wie in einen umgekehrten Abgrund.«

Es wird weiter Schnaps eingeschenkt, unterbrochen vom Kaffee, den Magda auf einem großen Tablett serviert, und jetzt fühlen sich auch die weniger Beredten angeregt, ihre Meinung zu äußern, indem sie Eugens und des Hausherrn allzu dezidierte Standpunkte relativieren: Sergije mit der leisen, an Inge gerichteten Bemerkung, er sei froh, jenseits der pannonischen Ebene in Belgrad zu leben, weil er sich sonst vielleicht schon den Strick genommen hätte, bevor er sie wiedersah; Balthasar mit dem Hinweis auf die Möglichkeit, daß neben der geographischen Komponente auch das Verhältnis zur Gesellschaftsordnung auf die Mentalität einwirke; seine Frau mit der Sergije zugedachten Antwort, daß er von allen ihr bekannten Menschen am wenigsten einem Selbstmörder gleiche. Der Gesprächsstrom verzweigt sich wieder in einzelne, für die nicht unmittelbar Beteiligten trübe murmelnde Bächlein, bis er von den durchdringenden Stimmen der Kinder unterbrochen wird, die nach ihrem Spiel auf die Veranda stürmen und zu essen verlangen. Magda Stepanov steht hastig auf, um ihnen etwas zurechtzumachen, aber ihr Mann, der in der Hitze des Gesprächs schon das Sakko abgelegt und die Krawatte gelockert hat, bittet sie um einen Imbiß auch für die anderen Anwesenden, »wenn du meinst, daß wir es verdient haben«, wie er scherzend hinzufügt.

Sergije protestiert mit einem Blick auf die Uhr und erklärt, er werde zu Hause zum Mittagessen erwartet; aber Stepanov will nichts davon hören, »jetzt, wo wir so schön zusammensitzen«, und als Inge errötend die Frage stellt, ob Sergijes Zuhause in Novi Sad sei, kommen ihm

Zweifel. Vor einer definitiven Antwort müsse er nachdenken, sagt er, aber er glaube, im Grunde kein Zuhause zu haben. Und sie selbst? fragt er und erhält eine ähnliche, leichthin, fast dreist formulierte Antwort: »Jedenfalls keins, das ich nicht aufgeben könnte.« Jetzt errötet er in dem Gefühl, als habe sie sich plötzlich und schamlos entblößt, noch dazu in Gegenwart ihres Mannes; er steht auf und bittet darum, telefonieren zu dürfen. Inge bietet sich sofort an, ihn zu begleiten; sie verlassen die Veranda, wobei ihm scheint, daß alle ihnen nachblicken, obwohl er auch weiterhin ihr Stimmengewirr hört; sie betreten das zur Straße gelegene Zimmer, wo die Jalousien fast völlig geschlossen sind und der Tisch mit dem Telefon darauf kaum zu erkennen ist; er wählt die Nummer, und während er wartet, daß sich jemand meldet, fühlt er, daß die Frau ganz dicht neben ihm steht. Ohne nachzudenken, aus einem unmittelbaren Bedürfnis umfaßt er ihre warme und glatte Taille, und als er dem Vater am anderen Ende der Leitung erklärt, er werde später zum Essen kommen, zieht er Inge ganz an sich. Er schweigt auf die Frage des Vaters nach dem Grund seiner Absage und nach dem Verlauf der Besprechung; zutiefst befriedigt, weil er so ruhig neben ihr stehen kann, betäubt durch ihre Berührung, ihren für ihn neuen Duft, ihre Macht, die er bei ihrem Anblick sofort empfunden hat, bis er der Worte des Vaters gewahr wird: »Hallo! Bist du noch da? Was ist los?«, die er mit einem »Nichts, nichts, alles in Ordnung, ich erzähl's dir, wenn ich komme« abweist und den Hörer auflegt. Jetzt sind sie allein, ohne die störende Stimme, er legt auch die andere Hand auf ihre Hüfte und dreht sie zu sich, um sie zu küssen. Im selben Moment knarrt die Tür, Magda erscheint, fragt, ob alles erledigt sei, das Essen sei serviert, und sie trennen sich nicht allzu hastig im schützenden Halbdunkel, um auf die helle Veranda zurückzukehren. Hier sind auf Tellerchen Schinken- und Kä-

sescheiben und knackige Gewürzgürkchen angeordnet,
dazu Bierflaschen; alle essen und trinken, jetzt auch Sergije. Inge setzt sich wieder neben ihn, ißt, setzt das hohe
Bierglas an, sie wechseln hier und da ein Wort, nur um einander anzusehen. Eine Haarsträhne ist ihr über die Stirn
gefallen, was sie in seinen Augen hilflos und rührend jung
macht, und er würde ihr gern diese Strähne wegschieben,
um sie zu streicheln. Er hält sich natürlich zurück, denn er
empfindet diese Aufwallung als unnatürlich; unnatürlich
ist auch, daß er noch immer dasitzt, nachdem alles aufge-
gessen und das Bier getrunken ist, und er reißt sich zusammen, steht auf, rüttelt Eugen an der Schulter, der Stepanov
etwas aus Le Bon zitiert, und sie verabschieden sich auf
wackligen Beinen.

»Aber wir haben noch nicht über die Wohnung gesprochen!« ruft voller Enttäuschung Balthasar. Alle fahren
auf, als hätte jemand aus einem unsichtbaren Versteck gesprochen, aber sie erinnern sich, daß die Bemerkung ganz
angebracht ist, und Stepanov nimmt es auf sich, Sergije auf
dem Weg bis zur Pforte zu erklären, was von ihm beziehungsweise seinem allseits geachteten und verehrten Vater
erwartet wird: daß er die Wohnung, jetzt Inges Eigentum,
zu einem natürlich für ihn annehmbaren Preis kauft, über
den sie sich leicht einigen werden. Wann kommt Sergije
wieder nach Novi Sad? Also nächsten Sonntag. Schön, daß
sie sich dann wieder treffen werden, jetzt, wo sie einander
so unerwartet nahegekommen sind. Was schließlich viel
wichtiger ist als diese verdammte Wohnung, nicht wahr?
Sie verabschieden sich als Freunde; alle vor der eisernen
Pforte Versammelten einschließlich der Kinder winken Sergije und Eugen nach, die voller Alkohol und noch unge-
ordneter Eindrücke ihrer Wege ziehen.

57

Schon am Montag wird sich Sergije eines Telefons bemächtigen, um das Erlebnis von gestern zu wiederholen. Er sitzt in seinem Büro, zusammen mit Mirko Puljezović und Velimir Šotra, liest, streicht, ergänzt; wenn er müde wird oder an einer Textstelle ins Stocken gerät, sieht er seine Kollegen an und beginnt mit ihnen ein Gespräch über den Stolperstein oder etwas anderes, oder sie stören ihn mit einer Unterhaltung beim Nachdenken oder der Suche nach dem schon fast gefundenen Ausdruck. Diese Gewohnheit haben sie seit langem: sich bei der Arbeit und in der Arbeitsscheu zu unterstützen. Das rechtfertigen sie mit der Natur dieser Tätigkeit, die anstrengt, abstumpft, deprimiert, so daß man hin und wieder daraus auftauchen muß, wenn man bis zum nächsten Untertauchen überleben will. An diesem Tag jedoch stören sie Sergije als Helfer und als Hilfesuchende, sie stören ihn durch ihre Anwesenheit, die ihn hindert, für die Dauer eines Telefongesprächs allein zu sein. Er hat den gestrigen Nachmittag in einer Art Rausch verbracht, der anfangs vom genossenen Alkohol kam und dann, als dessen Wirkung nachließ, von dem, was hinter dem Alkoholschleier als Erinnerung blieb. Die Berührung von Inges Hüfte im Halbdunkel des Zimmers, aus dem er telefonisch das Mittagessen aufschob. Der Augenblick ist sinnlich in ihm anwesend, seine Hand fühlt die von Inge ausgehende Wärme, er fühlt ihren an ihn geschmiegten Körper und kann zugleich nicht glauben, daß es diesen Augenblick gegeben hat, gerade wegen der Kraft, die er noch immer ausstrahlt. Er empfängt ihn aus dem Gedächtnis wie etwas gegen seinen Willen, ja jenseits seines Bewußtseins Geschehenes.

Beim späten Mittagessen zu Hause berichtet er sehr

wortreich, fast geschwätzig von dem abgestatteten Besuch,
um, wie ihm scheint, seine Schuld an denen zu büßen, die
er dort vertreten sollte und nicht vertreten hat. Er verspürt
das echte Bedürfnis, zu beschreiben, zu erklären, ohne
natürlich jenen Augenblick am Telefon im halbdunklen
Zimmer zu erwähnen. Seiner Schilderung zufolge ist alles
bestens verlaufen. Ein Glück war schon sein Einfall, Eugen mitzunehmen, der den Hausherrn außerordentlich be-
eindruckt und durch seine Beredsamkeit die geschäftlichen
Absichten von Balthasar Schultheiß als eigentlichem In-
itiator der Begegnung verdrängt hat, so daß das Angebot
zum Kauf der Wohnung erst im letzten Moment erfolgte,
als sie sich vor dem Tor verabschiedeten, und auf ungewisse Zeit verschoben wurde.

Vater und Mutter interessieren sich natürlich für die
Einzelheiten dieses Angebots: Wie? Zu welchem Preis?
Warum eigentlich? – denn sie sind, wie Sergije noch vor ein
paar Stunden, zu keinem finanziellen Opfer bereit, dessen
Höhe und Sinn sie nicht einsehen. Aber hier redet sich Ser-
gije wieder auf Zeitnot heraus, weil er aufbrechen müsse.
Alles wird sich aufklären, verspricht er im Aufstehen, kein
Grund zu Hast oder Besorgnis, denn er hat sich auf nichts
eingelassen; in der vor ihnen liegenden Woche können sie
alle drei nüchtern überlegen, und wenn sie am kommenden Samstag zusammen sind, ihren Standpunkt zu der
Frage besprechen. Er reißt sich los und rennt auf die
Straße. Zu früh, wie er mit einem Blick auf die Uhr fest-
stellt, und gleich überkommt ihn Reue, weil er hart und
unbarmherzig war und verschwiegen hat, daß er da, wo er
es hätte sein müssen, weich und indifferent aufgetreten ist.
Er weiß, warum: Inges wegen, die all seine Aufmerksamkeit gefesselt hat. Er weiß, fühlt, daß er sie um jeden Preis
wiedersehen, wieder berühren will, und daß der Aufschub
ihm das ermöglichen wird.

Er träumt, rutscht auf dem Sitz hin und her, raucht (im Zug ist es erlaubt), aber die Unruhe fällt ihm nicht schwer, sie ist bloß äußerlich, körperlich, während sein Inneres nur von einem idyllischen Wunsch erfüllt ist. Bei ihr sein. Sie berühren. Ihre tiefe, etwas rauhe Stimme hören. Ihre grauverschleierten Augen, ihr helles, seidiges Haar sehen. Die Fahrt vergeht bei aller Ungeduld leicht, und der Weg vom Bahnhof auf einen Imbiß in einem Gasthaus und von da nach Hause ist nur eine Nebensache wie das Rauchen im Zug. Er kann weiter an sie denken, allein das ist wichtig.

Im Bett liest er (das Zimmer ist kalt, zwei Tage nicht geheizt, er muß den Arm unter die Decke schieben), aber hinter den Buchstaben, dem Blättern, dem Kältegefühl erscheint wieder nur sie. Er löscht die Lampe und stellt sich vor, sie neben sich unter der Decke zu haben. Er wärmt sich an ihr, zieht sie an sich und legt die Lippen auf ihre. Eine Strähne ihres Haars berührt seine Stirn, er schiebt sie nicht weg, sondern erträgt diesen Kitzel endlos, endlos, endlos. Mit diesem Gefühl schläft er ein und wacht er auf. Wäscht sich, frühstückt, rennt in die Redaktion. Dabei immer sie. In der Redaktion sagt er guten Tag. »Wie war das Wochenende, Kollege?« Gezwitscher. Endlich in seinem Zimmer mit Puljezović und Šotra, die er aber loswerden möchte, denn sie erfordern eine Aufmerksamkeit, deren er nicht fähig ist. Er zieht das Manuskript heran, es ist *Herz am Abzug*, das er bis zum Feierabend durcharbeiten muß. Sie trinken Kaffee, rauchen. Puljezović mit starrem Blick auf ihn: »Sie waren in Novi Sad, Kollege?« Es folgen Nachrichten aus der Presse, die zur Kenntnis genommen, aber während der letzten zwei Tage nicht gemeinsam erörtert wurden. Und jetzt wird von ihm, der nicht nur an Jahren der Älteste ist, ein endgültiges oder wenigstens strenges Urteil erwartet. Er winkt ab: »Ist doch unwichtig«, was bedeutet: »Laßt mich in Ruhe.« Mit ihr *würde* er sprechen, aber sie ist nicht hier. So kommt er auf die Idee, sie anzurufen, und gleich bricht ihm der Schweiß aus: ist das überhaupt möglich?

Zunächst braucht er das Telefonbuch Jugoslawiens; es befindet sich bei der Sekretärin Jelena Bakotić. Sie ist die Stütze der Redaktion, bei der sie seit ihrer Gründung arbeitet, und die geschiedene Frau des ersten Vertriebschefs, der nach der Trennung zum Außenhandel gegangen ist. Sie ist frisch, kräftig, mit breiten Wangenknochen im intelligenten Gesicht, kürzlich an der Gebärmutter operiert und überraschend schnell genesen. Er setzt sich ihr gegenüber auf den Stuhl der abwesenden Stenotypistin, blättert im Telefonbuch und findet unter Novi Sad drei Stepanovs, davon einen mit dem Vornamen Milan. Die Straße stimmt auch, also notiert er die Nummer auf seiner Zigarettenschachtel. Frau Bakotić beobachtet genau seine Konzentration. »Ist das ein neuer Schwarm?« fragt sie, und Sergije sagt ja, damit es als nein verstanden wird, bis er, für sich selbst überraschend, rot wird. »Oho«, bemerkt sie entzückt und boshaft zugleich, »also etwas Ernstes«, worauf er lacht, vor allem über die eigene Ungeschicklichkeit, und ganz benommen hinausgeht. Auf dem Flur bleibt er stehen, hier herrscht Betriebsamkeit, Büromädchen mit Akten unter dem Arm schwenken ihre Röcke, das ist für ihn jetzt verwirrend, denn er denkt nur daran, allein zu sein und die Nummer zu wählen. Dabei weiß er noch immer nicht, ob er kann, ob er darf. Wer wird sich melden? Stepanov, Balthasar oder Inge selbst? Am ehesten Stepanov, denn als Lehrer könnte er vormittags zu Hause sein; Balthasar kaum, das paßt nicht zu seiner Zurückhaltung; sie – wenig wahrscheinlich, er stellt sich vor, daß sie in ihrer Zerstreutheit das Klingeln gar nicht hört. Also wozu?

Er kommt zurück ins Zimmer, Šotra und Puljezović sind wieder in ihre Manuskripte vertieft. Er setzt sich und

legt die Zigarettenschachtel vor sich hin. Das Telefon ist auf
Šotras Schreibtisch, der dem Anschluß in der Wand am
nächsten steht; das stört Sergije jetzt, obwohl er weiß, daß
er in ihrer Gegenwart nicht mit Inge reden könnte. Er muß
also warten, bis beide hinausgehen. Kommt das vor? fragt
er sich und kennt die Antwort: ja, aber nicht jeden Tag.
Jetzt muß er darauf hoffen, daß sie gleichzeitig den Raum
verlassen, und beinahe haßt er sie deswegen. Der Haß auf
sie ist ihm übrigens nicht fremd, denn er fühlt sich hinab-
gestoßen zu ihnen, in diese wortklauberischen Niederun-
gen, ein Sträfling unter Sträflingen. Puljezović hat das
wächserne, spitze Gesicht eines ängstlichen Vogels, Šotra
einen schweren, hängenden Kopf mit Doppelkinn; beide
absolvieren ihre Arbeit nur als Sklaven einer Ordnung, deren Segnungen sie nicht erfahren haben. Deshalb schaut
Sergije auf sie herab, denn nicht sie haben ihn abgeschrieben, sondern er sie; aber in diesem Moment, während
seine Blicke zwischen ihnen hin und her wandern, gelangt
er zu neuen persönlichen Einschätzungen. Können sie etwas Ähnliches erleben wie er, können sie noch so zittern?
Beide sind jünger als er, Puljezović sechs, Šotra sieben
Jahre; der erste ein Junggeselle, der sich, wie Sergije vermutet, hin und wieder ein käufliches Weibchen nimmt;
der zweite verheiratet, mit drei Töchtern, wobei er auf
seine träge Weise nicht vor Affären zurückschreckt, wenn
sie mühelos und billig zu haben sind.

Aber was ihm jetzt geschieht, ist mehr, ist zumindest
etwas anderes als ein Betterlebnis, ist erst eine Ahnung, so
stark, daß es ihn alle Erfahrungen vergessen läßt. Oder
gerade weil es nur eine Ahnung, ein Anfang ist, ohne Gewicht und Mangel an Erfüllung? Diese Möglichkeit erschreckt ihn, und er denkt voller Angst an das Gespräch,
das er plant. Wenn sich nun zeigt, daß seine Hoffnungen
unbegründet sind? Er sieht die fremden Phantasien vor

sich, die Worte entgleiten ihm, er kehrt ungeduldig zu ihnen zurück. Eine junge Erbin eilt im Auto zu dem Schloß, das ihr nach dem Tod ihres Onkels zugefallen ist; sie verfährt sich im Nebel, zu Hilfe kommt ein Reiter, offenbar Besitzer eines benachbarten Gutes. Das wiederholt sich in letzter Zeit ständig: er bekommt lauter unannehmbare Großgrundbesitzeridyllen auf den Tisch. Er weiß, wie er vorgehen muß: die Höhe des Reichtums reduzieren, damit er nicht Neid und Nachahmungsdrang erweckt, das Mädchen in einen Mietwagen, vielleicht einen dörflichen Fiaker setzen, den Retter zum Fußgänger und das Schloß, wenn seine Beschreibung an der Reihe ist, zum ländlichen Sommersitz machen. Aber wo er sonst problemlos Wörter ersetzt und für den weiteren Verlauf im Gedächtnis behält, stockt er jetzt, findet nicht die richtigen Begriffe, glaubt früher andere gebraucht zu haben. Inge tritt ihm vor Augen, *ihr* Erbe, das zu seinen Auffassungen und Gewohnheiten ebenso im Widerspruch steht wie dieser Roman zu denjenigen der Mitwelt, und plötzlich entdeckt er in seinen Erwartungen an Inge denselben Zensoreneifer, der ihn bei der Arbeit leitet. Der Vergleich hinkt natürlich, aber in der Ähnlichkeit zwischen der Fiktion vor ihm und der Wahrheit in ihm ist etwas Fatales, Unheilvolles, das ihm Sorge macht. Wirklich, was will er von Inge? Ihr Retter sein wie dieser lächerliche Reiter oder sie, die Gesunde, Ausgeglichene, in seinen Schmutz herabziehen? Das einzig Redliche wäre, allein im Schmutz zu bleiben und darin zu wühlen. Wörter, fremde Wörter, die er mit dem Blick nach unten umschreibt statt mit dem Blick nach oben, was noch Achtung verdienen würde. Aber er hat sich dem Unten verschrieben und muß ihm gehorchen. Er zündet sich eine Zigarette an. Die Bitterkeit des Tabaks legt sich auf die Bitterkeit, die vom Gelesenen und Gedachten in ihm hochsteigt. Und jetzt sehnt er sich verzweifelt nach der einfachen Berührung von gestern – seine Hand auf Inges Hüfte – nach Läuterung. Er erhebt sich, trifft auf Puljezovićs durchdringenden Blick: »Sie haben wohl heute keine Lust zum Arbeiten, Kollege?« Und plötzlich entgegnet er ohne Zögern: »Es geht nur darum, daß ich ein Telefongespräch führen muß, aber allein.« Puljezović zuckt zusammen, reißt die Augen auf und senkt die Mundwinkel; Šotra, der mit halbem Ohr zugehört haben muß, hebt den Kopf; beide wechseln Blicke. Puljezović steht auf und zwinkert Šotra zu. »Gehen wir, Veljko, es ist Kaffeezeit.« Šotra schaut mißtrauisch, aber er wird schon von Puljezović am Ärmel gepackt, so daß er kaum Zeit hat, Zigaretten und Feuerzeug an sich zu nehmen, ehe sie verschwinden.

Sergije atmet auf und geht ohne eine Spur von Gewissensbissen mit seiner Zigarettenschachtel zu Šotras Schreibtisch. Er ruft die Zentrale und gibt die Nummer durch. Dann wartet er. Das kann lange dauern, denn es ist mitten am Vormittag, da die meisten Gespräche anfallen; er verflucht diesen Rededrang, dem während der Arbeitspausen die ganze Nation frönt, vor allem jener Teil, dem staatliche, also kostenlose Anschlüsse zur Verfügung stehen. Vielleicht kommt die Verbindung bis zum Mittag nicht zustande, und jemand könnte Puljezović und Šotra durch den Flur schlendern sehen und nach dem Grund ihres Streiks fragen, was peinliche Folgen haben würde. Der Schweiß bricht ihm aus. Er ruft noch einmal die Zentrale an, und als er sie nach sehr langem Warten erreicht, meldet er ein Eilgespräch an. Er legt den Hörer mit neuer Erleichterung auf, die er braucht, weil er schon Erschöpfung fühlt. Er zündet sich eine Zigarette an und wartet wieder. Endlich klingelt es. Er hebt den Hörer ab, auf einmal ruhig, fast sicher, ihm werde nach so viel Mühe signalisiert, daß er Erfolg haben wird. Aber die Frauenstimme am anderen

Ende ist nicht die von Inge: sie ist zu aufgeregt, als daß dahinter Inges gefaßtes Gesicht stehen könnte.

»Hier Sergije Rudić«, sagt er zu dieser Stimme und: »Guten Tag.«

»Guten Tag«, antwortet die Stimme, die dünner und höher ist als die von Inge und in der er sogleich Magda erkennt. »Sie sind das? Sind Sie denn nicht abgereist?«

»Doch«, sagt er. »Ich rufe aus Belgrad an.«

»Ah, das ist schön!« Und er muß denken, wie hübsch ihre unbegründete Freude ist.

»Danke«, fährt er fort. »Ich melde mich, weil wir gestern unser Gespräch so plötzlich unterbrochen haben, nachdem ich weggehen mußte. Ich wollte nicht unhöflich erscheinen.« Er verstummt, sie antwortet nichts, also fragt er:

»Hallo! Hören Sie mich?«

»Ja, natürlich«, bestätigt Magda. »Ich kann mich nur an keine Unhöflichkeit erinnern. Ihr Besuch hat uns sehr gefreut.«

»Wirklich?« Er ist fast gerührt. »Um so besser. Ich wollte nur bestätigen, daß ich am Wochenende wieder in Novi Sad bin und gern das Gespräch mit Ihnen allen fortsetzen würde. Ihre Kusine wird auch noch dasein, nicht wahr?«

»Ja, ja« – ein verspieltes Glöckchen scheint mitzuschwingen –, »Inge und Balthasar bleiben über Ostern.«

»Ausgezeichnet. Dann sehen wir uns auf jeden Fall.«

»Wir freuen uns«, wiederholt sie und fährt unerwartet fort: »Bringen Sie bitte auch Ihren Freund mit. Mir und Milan hat er sehr gefallen.«

»Eugen?« Auch das rührt ihn, als ob das Lob ihm gelte. »Sicher werde ich ihn mitbringen.«

»Fein. Dann erwarten wir Sie.«

»Ja«, bestätigt er und weiß, daß das Gespräch an diesem Punkt enden müßte; aber noch reizt ihn die Möglichkeit, daß Inge in der Nähe sein und er ein paar Worte mit ihr sprechen könnte. Er überlegt, wie er das bewerkstelligen kann, und als ihm das eigene Schweigen schon zu lange dauert, findet er einen unbestimmten, aber sicheren Übergang:

»Sie sind alle wohlauf? Stepanov, die Kinder, Inge und Balthasar?«

»Ja, danke, uns geht es gut.«

»Ist Frau Inge zu Hause?« erkundigt er sich herzklopfend.

Aber die Stimme, mit der ihm Magda antwortet, ist seelenlos real wie auch der Inhalt der Antwort: »Nein, sie macht mit Balthasar eine Spazierfahrt.«

»Aha. Also grüßen Sie alle.«

»Ja, danke. Wir erwarten Sie.«

Und er kann sich nur noch verabschieden und den Hörer auflegen. Er ist erregt, ausgelaugt und unzufrieden. »Sie macht eine Spazierfahrt mit ihrem Mann«, was bedeutet das? Daß es gestern eine Auseinandersetzung zwischen ihnen gab, die sie veranlaßte, sich Sergijes Berührung zu überlassen, fast aufzudrängen, und daß das heute schon bereinigt und die Berührung vergessen ist? Die Ungewißheit quält ihn, doch er weiß, daß er sie nicht mehr wegschieben kann und auf die nächste Begegnung warten muß. Nachdenklich geht er zur Tür, öffnet sie, schaut auf den Flur, aber Šotra und Puljezović sind nicht dort. Er läßt die Tür offenstehen zum Zeichen, daß sie zurückkommen können.

Hinter Inges Spazierfahrt steht jedoch keine Versöhnung nach einem ehelichen Zerwürfnis, sondern Gewohnheit. Autos haben sie und Balthasar schon seit zehn Jahren – jetzt das dritte, wobei sie das erste verkauft und das zweite für Inge behalten haben –, so daß Ausfahrten längst zu ihrem Alltag gehören. Vor allem für Balthasar, der gern betont, daß man ein Auto haben und fahren oder darauf verzichten sollte, und dessen Entscheidung für die erste Variante bestärkt wird durch den dünnen Verkehr auf den jugoslawischen Straßen und Chausseen. Als er aus Wien abreiste, zum erstenmal seit seiner Kindheit und mit dem Auto in östlicher Richtung, war er im Bann eines zwiespältigen, widersprüchlichen Gefühls aus Grauen und Erleichterung, Verachtung und Entzücken. Gleich jenseits der österreichisch-ungarischen Grenze – denn er und Inge wollten über Budapest fahren, um diese schöne Stadt zu besichtigen – erstreckten sich vor den Rädern seines Peugeot schmale und ungepflegte, aber fast leere Chausseen und verlockten ihn, der sonst vorsichtig war, zu Übermut und Laxheit, so daß er abwechselnd mit besorgtem Blick auf den Tachometer Gas gab oder wegen eines Schlaglochs, das ihn und Inge bis unters Dach geschleudert hätte, fluchend auf die Bremse trat. »Alles leer hier«, sagte er zu der schläfrig neben ihm sitzenden Inge, oder: »Sieh dir die Straße an! Das ist ja nicht mal ein Feldweg, das ist eine Schande!« Aber in Wirklichkeit triumphierte er, weil erst hier das starke Auto seine Vorzüge und er seinen Besitzerstolz herausstellen konnte, der auf den glatten österreichischen Straßen von einer Menge schwerer, glänzender Fahrzeuge unterdrückt wurde. Obwohl der von ihm – weil Inge sich für technische Berechnungen nicht interessierte – ausgearbeitete Plan schon eine Station in Szombathely vorsah, der ersten größeren ungarischen Stadt, wo sie pausieren und zu Mittag essen konnten, trieb ihn die relative Leere der Chausseen in einen Wettlauf mit sich selbst, also jagten sie – mit seiner Ausrede, hier gebe es offenbar nichts zu sehen – gleich weiter in Richtung Budapest. Aber als sie hier, schon hungrig, ankamen, hatte Balthasar plötzlich nicht mehr die Geduld, ein Hotel aufzusuchen, damit sie ein Zimmer nehmen, sich umziehen und einen Stadtbummel machen konnten, vielmehr hielt er vor einem der ersten Wirtshäuser am Rand der Stadt, deren schwarze Fabrikschlote und Dächer sich in der Ferne abzeichneten. Es war eine kleine Budapester Schenke mit jetzt leerem Garten, ein vor allem abendlicher Treffpunkt von Weintrinkern und Liebespaaren bei Zigeunermusik, wo sie zu dieser ungewohnten Zeit von kahlen Tischen und einem mit Zigarette zwischen den Fingern an der Theke lehnenden Kellner empfangen wurden, der ihnen auf ihre Frage nach der Speisekarte mitteilte, es gebe nur Gulasch oder Linsen mit Schweinefleisch. Sie entschieden sich für das erstere in der Hoffnung, es schnell zu bekommen, warteten aber ziemlich lange, da es offenbar in der Küche angewärmt, aber nicht richtig heiß gemacht wurde, und tranken dazu aus Flaschen ein dünnes und säuerliches Bier, das den von zu Hause gewöhnten holländischen und bayerischen Bieren nicht im mindesten gleichkam. Balthasar bekam schlechte Laune von diesem miserablen Mittagessen, es vergällte ihm das ganze Budapest, und als sie gezahlt hatten und ins Auto gestiegen waren, schlug er vor, die Stadtbesichtigung auf die Rückkehr zu verschieben und den Rest des Tages zu nutzen, um ihr Ziel Novi Sad zu erreichen. Inge war gleich dazu bereit – sie hatte für Sightseeing nichts übrig –, und so fuhren sie über die nächste Brücke nach Pest und gelangten, ohne das Zentrum zu berühren, unerwartet schnell auf die Straße nach Jugoslawien, so daß sie ganz entgegen dem Plan schon am Tag des Aufbruchs aus Wien in Novi Sad eintrafen, wenn auch sehr spät, kurz vor Mitternacht.

Dieser mit viel Mühe errungene Erfolg hinterließ in Balthasar jenes sieghafte Gefühl, das ihn danach veranlaßte, das Auto auch in Jugoslawien nicht stehenzulassen. Kaum war er angekommen, begann er mit dem, was er unterwegs versäumt hatte, mit Besichtigungen. Und da es schwer war, in dem kleinen und monotonen Novi Sad mit seinen einhunderttausend Einwohnern einen Ersatz für die ungarische Zweimillionenmetropole zu finden, fuhr er unter Vernachlässigung der städtischen Straßen mit ihren ärmlichen Auslagen und geduckten Häuschen jeden Tag weiter in die Umgebung. Zugunsten dieses vergrößerten Radius sprach auch die Jahreszeit, der März am Übergang in den April, frische, sonnige Tage und die vom Regen gewaschene, weithin durchsichtige Luft, die im Gegensatz zu der hügligen und feuchten Umgebung Wiens weite Blicke in das Grün der Ebene öffnete. Am häufigsten fuhren sie zur Festung Petrowardein am jenseitigen Donauufer, in der seit kurzem kein Militär mehr stationiert war, »vertraten sich die Beine« auf den Wegen um die Mauern und »genossen frische Luft«, wie Balthasar in seinem Bedürfnis, für alles einen Sinn zu finden, diese Spaziergänge rechtfertigte. Neben der frischen Luft hundert Meter über der Donau und dem freien Blick in die Ebene befriedigte ihn in Wirklichkeit schon die aus Ziegeln erbaute Festung, zum Teil weil sie während seiner Kindheit in Novi Sad zwar gegenwärtig, aber als Kaserne unzugänglich war und er den Eindruck hatte, endlich etwas zu erobern, was ihm ungerechterweise verwehrt gewesen war, und andererseits, weil er inzwischen erfahren hatte, daß das Bauwerk von der k. u. k. Monarchie auf dem einzigen Steilhang dieser eintönigen Landschaft als etwas Festes und Dauerhaftes er-

69

richtet worden war, auf das er noch als Nachkomme stolz sein konnte. Er betastete die Mauern, machte Inge auf ihre Höhe und Stärke aufmerksam, versuchte zu errechnen, wieviel Stein und Mörtel in die vielen Dutzende Gebäude, Gänge, Türme verbaut worden waren, weniger weil ihn die Summe interessierte, sondern um Inge mit den Ziffern zu blenden, dem Reichtum und der Macht, die in ihnen ruhten. Denn er argwöhnte, daß sie seine Begeisterung nicht teilte. Nicht weil sie etwas gegen ihre gemeinsame Heimatstadt Novi Sad hatte, sondern weil sie in dieser Stadt gerade solchen Dingen den Vorzug gab, an denen er verächtlich vorüberging. Eigentlich mochte sie Autofahrten nicht besonders gern, sondern verweilte lieber im Haus ihrer Kusine, schlief morgens lange aus in dem ihnen zugeteilten, zum düsteren Hof gelegenen Gastzimmer, aus dem man die Kinder in ein benachbartes verdrängt hatte, so daß sie sich aus Vergeßlichkeit ständig in das ehemalige verliefen. Während Balthasar als Frühaufsteher – der täglich eine Stunde Weg von der Villa in Mistendorf bis zum Büro in Wien zurücklegte – schon längst gebadet, rasiert, angezogen auf der Veranda frühstückte, wo Magda eine Thermoskanne mit Milchkaffee, Aufschnitt und Butter, Konfitüre und Brot unter gestärkten Servietten bereitgestellt hatte, faulenzte Inge im Halbdunkel des engen Hofzimmers, nicht selten in Gesellschaft eines der Kinder, das zu ihr unter die Decke gekrochen war. Balthasar stand ungeduldig vom Tisch auf, wo er auf sie gewartet hatte, wie aus Mistendorf gewohnt, wo sie seinen Zeitplan respektierte, und ging, weil er sein erstes Morgenpfeifchen rauchen wollte, die Hände auf dem Rücken, mit hartem, unrhythmischem Schritt ins Zimmer, um seine Frau zu ermahnen. Doch sie murmelte nur, aus dem Schlummer gerissen, »Gleich, gleich« oder »Ich mag noch nicht aufstehen« und fiel zurück auf das schwere Federkissen, ohne Rücksicht auf die an sie geschmiegten Kinder Ana und Vojislav, die das mit unterdrücktem Gelächter quittierten. Da Inge und er keine Kinder hatten – was ihm ewig leid tat –, war er nicht daran gewöhnt, daß irgend jemand außer ihm körperlichen Kontakt mit seiner Frau hatte, nicht einmal scheinbar unschuldige Kinder, deren wahrer, wenn auch unbewußter, tiefer Sinnlichkeit er sich aus eigener Erfahrung erinnerte, und zwar gerade mit solchen erwachsenen, halbbekannten Tanten, die plötzlich zu Besuch kamen und die gerade erwachten Gefühle mit ihrem weiblichen Geruch anstachelten; es störte ihn auch, daß diese Ungehörigkeit in dem dunklen, ungelüfteten, mit überflüssigen Dingen vollgestopften Zimmerchen stattfand, aus dem er ungeduldig geflohen war, während Inge möglichst lange dort verweilen wollte.

Die Reise nach Novi Sad war seine Idee gewesen, nachdem die von ihm abonnierte Wirtschaftszeitung die Ausweitung jugoslawischer Erbrechte auf österreichische Staatsbürger veröffentlicht hatte, was auch mit Inges Recht auf die Wohnung ihres Großvaters zu tun hatte; er hatte seine Frau angeregt, die lose Verbindung mit ihrer Kusine zu festigen, und ihr die Empfehlung diktiert, in Novi Sad einen Anwalt zu nehmen, und als ihm schien, daß sein Bestreben nicht das erforderliche Echo fand, beschloß er, den ersten freien Termin – die Osterferien – diesem Geschäft zu widmen. Dabei hatte er, vermögend und kinderlos, anfangs gar nicht die Idee, diese Wohnung oder diese Wohnungen in einem kleinen, fast vergessenen pannonischen Städtchen mit seinem oder Inges nicht unbedeutenden Vermögen zu vereinigen, sondern er folgte nur der Überzeugung, daß ein zivilisierter Mensch die Pflicht hat, das, was ihm gehört, an sich zu nehmen und zu bewahren. Seinen Standpunkt teilte er zuerst Inge mit und fügte hinzu, daß das Erbe ungeachtet seines Werts ihrer Verwandtschaft zufallen sollte, den Stepanovs, die mit ihren vier Kindern nichts dagegen haben würden, das Geschenk anzunehmen; und diese Entscheidung hinterließ auch ihre Spuren in Inges Briefen an Magda. Balthasar brach also nach Novi Sad auf, um in dem langwährenden Chaos Ordnung zu schaffen.

Dazu zählte er auch den Exodus seiner Familie aus der einstigen Heimatstadt; zugleich war er sich bewußt, daß er auf Hemmnisse und Widerstände treffen würde, und aus dieser inneren Überzeugung war seine Fahrt hierher gekennzeichnet von Entschlossenheit und Widerwillen, Elan und Bitterkeit. Dennoch brachte ihn alles, was seine Vermutungen bestätigte, aus dem Gleichgewicht. Das Haus Stepanov in ständiger Unordnung wegen der vielen Kinder und der Gäste, die der Hausherr freigebig versammelt; wegen Magdas Unfähigkeit, den von anderen verursachten Wirrwarr zu bewältigen, zu ordnen, zu beseitigen; wegen ihrer leichtfertigen Nachgiebigkeit gegenüber den Forderungen von Mann und Kindern, die nicht nur die regelmäßigen Einkünfte wie ein Räderwerk zermahlten und wie der Ostwind hinwegfegten, sondern auch alles, was ihnen die Familie hinterlassen hatte, die früh geerbte Wohnung, die in Generationen zusammengetragenen Geldsummen und Wertsachen – und nun drohten, auch das, was er ihnen zugedacht hat, durch dieses gedankenlose Dahinvegetieren in ständiger Knappheit wegen übertriebener Ausgaben für nutzlose Kleinigkeiten zu vernichten. Die Trägheit und Zögerlichkeit im Umgang mit dem Zweck seines Besuchs: die Klärung des Eigentums an den konfiszierten Wohnungen. Die Unfähigkeit des Anwalts, den Stepanov nur deshalb engagiert hat, weil er sein Schulfreund ist. Die Verwahrlosung des zu erbenden Miethauses, das sie gleich nach der Ankunft besichtigt haben; die Verwahrlosung der ganzen Stadt mit ihren von Feuchtig-

keit und Salpeter angefressenen, altmodisch gekalkten
Häusern, staubigen Hoftoren und verstopften Abfluß-
rohren. Die Unhöflichkeit des Personals in Geschäften,
Straßenbahnen, Kinos. Die Dreistigkeit der jungen Leute
auf den Straßen, langhaarig, in Pullovern und Anoraks,
diesen angeblichen Merkmalen der von ihnen einzig akzep-
tierten westlichen Zivilisation.

Ein Grund mehr für Balthasar, in seinem Peugeot wie
in einem Küraß zum Gemäuer der alten Militärfestung zu
fahren. Aber auch mit ihr ist er nicht zufrieden. Warum
gibt es hier keine Schilder, die auf die Entstehungszeit, die
Namen von Erbauern, Schutzherren, Projektanten hinweisen; warum sind keine Kanonen und sonstiges rekon-
struiertes Kriegsgerät aufgestellt, um das Alte wiederzube-
leben? Bei einem Spaziergang fanden Inge und er zufällig
den Eingang zu dem kleinen Festungsmuseum; sie kauften
Eintrittskarten und gingen in Begleitung einer älteren
Frau mit Strickzeug in den Händen durch die drei Säle
voller Landkarten und Puppen in alten Trachten; einen
Katalog gab es allerdings nicht, er war vergriffen. Warum?
tobte er, die kleinen hellbraunen Augen auf Inge gerichtet,
mit der er sein Entsetzen teilen wollte. Aber sie ging
schläfrig und gleichgültig an den Merkmalen der Vergangenheit vorüber, als beklagte sie keinen Verlust, als lebte sie
ganz in der Gegenwart, wie sie hier empfunden wurde, ihr
mit einer Sanftheit ergeben, die er früher an ihr nicht gekannt hatte.

Inge ist an Balthasars Miß-
launigkeiten schon gewöhnt. Sie erträgt sie ergeben, denn
sie empfindet sich wegen ihrer Kinderlosigkeit als unvoll-
kommene Ehefrau. Sie liebt Beziehungen mit Männern,
den Beischlaf selbst wie auch die Atmosphäre gegenseiti-
ger Anziehung, die ihn vorbereitet. Seit ihrer Jugend weiß
sie, daß sie attraktiv ist, und versucht, in dieser Eigenschaft
nicht nachzulassen. Als Tochter eines Arztes, der, obwohl
der älteste Sohn des Müllers Lebensheim, das Handwerk
nicht übernehmen wollte, sondern durch Wutanfälle erreichte, an teure Universitäten in Graz und Wien geschickt
zu werden, von wo er mit einer verwöhnten Braut zurückkehrte, ist sie im Schatten ewiger Streitigkeiten ums Geld
aufgewachsen, obwohl sie das nicht hätte tangieren müssen. Ebensowenig ihren zwei Jahre älteren Bruder Dietrich. Der Vater, Dr. Karl Lebensheim, schwächlich und
hochnervös, konnte sich in seinem Beruf nicht bei den trägen, muskulösen Bewohnern von Novi Sad und seiner
Umgebung behaupten, die bereit waren, für das Einrenken
eines Gelenks, einen Aderlaß oder die Versorgung von bei
der Feldarbeit zugezogenen Wunden gut zu bezahlen; er
gähnte und las Zeitungen und starrte aus dem Fenster in
Erwartung der wenigen Patienten, die das Zimmermädchen in weißer Schürze und weißem Häubchen in sein Behandlungszimmer führte, denn es war unter der Würde
seiner Frau, der Tochter eines Wiener Gymnasialprofessors, sich in eine Tätigkeit zum Gelderwerb einzumischen.
Rund und weiß, war sie den ganzen Tag mit Körperpflege
beschäftigt, feilte sich die Nägel, badete, wechselte die
Kleider; sie las Zeitschriften und Bücher, die sie sich von
zu Hause kommen ließ; sie befehligte die Köchin und das
Zimmermädchen, wenn letzteres nicht in der Praxis ge-

74

braucht wurde und sich dem Hausputz und den Kindern widmen konnte. Sie selbst ging lediglich mit den Kindern spazieren. Feingemacht flanierten sie zu dritt durch die Hauptstraße, wo die Mutter in der Parfümerie und im Blumenladen einkaufte, und auf dem Heimweg ruhten sie sich auf den Plüschsesseln beim Konditor Dornstetter aus, wo ihnen eine ältliche, wie ihr Zimmermädchen gekleidete Kellnerin unter Aufsicht des hochgewachsenen, rasiermesserdünnen, glattgescheitelten Juniorchefs den Kuchen servierte.

All das war kein übertriebener Luxus, kostete aber mehr, als Dr. Lebensheim verdiente, und an jedem Monatsersten, wenn die Rechnungen von Metzger, Bäcker und Gemischtwarenhändler fällig wurden, bei denen die Köchin auf Kredit einkaufte, mußte der alte Lebensheim mit seiner großen, mehligen Hand in die eigene Tasche greifen. Er tat es mit gekünsteltem Widerstreben, da er sich mit dem Gedanken abgefunden hatte, seinem der längst verstorbenen Frau ähnlichen Lieblingssohn zu helfen und ihn das sogar mit Stolz erfüllte, obwohl er als in sich ruhender Mensch ebenso stolz gewesen wäre, hätte sein Erstgeborener in seinem Beruf Reichtümer verdient. Einen solchen Nachkommen hatte er in dem untersetzten, großköpfigen, dunkelhaarigen, schmalstirnigen und pflichtbewußten Peter, der sich gern mit der Mühle befaßte, eine Handwerkertochter geheiratet und mit ihr gesunde, lebhafte Kinder gezeugt hatte. Peter mißbilligte das Leben seines Bruders auf großem Fuß, wie er auf den obligatorischen Familientreffen beim alten Lebensheim anmerkte, denen auch Karl mit Frau und Kindern nicht fernzubleiben wagte, wollte er nicht, daß die allmonatliche Finanzhilfe versiegte. An dem großen ovalen Tisch, wo die unverheiratete Paula Napfkuchen und Milchkaffee servierte, während der Großvater mit den Enkeln scherzte und Peter seine giftigen Bemerkungen losließ, fühlte sich die Wiener Linie der Familie erniedrigt, wie in eine Pfütze gestoßen, wobei sie jenseits des Verwandtenkreises das noch schlimmere Novi Sad erwartete, wo man, wie sich Karls Frau in einem Brief an ihre Mutter ausdrückte, selbst in den reichsten Häusern nicht sicher sein konnte, ein anständiges Klosett anzutreffen.

Sie isolierten sich immer mehr, und anstelle der Kontakte, die sie hier nicht aufnehmen konnten, verstärkten sie die Verbindungen nach Wien, wo Giselas ältere, mit dem preußischen Juristen Albert Schultheiß verheiratete Halbschwester Bonnie lebte. Beide Frauen wechselten Briefe voller Sehnsucht, Jugenderinnerungen und Klagen, die nicht einseitig waren, da in Österreich eine Wirtschaftsflaute herrschte, welche die Pension des Gymnasialprofessors nicht so ausgleichen konnte, wie es hier die Kasse des Müllers tat. Unter dem Eindruck des deutschen Bestrebens, im zurückgebliebenen Osten zu Wohlstand zu gelangen, kam es Schritt für Schritt zu dem kühnen Entschluß von Bonnie und ihrem Mann, ihr Glück in jenem selben Novi Sad zu versuchen, wo sich Gisela ohnehin einsam fühlte. Es begann eine Zeit fieberhafter Vorbereitungen; für den Juristen, seine Frau und die beiden Söhne wurde unter Schwierigkeiten ein angemessenes Haus gefunden, und dann kamen die Wiener, gefolgt von einem Waggon voller Möbel, Kleidung, Hausrat, Bilder und Bücher. Gisela und ihr Mann waren nicht mehr einsam, und ihre Kinder fanden in den Schultheiß-Brüdern – Balthasar, der nach einer Knochentuberkulose auf dem linken Bein lahmte, und dem pausbäckigen Franz – etwas ältere und daher tonangebende, nachahmenswerte Kameraden.

Die Beziehung der Kinder spiegelte übrigens im kleinen die ihrer Eltern, denn das ältere, wenn auch später angekommene Paar übernahm alsbald die Führung. Albert

Schultheiß, der weder Serbisch noch Ungarisch sprach und sofort begriff, wie sehr ihm das in einer Stadt mit gemischter Bevölkerung schadete, suchte, sobald er den Staub von den Schuhen geschüttelt hatte, die örtlichen angesehenen Deutschen auf und teilte ihnen seine Absicht mit, eine Anwaltskanzlei zu eröffnen, und da er ein Mann von angenehmem Äußeren und sicherem Benehmen war – kastanienbraun, hochgewachsen, mit tiefer männlicher Stimme – und seine guten Geschäftsverbindungen mit Österreich und Deutschland herausstellen konnte, verharrte das Haus mit dem Geschäftsschild neben der Eingangstür nicht länger in privater Ruhe. Es waren die dreißiger Jahre, als der Nationalsozialismus schon an die Macht gelangt war und mit seiner Bewaffnung und seinen Drohungen in der Welt Angst säte und unter den Deutschen die Überzeugung wuchs, nicht bei den eigenen Rechnungen zu bleiben, sondern sich in den Strudel des Geschehens zu stürzen, das dem Deutschtum Macht und Reichtum bringen würde. In einer solchen Übergangszeit der Erprobung neuer Möglichkeiten für Import, Export, Anlagen, Kreditgeschäfte war es angebracht, einen Mann aus dem Zentrum zu konsultieren, der gebildet und klug und über Studenten- und Fachvereine mit den einflußreichsten Kreisen der beiden deutschen Staaten verbunden war, wie Dr. Schultheiß.

Nach kaum zwei Jahren war er der Rechtsberater der größten Handels- und Produktionsbetriebe in der südlichen Bačka und im Srem – wo die Deutschen die führenden Wirtschaftler waren – und sicherte damit seiner Familie ein üppiges Leben. Er besaß den dafür notwendigen Unternehmungsgeist, veranstaltete Bankette, Ausflüge, engagierte Fremdsprachenlehrer für seine Söhne und schrieb Franz in die Reit- und Fechtschule ein. Der Arzt Lebensheim und seine Familie folgten ihm in allem, jedoch angewiesen auf die finanzielle Hilfe des Müllers und daher langsamer angepaßt an die gesellschaftlichen Erfordernisse. Schultheiß drängte sich mit seiner offenen, freien Natur den Deutschen in Novi Sad als Führer auf, und auch die serbischen und ungarischen Bürger konnten sich seiner Suggestivität nicht ganz entziehen, während Lebensheim im Schatten seiner langweiligen Praxis blieb.

Als der Hitlerismus mit der Gründung des Kulturbundes Aufschwung in der Bačka bekam, war Dr. Schultheiß einer der ersten, der Uniformen für sich und die Söhne anschaffte, und sie zeigten nun öffentlich, wohin sie gehörten, er auf abendlichen Treffen, wo er in blankgeputzten schwarzen Stiefeln, schwarzer Reithose, engem Uniformrock und Schildmütze auftrat, und Franz auch im Namen des seit seiner Kindheit lahmenden Balthasar auf sonntäglichen Märschen mit Musikbegleitung in kurzer Lederhose, hellbraunem Hemd und weißen Kniestrümpfen. Der zarte und griesgrämige Dr. Lebensheim, den laute und schweißtreibende Strapazen abstießen, konnte sich zu derartigen Kostümierungen nicht verstehen, hatte jedoch auch nicht die Kraft, seine Kinder davor zu bewahren, und so zogen Dietrich und Inge an jedem Sonntagvormittag in ihrer halb engelhaften, halb touristischen Gewandung zu Trommel- und Trompetenklängen durch die Straßen der Stadt. Sie mochten das beide nicht: Dietrich, weil er wie sein Vater introvertiert und schwächlich war, außerdem Brillenträger, und sich in der Kolonne nicht gleichberechtigt fühlte, und Inge, weil sie die Mädchenkleider, die ihre knospende Weiblichkeit betonten, zu sehr liebte, als daß sie sie freiwillig gegen die Monotonie der Kniestrümpfe und kurzen Tuchröcke vertauscht hätte. Da sie offenere Sinne hatte als der in sich gekehrte Dietrich, spürte sie, wie unnatürlich der Einfluß war, den das couragierte Ehepaar Schultheiß auf ihre Eltern ausübte, vor allem auf die Mutter, die ständig zu ihrer Halbschwester rannte und voller Richtlinien und Hinweise von dort zurückkehrte. Sie ahnte, daß sich ihr Vater, dessen Schwäche sie durchschaute, zwischen den Forderungen eines stärkeren, gewalttätigen Blutes und seiner wahren Natur zerrieb, und zog sich statt seiner von den Schultheißens zurück. Aber an wen sollte sie sich halten? Der Vater floh vor möglichen Gesten der Zuneigung in die Langeweile und Ödnis seiner Praxis, die Mutter war verrückt nach den Erfolgen des im Grunde rivalisierenden Hauses. Inge wandte sich also den Rivalen der Rivalen zu, und das waren Großvater Lebensheim und Onkel Peter, die gegen die sonntäglichen »Maskeraden« waren – wie der Alte die Defilees zu Musikbegleitung nannte – und die Ansicht vertraten, daß ein vernünftiger Deutscher in einem fremden Staat nicht diejenigen provozieren sollte, mit und von denen er lebte.

In diesen beiden Handwerkern – denn sie betrachteten ihr Geschäft trotz seiner Einträglichkeit als Handwerk – lebte noch die lässige und flexible Bescheidenheit der Zugewanderten, die zufrieden sind, wenn sie satt zu essen haben, in Eintracht und Gesundheit und in einem schönen Heim leben, fern von den bunten und schönrednerischen Festen, die den verblendeten und müßigen Einheimischen besser anstehen. Auch ihre Behausungen waren einfach: die Wohnung des Großvaters im ersten Stock seines Hauses, die er mit der altjüngferlichen Tante Paula teilte, und die von Peter in einem ebenerdigen Gebäude hinter der Mühle, deren geräumiger Hof seinen Kindern als Spielplatz diente. Hierher kam auch Inge am liebsten zum Spielen, auf der Flucht vor der griesgrämigen Enge des eigenen Heims und dem aufwendigen Luxus der Schultheiß-Villa, in der sie sich aus Scham über ihre schwärmerische Mutter betrogen und mißbraucht fühlte. Im Mühlenhof war das Reich von Peters vielen Kindern, unter denen Magda das älteste Mädchen und eine Art stellvertretende Hausfrau war, dazu kam eine ganze Schar aus der Nachbarschaft, hergelockt durch die Möglichkeit, Haschen und hinter den aufgestapelten Holzstämmen und leeren Eisenfässern Versteck und mit ihren Puppen und Holzsäbeln Krieg, Familie und Doktor zu spielen oder auf die Mähmaschine mit all ihren Rädern und Hebeln zu klettern. Inges Mutter paßte es nicht, daß ihre Tochter sich diesen einfachen Vergnügungen hingab, aber sie wagte kein Verbot auszusprechen, weil das Mädchen des Müllers Lieblingsenkelin war, die er so oft und so lange wie möglich in seiner Nähe haben wollte. Die Mühle war Tag und Nacht in Betrieb, mit ratternden Maschinen, knarrenden Riemen, dem murmelnden Wasser, das aus dem tiefen Brunnen ins Kesselhaus floß; die Arbeiter eilten über den Hof, weiß von Mehl und beladen mit schweren Säcken, oder sie ruhten sich mit Zigaretten und Bier im Schatten vor Peters Häuschen aus, in dem seine Frau Wilhelmina, barfuß in Pantoffeln, den ganzen Tag Krapfen backte und sie den Kindern durch das Küchenfenster reichte. Von Zeit zu Zeit ging der Großvater über den Hof, groß und rotwangig, weißhaarig, in einem Samtanzug voller Mehlstaub, selbst ganz bemehlt bis zu den Wimpern über seinen blauen Augen, die nach Inge Ausschau hielten, und wenn er sie gefunden hatte, hob er sie hoch und küßte sie ab und zerkratzte ihr das Gesicht mit seinen Bartstoppeln. In diesem Reich voller monotonem Lärm und Mehlstaub tauschte Inge auch ihre ersten erotischen Küsse mit Raša-Radomir Denić, einem Schüler der Technischen Mittelschule aus dem Dorf Bačko Dobro Polje, der sich in der Mühle als Saisonarbeiter verdingt hatte, um sich den Sommer über auf die Wiederholungsprüfung in Mathematik vorbereiten zu können. Die Prüfung machte ihm keine Sorgen, er sagte augenzwinkernd, die Sache sei zwischen seinem Professor und dem Präzeptor abgemacht; auch die Arbeit interessierte ihn nicht sehr, da er sich unterbezahlt fühlte; er seufzte, rollte die Augen und schüttelte den runden, dichtbehaarten Kopf auf dem langen Hals, wann immer er sich aus der Mühle stahl, wo er auf Zettelchen die Höhe des Mahlgelds notierte. Er tat das immer öfter, denn er hatte ein Auge auf Inge geworfen; er mischte sich unter die Kinder, jagte mit den Jungen dem Ball nach, der wie von selbst vor seinen Fuß im staubigen Schuh rollte; eines Abends, als Inge im Tor stand, faßte er sie um die Taille und küßte sie auf den Mund. Später lockte er sie mit Zeichen an, und obwohl sie sich zierte, gab sie am Ende immer nach, neugierig auf die Wiederholung dieser Umarmung und der heißen, feuchten Berührung seiner Lippen. Schließlich lockte er sie in die Mühle, die zu betreten ihr der Großvater verboten hatte; in der riesigen Finsternis, kaum aufgehellt durch den Schein einer Glühlampe hinter dicken Balken und das spärliche, vom Staub auf den winzigen Fenstern gedämpfte Tageslicht, im Gewirr der steilen Holzstufen, der ratternden und stöhnenden Räder und Riemen, voller Angst vor dem Großvater und seinen Arbeitern, die hinter den Säulen vorübergingen und gewaltige Schatten warfen, überließ sie sich dem gierigen Mund und den dreisten Händen des Jungen, der ihr unter den Rock griff. Mehr als Küsse und Liebkosungen verlangte Raša hier nicht von ihr, sondern lud sie in das Untermieterzimmer eines Freundes ein, das nicht von der Wirtin kontrolliert wurde wie seines, aber in einem entfernten Teil der Stadt lag, wohin sie wegen der Überwachung durch ihre Mutter nicht gehen konnte und wollte. So verging der Sommer. Raša bestand seine Prüfung; in der Mühle wurde er nicht mehr gebraucht, und so konnten sie sich nur noch abends auf dem Korso sehen, sofern Inge mit ihren vierzehn Jahren die Erlaubnis zum Ausgehen erhielt. Der Junge wurde ungeduldig, weil er häufig vergebens warten mußte, die Umarmungen in Seitenstraßen jenseits des Korsos befriedigten ihn nicht, so daß er jetzt kategorisch ein Treffen in der Wohnung des Freundes verlangte. Darüber gerieten sie in heftigen Streit, trennten sich und trafen sich nur noch zufällig oder wenn er sie vor der Schule abpaßte.

Das dauerte bis zum Frühjahr, als der Krieg ausbrach. Raša fuhr zurück in sein Dorf und kam nicht mehr wieder; deutsche und ungarische Truppen marschierten ein; die neue Zivilverwaltung setzte die Doktoren Lebensheim und Schultheiß auf Posten, von welchen die Serben vertrieben wurden. Ihnen gegenüber errichtete die Okkupation eine harte und verächtliche Mauer. Diese Umstellung stieß Inge in die Arme der Schicht, der sie sich bisher entzogen hatte, der einzigen, die jetzt ihrer gesellschaftlichen Stellung entsprach. Ihr Vater wurde Chef des Gesundheitswesens in der Stadt, kurz darauf im Verwaltungsbezirk, was sein Ansehen und seinen Einfluß und auch seine Einkünfte erhöhte; er brauchte nicht mehr bei Vater und Bruder um Geld zu betteln und entzog ihnen seine Tochter. Die Spiele im Hof der Mühle hörten auf; an ihre Stelle traten teure Feste in den Häusern der neuen Verwalter mit gemieteten Musikern und Dienern, Übungen in der Reitschule, Bälle der patriotischen Vereine, im Sommer Kahnfahrten zum Picknick an den Donaukais. Inge, zum reifen Mädchen erblüht, genoß diese neuen und pompöseren Vergnügungen, hatte aber das unbehagliche Gefühl, ihre Unabhängigkeit dafür preisgegeben zu haben. Dazu trugen wie früher auch die Eindrücke aus der engsten Familie bei; obwohl diese jetzt im Wohlstand schwamm, schien sich die Kluft zwischen hohen Ansprüchen und wirklichem Können noch vertieft zu haben.

Inge beobachtete voller Unruhe ihre Mutter, die von Fest zu Fest jagte, sich übertrieben schminkte, schwätzte, seit kurzem auch rauchte, bis sie auf einem Empfang bei gemeinsamen Freunden, irritiert durch Geflüster, Gelächter und das Splittern eines Glases, das Tante Bonnie hatte fallen lassen und nach dessen Scherben sich der Vater bückte, instinktiv auf die Suche nach der Mutter ging und sie in einem abgelegenen dunklen Zimmer auf der Couch mit den Pelzmänteln in betrunkener Umarmung mit Dr. Schultheiß entdeckte. Sie rannte nach Hause und wollte sich umbringen; dann alles Dietrich erzählen, der im Nebenzimmer schlief; schließlich mit den Eltern abrechnen, sobald sie kamen. Aber der Schlaf übermannte sie, angekleidet, verweint, in einem tiefen Sessel des Eßzimmers, wo sie unentdeckt blieb; und als sie am nächsten Morgen mit steifen Gliedern und Bitterkeit im Mund aufstand, glaubte sie mit niemandem mehr über etwas reden zu können, denn Eltern und Bruder benahmen sich, als sei nichts geschehen. Tage- und wochenlang suchte sie nach einer Möglichkeit, sich zu rächen oder zu befreien, und am Ende nur noch nach jemandem, der anders war als ihre Angehörigen und deren Versucher, und fand ihn unerwartet im jüngeren Sohn dieses Verhaßten: Franz. Franz war rothaarig wie sein Vater und Bruder, aber mit einem Glanz alten Kupfers im gewellten Haar, mit weißer Haut, empfindlich und wortkarg. Sie wußte, daß sie ihm gefiel, hatte hundertmal bemerkt, daß er bei ihrem Anblick schlucken mußte; ihn zu verführen wäre eine bessere Rache gewesen als ein freiwilliger Abgang in den Tod. Und sie begann ihn zu verführen: mit Berührungen, Blicken, Schmeicheleien. Er gestand ihr seine Liebe, zugleich aber auch, daß er ein Träumer war, dem vor dem eigenen Vater graute, vor seiner tyrannischen Herrschaft über die Familie, seinem Streben nach Nutzen, Geld, Politik. Franz' Traum war es, mit ein paar treuen Freunden nach Afrika zu gehen, das für ihn der Inbegriff von Unschuld und Unverdorbenheit war, und dort in der unberührten Natur, unter uneigennützigen Menschen als Forscher zu wirken. Er zeigte Inge die Bücher und Hefte, die er gesammelt und mit Notizen über den geheimnisvollen schwarzen Kontinent gefüllt hatte, dann warf er sie in die Ecke, sank auf den Stuhl und erklärte, alles sei gescheitert, die von ihm jahrelang auf die Expedition vorbereitete Gruppe zerfallen, ja, er habe sie selbst zerschlagen müssen wegen der nationalen Megalomanie seines Vaters, die auf einen Krieg hinarbeitete, in welchem er, Franz, ganz sicher fallen würde. Er war nicht der Abkömmling einer hochmütigen preußischen Sippe, wie alle glaubten, sondern ein träumerischer, verhinderter Sinnsucher, voller Entsetzen, weil er nicht einmal bis an die Schwelle seiner Wünsche gelangen würde.

Es stellte sich heraus, daß er von der Liaison seines Vaters mit Inges Mutter wußte, und das erfüllte Inge mit einem Vertrauen zu ihm, das nicht geringer war als seine Leidenschaft für sie. Sie begannen ihr Liebesverhältnis im Schatten der Katastrophe, die sein Bewußtsein beherrschte, auch wenn sie beieinanderlagen, weshalb ihre Umarmungen weich und ängstlich waren wie bei alten oder kranken Menschen. Franz mußte nach dem Abitur sofort zu den Soldaten, und das erfüllte jede ihrer Begegnungen mit Wehmut. Inge mußte ihn trösten und ermutigen, damit er nicht seine Angst vor dieser waffentrunkenen Welt hinausschrie, die ihre glühenden Augen auf ihn richtete, keine Aufrichtigkeit verdiente und Schwächen verachtete. Sie stützte ihn wie eine Schwester und fragte sich dabei, was aus ihrer Rache geworden war. Dennoch hatte sie diese nicht verraten, sie rächte sich, indem sie Franz' Geheimnis hütete, das nur sie kannte und vor jenen verbarg, die es mit Lust entstellt und beschmutzt hätten. Sie hütete die Reinheit inmitten des Unflats und wurde ungewollt zur musterhaften Braut, die dem Soldaten den Aufbruch in den Krieg erleichterte. Sie begleitete Franz zum Zug, der ihn und weitere hundert junge Deutsche aus Novi Sad ins Reich und in die Kaserne brachte, empfing und beantwortete seine Briefe, sah ihn während des zweitägigen Urlaubs vor dem Abtransport an die Front und teilte mit den Schultheißens Schmerz und Trauerkleidung, als sie die Nachricht bekamen, daß er in der ersten Schlacht auf der Krim gefallen war. Seine Vorahnung hatte also nicht getrogen: dieser Beweis gab all seinen Bekenntnissen nachträglich Gewicht. Jetzt richtete Inge sehnsüchtige Blicke in die Ferne, als wäre sie ein Forscher, der das Unbekannte entdecken wollte, während ihr das Bekannte, Vorhandene roh und gegenstandslos erschien.

Wollte man den Berichten glauben, würde Deutschland den Krieg sicher gewinnen, sie aber glaubte es nicht, nicht weil sie andere Informationen besaß, sondern weil Franz' Tod einen anderen Ausgang vorweggenommen hatte. Sie wurde eine Art innere Emigrantin, die heimlich ihr Mißtrauen pflegte. Ringsum wurden Siege gefeiert und Pläne von der Umsiedlung in ferne, unglaublich reiche Gebiete geschmiedet, wenn erst Frieden war; sie aber dachte: Wartet nur ab! Manchmal erschrak sie selbst vor ihren bösen Ahnungen, weil sie auch ihre eigenen Überlebenschancen in Frage stellten, aber in solchen Augenblicken fühlte sie wieder jenen Schwindel des Selbstzweifels, der sie vor der Beziehung mit Franz gequält hatte, und kehrte schnell zur Sicherheit ihres Widerstands zurück. Dennoch erschrak sie, als sich das Kriegsglück wirklich wendete; blasser als die anderen hörte sie die Nachrichten über die russische Gegenoffensive und die Kapitulation des deutschen Afrikakorps; nur sie allein unter allen in ihrer Umgebung wußte, daß dies Vorzeichen der Niederlage waren. Zu der Zeit wurde auch Onkel Peter zum Kriegsdienst geholt, und obwohl er nach Serbien abkommandiert wurde – »besser als an die Front«, sagten Großvater und Vater –, begleitete sie ihn zur Donaufähre mit denselben Grabesahnungen wie seinerzeit Franz. Sie wurde immer schweigsamer, willenloser, lernte nicht mehr, ging zur Schule wie zu einer sinnlosen, unvermeidlichen Sitzerei, und die Freizeit verbrachte sie auf den Straßen, sah Häuser, Bäume, die Donau an, als nähme sie Abschied. Jetzt besuchte sie wieder den Großvater in der Mühle, aber nicht um zu spielen – die Kameraden waren darüber hinausgewachsen, und die Mähmaschine stand verlassen in der Hofecke –, sondern um bei ihrer Tante zu sitzen und nach Neuigkeiten aus Serbien zu fragen, und als kaum zwei Monate später die Nachricht vom Tod des Onkels kam, mit ihr die Verzweiflung zu teilen.

Im Frühjahr 1944, als die sowjetische Armee schon den Ring um Ungarn und Deutschland schloß, zog auch Dietrich trotz seiner Kurzsichtigkeit die Uniform an; während die Eltern beim Abschied Standhaftigkeit heuchelten und der Vater ermunternd von neuerfundenen Raketenwaffen sprach, sah Inge in der Einberufung des Schwachen, Verletzlichen nur Todeszuckungen. Als hätte der Abschied von ihrem Bruder ihre Schweigepflicht aufgehoben, sagte sie zum erstenmal, daß Deutschland nach ihrer Meinung den Krieg verloren hatte und sie ihre Flucht vorbereiten sollten. Vater und Mutter waren entsetzt, erklärten sie für hysterisch, aber in Wirklichkeit hatte sie den Stein ins Rollen gebracht, der ihren Selbstbetrug erschütterte. Während sie noch mit ihr stritten, machten sie sich bereit, ihrer Voraussage zu folgen. Sie vernachlässigten ihre Einkaufsgänge – wie Inge die Schule –, zogen sich in den engsten Familien- und Freundeskreis zurück und berieten, wie sie Leben und Eigentum retten könnten. Der alte Lebensheim, der hinsichtlich des Kriegsausgangs schon längst ebenso wie Inge dachte, erklärte, er werde nirgends hingehen, und Paula und Peters Witwe Wilhelmina mit den Kindern, jetzt nur auf seine Hilfe angewiesen, wagten nicht ohne ihn den Weg in die Ungewißheit. Aus ganz anderem Blickwinkel redeten die Schultheißens vom nun beginnenden »totalen Krieg« und zogen aus dieser für sie ermutigenden Tatsache den Schluß, sie müßten alle zu den Waffen greifen und sich an der Verteidigung beteiligen. Dennoch waren sie die ersten, die Kisten voller Wertsachen an Alberts Familie in Preußen schickten, was Dr. Lebensheim erst von dem Handelsagenten Adam Rohut erfuhr, der beiden Familien Kaffee, Seife und andere Mangelware zu überhöhten Preisen lieferte. Diese Entdeckung führte fast zum Bruch, und nur Giselas Voreingenommenheit baute eine neue Brücke des Vertrauens. Die Vorwürfe, die sie bei dieser Gelegenheit austauschten, entlarvten endlich die Lügen, mit denen sich jede Seite vor der Verachtung der anderen geschützt hatte; sie vereinten ihre Rettungsbemühungen. Ohne es voreinander zu verbergen, packten sie jetzt die wichtigsten Dinge und schickten sie durch Rohut den ersten Kisten hinterher.

Der Agent besorgte ihnen auch den Lieferwagen einer Färberei, mit dem sie samt den restlichen Sachen abreisen konnten, und als Fahrer meldete sich ein Ungar, den Dr. Lebensheim wegen eines Leistenbruchs vom Militärdienst befreit hatte. Sie setzten das Datum des Aufbruchs fest, verschoben es wieder, weil sich herausstellte, daß Lebensheim den Sanitätsdienst nicht ohne Genehmigung der Militärverwaltung verlassen konnte und weil Schultheiß noch einige beträchtliche Außenstände eintreiben mußte. An den Tagen des Wartens kam die Nachricht, daß auch Dietrich kurz vor Budapest gefallen war, was sie veranlaßte, die Ungewißheit zu beenden. Es wurde beschlossen, daß die Frauen mit Balthasar und Inge allein abreisten und die Männer ihnen folgten, sobald sie ihre Verpflichtungen los waren, weshalb im letzten Moment Wien als Ziel der

Flucht bestimmt wurde. Es gab noch einen, heimlichen, Abschied, weil die Nachbarn nichts merken sollten: Paula und Wilhelmina kamen, um sich angeblich an Giselas Schulter auszuweinen, und der alte Lebensheim, nachdem er Schwiegertochter und Enkelin umarmt hatte, blieb, das Gesicht in den Händen vergraben, in der fast leeren Wohnung sitzen, während sein Sohn vor dem Haus dem Fahrer die letzten Anweisungen gab. Sie fuhren auf Straßen voller Flüchtlingswagen in Richtung Österreich. Kurz vor Zagreb verließen sie abends die Chaussee und schliefen bis zum kühlen Morgen, dann setzten sie den Weg fort und gelangten am nächsten Abend an die Peripherie von Wien. Der alte Professor und seine Frau, Giselas und Bonnies Eltern, waren wegen der Bombardierungen schon längst auf der Flucht, aber die beiden Frauen hofften, von den Nachbarn, mit denen sie viele Erinnerungen aus der Kindheit und später der Wechsel von Grüßen verbanden, den Aufenthaltsort der Alten zu erfahren oder wenigstens die Wohnungsschlüssel zu bekommen. Die Stadt empfing sie jedoch feindselig; schon an der Zufahrt wurden sie von Militärposten aufgehalten, die, nachdem sie ihre Dokumente kontrolliert und den Zweck ihrer Reise erfragt hatten, erklärten, sie dürften nicht ins Zentrum, sondern müßten an Wien vorbei in westlicher Richtung fahren. Da sie wußten, daß sie damit den Kontakt zum Rest der Familie verloren hätten, hielten sie schon bei der ersten Wegbiegung an, und Bonnie als die Couragierteste übernahm es, sich allein nach Wien durchzuschlagen und Hilfe zu holen oder den Männern telefonisch mitzuteilen, was geschehen war. Sie kam erst am Mittag des folgenden Tages zurück, währenddessen Gisela, die Kinder und der Fahrer, der das Auto in einem Wäldchen geparkt hatte, von Militärpatrouillen beunruhigt und durch die Ungewißheit des Wartens zur Verzweiflung gebracht wurden. Auch Bonnie erging es in ihrer Mission nicht besser: unter Bitten und Betteln konnte sie in ein Militärauto steigen, das wegen Motorschadens stehengeblieben war, und gelangte am Abend in die Vorstadt, wo sie mit Mühe ein Nachtlager fand. Nach Wien mußte sie zu Fuß gehen, nur um festzustellen, daß dort Anarchie, Hunger und Chaos herrschten. Die väterliche Wohnung war von Soldaten besetzt, die sie nicht hereinließen, von den Nachbarn traf sie niemanden an; auf der Post, von wo sie nach Novi Sad telefonieren wollte, wartete sie bis zum Mittag am Schalter, zwischendurch wegen eines Alarms in den Keller getrieben, und wurde am Ende abgewiesen, weil Gespräche mit »Kampfgebieten«, zu denen Novi Sad mittlerweile gehörte, verboten waren. Während der ganzen Zeit hatte sie in einer der wenigen geöffneten Schenken nur zwei gekochte Eier und ein Stück Brot gegessen.

Ihr Erlebnisbericht und mehr noch ihr Aussehen, dazu die Erfahrungen der anderen, die zwei Tage lang auf Rettung gewartet hatten, machten ihnen augenblicklich klar, daß sie Flüchtlinge ohne Schutz und Hilfe, ja ohne Ziel waren. Letzteres jedoch gestanden sie einander nicht ein und beschlossen, jetzt Kurs auf Preußen zu nehmen, wo ihre Wertsachen waren und wo allein sie auf eine Begegnung mit den beiden Doktoren hoffen konnten. Sie nahmen Kurs nach Norden. Aber das war so, als wollten sie mit einem Kahn gegen den Strom schwimmen. Nach Westen, wohin sich alles bewegte, mußte man Kolonnen durchbrechen und im Stau warten; nach Osten ging nichts wegen der zurückflutenden Armee-Einheiten; die nördliche Richtung kombinierte diese beiden Probleme je nach Gegebenheit. Sie gelangten auf Straßen, auf denen sie wieder umkehren mußten, brachten Dutzende Kilometer hinter sich, um eine Weggabelung zu erreichen, die sie zum Ausgangspunkt zurückwies. Auf diesen Umwegen verbrauchte der Transporter allen Treibstoff, und sie mußten jetzt nach den Hinweisen anderer Fahrer nach Tankstellen suchen, egal, ob sie an ihrer Strecke lagen. Die andere Berechnung betraf die mitgenommenen Lebensmittelvorräte, die ebenfalls erschreckend schnell dahinschwanden. Als sie nur noch eine halbe Speckseite und einige Paar Würstchen besaßen, beschlossen sie, diese letzte Reserve nicht anzurühren, sondern sich Essen durch den Verkauf von Sachen zu beschaffen, an deren Wert sie schon lange nicht mehr glaubten. Sie machten in Siedlungen halt und boten wie wandernde Zigeuner einen Teppich oder einen Pelzmantel für eine Handvoll Kartoffeln oder einen Topf Schmalz an. Diese Tauschgeschäfte ermöglichten ihnen den Zugang zu dem einen oder anderen Haus, wo sie etwas kochen, ihre Wäsche waschen und im Stall übernachten konnten. Dieses Wohlwollen brauchten sie um so mehr, je näher die kalte Jahreszeit mit Schneeregen und scharfem Wind rückte. Jetzt zählten sie schon die Tage bis zum offiziellen Winteranfang, bis Weihnachten, bis Neujahr. Ans Ende des Winters wagten sie ebensowenig zu denken wie an das ihres Weges, denn so schwer er war, sie fühlten, daß die wahre Schwierigkeit erst eintreten würde, wenn sie anhielten. Die Flucht, auf die sie sich begeben hatten in dem Selbstbetrug, eine Sicherheit gegen eine andere einzutauschen, verschmolz mit einer allgemeinen Fluchtbewegung, welche die ganze Menschheit ergriffen zu haben und Selbstzweck geworden schien. Es wurde immer schwerer, etwas zu essen zu finden; Treibstoff für das Auto wurde tassenweise von den Militärfahrern erbettelt – gegen Wollpullover und Goldringe –, und der Weg führte sie gegen den Strom zu einem Ziel, das ihnen selbst erlogen vorkam. Sie begriffen, daß sie vor dem Unvermeidlichen flohen und es gleichgültig war, wann und wohin sie gelangen würden, ebenso gleichgültig, ob und woher sie aufgebrochen waren. Nachts hörten sie Geschützdonner, hin und wieder jagten aufgelöste Einheiten vorbei, sie glaubten sich schon fast in die Hände der Russen gefallen.

Schließlich rebellierte der ungarische Fahrer, erklärte, er werde sie verlassen und nach Hause zurückkehren. Die Frauen protestierten mit dem Hinweis, damit bräche er sein Versprechen gegenüber dem Mann, der ihn vor dem Kriegsdienst und vielleicht dem Tod gerettet hatte; man sah ihm an, daß er nur vorübergehend anderen Sinnes geworden war. Tags darauf gerieten sie in einem Dorf namens Starnach in einen Schneesturm, und da sie in einem Haus für Bonnies Strickmaschine ein Säckchen Kartoffeln und die Erlaubnis zum Kochen bekamen, beschlossen sie, hier zu übernachten. Das Haus war geräumig, aber leer; die Bäuerin, Katharina Schnell, wartete auf die Rückkehr ihres Mannes und der beiden Söhne aus dem Krieg, ihre einzige Stütze war der Knecht Hubert. Diese zwei schweigsamen, großgewachsenen, knochigen, farblosen Menschen, die einander glichen wie Bruder und Schwester, staunten über die Speck- und Wurststücke, mit denen die Flüchtlingsfrauen das Kartoffelgericht bereiteten, und wurden etwas freundlicher. Sie gaben ihnen ein separates Zimmer, erlaubten ihnen, sich zu waschen und die Wäsche zu kochen. Am nächsten Morgen, als die Wäsche trocknete und das Mittagessen auf dem Herd stand, schlugen sie vor, während des Aufenthalts der Flüchtlinge zusammen zu wirtschaften: auf dem Küchentisch erschienen neben Kartoffeln auch Graupen und Zwiebeln. Während das Feuer knisterte und die Familien Schultheiß und Lebensheim sich in der frisch gebügelten, noch feuchten Kleidung reckten, erklärte der Fahrer, er werde in der Nähe nach Benzin fragen.

Er machte sich lange um das Fahrzeug zu schaffen, dann hörten sie ihn wegfahren. Bis zum Abend kam er

91

nicht zurück, also verbrachten sie noch eine Nacht bei Frau Schnell; am Morgen, als Bonnie im Dorf nach ihm suchen wollte, entdeckte sie hinter dem Schuppen und unter Neuschnee ihre und Giselas Sachen: Feldbetten, Bilder, Staubsauger, nur die Bettwäsche fehlte. Mit Huberts Hilfe brachten sie all das ins Haus, damit es auftaute, und versuchten sich das Vorgehen des Fahrers zu erklären, das ohnehin klar war: er hatte sie allein gelassen am Rand des Schlachtfelds, fern ihrem Ziel und ihrer Rettung und der Möglichkeit, ihre Männer zu treffen. Sie vergossen Tränen, aber eher Frau Schnells wegen, denn sie waren so erschöpft, daß ihr erzwungener Aufenthalt sie mit Erleichterung erfüllte. Frau Schnell und Hubert jedoch nahmen die Wendung mit verdüsterter Miene auf und fragten sogleich, wie die Flüchtlinge sich weiterhin ernähren wollten, denn ihre Vorräte an Speck und Würsten würden nicht lange reichen. Die Damen Lebensheim und Schultheiß versprachen, sich samt ihren Kindern an allen Haus- und Feldarbeiten zu beteiligen, und obwohl das in einer Wirtschaft mit ein paar Hühnern und schneeverwehten Äckern hohl klang, stimmten die Wirtsleute murrend zu.

In derselben Nacht wurden sie von Geschützdonner geweckt, im Morgengrauen wurde es still, und dann bellten Maschinengewehre, knallten Schüsse, und sie sahen graue Armeefahrzeuge durch das Dorf fahren. Hubert ging nachsehen, was geschah, und kehrte bleich vor Aufregung zurück, da er an der Kreuzung russische Soldaten getroffen hatte. Die Frauen schrien auf, doch er beruhigte sie und forderte sie auf, sich auf dem Scheunenboden zu verstecken; über die an die Hinterwand gelehnte Leiter stiegen die Damen Schultheiß und Lebensheim, Inge und die Wirtin hinauf, und Hubert und Balthasar versteckten die Leiter im Graben hinter dem Haus. Dann warteten sie. Gegen Abend erschienen vier russische Soldaten mit

Maschinenpistolen, stellten Balthasar und Hubert an die Wand, durchsuchten sie und ließen sie frei. Balthasar sprach sie auf serbisch an, was sie einigermaßen begütigte; sie fragten, ob noch jemand im Haus sei, und als das verneint wurde, begnügten sie sich damit, die Schränke zu durchsuchen, etwas Wäsche an sich zu nehmen, nach Schnaps zu fragen. Als sie die halbe Flasche geleert hatten, die sich im Haus befand, gingen sie. Es begann eine ungewisse Nacht, Hubert holte die Leiter, um den Frauen etwas zu essen zu bringen; er riet ihnen, im Heu zu übernachten, räumte die Leiter fort und legte sich mit Balthasar zum Schlafen hin. Tags darauf stieg auch Frau Schnell hinunter, um das Mittagessen zu kochen, und während sie noch am Herd beschäftigt war, kamen aus dem Garten unbemerkt zwei russische Soldaten, verlangten nach Schnaps und gingen, da keiner da war. Am Abend stiegen die Damen Lebensheim und Schultheiß aus dem Versteck, während Inge dort blieb. Das Dorf wirkte verlassen, weder Nachbarn noch russische Soldaten waren zu sehen. Aber am nächsten Morgen kamen gleich zwanzig auf Bauernwagen; sie spannten die Pferde aus und brachten sie in den Stall, machten Feuer im Hof, aßen, tranken, wuschen sich, sangen; abends verteilten sie sich ohne zu fragen auf die Zimmer, brachten ein Faß Wein herbei, betranken sich und mischten sich unter die Hausbewohner. Hubert und Balthasar trieben sie in den Stall, dann stürzten sie sich nacheinander, unersättlich, auf die Frauen, und das dauerte bis zum Morgen. Danach spannten sie die Pferde ein und verschwanden so schnell, wie sie gekommen waren. Am Abend traf eine Artillerie-Einheit vor dem Haus ein, und alles wiederholte sich. Darauf zogen sich die Frauen wieder auf den Scheunenboden zurück, aber gerade als sie nach einer Nacht und einem Tag vor der Kälte ins Haus geflohen waren, kamen wieder Soldaten und unterwarfen sie derselben gewalttätigen Prozedur. Danach versteckten sie sich nicht mehr, in der Hoffnung, das Schlimmste sei vorüber. Aber die Soldaten fluteten weiterhin herbei, mit Alkohol versorgt oder schon angetrunken, aufgehetzt gegen die Deutschen, an deren Frauen sie sich rächten. Es war ein zermürbender Kampf zwischen Gier und Duldsamkeit, dem als erste Frau Lebensheim erlag. Sie floh in einer Nacht, als neue Soldaten plötzlich ans Tor hämmerten, durch das Fenster in den Garten; Bonnie fand sie tags darauf am Zaun mit durchtrennter Kehle und zerrissenen Kleidern. Hubert verscharrte sie an Ort und Stelle, denn sie scheuten das Wagnis einer Beerdigung auf dem Friedhof. Inge erfuhr vom Tod ihrer Mutter durch Balthasar, der nach dem Fortgang der Soldaten mit einem Körbchen voller Lebensmittel zu ihr hinaufstieg. Da war sie schon so zermürbt von dem Geschehen, das sie nur durch Schreie und irres Gelächter und darum als um so schrecklicher wahrgenommen hatte, daß sie auf die Nachricht lediglich mit leisem, fast gleichgültigem Schluchzen reagierte. Balthasar kam jetzt regelmäßig zu ihr und hielt sich einmal länger auf, weil im Haus wieder Soldaten waren – sie hörten sie reden –, die von dem Scheunenboden nichts wissen durften; er legte sich neben ihr ins Heu, und da sie vor Angst zitterte, tröstete, streichelte und küßte er sie und vollzog schließlich den Beischlaf mit ihr. Das tat er von nun an jede Nacht, und Inge nahm ihn mit jener Gleichgültigkeit an, von der sie seit dem Tod der Mutter beherrscht war, und gewöhnte sich an ihn.

Wegen dieser nächtlichen Begegnungen blieb sie länger als nötig auf dem Scheunenboden; die russischen Truppen hatten sich schon zurückgezogen und nur kleine, disziplinierte Sicherungseinheiten hinterlassen, als Frau Schultheiß endlich ihrem Sohn befahl, seinen Schützling aus dem Versteck zu befreien. Inge stieg über die Leiter wieder ins

94

Tageslicht der spärlichen Wintersonne und gesellte sich zu den Hausgenossen wie ein Gespenst zu seinesgleichen. Sie blaß, halb blind von der ständigen Dunkelheit, schmutzverkrustet, die beiden Frauen gedunsen von Schlaflosigkeit und aufgezwungenem Alkohol, voller blauer Flecke und Bißspuren; die Männer geduckt vor Erniedrigung. Aber regelmäßige Ernährung, Sauberkeit, Arbeit gaben ihnen ihr früheres Aussehen zurück. Das galt jedoch auch für die Auseinandersetzungen: Katharina Schnell beklagte sich wieder, daß sie sie umsonst durchfüttere. Sie beschlossen wegzugehen. Aber nach Preußen wollten sie nicht mehr: sie hatten begriffen, daß ihre ganze Reise in Richtung dieses unbekannten Landes ein Fehler gewesen war und sie besser in der Umgebung von Wien geblieben wären, das zwar hungerte, aber eine wärmere Atmosphäre hatte. Sie gingen zu Fuß von Dorf zu Dorf, tauschten kleine Kleidungsstücke gegen Übernachtung oder Essen. Sie hatten Glück: der alte Professor Arnholz und seine Frau waren am Leben, schon aus dem ländlichen Exil zurückgekehrt; selbst ihre Wohnung in dem bombengeschädigten Wien war intakt, wenn auch ausgeplündert. Aber die Erkundigung nach ihren Vätern, den Doktoren Lebensheim und Schultheiß, die sie sofort in Angriff nahmen, brachte kein Ergebnis. Sie waren weder bei Schultheißens Schwester in Preußen, das der sowjetischen Besatzungszone zugefallen war, noch in Novi Sad, wo Magda und nach der Entlassung aus dem Lager der Müller Lebensheim nach ihnen geforscht hatten.

Sie existierten nicht einmal mehr in den Erinnerungen und Berichten von Flüchtlingen, die im Lauf der Jahre zu ihnen gelangten. Schließlich mußten sie sich mit dem Gedanken abfinden, daß beide bei einer der letzten Bombardierungen von Novi Sad umgekommen waren oder in den Kämpfen um die Stadt, oder in einer jener geheimen persönlichen oder nationalen Vergeltungsaktionen, wie sie bei einem Umsturz üblich waren. Der Verlust warf sie zurück, beförderte jedoch ihre Unabhängigkeit. Sie setzten in Wien ihren Trödelhandel fort, um nicht zu hungern, und Balthasar verdingte sich zugleich als Aushilfe bei einem alten Mechaniker und Bekannten des Großvaters. Damals wurde der Verkehr ohne die erforderlichen Mittel wiederbelebt, jedes Fahrrad, jede Karre, jedes Vehikel ohne Treibstoff stellte einen Reichtum dar, und unter den geübten Händen von Balthasars Chef entstanden gerade solche Wunder der Technik. Balthasar hatte keinerlei Lust auf kompliziertere manuelle Tätigkeiten, aber er verstand es, brauchbares Altmaterial auf Dachböden und in Schuppen zu entdecken, so daß sich der Chef in diesen Dingen immer mehr auf ihn verließ und, nachdem er zwei aus der Gefangenschaft entlassene Mechaniker eingestellt hatte, ihn zum Kompagnon machte. Das war der Kern der Firma Hofmeier und Schultheiß, die sich in den Jahren des Wirtschaftsaufschwungs im wieder unabhängigen und neutralen Österreich zu einem Transportunternehmen mit großem Wagenpark entwickelte. Balthasar gelangte zu Reichtum, wollte einen Hausstand gründen und seine Beziehung zu Inge durch Heirat legalisieren. Er tat beides, obwohl ihm seine Mutter riet, nicht ein Mädchen zu heiraten, das unehelich bereits mit ihm und vorher mit Franz und dessen Mutter mit seinem und Franz' Vater gelebt hatte. »Leichtes Blut«, sagte sie. Wegen dieses nicht erhörten Einwands verschlechterten sich die Beziehungen zwischen den drei verbliebenen Flüchtlingen. Als Balthasar das Haus in Mistendorf errichtete, holte er seine Mutter nicht zu sich, sondern ließ sie bei ihren Eltern, damit sie sie beerbte.

Dabei hielt auch er Inge für eine leichte Frau. Sie bekam keine Kinder, was er ihrer Ablehnung gegen das Eheleben zuschrieb, nachdem die Ärzte, die sie konsultierten, bestätigt hatten, sie seien beide zeugungsfähig. Er hoffte, daß es bei ihr zu einer Wendung kam, vielleicht nachdem sie Franz oder die Umstände vergessen hatte, unter denen sie mit ihm, Balthasar, zusammengekommen war. Angestachelt von diesem Gedanken, beschlief er Inge regelmäßig und systematisch, so wie er alles tat. Aber gerade diese Beharrlichkeit hielt sie auf Distanz: sie fühlte sich benutzt wie damals auf dem Scheunenboden, ohne Möglichkeit, auszuweichen oder sich zu wehren. Darum suchte sie die Nähe zufälliger neuer Männer, selbst wenn sie ihr weniger ergeben waren als der eigene Gatte. Diese illegalen Beziehungen – mit einem Hotelnachbarn, wenn sie allein auf Urlaub fuhr, oder einem gemeinsamen Freund oder Bekannten – gaben ihr das Gefühl der freien Entscheidung zurück, das bei ihr schon seit der Kindheit ständig die Grenze des Verschwindens berührte.

Balthasar ist von dem ersten Treffen mit Sergije Rudić enttäuscht; er hat einen konkreteren Ausgang erwartet und nutzt deshalb die Woche bis zur nächsten Begegnung, um sich gründlich vorzubereiten. Zuerst muß er die Trägheit seines Schwagers Milan Stepanov überwinden, der, obwohl die ganze Transaktion seinen Kindern, also auch ihm selbst zugute kommen soll, seinen Teil der Arbeit nicht eifrig genug getan hat. Er muß den Wirrwarr hinter Stepanovs Erklärungen aus der Korrespondenz vor dem Besuch der Schultheißens und aus den hiesigen Gesprächen – daß die juristische Seite des Erbes geklärt sei – entflechten, alles noch einmal überprüfen und dann von vorn anfangen. Vor allem dem so oft erwähnten Anwalt Dr. Branko Nikolić, Stepanovs Schul- und Studienfreund, Auge in Auge gegenübertreten, auf dessen Fähigkeit und guten Willen der Schwager schwört, der aber anscheinend gerade wegen seiner persönlichen Bindung an den Klienten schwer zugänglich ist. Nach seinen Ausflügen mit Inge zu den Sehenswürdigkeiten außerhalb der Stadt, dann nach den gemeinsamen Mittagsmahlzeiten, die sich lange hinziehen, weil die Kinder ihren Unfug treiben und Stepanov bei Kaffee und Wein seine Monologe hält, wechselt Balthasar Tag für Tag seine Kriegslisten, um endlich einen festen und verläßlichen Kontakt mit dem Gesetzeskenner herzustellen. Es folgen Telefonanrufe, auf die sich entweder niemand meldet, oder die, wenn ein Gespräch zustande kommt, vor Balthasar, der ungeduldig im dämmrigen Eßzimmer auf und ab geht, ins Private verfließen, in Erkundigungen nach dem Wohlergehen, nach den Geschäften, nach den Plänen für die Maifeiertage, um, nachdem der Hörer aufgelegt ist, in der von zerstreutem Lächeln des Schwagers begleiteten Erklärung zu gipfeln, daß sein Freund, mit dem er eben so nett geplaudert hat, wegen dringender Termine, familiärer Verpflichtungen u. ä. wieder keine Zeit findet, um herzukommen oder sie zu empfangen. Schließlich wird auf Balthasars Drängen für Donnerstag fünf Uhr ein Treffen in der Kanzlei vereinbart. Aber auch das erfüllt nicht Balthasars Erwartungen. Schon der äußere Anblick enttäuscht ihn: es ist eine Wohnung im ersten Stock eines Miethauses, wo es auf den Treppen noch zu dieser späten Nachmittagsstunde nach Zwiebeln und Kohl riecht; das Wartezimmer ist eine Diele voller Stühle, wo zwei ältere Bürgerinnen in Wollmützen und ein junger Mann in Schirmkappe sitzen, so daß sich die Klienten mit Recht fragen könnten, wozu erst ein Termin festgelegt wurde. Diese Frage stellt sich Balthasar sofort, aber spricht sie nicht aus, da Stepanov sogleich die Belagerungskette durchbricht und an die Tür mit der Aufschrift »Bitte warten« klopft. Er öffnet sie, verschwindet dahinter und kehrt gleich zurück mit einem hageren, langnasigen Mann, dessen lebhafte Augen das Wartezimmer absuchen, bis sie bei Balthasar verharren. »Ich freue mich sehr«, sagt er, während er dem Besucher die Hand schüttelt und seine tabakgelben Zähne entblößt, »ich stehe gleich zur Verfügung, bin nur noch mit einem Klienten beschäftigt«, doch er bleibt im Wartezimmer stehen, nimmt aus Balthasars Schachtel eine Zigarette, zündet sie an, raucht, schwatzt mit neugierigen Blicken auf Balthasar, bis ihm die Vermutung entfährt: »Es kann ja nicht sein, daß wir uns nicht kennen; Stepa sagt, daß Sie auch das erste Knabengymnasium besucht haben; welche Generation sind Sie?« Es prasseln Geburtsjahre, Namen und Spitznamen der Lehrer, Bezeichnungen der Klassen in alphabetischer Reihenfolge, was nichts an der Tatsache ändern kann, daß Balthasar jünger ist als die beiden anderen und zu kurz in Novi Sad verweilt hat, um bemerkt und erinnert zu werden. Dr. Nikolić gibt sich damit nicht zufrieden, sondern, als Balthasar bestätigt, ebenfalls bei zwei, drei der erwähnten Professoren gelernt zu haben, holt mit Hilfe von Stepanov seine Erinnerungen hervor, und beide lachen bis zum Ersticken über jede Geste und Redewendung, jede Ohrfeige wegen einer falschen Antwort im Deutschunterricht in Nikolićs fast meisterhafter Darstellung. Balthasar sieht keine Verbindung zwischen sich und der Szene, zumal sie sich auf Kontrollfragen in einer Sprache bezieht, mit der er niemals Schwierigkeiten hatte, aber er lächelt höflich zurückhaltend, da er einsieht, daß er in eine Falle der Mißverständnisse gegangen ist, wie sie sich an den überraschendsten Stellen vor ihm auftun, seit er den Kampf um das Erbe seiner Frau aufgenommen hat.

Das sind die Fallen und Netze des östlichen, desorganisierten, balkanischen Geistes, wie er weiß, während Nikolić und Stepanov glauben, in dem deutschen Heimkehrer etwas wirklich Gemeinsames auferweckt zu haben, eine Klammer zwischen der Jugend und der weiten Welt, der auch sie sich angehörig fühlen. Das Mißverständnis wird immer tiefer, je weiter sich das Gespräch im Vorzimmer verzweigt; Nikolić meint, Balthasar eine Ehre und einen Dienst zu tun, wenn er den Klienten mit halbem Wort im offenen Mund hinter sich in der Kanzlei sitzen läßt, während Balthasar ungeduldig über die Schulter des Anwalts hinweg nach diesem unsichtbaren Pechvogel späht, der ihn hindert, den Strom der Anekdoten zu stoppen und zur Sache zu kommen. Schließlich erscheint die zwei Meter große, von der Feldarbeit sonnenverbrannte Figur des Opfers in der Tür; aber Nikolić drängt sie sogleich in die Kanzlei zurück, wohin er zugleich die Freunde bittet: »Kommt nur herein! Das haben wir gleich!« Den anderen Wartenden wendet er ein mißbilligendes Gesicht zu: »Etwas Geduld, bitte! Eine dringende Sache!«

Womit er bewirkt, daß sich im Büro mit dem Schreibtisch voller Papiere und Zettelchen, unter denen Telefon und Tintenfaß beinahe ersticken, zwischen Balthasar und Stepanov auf der rechten Seite, dem sonnengebräunten Koloß auf der linken und einer ältlichen Blondine an der Schreibmaschine in der Mitte zwei einander ausschließende Fälle kreuzen: das Erbe von Jakob Lebensheim und der Antrag auf Unterhalt für Leposava Grujin aus dem Dorf Vilovo. Nikolić zieht die Fäden, fordert abwechselnd den Koloß – Leposavas Vater – auf, in seiner Darstellung fortzufahren, dann die Stenotypistin, den nächsten Satz zu tippen, und schließlich Balthasar, sich etwas zu gedulden und zu entschuldigen, weil er noch nicht an der Reihe ist. Dieser würde darauf eingehen, wird jedoch von Nikolić selbst daran gehindert, der zwischen die Unterhaltsparagraphen nebelhafte Anspielungen auf die Schwierigkeiten bei der Übertragung ausländischen Eigentums mischt. Hin und wieder untermauert er sie mit Zitaten aus Büchlein, die er den knarrenden Schubladen seines Schreibtischs entnimmt. Die Schubladen knarren und quietschen, die hohe Schreibmaschine rattert, Papier und Kohlebögen rascheln, Streichhölzer werden entzündet, und zeitweilig meldet sich der Koloß mit monotoner Stimme: über irgendwelche Versprechungen, über eine Hochzeit mit hundertachtzig Gästen, wo vier Schweine und zwölf Lämmer gegessen und zwei Fässer Wein getrunken wurden, so daß Balthasar zu einer für ihn ungünstigen juristischen Diagnose gezwungen ist. Aber als er schließlich entsetzt ruft: »Also ist noch nichts geregelt!«, widerspricht Nikolić lebhaft und erklärt, alles sei auf dem besten Weg, er habe die nötigen Maßnahmen eingeleitet, Anträge und Klagen eingereicht, eine Entscheidung erhalten. Die Beweise sucht er sogleich unter den Akten auf seinem Tisch, die sich jedoch ungehorsam aufblähen, bis sie ihn fast verdecken, ohne daß sich etwas findet.

Aber das sei ein rein administratives Problem, sagt er begütigend, womit er Balthasar nur beunruhigt: es gehe darum, eine gemeinsame Sprache mit der gegnerischen Seite zu finden, denn die sozialistische Justiz gebe dem Nutzer des Eigentums den Vorrang, nicht dem Besitzer, wie im Kapitalismus üblich. Balthasar versucht dieser Ansicht eine weniger politische entgegenzusetzen, indem er fragt, ob es nicht Zweck der Gesetze sei, das Recht zu wahren, also auch das auf Eigentum, wenn es schon legal erworben sei, was Nikolić nicht bestreitet. Er schiebt es nur beiseite und wendet sich wieder dem Antrag auf Unterhalt für Leposava Grujin zu, der unter den Fingern der Stenotypistin um weitere Zeilen anwächst. Dann spricht er den in Fragen von Prinzip und Ordnung kompetenteren Stepanov mit leichtem Augenzwinkern an: »Nicht wahr, Stepo, wir haben das richtige Augenmaß?«, um dennoch eine optimistische Voraussage zu geben: »Alles wird gut ausgehen, das garantiere ich, laßt mich nur in Ruhe arbeiten!« Das ist fast ein Vorwurf, den er mit der Klage wegen Arbeitsüberlastung untermauert, weshalb keine Zeit sei, sich den Freunden zu widmen, was er jetzt gern tun würde. Zum Beispiel einen Kaffee trinken, wenn Balthasar und Stepanov einverstanden sind; er könne sofort seiner Frau hinten in den Wohnräumen Bescheid sagen. Balthasar lehnt ab, er hat nicht die Kraft, sich tiefer in die Sache zu verwickeln, sondern steht auf und erklärt, er sehe ein, daß ein so delikates Gespräch in Ruhe geführt werden müsse. Er bitte Nikolić nur, die erhaltenen Bescheide als Vertreter seiner Frau zur nächsten Begegnung mit Sergije Rudić, dem Vertreter des Wohnungsnutzers, am folgenden Sonntag bei seinem Schwager mitzubringen. Nikolić erklärt sich nach einem fragenden Blick auf Stepanovs zufriedenes

Gesicht gern bereit, er springt selbst auf, nicht nur um sich zu verabschieden, sondern zum Zeichen der Freude, weil er schon lange beabsichtigt habe, in Ruhe mit seinem alten Freund zu reden. Er begleitet die Gäste hinaus, entschuldigt sich bei dem Koloß und im Vorzimmer bei den zwei Frauen und dem Mann in Schildmütze und einem neuen Klienten mit Arm in Gips wegen der Verzögerung. »Ich komme auf jeden Fall«, verspricht er in der Tür, die Zigarette im Mundwinkel und mit winkenden Armen im gestreiften Hemd unter dem Westenausschnitt.

Nikolić hält sein Versprechen und wird bei den Stepanovs am folgenden Sonntag Sergije als lebende Mahnung an den Zweck seines neuerlichen Besuchs vorgestellt. Eine unangenehme Mahnung, weil sie auf sein eigenes Versäumnis vom Vorabend hinweist, und weil er sich abergläubisch gewünscht hat, daß alles genauso wäre wie bei seinem ersten Besuch. Deshalb hat er auch auf Magdas Wunsch Eugen mitgebracht, den er schon als eine Art Talisman in dem mit Inge angefangenen Abenteuer betrachtet; als er ihn abholte, hoffte er insgeheim, über den Freund ein Zeichen der Ermutigung zu erhalten: er hat die ganze vergangene Woche in derselben Stadt, denselben Straßen wie sie verbracht, im Unterschied zu ihm, dem Abwesenden. Sie konnten sich also treffen, oder der unberechenbare Eugen konnte das Haus aufsuchen, wo man ihn so freundlich aufgenommen hat. Den ganzen Samstag abend, den Sergije wie üblich in der elterlichen Wohnung verbringt, denkt er daran und überlegt, ob er kurz zu Eugen gehen soll, um die Botschaft eher zu empfangen, mit ins Bett zu nehmen und dort zu wiegen, so wie er es schon tagelang mit einigen – zu seinem Leidwesen noch immer nur erträumten – Einzelheiten engerer Kontakte zu Inge tut. Wegen dieser Versenkung, die äußerlich wie Zerstreutheit wirkt, fällt das versprochene Gespräch mit Vater und Mutter über das Schicksal ihrer Wohnung dürftig aus, obwohl die beiden bereit sind, sich auszusprechen. Die Gelegenheit, ihr Leben zu verändern, hat sie erschreckt und zugleich erfreut; auf einmal scheint ihnen, sie könnten all seine Monotonie und Langeweile überwinden, andererseits fühlen sie sich am Rand der Ungewißheit, die für sie in ihrem Alter fatal zu werden droht. Alle Wertsachen veräußern, einen Kredit aufnehmen und eine Wohnung kaufen? Weshalb? Um eine Immobilie zu besitzen oder um keine Miete mehr zu bezahlen? Und sich auf diese Weise einer möglichen künftigen, noch drastischeren Nationalisierung auszuliefern, ohne Ersparnisse und verschuldet? Oder das Angebot ausschlagen und sich mit der ewigen Angst vor dem Besitzer abfinden, der sein Eigentum für sich haben oder einem anderen verkaufen will, wobei er vielleicht nicht einmal vor Gewalt, Betrug, Gerichtsprozessen zurückschrecken würde, denen sie sich nicht gewachsen fühlen, was sie auch von Sergije annehmen? Oder vielmehr den Druck erwidern, mit Hilfe schlauer Ratgeber zu juristischen Tricks greifen und so den Deutschen um eine hohe Summe für die Räumung der Wohnung schröpfen? Aber was dann? Wirklich ausziehen? Wohin? Dieser noch nicht vorhandene Zwang scheint auf einmal die Türen zu ungeahnten neuen Lösungen aufzustoßen: Ortswechsel, Reisen; denn es zeigt sich, daß der Zahnarzt und seine Frau unabhängig voneinander darauf gehofft hatten, ihr Alter in einer schöneren, gesünderen, wärmeren Gegend zu verleben, als es Novi Sad ist, an das sie die Jahre des Arbeitens und Wirtschaftens gefesselt haben.

Rudić, seit zwei Jahren Pensionär, könnte seine Bezüge an jedem beliebigen Ort in Jugoslawien empfangen, zum Beispiel in einer kleinen Stadt am Meer, wo er sicher auch Gelegenheit hätte, nebenher für Honorar zu arbeiten. Oder sie könnten sich mit dem Geld der reichen Ausländer, vielleicht sogar in Valuta, in ein Seniorenheim zurückziehen und von dort aus interessante und lange Kreuzfahrten mit Luxusdampfern durch südliche Meere unternehmen. Wenn jedoch das Geld zur Neige geht? Wenn sich Krankheiten einstellen, was in ihrem Alter fast unvermeidlich ist? All diese während der Gespräche in der letzten Woche angesammelten Möglichkeiten und

Befürchtungen sprudeln jetzt wie eine heiße Quelle aus ihnen hervor, da sie sie einem Dritten darlegen können, der jünger und stabiler ist, den sie lieben und dem sie vertrauen, den sie aber in einem Winkelchen ihrer Angst verwünschen, weil er sie in diesen Leichtsinn treibt und sich dessen nicht einmal bewußt ist. Sergije muß sie beruhigen und zügeln; er wundert sich – und spricht das auch aus –, weil sie sich so in Veränderungen und Träume verrennen, was auch in ihm Gefühle der Angst und der Verantwortung wegen ihrer Zukunft weckt. Reisen, ja, daran kann man denken, sagt er, und errechnet nebenher die Kosten solcher Unternehmungen, von denen er jetzt schon glaubt, daß sie bald die durch die Wohnungsabtretung erzielte Summe verschlingen und Vater und Mutter ihm zur Last fallen werden. Ein Seniorenheim? Ihm scheint, daß es dafür zu früh ist, solange sie noch rüstig sind und der Vater in der Lage ist, etwas dazuzuverdienen. Dabei wirft er einen Blick auf den Zahnarzt: wie müde ist sein Gesicht, wie kräftig und sicher seine Hände? Übrigens verlangen die Schultheißens nichts Derartiges, suggerieren es nicht einmal; sie möchten nur die Wohnung zu Geld machen und damit die Stepanovs unterstützen, was ganz verständlich und eigentlich lobenswert ist, wie er hinzufügen muß – und damit nimmt er die Partei der Frau, die ihn behext hat. Er schlägt also vor, vorerst in dieser Richtung weiter zu überlegen: sind sie imstande und lohnt es sich, die Wohnung zu kaufen, die sie ohnehin als ihr Eigentum empfinden, weil niemand sie ohne ihre Zustimmung aussiedeln kann? Glauben sie, daß ein Besitzerwechsel diese Sicherheit vergrößern oder verringern würde? Diese Frage jedoch wirft neue Zweifel auf, denn alle drei begreifen gleichzeitig, daß sie keinerlei Informationen über die Rechte des Wohnungsbesitzers haben, wenn er verkaufen will, und Sergije persönlich auch die Tatsache, daß er verpflichtet ist, sich nach diesen Rechten zu erkundigen. Er fühlt sich schuldig: statt sechs Tage lang von Inge zu träumen, die morgen vielleicht so tun wird, als hätte es die körperliche Berührung im Eßzimmer nie gegeben, hätte er die viele Zeit nützen sollen, um einen der gewieften Anwälte in Belgrad aufzusuchen und von ihm gegen entsprechende Bezahlung Argumente pro oder kontra zu erbitten, sich zu wappnen. Aber er hat es nicht getan. Was jetzt?

Er sieht die Eltern an: haben sie denselben Gedanken, ahnen sie sein Versäumnis, seine Nachlässigkeit? Doch er liest nichts Derartiges in ihren Gesichtern, sie blicken zu Boden, weichen den widersprüchlichen Ideen aus, die ihnen entgegenströmen, und er atmet erleichtert auf. Erleichtert? Er ist ihr Fleisch und Blut, der Traum ihrer Träume, der nicht so in Erfüllung gegangen ist, wie sie erwartet haben, und darum sehen sie dem Alter voller Sorgen um die elementarsten Dinge entgegen, als stünden sie erst am Anfang des Lebens, Sorgen, die ihnen nicht angemessen sind. Er muß damit Schluß machen, diese Kette der Schwäche zerreißen. Schließlich ist er kein kleiner Junge, der Luftschlösser baut. Ein Anwalt wird hier gebraucht, keine Ideen! Wäre es nicht schon Abend, er müßte sofort aufstehen und zur nächsten Kanzlei rennen, und wenn er dort keine befriedigende Auskunft erhält, zu weiteren, bis er das Wichtigste geklärt hat: inwieweit sie vom Gesetz geschützt beziehungsweise bedroht sind. Er sagt ungeduldig:

»Es scheint, wir haben uns um das Wesentliche nicht gekümmert: einen Anwalt, der uns einen konkreten Rat geben kann. Darum ist es am besten, die Entscheidung aufzuschieben; das werde ich den Schultheißens morgen sagen.«

Dann fällt ihm ein, daß das nicht so einfach sein dürfte, und er schränkt ein:

»Ich frage nur nach dem Preis, den sie verlangen, und

bitte sie um Bedenkzeit. Sagen wir, einen Monat. In Ordnung?«

Und da sie sich erleichtert einverstanden erklären und der Tee längst ausgetrunken ist, schlägt er vor, das Gespräch zugunsten des üblichen Männerspaziergangs zu unterbrechen, »damit wir uns ein bißchen den Kopf auslüften«. Die Mutter hebt resigniert die Schultern, sie brechen auf und verlieren seltsamerweise beide die Lust, den Faden wiederaufzunehmen; der Abend ist klar und noch ein wenig hell am Ende des langen Frühlingstages; sie heben den Blick zum Himmel und verlassen das irdische Reich der Profite und Zwänge. Unerwartet kommt der Vater auf sein Dorf zu sprechen, Neštin im Srem, auf das gesunde Quellwasser, das die ärmlichen Abendmahlzeiten aus Kartoffeln oder Kohl im Kreis der Familie zur köstlichen Stärkung machte. Von dieser Welt hat er sich getrennt, als er zu seiner Verlobten und späteren Frau Lisaweta Michailowna erwählte, für die schon als Kind das Dorf etwas Fremdes war und die behauptete, daß sie von Regen und Wind und sogar von der frischen Luft Kopfweh bekäme, obwohl dieser Schmerz, wie der Zahnarzt erklärt, bei ihr von Anfang an das Zeichen eines möglicherweise unbewußten Protestes gegen die niedere Herkunft ihres Mannes war. Er hat seine Eltern vernachlässigt, sie ohne seinen Beistand sterben lassen, er hat sich seinen Geschwistern entzogen, und jetzt, da er alt ist, gibt es für ihn keine Angehörigen mehr. Er redet, als wäre Sergije nicht sein Sohn, als hätte er weder ihn noch seine Frau, und Sergije, der als Einzelkind kein Bedürfnis nach einem breiten Familienkreis entwickelt hat, glaubt plötzlich einen fremden Menschen vor sich zu haben. Das stört ihn nicht, er fühlt sich vielmehr erleichtert, denn in diesem Moment sieht er in seinem Vater wirklich einen Fremden mit ihm unverständlichen Erfahrungen und Bestrebungen, zumal

108

er, während er ihm zuhört, alle Aufmerksamkeit auf die Vergrößerung oder Verringerung ihrer Entfernung von Eugens Haus konzentriert. Noch würde er in der Hoffnung auf eine Botschaft von Inge zu gern den Freund besuchen, und er bemüht sich, die Schritte des Vaters vom üblichen Rundgang wegzulenken, um dann wie beiläufig zu sagen:

»Warte hier auf mich, ich schaue nur kurz bei Eugen vorbei.«

Er führt das Ablenkungsmanöver in zwei Richtungen aus, denn auf der Eugen entgegengesetzten Seite befindet sich das Haus der Stepanovs und darin Inge und Balthasar, wohin es ihn ebenfalls zieht, obwohl er weiß, daß das im Hinblick auf die morgige Begegnung unangemessen wäre; aber er könnte sie ja bei einem ähnlichen Abendspaziergang treffen, einem von denen, die sich aus dem Telefongespräch mit Magda vermuten ließen. Aber der Zahnarzt bleibt nicht an der Ecke stehen, folgt nicht Sergijes vorsichtig abweichendem Schritt, sondern macht kehrt, und da er gerade in diesem Augenblick voller Leidenschaft die Erinnerung an seine jüngste Schwester Bojana heraufbeschwört, die mit achtzehn Jahren an Tuberkulose gestorben ist – sie war, verschwitzt nach der Feldarbeit, von einem Regenguß überrascht worden –, hat Sergije nicht das Herz, ihn zu unterbrechen und seiner Wege zu gehen. Das ärgert ihn, und er gibt jetzt der Mutter recht mit ihrem Einwand, denn der Regen, den der Vater als bloße Ausrede anführe, sei der wahre Mörder des jungen Mädchens gewesen. Zum Teufel! denkt er und wünscht sich, dieser Mann, der im Gehen seine Predigten hält, wäre nie aus seinem Dorf, dem Schlamm, der Wahnvorstellung seiner dürren Abendmahlzeiten losgekommen; in seiner Anwesenheit auf dem Stadtpflaster empfindet er eine unverdiente Einmischung. Aber natürlich ist auch Sergije selbst ein

Produkt dieser Einmischung; seine Unfähigkeit, sich der üblichen Richtung des Spaziergangs zu widersetzen, ist ebenfalls nur ein Beweis für die Unabweisbarkeit des Erbes. Und hier verzichtet er endlich auf die Botschaft, die es vielleicht gar nicht gibt. Wenn es sie gibt, wird er sie morgen hören. Mit diesem bitteren Gedanken kommt er nach Hause zum Abendessen, das die Mutter schon serviert hat; er ißt schweigend, zieht sich früh zum Schlafen zurück und träumt zum erstenmal nicht von Inge; sie scheint ihm unerreichbar, trügerisch, ein Phantasiegebilde, und er ihrer nicht würdig mit seinen von Schlamm und verlogenen Sehnsüchten belasteten Wurzeln.

Mit dieser Vorstellung geht er tags darauf zu Eugen in den Käfig auf dem Hof, wo ihn das Vögelchen schon erwartet. Natürlich ohne eine Botschaft oder Neuigkeit, bis auf einen Artikel über die Präraffeliten aus *Time*, die er sich neben Büchern, dem *Pregled*, Bulletins vom Kongreß und Agenturmeldungen regelmäßig aus der amerikanischen Bibliothek holt. Diese Papiere liegen jetzt um das Bett verstreut und, nach einem Anfall von Ordnungssinn ihres Lesers, auf einem Stapel in der Ecke.

»Na und?« sagt Sergije mißlaunig, während Eugen auf ein Echo wartet.

»Browning, Rossetti ...«, stammelt dieser, sammelt die Blätter auf, legt sie zusammen und liest mit unmöglicher Aussprache etwas vor über neue Gesichtspunkte und revolutionäre Entdeckungen bezüglich des englischen Kunst- und Literaturerbes.

»Was geht mich das an?« erwidert Sergije. »Und was geht es dich an? Wozu gibst du mit diesem fremden Zeug an, wenn du nichts Eigenes hast? Die produzieren das für gelangweilte Sesselhocker, aber bei dir ist das alles Abfall, Papier zum Feueranzünden. Mach mir einen guten Anwalt ausfindig« – er zeigt mit dem Finger auf Eugen – »und laß mich mit den Präraffaeliten in Ruhe!« Beim Anblick von Eugens verlegenem Gesicht bereut er, und er lacht über sich selbst, über diese Arroganz, die schlimmer ist als die gelehrten philologischen Dispute an irgendwelchen fernen Universitäten.

»Brot, Brüderchen! Brot und ein Dach über dem Kopf und unter dem Dach ein flottes Weib, das mußt du dir besorgen!« verlangt er, nicht mehr von Eugen, sondern von sich selbst. »Aber dazu sind wir natürlich nicht imstande. Also hol's der Teufel. Wir gehn zu den Schwaben, die werden uns schon sagen, was und wie. Steh auf, es ist Zeit.«

Eugen richtet sich auf, zieht Schuhe und Pullover an, erschrocken wie ein gescholtenes Kind, denn er hat tagelang überlegt, welches Willkommensgeschenk – geistiger Art, etwas anderes besitzt er nicht – er seinem Freund überreichen könnte. Er läuft ihm auf kurzen Beinen hinterher, brummt, fragt schließlich: »Wie war die Reise?« – denn es muß an einem Ärgernis liegen, daß Sergije so ungewohnt giftig ist. Der gerät aber erst jetzt in Rage:

»Schluß mit dem Gequatsche. Abmarsch!«

Fast zerstritten erreichen sie das Haus der Stepanovs, dennoch muß Sergije noch einen Grenzpfahl seines Mißmuts einschlagen:

»Und rede nicht pausenlos, sondern laß mich rauskriegen, was dieser Hinkefuß eigentlich will.«

Doch all das ist nur Defensive, das wird ihm klar, sobald sie das Haus betreten haben und er Inge erblickt: er hatte gefürchtet, sie verändert anzutreffen. Sie ist es nicht, sie trägt dieselbe Kleidung in den Farben, die es ihm angetan haben, und strahlt denselben Wunsch nach körperlicher Nähe aus, der sofort auch auf ihn übergeht. Sie verschränken die Hände, aber er hat das Gefühl, daß durch diese Hände und jenseits von ihnen, unter und über ihnen alles verschmilzt, was zu ihnen gehört, daß der Abstand zwischen ihren Leibern nur trügerisch ist. Er sieht sie an, um zu erraten, ob sie dasselbe empfindet, bemerkt das fast verklärte Lächeln auf ihrem Mund und in ihren Augen, und ist sicher. Er begrüßt auch die anderen und setzt sich in dem Bewußtsein, daß er nur ihretwegen hier ist. Alles andere täuscht er vor: die Herzlichkeit gegenüber den Gastgebern, das geschäftliche Interesse für Balthasar und den Anwalt. Und da er inspiriert ist, geht ihm die Schauspielerei wie alles andere an diesem Abend von der Hand: Dr. Nikolić gibt die überlegene Pose des Fachmanns auf, denn obwohl er Balthasars Rechtsbeistand ist, wallt Vaterlandsliebe in ihm auf, jetzt verkörpert in dem Kriegshelden Sergije Rudić, von dem er viel gehört und den man ihm schon auf der Straße gezeigt hat. Er selbst hat zwar die Okkupation im ungarischen Pécs verbracht, hat dort studiert, mit den Schülerinnen vom Korso und den Töchtern seiner Zimmerwirtinnen angebändelt, hat die Reize des Nachtlebens in dieser von Razzien und Bespitzelung verschonten Stadt mit den steilen Straßen kennengelernt, aber er ist oft genug in den Ferien nach Hause gefahren und mit Nachrichten versorgt worden – zwischen den Zeilen in Briefen, geflüstert von den Verwandten, die zu Besuch kamen –, so daß die rebellischen Wurzeln seines Wesens nicht vertrockneten. Getreide in Brand zu stecken, Parolen zu schreiben und Minen zu legen, das hieß für ihn schon damals, daß die Attentäter nicht nur sich selbst, sondern auch die unbeteiligte Bevölkerung unnötiger Gefahr aussetzten, aber zugleich zuckten die Muskeln seiner faulen Glieder vor Begierde, ähnliches zu vollbringen. Aber dieser liebenswürdige Herr mit Krawatte hat es wirklich getan – von dieser Vorstellung kann sich Nikolić nicht losreißen. Er gibt sich selbst liebenswürdig, herzlich, sucht im Gedächtnis nach gemeinsamen Bekannten, sozusagen als Brücken zu Sergijes Sympathie; über die Wohnung

112

jedoch spricht er behutsam und in groben Zügen, ohne die Prinzipienfestigkeit, die er in seiner Kanzlei vor Balthasar und Stepanov und jetzt vor der Ankunft der Gäste demonstriert hat. Unter vernünftigen Menschen läßt sich alles regeln, lautet nun sein Ansatzpunkt; im Gesetz sollte man kein Hindernis erblicken, sondern die Grundlage für ein geregeltes Zusammenleben. Eine Wohnung ist dazu da, daß der Mieter möglichst behaglich darin lebt, und es wäre sinnlos, ihn gegen seinen Willen und seine Interessen daraus zu vertreiben. Natürlich kann man sie kaufen, und Sergije sollte überlegen, ob das für ihn beziehungsweise seine Eltern in Betracht kommt; ansonsten gibt es die Möglichkeit, dieses Appartement gegen ein gleichwertiges anderes zu tauschen, das sein Mandant besorgen würde. Aber auch das nur, wenn Sergije einverstanden ist. Dabei wirft er Balthasar und Stepanov fast beschwörende Blicke zu, damit sie einsehen, daß er jetzt nicht anders reden kann, obwohl sie seine wahre Meinung kennen. Balthasar findet das seltsam, ja unbegreiflich, und versucht sich auf sein Recht als Eigentümer zu berufen, während Stepanov begeistert auf den gemäßigten Ton eingeht, der zu seiner Rolle als Gastgeber für alle paßt.

»So ist es!« ruft er, legt Sergije den linken Arm um die Schultern und den rechten Balthasar, den er damit in seiner Einrede unterbricht. »Wir sind ja keine Krämerseelen, sondern Menschen, Freunde vor allem; wir werden uns doch wegen einer Wohnung oder etwas noch viel Größerem nicht das Sonntagsessen verderben lassen! Freuen wir uns, daß wir zusammen sind, und feiern wir diesen seltenen Augenblick der Harmonie. Ihr seid von Herzen an meinen bescheidenen Tisch eingeladen. Bedient euch bitte. Sergije, Balthasar, greift zu! Inge, du hast noch keine Paprika genommen. Und stoß mit unserem Eugen an, der heute so schweigsam ist. Magda, Liebes, ist das Fleisch aufgeschnitten?« Die Hausfrau, an die sich diese Frage richtet, während sie im Vorbeigehen den Brotkorb auf den Tisch stellt, nickt lebhaft, eilt zurück in die Küche, von wo sie mit dem noch dampfenden Schweinebraten auf einer riesigen Platte wiederkommt. Der Duft des zartgebratenen Fleischs überflutet die vom Alkohol gereizten Sinne, das Gespräch verstummt, die Stille füllt sich mit knuspernden und schmatzenden Geräuschen. Es kommen auch Gurkenscheiben, welche die zu Hilfe gerufene Inge jedem einzeln serviert; zu Sergije beugt sie sich über die Schulter von Eugen, der ihm vis-à-vis sitzt, und sieht ihm von oben direkt in die Augen. Die Begegnung mit ihrem grauen, verschleierten Blick nimmt ihm den Atem; er trinkt einen Schluck Bier, um seine Erregung zu verbergen, und wendet den Kopf verzweifelt Eugen zu. Säße er auf dessen Platz und nicht eingeklemmt zwischen Stepanov und Nikolić, er könnte aufspringen, sich zu den Frauen gesellen und Inge etwas zuflüstern. Sie fragen, ob Magda ihr seine Grüße ausgerichtet hat, ihr sagen, wie er sich nach ihr gesehnt hat und daß er sie allein sehen muß. Es gelingt ihm, Eugens fragendes Interesse auf sich zu lenken. Wie soll er es ihm beibringen? In einer plötzlichen Eingebung streckt er die Beine unter dem Tisch aus und umfaßt mit beiden Füßen Eugens Gelenk. Eugen zuckt zusammen, versucht sein Bein zu befreien, aber Sergije läßt nicht los. Er drückt leicht zu und läßt wieder los. Dreimal kurz, einmal lang und einmal kurz und wieder lang und dreimal lang. Hör zu! Im Gefängnis haben sie nach dem Morsealphabet nicht nur an Wände und Heizungsrohre geklopft, sondern es in den bewachten Gemeinschaftszellen auch durch Berührungen praktiziert. Jetzt sieht Sergije an Eugens Gesicht, daß er verstanden hat, und wiederholt den Ruf. Eugens freies Bein – das rechte, also hat er mit dem linken gehört – schmiegt sich an sein linkes, was bedeutet, daß er die Signale empfängt und dechiffriert. Ich höre. Sprich. Sergije konzentriert sich, und während er ißt, seinen Tischnachbarn den Salzstreuer oder das Brot zureicht, sendet er den Funkspruch aus: G-e-h z-u I-n-g-e u-n-d s-a-g i-h-r d-a-ß i-c-h s-i-e u-m s-e-c-h-s b-e-i d-i-r e-r-w-a-r-t-e. Sein Rücken glüht vor Anstrengung, aber bald darauf empfängt er neben Eugens verblüfftem Blick auch die ganz entgegengesetzte Botschaft: O-K. Und zieht erleichtert das Bein zurück. In letzter Minute, denn ringsum ist niemand mehr mit dem Fleisch und den Beilagen beschäftigt, nur er, scheinbar ausgehungert, greift noch immer zu, um seine Tätigkeit unter dem Tisch zu kaschieren. Er wischt sich den Mund ab und bemerkt Nikolićs verlogenes, eigentlich mißbilligendes Lächeln.

»Glauben Sie nicht, Doktor, daß ich nicht über Ihre Worte nachgedacht habe, obwohl ich so mit dem Essen beschäftigt war. Und ich glaube, ich bin zum Kernpunkt gelangt, und das ist der Preis.«

Der Anwalt hebt die Hände und schiebt die Verantwortung Balthasar zu.

»Das ist nicht meine Sache. Ich zeige nur die Richtung an, in der je nach Gegebenheit eine Einigung erfolgen könnte. Die Einigung selbst ist den Parteien überlassen.«

Balthasar, der sich angesprochen fühlt, hüstelt und beginnt einen langen, offenbar vorbereiteten Monolog. Um seine Forderung etwas abzumildern, kehrt er zum Ziel des Gesprächs zurück: das nachlässig eingefrorene Eigentum wieder in den Dienst des Lebens zu stellen, und zwar des künftigen Lebens, hier verkörpert durch die jüngsten Verwandten seiner Frau, Magdas vier Kinder. Stepanov versucht zu widersprechen, väterlich überzeugt, er werde die Kleinen auch ohne Unterstützung von außen auf den rechten Weg bringen; Balthasar hält dagegen, daß ein geebneter Weg sicherer und leichter ist als einer, der erst gebahnt werden muß, und leitet zu den Finanzen über. Es zeigt sich, daß er trotz seiner häufigen Abwesenheit aus der Stadt Zeit gefunden hat, sich nach Preisen zu erkundigen, die jedoch leider, wie er hinzufügt, sehr unterschiedlich sind, was er sich mit der in Jugoslawien noch Jahrzehnte nach dem Krieg herrschenden Wohnungskrise erklärt. Er war also gezwungen, selbst Berechnungen aufgrund der hiesigen Baupreise anzustellen, über die er sich in zwei Baubetrieben informiert hat, und so ist er zu einem Durchschnitt von etwa achtzehntausend Dinar pro Quadratmeter gelangt. Er ist bereit, zwanzig Prozent von der Summe abzuziehen, da das Haus in der Marko-Miljanov-Straße 12 über dreißig Jahre alt, andererseits jedoch in der besten Vorkriegszeit errichtet worden und demnach wesentlich solider als die heutigen Gebäude ist. Da es sich um eine Wohnung von neunzig Quadratmetern handelt, würde der reale Kaufpreis fünf Millionen achthunderttausend Dinar betragen, den er bereit ist, sofort auf fünf Millionen fünfhunderttausend abzurunden, sofern der Zahnarzt Rudić die gesetzlich vorgeschriebene Steuer bezahlen würde. Was denkt Sergije darüber? Sergije denkt nichts, denn Eugen hat mitten in Balthasars Darlegungen nach einem Tritt ans Schienbein mit einer schmerzlichen und zugleich amüsierten Grimasse seinen Platz verlassen und die Küche aufgesucht. Er kommt lange nicht zurück. Heißt das, daß er nicht allein mit Inge sprechen konnte, oder daß sie nicht auf den Vorschlag eingeht, der ihr vielleicht ungeschickt, falsch, entstellt unterbreitet wurde?

Sergije erklärt Balthasar, er könne erst antworten, nachdem er selbst Erkundigungen eingezogen und seine Möglichkeiten eingeschätzt habe, und da er stockend spricht, gewinnen die Gäste am Tisch den Eindruck, die Höhe des Preises habe ihn enttäuscht. Balthasar senkt düster den Blick, Nikolić, der um sein Ansehen als Vermittler fürchtet, wirft ein, die besten Vereinbarungen kämen zustande, wenn dem Angebot ein Gegenangebot folge, und man dürfe sich nicht von vornherein entmutigen lassen, worin ihn Stepanov unterstützt. Er behauptet, kein geschäftlicher Grund sei stark genug, um eine Freundschaft zu beeinträchtigen; sofern Schwierigkeiten auftauchten, wechsle man am besten in eine andere Sphäre, und das sei dieser schöne Tag, diese Zusammenkunft in Liebe und Wohlbehagen.

Wie zur Illustration seiner Darlegung öffnet sich die Küchentür, es duftet nach Gebackenem, Magda und Inge kommen mit Tabletts voller dampfendem Apfelstrudel, gefolgt von der kauenden, um den Mund verschmierten Kinderschar und Eugen, der wie sie schon aus der Hand ißt. Es wird bravo gerufen, die Kinder ziehen Eugen an Ärmeln und Jackenschößen zu seinem Platz am Tisch, Magda und Inge bitten sie, beim Abräumen des schmutzigen Geschirrs zu helfen, und als das unter viel Geklapper und Geschrei erledigt ist, werden die Platten hingestellt, die einen köstlichen Duft verströmen. Sergije umklammert, antwortheischend, mit den Füßen Eugens Beine, bis dieser sich endlich zurechtgesetzt hat und wie vorhin O-K signalisiert. Sergije überprüft den Inhalt der Botschaft auf Eugens Gesicht, das siegesgewiß strahlt, dann wendet er den Blick Inge zu, und sie deutet ein Nicken an. Er atmet auf, gibt Eugens Beine frei und schenkt sich das Glas voll. Er ist glücklich und auf der Hut, um dieses Glück nicht zu zerstören. Er stößt mit allen an; bittet den noch betreten dreinschauenden Balthasar um Geduld; wenn er, Sergije, nicht imstande sei, sich definitiv zu dem Angebot zu äußern, dann geschehe das nicht aus bösem Willen, sondern aus Unwissenheit. Aber er werde alle nötigen Informationen einholen, und in diesem Sinne bitte er alle Anwesenden, jetzt gehen zu dürfen. Fast alle widersprechen, Bal-

thasar, weil er ihm eine genauere Erklärung abnötigen
will, Stepanov, weil er sich von keinem Gast trennen
möchte, Nikolić, weil es ihn selbst noch nicht nach Hause
zieht, Magda, weil er den Kuchen noch nicht gekostet hat.
Nur Inge schweigt, und das bestätigt Sergije in seinem
Glücksgefühl. Er steht auf, greift gutgelaunt nach einem
Stück Strudel als Wegzehrung, stopft es sich in den Mund
und gibt Eugen ein stummes Zeichen, ihm zu folgen. Der
Freund gehorcht, was neuen Protest hervorruft. Nikolić
erhebt sich ebenfalls, aber nur auf halbe Höhe, die Hände
auf die Lehne gestützt, so daß Stepanov ihn mit sanftem
Druck wieder auf seinen Sitz befördert.

»Ich brauche dich noch«, behauptet er ernst, aber offenbar nur, um wenigstens einen Besucher im Haus fest-
zuhalten. Sergije reicht dem Anwalt die Hand, und dieser
muß sich ein weiteres Mal erheben. Auch Balthasar steht
auf und schließt sich Stepanov an, der Sergije und Eugen
ans Tor begleiten wird. Draußen scheint ihnen die Sonne
voll ins Gesicht. Balthasar zupft Sergije am Ärmel, damit
er ein paar Schritte zurückbleibt, und murmelt eindring-
lich:

»Also du wirst es nicht vergessen?« Zum erstenmal
gebraucht er direkt das Du, das bisher nur mitgedacht
wurde. »Ich fürchte«, erklärt er, »daß Milan nicht energisch genug ist, um dich daran zu erinnern, und deshalb
bitte ich dich – hier ist die Adresse meiner Firma –, sobald
du etwas entschieden hast, mir Bescheid zu geben oder,
wenn das Schwierigkeiten macht, Dr. Nikolić.« Er zieht
eine Visitenkarte aus der Brusttasche.

Sergije fährt zusammen. »Und du? Reist du etwa ab?«

Balthasar breitet die Arme aus: »Leider schon über-
morgen.«

Sergije kann seine Enttäuschung kaum verbergen:
»Ihr beide?«

»Ja, Inge und ich«, bestätigt Balthasar. »Wir sind ohnehin schon länger hiergeblieben, als wir sollten. Die Geschäfte, du verstehst.«

»Ja, ja«, sagt Sergije. »Dann gute Reise.« Und er reicht ihm die Hand.

»Du meldest dich?«

»Ja, Ehrenwort.«

Und sie verabschieden sich feierlich vor dem Gartentor, wo inzwischen die anderen eingetroffen sind. Wie beim vorigen Mal wird gewinkt, bis sie um die Ecke verschwunden sind. Erst hier packt Sergije Eugen am Ärmel:

»Was hat sie gesagt? Kommt sie?«

Eugen grinst: »Hm.«

Sergije sieht auf die Uhr: halb drei vorüber. »Pünktlich um sechs?«

Eugen hebt die Schultern. »Doch wohl. Sie hatte nichts dagegen.«

»Sie hat sofort zugestimmt?«

»Hm.« Und er gibt Sergije einen Stoß in den Rücken, so daß dieser ins Wanken gerät. Er will den Schlag zurückgeben, aber Eugen weicht aus und läuft davon.

»Bleib stehen, Dummkopf!« ruft ihm Sergije nach und blickt um sich: kann jemand sie sehen oder hören? Tatsächlich, ein Passant mit Regenschirm über dem Arm mustert sie aufmerksam. Sergije verlangsamt den Schritt.

»Bleib doch stehen, ich muß nach Hause.«

»Dann geh.«

»Nein, ich kann dich jetzt nicht aus den Fingern lassen. Du kommst mit.«

Eugens Augen blitzen auf, er bleibt unschlüssig stehen: »Deinen Eltern wird das nicht recht sein.«

»Keine Sorge, ich bin ja dabei.« Als zöge er an einem unsichtbaren Zügel, winkt er ihn heran. Eugen nähert sich, bleibt aber einen Schritt zurück, so daß sich Sergije auf dem Weg zur Marko-Miljanov-Straße ständig umdrehen muß.

»Und sie war wirklich gleich bereit?«

»Ich sag's dir doch!«

»Hat sie dich richtig verstanden?«

»Vermutlich.«

»Wieso vermutlich, Herrgott noch mal.« Sergije greift hinter sich, um Eugen zu packen, aber vergeblich. Und ihm kommen Zweifel: »Weiß sie überhaupt, wo du wohnst?«

»Ich hab's ihr gesagt.«

»Wie hast du es ihr gesagt?«

»Normal, mit Straße und Hausnummer.«

Das kann sich Sergije schwer vorstellen, da er Eugens Fahrigkeit kennt, und ihm wird kalt. Er versucht sich zusammenzunehmen und geht schweigend weiter, blickt nur über die Schulter, ob Eugen noch da ist. Diese ständigen Bejahungen erscheinen ihm zu einfach, dahinter könnte ein Mißverständnis stecken. Oder sie treiben ihren Spaß mit ihm. Inge, Eugen? Nein, Eugen würde ihre Freundschaft nicht aufs Spiel setzen, und er hat wohl begriffen, daß es bei dieser Sache nichts zu spaßen gibt. Aber trotzdem? Fast entmutigt betritt er das Haus, klingelt, und als der Vater öffnet, schiebt er Eugen wortlos vor sich in den Flur. Die Mutter kommt hinzu und verbirgt ihre Enttäuschung nicht: seit jeher glaubt sie, daß Eugen ihren Sohn vom rechten Weg abgebracht hat und einen schlechten Einfluß auf ihn ausübt. Sergije weiß das, es erfüllt ihn wie immer mit Wut, aber jetzt ist die Wut fast willkommen, denn der Zweifel nagt weiter an ihm.

»Ich habe Eugen mitgebracht«, erklärt er, »weil wir bei den Stepanovs kaum miteinander reden konnten. Aber zu Mittag essen können wir nicht mehr, nicht wahr, Eugen?«

Ehe der Gast sich dazu äußern kann, beginnt die Mutter zu jammern:

»Und ich halte seit eins das Essen warm, Entenbraten!«

Die beiden sehen sich an, Sergije hebt die Schultern, und Eugen tut es ihm nach.

»Na also«, sagt die Mutter beruhigt, »setzt euch zu Tisch.«

Und so müssen sie noch eine üppige Mahlzeit einnehmen, die sich in die Länge zieht. Und quälend ist, weil die Eltern sich bemühen, freundlich zu Eugen zu sein, obwohl sie nicht verhehlen können, wie leid es ihnen tut, daß sie ihren Einzigen nicht wie erwartet für sich allein haben. Sie fragen den ungebetenen Gast, wie es ihm geht, was er tut, und nehmen seine bis zur Selbstverhöhnung offenen Antworten – andere kann Eugen gar nicht geben – mit einer Skepsis auf, die verrät, daß sie nie versucht haben, den besten Freund von Sergije und ihren gelegentlichen Teppichklopfer zu verstehen. Er hat noch immer keine feste Arbeit? Liest nur? Empfängt Sozialhilfe, aber kann man davon existieren? Schließlich platzt Sergije heraus: jeder richtet sich wohl sein Leben nach eigenem Geschmack ein, nicht wahr? Worauf eine unliebsame Stille eintritt. Er unterbricht sie mit dem Bericht über das Gespräch bei den Stepanovs, zählt auf, wer anwesend war, mit besonderem Akzent auf dem Anwalt, dessen Name übrigens bei Rudić senior unklare Erinnerungen weckt. Das wird kurz erörtert: vielleicht sind sie sich schon begegnet, in der Zahnarztpraxis oder bei einer juristischen Angelegenheit, und er hat es bloß vergessen. Dann geht es auf Umwegen zu den Einzelheiten des Gesprächs, den Möglichkeiten, die es für die Rudićs eröffnet hat; nur die von Balthasar genannte Summe verschweigt Sergije aus Scham vor Eugen, dem sie monströs erscheinen könnte. Der Zahnarzt bemerkt die Lücke und wirft Sergije einen fragenden Blick zu, wobei er Daumen und Zeigefinger aneinanderreibt. Sergije hebt den Kopf, steht auf und begibt sich scheinbar träge zur Küche. Die Mutter ist schon dort, jetzt kommt auch der Vater.

»Fünfeinhalb Millionen«, murmelt Sergije durch die Zähne, worauf die Mutter, die nicht verstanden hat, um Wiederholung der Zahl bittet und, als sie begreift, vom Entsetzen gepackt wird.

»Aber jetzt wissen wir wenigstens Bescheid«, beruhigt sie der Zahnarzt.

Sergije kehrt ins Zimmer zurück, wo sich Eugen in die Zeitung vertieft hat; er setzt sich, gleich wird der Kaffee serviert. Die Uhr zeigt zwanzig Minuten vor fünf. Er atmet auf: zwei Stunden sind vergangen, ohne daß er an Inge gedacht hat. Das hat er den Eltern mit ihren besitzergreifenden Ritualen zu verdanken, und er ändert sein Verhalten. Als die Mutter den Kaffee aufträgt, empfängt er sie mit einem freudigen Ruf, bietet ihr eine Zigarette an – ein alter, aber lange nicht praktizierter Scherz – und spricht über den nächsten Besuch, über den baldigen Sommer, den er vielleicht zum Teil hier verbringen wird, um in der Donau zu baden. So besticht er sie, damit sie ihn gehen lassen.

»Brechen wir auf, Eugen?« Eugen fährt zusammen, springt auf, über sein Gesicht fliegt ein gekünsteltes Lächeln der Entschuldigung wegen seiner Gedankenverlorenheit, die ebenso gekünstelt war. Doch davon bemerken die Eltern Rudić nichts, sie sind nur betroffen, weil ihr Sohn sie verläßt.

»Schon?« »Es ist doch erst fünf!« »So früh bist du noch nie gegangen!« rufen sie, was ihn nur in seiner Unerbittlichkeit bestärkt.

»Ich muß heute abend noch etwas Wichtiges für den Verlag durcharbeiten«, lügt er, packt seine Sachen, umarmt Vater und Mutter und ist, mit Eugen mal vor, mal hinter sich, binnen einer Minute angekleidet an der Ausgangstür.

Sie treten hinaus auf die Straße. Sergije zieht den unschlüssigen Eugen am Ärmel in Richtung Bahnhof, weil er weiß, daß ihnen die Mutter aus dem Fenster nachblicken wird. Erst als sie die Biegung hinter sich haben und nicht mehr beobachtet werden können, bleibt er stehen und fragt: »Was jetzt?« Er sieht auf die Uhr: zwanzig Minuten nach fünf. Bis zu Eugens Wohnung sind es zehn Minuten Weg, aber sollen sie den gemeinsam zurücklegen? »Gib mir den Schlüssel«, entscheidet er und streckt die Hand aus. Eugen sieht ihn verständnislos an, und im selben Moment fällt Sergije ein: er hat nie gesehen, daß Eugen seine Tür abschloß.

»Hast du keinen?« vergewissert er sich.

»Was?«

»Keinen Wohnungsschlüssel?«

»Doch.«

»Und wo ist er?«

Eugen macht eine vage Bewegung in Richtung des Hauses: »Dort, im Fenster.«

Beide fangen an zu lachen, klopfen einander auf den Rücken, lachen weiter, bis ihnen der Atem wegbleibt. Sie richten sich auf. Sergije denkt nach und wird sich gewahr, daß ihm Eugens Laxheit zupaß kommt und ihn einer weiteren Vorsichtsmaßnahme enthebt. Er sieht auf die Uhr: gleich halb sechs.

»Dann geh ich jetzt zu dir«, erklärt er, erstaunt über die Kühnheit dieser Entscheidung. Er tut einen Schritt, während Eugen unschlüssig stehenbleibt.

»Geh du auch irgendwohin«, schlägt er ihm vor.

»Wohin?«

»Egal. Du wirst doch eine Stunde irgendwo verbringen können, aber bloß nicht in der Nähe des Hauses. Nun geh schon.«

Eugen zögert noch immer, hebt die Schultern, dreht sich um und bleibt wieder stehen.

»Geh«, sagt Sergije. »Nur eine Stunde. Dann kannst du nach Hause. Ich geh direkt zum Bahnhof, wenn ich fertig bin. Also mach's gut.«

Und Eugen macht sich wirklich auf, dreht sich nicht mehr um, setzt die kurzen Beine mit gespielter Entschlossenheit, die Sergije ans Herz greift. Am liebsten würde er ihn zurückrufen und ihm sagen, daß er keinen Treuebruch an ihm begeht, wenn er ihn so wegschickt, bloß damit er eine Stunde untätig außer Haus verbringt. Und was noch? Er weiß es nicht. Unterdessen ist Eugen schon um die Ecke verschwunden. Sergije atmet auf und eilt seinem Ziel entgegen. Dort findet er wirklich die Tür unverschlossen, und als er sie geöffnet hat, kehrt er zum Fenster zurück, um den Schlüssel zu suchen. Er ist nicht da, ebensowenig im zweiten Fenster. Um nicht unnötig Zeit zu verlieren, tritt er in die Küche. Ihre Unordnung wirkt wie ein Müllhaufen, so ohne ein menschliches Wesen. Mit dem Fuß schiebt er die Papiere am Boden beiseite, bahnt sich einen Weg wie ein Schiff durchs Wasser, setzt die Reisetasche vor dem Bett ab und blickt sich um. Am wichtigsten ist, einen Ersatz für den Schlüssel zu beschaffen: dazu wird der einzige, schiefe, an der Wand lehnende Stuhl mit der Waschschüssel dienen. Er nimmt die Schüssel herunter, trägt den Stuhl in das leere Zimmer und klemmt ihn unter die Türklinke: er kann den Zutritt weiß Gott nicht verhindern, nur erschweren. Aber wer sollte zu Eugen kommen? Sergije hat nie jemanden bei ihm gesehen, seit er allein lebt, noch jemanden an die Tür klopfen hören. Diese Abwesenheit anderer Menschen ist ihm nie aufgefallen, sie war hier etwas Normales. Weil Eugen ein Sonderling ist? So grenzenlos einsam in der Welt? Er sieht ihn wieder um die Ecke biegen, mit diesem steifen Schritt, dessen Ziellosigkeit ein stummer Schrei war, und er bedauert wieder, ihn ohne Erklärung weggeschickt zu haben. Aber jetzt ist es zu spät

für solche Überlegungen, Inge kann jeden Moment eintreffen. Er sieht auf die Uhr: acht Minuten vor sechs. Sie
wird nicht zu früh kommen, also könnte er noch die Papiere vom Boden auflesen und stapeln oder lüften, oder
das Bett machen. Seine Beine, seine Arme wollen dem Befehl des Willens gehorchen, halten aber inne. Er spürt, wie
unwichtig das jetzt ist, entscheidend ist nur, ob Inge es
wagt, der Einladung durch einen Mittelsmann zu folgen.
Wenn sie sich verliebt hat, kommt sie, wenn nicht, dann
nicht. Und wie immer – schon seit seinen Schülertagen –,
wenn er etwas Umstürzlerisches vorhat, entspannt sich
Sergije. Er kann nichts mehr tun. Er sitzt in der Zelle, wird
Schläge bekommen und vielleicht getötet werden; er hat
die Pistole in der Tasche und muß sie sofort ziehen, wenn
er als erster schießen will. Das sind Augenblicke, in denen
fast alles klar ist, was geschehen wird. Denn sein Entschluß
steht fest, er muß nur warten. Das sind Tode mitten im Leben, und wenn danach noch etwas entsteht, kommt es als
Ergänzung und Erklärung. Noch sind sie nicht da, und
auch die früheren gibt es nicht mehr, weil die umstürzleri-
sche Tat sie beseitigt hat. Welche Wohltat! Welche Leere!
Die einzigen wahren Augenblicke, denn sie sind nicht Teil
der Kette, die durch ihre Glieder mit Hunderten anderen
verbunden ist, um dich zu fesseln. Ich bin ein nacktes Kettenglied, das nur der Anfang von etwas vorerst Unbekanntem ist. Ein einziger, in sich geschlossener Kreis. Vollkommenheit. Er zuckt zusammen, als er hört, daß Schritte sich
nähern: das ist das zweite Kettenglied, der Beginn der Fes-
selung. Die Tür öffnet sich, Inge tritt ein. Sergije steht auf,
geht ihr entgegen, und während er ihr die rechte Hand auf
die Hüfte legt, schiebt er mit der Linken den Stuhl unter
die Klinke. Das Zimmer ist halbdunkel im sinkenden
Abend, Inge in ihrem weißen Mantel ist ganz hell, mit runden Formen. Er öffnet ihren Gürtel, die Knöpfe, zieht ihr

den Mantel aus. Sie trägt den grauen Rock und die hell-grüne Bluse wie vor ein paar Stunden, als sie sich mit dem Gurkenteller über Eugens Schulter beugte. Da hat er sich entschlossen, sie hat es sich gemerkt und die Kleidung nicht gewechselt. Er befreit sie von Bluse, Rock, Hemd, Büstenhalter, Strumpfhose, Schuhen, so daß sie auf einmal um einige Zentimeter kleiner wird; er zieht sich selbst aus und legt ihr wieder die Hand auf die Hüfte. Sie ist warm, seine Finger ertasten die feinen Kerben der Unterwäsche. Er legt sie aufs Bett, wälzt sich über sie, legt seine Lippen auf ihre, seine Hände auf ihre Brüste, schmiegt sich an und dringt in sie ein. Jetzt sind sie eine Kette, als wären sie im-mer eins gewesen, und das ist eine Erfahrung, die ihn mit seinem bisherigen Leben verschmilzt.

Das spontan geplante und problemlos verwirklichte Rendezvous mit Inge ist eine Ausnahme in Sergijes Leben. Dieses Leben ist Ereignissen von größerer Bedeutung gewidmet oder, einfacher gesagt, der Klärung von Beziehungen mit Männern, nicht mit Frauen. Frauen erscheinen hier nur als Ergänzung, vielleicht auch als Ausdruck dieser Beziehungen, aber immer in Abhängigkeit von den Männern. Die Mädchen, die er in seiner Zeit des Reifens kennenlernte, gehörten derselben Bewegung an, für die auch er sich entschieden hatte, und strebten wie er nicht nach den Freuden, die sie selbst in ihren vom Alltag erstickten Familien genießen konnten, sondern nach höheren Zielen wie Gleichheit und Gerechtigkeit. Entgegen den üblichen Maßstäben kleideten und frisierten sich diese Mädchen unauffällig, benutzten geruchlose Seife, trugen statt Schminktäschchen Bücher mit sich herum, sprachen mit tiefer, rauchgetränkter Stimme, ohne vor Flüchen zurückzuschrecken, waren also ohne den Reiz ihrer Altersgenossinnen, die sich nach Vorbildern aus Filmen und Illustrierten zurechtmachten und Annäherungsversuche mit Augenrollen und spitzen Schreien beantworteten. Sergije redete sich ein, daß die ersteren die richtigen und die anderen die falschen waren, und dieser Überzeugung folgte er bei seiner Wahl. Allerdings mit gewissen Schwierigkeiten. Denn während der Widerstand der Falschen zu neuen Versuchen herausforderte, tötete die Einfachheit der ersteren, richtigen, jeden Wunsch nach weiteren Entdeckungen. Wie gelangt man von einem Gespräch über ein gesellschaftliches Problem, ein Buch, über die Niedrigkeiten des Kleinbürgerdaseins zum Angebot, Liebe zu machen? Diese Frage quälte Sergije und viele seiner gleichgesinnten Altersgenossen lange und veranlaßte

sie paradoxerweise, auf die Eroberung dieser relativ un-
attraktiven Kameradinnen viel Zeit zu verschwenden, statt
sich denen zu widmen, die scheinbar unzugänglich waren
und nach denen sie insgeheim gierten.

Die langen Spaziergänge, ohne daß eine Hand die andere berührte, mit dürren Dialogen, mit heuchlerisch ver-
heimlichter und zugleich aufgepeitschter Gier, auch etwas
für den Körper zu tun, langweilten ihn, ohne daß er ihnen
ausweichen konnte, denn er hatte einen seinem Alter ange-
messenen Drang nach dem Weiblichen, und die Bewegung
hatte ihn gelehrt, seine Bedürfnisse frei zu befriedigen.

Diese krampfhaften Versuche wurden beschattet und
zugleich lächerlich gemacht durch die Leichtigkeit, mit
der man durch Geld an Frauen herankam in jenen Schenken, die seit dem Beginn der Okkupation von rebellie-
renden Jugendlichen in Ermangelung besserer, unauffäl-
ligerer Treffpunkte aufgesucht wurden. Wieder mit einer
Portion Heuchelei, denn während sie nach außen hin diese
Orte niedrigen Vergnügens nur als vorübergehende Notwendigkeit, als Versuchsfeld ihrer Ideen betrachteten, aus
Gründen der Konspiration und Agitation unter den noch
Unreifen, blieben sie selbst nicht unbestechlich. Karten
und Billard bei Weinschorle spielen, um ungestört über
die Tricks einiger Ljotić-Anhänger in der Klasse zu sprechen und über die Möglichkeiten, sich ihnen entgegen-
zustellen – das schloß den Reiz von Spiel und Getränk,
Kaffeehauslärm und Gespräch nicht aus, sondern führte
zur Gewöhnung.

Die Kellnerinnen, die jeden Monat wechselten, waren
zugleich Prostituierte und gingen auf einen Wink des
Chefs mit dem Gast ins Hofzimmer, um sich zu paaren,
und obwohl Sergije und seine Genossen sich bemühten,
mit diesen etwa gleichaltrigen, vor Armut und Abhängigkeit halb vertierten Geschöpfen menschliche Beziehungen

aufzunehmen – sie fragten, woher sie kamen, was sie verdienten, sie tratschten mit ihnen über die ausbeuterischen Chefs –, erreichten sie in der Regel nur, daß sie selbst an die Schwelle des schändlichen Tuns gerieten. Oder in das Tun selbst, jedenfalls einige, die dem Alkoholrausch und der Verlockung dieser spärlich bekleideten Körper nicht widerstanden und heimlich oder offen dem Beispiel der Stammgäste, Säufer, Wüstlinge folgten. Von der Gruppe wurden sie als unreif oder leichtfertig verurteilt, aber die Entgleisung verlieh ihnen andererseits den Nimbus streitlustiger Mündigkeit, dem sich auch Sergije nicht entziehen konnte, so daß er ein paarmal, nicht ohne Zweifel, ob er die rechte Wahl traf, der Versuchung erlag. Aber diese Berührungen enttäuschten ihn ausnahmslos: nach dem Augenblick des Taumels im vorderen Gastraum, wo getrunken und gescherzt wurde, fand er sich in einem muffigen, schmuddligen Hinterzimmer wieder, auf einem Bett, das klebrig war von unzähligen Berührungen, auf einem Körper, der von den Spuren fremder Hände und von Samenergüssen besudelt war und Ekel verursachte.

Um weitere Enttäuschungen zu vermeiden, erwählte er sich schließlich eine Gefährtin: Mara Mirković, die Tochter eines kleinen Kolonialwarenhändlers, die sauber und farblos, aber ebenmäßig gewachsen war, was ihre Entstellung durch Skrofulosenarben am Hals wieder wettmachte. Mara war glücklich, weil sie dem gutaussehenden und ob seiner Ergebenheit hochgeschätzten Kampfgenossen gefiel; sie bestärkte schweigend seine Annäherungsversuche und befreite ihn damit von dem Fegefeuer der Auseinandersetzungen als Voraussetzung für ihre Zustimmung. Er nahm ihr die Unschuld eines Abends auf einer Parkbank, wie sie voller Angst vor Wächtern und Passanten und erleichtert, daß beide ausblieben, wie am Ende eines gefährlichen Auftrags. Nichts verband sie außer solchen abendlichen Ausgängen zu zweit und der illegalen Arbeit, die sich jedoch in Zirkeln mit den anderen abspielte, ohne ihre privaten Angelegenheiten zu stören. Man wußte, daß sie auf eine moderne, nicht kleinbürgerliche Weise miteinander gingen, und das hob ihr Prestige. Die Leitung sorgte dafür, daß sie ernstere Aufgaben bekamen und gleichberechtigt daran teilnahmen. So geschah es, daß zur selben Zeit, als Sergije, Duško Kalić und Eugen Patak ausgesandt wurden, um in Bački Jarak die Getreideschober in Brand zu stecken, Mara den Auftrag bekam, zusammen mit einer Kameradin Sprengstoff in das Fenster der Kavalleriekaserne zu werfen, und daß beide zur selben Stunde in derselben Nacht – er bei der Flucht auf der Chaussee, sie, von einem Spitzel angezeigt, zu Hause – gefaßt und in das Räderwerk der Ermittlungen geworfen wurden. Wochenlang saßen sie in derselben Gemeinschaftszelle, starrten befehlsgemäß dieselbe weiße Wand an, bekamen Schläge von denselben Aufsehern, wenn sie sich rührten oder einander etwas zuflüstern wollten, wurden nacheinander zu Verhören geführt, von wo sie blutend und mit zerfetzter Kleidung zurückkamen. Hier entwickelte sich zwischen ihnen erstmals Zärtlichkeit, denn sie klammerten sich in ihrer Angst vor Verletzungen und Demütigungen an den Gedanken, daß sie in der Nähe jemanden hatten, dem an dem anderen besonders lag, dessen Existenz die eigene von Vernichtung bedrohte Existenz bestätigte. Sie gaben einander heimliche Zeichen der Ermutigung, baten die übrigen, dem anderen mit einem Bissen Brot oder einem feuchten Tuch zu helfen, und wenn sie konnten, wechselten sie im Vorübergehen mit lautlosen Lippenbewegungen die einfachsten Worte: »Wie geht's dir? Kopf hoch!«, die ihnen wirklich Mut machten und sie vor der Verzweiflung bewahrten.

Sie wurden binnen einer Woche verurteilt – zuerst

Mara, dann Sergije – und gaben der dem anderen auferlegten Strafe fast mehr Gewicht als der eigenen, wobei sie beide als willkürlich betrachteten, da der baldige Sieg sie ohnehin gegenstandslos machen würde. Trotzdem rechneten sie aus, wann sie sich, sofern das Urteil vollstreckt wurde, in Freiheit wiedersehen würden, und die Vorstellung von dieser Begegnung in ferner Zukunft brachte sie einander noch näher. Sie waren glücklich, weil sie ins selbe Gefängnis – L. in Nordungarn – verbracht wurden, und nahmen dort über alte Gefangene Kontakt auf. Es entwickelte sich eine fieberhafte Korrespondenz: auf Zigarettenpapier und Zeitungsrändern gelobten sie einander in winziger Schrift und möglichst vielen Trostworten Liebe und Treue. Das war für sie eine ebenso wichtige Nahrung wie die Speck- und Kuchenstücke aus den brüderlich geteilten Paketen mit ihrem Geschmack nach Zuhause und Freiheit, es berauschte sie wie die hitzigsten Versammlungen. Auf den Flügeln dieses Rauschs schlossen sich beide dem Fluchtversuch an, den am Ende ihres zweiten Haftjahrs eine Gefangenengruppe vorbereitete. Diese aus älteren Parteimitgliedern bestehende Gruppe – was damals hieß: Leute zwischen fünfundzwanzig und dreißig Jahren – nutzte Sergijes Kontaktmann, einen gutmütigen und bestechlichen Beschließer, um über Mara die Frauenabteilung des Gefängnisses von ihren Plänen zu unterrichten, wodurch Mara zur Schlüsselfigur des Unternehmens wurde, ebenso wie Sergije auf der Männerseite. Jetzt enthielten ihre Liebesbriefe zwischen den Zeilen auch Anweisungen: die Hoffnung auf eine baldige Umarmung erheischte schnelles Handeln, der vorgesehene lange Marsch über die hüglige Umgebung von L. bis zu den slowakischen Partisanen erforderte angesichts des kalten Wetters wärmere Kleidung und festeres Schuhwerk. Diese beiden Bestandteile mischten sich, Mara und Sergije erwarteten die Flucht als Möglichkeit des Wiedersehens und träumten vom Wiedersehen ausschließlich im Zusammenhang mit der Flucht. Als der Tag für die Aktion festgelegt wurde, hatten beide schon leitende Funktionen: er in seiner Männerzelle, sie bei den Frauen. Und gerade deshalb begegneten sie sich nicht einmal in der kurzen, ihnen vergönnten Atempause der Freiheit.

Denn während Sergije mit einer Gruppe der Kräftigsten den Auftrag hatte, in den Wachturm einzudringen und ein Einschreiten der dortigen Reservemannschaft gegen die Masse der inzwischen freigelassenen Häftlinge zu vereiteln, sollte Mara gleich nach der Öffnung der Frauenzellen ihre Kameradinnen zu den bewaldeten Hängen oberhalb der Stadt führen. Sergije erfüllte seine Aufgabe, aber als er die im Schlaf überraschte Ablösung gefesselt hatte und mit einem eroberten Gewehr samt seinen Genossen die Treppen hinunter und über den Hof zum Tor rannte, war die kleine deutsche Garnison durch den unvorhergesehenen Schußwechsel aufgeschreckt worden, und es gab kein Entkommen mehr. Sie wurden eingefangen, und während sie mit erhobenen Händen an der Mauer standen und darauf warteten, was mit ihnen werden sollte, sah Sergije einen offenen Lastwagen langsam in den Gefängnishof einbiegen, von dem die Soldaten als eine der ersten Maras Leiche warfen. Der Anblick ihres wie ein Gegenstand in den schmutzigen, halbgetauten Schnee geschleuderten Körpers, die unnatürliche Lage von Kopf und Gliedern wie bei einer Puppe führte ihm augenblicklich die Endgültigkeit der gescheiterten Flucht für sie vor Augen und ebenso die Endgültigkeit, die auch ihn vielleicht bald erwartete. Hier ging es nicht mehr um Kampf oder Gehorsam, Erfolg oder Niederlage, sondern um Sein oder Nichtsein, und an Maras Leiche war das Nichtsein so unwiderruflich offenbar, daß es den ganzen Sinn aller Be-

mühungen aus den Angeln hob. Von ihren in Liebes-
schwüre gehüllten Bemühungen war nichts geblieben, sie
waren ausgelöscht, wie Kreideschrift mit einem Schwamm
von der Tafel gelöscht wird. Sergije starrte die Leiche an,
seine Zähne klapperten vor Kälte und Entsetzen, er starrte
sie noch immer an, während sie ihn schlugen, ihm Kleider
und Schuhe vom Leib rissen, ihn wieder schlugen, be-
schimpften und ein Geständnis verlangten, und als sie ihn
und die anderen im Morgengrauen mit Gewehrkolben in
das Gebäude trieben, sah er im Dunkel seiner Einzelzelle
noch immer Maras Leiche vor sich, mit verrenktem Kopf
und gespreizten Gliedern wie eine umgestürzte Vogel-
scheuche. Er fühlte, daß mit Mara nicht nur der von ein
paar Hitzköpfen leichtsinnig erdachte und bei ihm selbst
durch Liebe und Hoffnung auf baldige Begegnung ge-
nährte Fluchtplan vernichtet war, sondern auch seine ganze
bisherige Auffassung vom Leben als Kampf für den Sieg
des Guten. Der Kampf um den Sieg war das eine – daran
glaubte er noch immer –, aber die für immer tote, für immer aus dem Leben, aus Bewegung und Denken ausge-
schlossene Mara etwas ganz anderes. Sie hatte mit dem Sieg
auf ewig ebensowenig zu tun wie der schmutzige Schnee,
in den man sie geworfen und mit dem sie sich vereinigt
hatte, um vom Erdboden getilgt zu werden, und weil das
für die Ewigkeit geschehen war, hatte sie auch früher mit
dem Sieg nichts zu tun gehabt, denn sie hatte nichts von
früher, sie hatte nichts, sie war zum Nichts geworden.

Jetzt wartete er darauf, selbst zum Nichts zu werden.
Essen und Wasser bekam er nicht, die Wärter betraten die
Zelle nur, um ihn aus Rache für ihre getöteten und ver-
wundeten Kameraden zu schlagen. Ihren Flüchen und
Schreien entnahm er, daß alle Meuterer gefaßt oder auf den
ersten Schritten der Flucht getötet worden waren, daß
das ganze Unternehmen unmotiviert, undurchführbar, eine

reine Wunschvorstellung gewesen war, die mit der Realität und ihren Möglichkeiten nichts zu tun hatte. Jetzt erinnerte er sich an die Einwände einiger ängstlicher Häftlinge, die von Anfang an gemahnt hatten, man dürfe nicht ohne die sichere Unterstützung von außen zur Gewalt greifen. Aber die Mehrheit hatte sie als Feiglinge verlacht, Sergije in seinem Liebesrausch war als erster bereit, Verräter anzuklagen, so wie er Eugen anklagte, als dieser in einer Nacht zu ihm schlich und ihm seine Angst gestand. Er stieß ihn angewidert als jämmerlichen Wurm von sich, meldete ihn tags darauf seinem Kontaktmann, und Eugen wurde aus dem Kollektiv ausgeschlossen; niemand durfte mit ihm reden. Sergije beobachtete ein paar Tage, wie er sich wand, genau wie ein Wurm, er, der sich immer an den anderen gerieben hatte, wie er den Blick senkte und doch nicht versuchte, gegen das Verbot zu verstoßen, obwohl er auch weiterhin nicht mit seinem Vorwand einverstanden war, und wie er sich beim Ausbruch der Rebellion den Kriminellen anschloß. Jetzt aber kam ihm als erster Eugen zu Hilfe mit einer in Papier gewickelten Brotrinde, die ihm der Wächter am dritten Tag seiner Isolationshaft aushändigte, nachdem er ihn ordnungshalber unter Geschrei verbleut hatte, und diese Brotrinde gab ihm ein Zeichen, daß er vielleicht doch überleben würde. Das Papier konnte er nicht lesen, da er nicht einmal die Latrine aufsuchen durfte, doch er bewahrte es auf, und als sie ihn zum erstenmal zum Ausgang führten – ach, diese köstlichen ersten Male der Rückkehr ins Leben –, zog er es aus dem Hosenaufschlag und hielt es sich vor die halbblinden Augen. »Ich bin auf dem Stockwerk mit den Kriminellen«, las er, »du wirst vor Gericht gestellt«, und das erfüllte ihn mit halber Hoffnung. Und das verwirklichte sich, denn er wurde wie alle Teilnehmer an der Rebellion zum Tod verurteilt, aber dank seinem orthodoxen Taufschein zu zwanzig Jahren

Haft begnadigt. Der Vollstreckung des Urteils mußte er zusammen mit allen anderen Gefangenen, die nicht an der Rebellion beteiligt oder amnestiert worden waren, an einem Morgen Ende Mai beiwohnen, und das war noch eine, zweite, zehnte Wiederholung von Maras Tod, zehn Schreie, welche die Schlinge erstickte. Sie schwankten vor ihm, seine Genossen, die vor kurzem heiße Worte gerufen hatten, wie er sie bei sich bewahrte, sie schwankten wie Gegenstände an einem riesigen Kleiderständer, stumm, kalt – sie waren nicht mehr da. Nur er war noch da, er bekam wieder zu essen, wurde nicht mehr geprügelt, obwohl er weiterhin isoliert in der Einzelzelle saß.

Er wurde nicht wie alle politischen Häftlinge – unter ihnen Eugen – zum Gräbenschaufeln und Minenbergen in die Ukraine transportiert, sondern blieb in seiner Zelle, bis die Front näherrückte, und wurde dann unter dem Prasseln der sowjetischen Granaten in ein deutsches Lager gebracht. Hier sprang er aus einem Viehwaggon an die frische Luft, aber eine Luft, die siedete: in einen Steinbruch. Stolpernd schleppte er Steinblöcke über Stufen hinauf, von denen abzugleiten Sturz in den Abgrund bedeutete. Mit zusammengebissenen Zähnen konzentrierte er sich auf jeden Schritt, duckte sich unter den Schlägen, um seinen Schädel zu schützen, kämpfte um jeden Bissen und kehrte lebend nach Hause zurück. Ausgehungert, abgemagert, mit geschwollenen Gelenken und belastet durch seine Leiden und die Niederlage seiner Hoffnungen, kam er in Novi Sad an, das so war wie vorher, also in seinem gewohnten Alltag, aber durch die fiebrige Nachkriegszeit zugleich beiseite gerückt. Vater und Mutter weilten nicht mehr in der alten Wohnung; der dicke Pope hatte sie ihnen abgenommen, der zugleich mit der Ausstellung des Taufscheins Sergijes Retter gewesen war. Die Zahnarztpraxis existierte nicht mehr; Rudić hatte sie in einem Anfall von Patriotismus dem Staat abgetreten und arbeitete nun wie in früher Jugend für Honorar. Michail Grigorjewitsch und Alina Petrowna, die unschuldigen Anstifter von Sergijes kämpferischem Impuls, waren zu Beginn der Okkupation als Nichtalteingesessene nach Serbien vertrieben worden und dort jenseits der Kriegsgrenze in Armut gestorben, zuerst sie, dann er. Man mußte die Toten vergessen, die Veränderungen, und sich der Zukunft zuwenden, wie Sergijes Eltern empfahlen, als sie ihm, plötzlich gealtert, um den Hals fielen. Im Einverständnis mit ihnen und zugleich auf der Flucht vor ihnen meldete sich Sergije beim Parteikomitee. Doch dort tagten jetzt jene, die zur Zeit seiner Leiden am Sinn der Leiden gezweifelt hatten und daher verschont geblieben waren; er zögerte, die von ihnen angebotenen Aufgaben zu übernehmen. Der einzig ebenbürtige, fast zur gleichen Zeit aus sowjetischer Gefangenschaft nach Novi Sad zurückgekehrte Freund Eugen hockte in seiner Hofwohnung, von wo seine Eltern am Ende der Okkupation abgeholt worden waren; er las Bücher von den Dachböden verlassener jüdischer Häuser und heilte seine auf Märschen erlittenen Wunden und Erfrierungen.

Mit seiner parallelen Auferstehung bot er Sergije die Chance – so empfand es dieser zumindest –, sich wie er niederzulassen, sich in den Schutz des wiedergefundenen Heims zurückzuziehen und seine Verletzungen zu beweinen. Aber Sergije entzog sich dieser Versuchung, denn Eugens Märtyrertum stieß ihn ab wie ein Zerrspiegel des eigenen, und mehr noch die Tatsache, daß die Leichen von Mara und den erhängten Genossen Eugen recht gaben und nicht ihm. Sergije fühlte noch immer, daß andere recht hatten und er unrecht, aber er konnte sich deshalb nicht winden wie Eugen über seinen Erfrierungen; als Mensch der Tat konnte er entweder im Namen dessen auftreten, was sich als richtig erwiesen hatte, oder aber Eugen eben deswegen beschuldigen, was sich zwar als richtig erwiesen hatte, jetzt jedoch wieder als falsch galt. Auf der Flucht vor einer Entscheidung folgte er einer anderen Einladung, der von Mita Gardinovački, seinem und Eugens einstigem Instrukteur im Jugendverband, der im Unterschied zu ihnen der Verhaftung entgangen und zu den Partisanen in Srem übergelaufen war. Jetzt war er hier, um seine Dokumente zu holen und die Sachen zu packen, bevor er seine Funktion als Kulturattaché in Warschau übernahm. Agil und tatkräftig wie in der Illegalität, begann er schon beim Start seinen neuen Wirkungskreis auszubauen, unter anderem auch personell; nachdem er im Komitee erfahren hatte, daß Sergije zurückgekehrt war, suchte er ihn auf und bot ihm an mitzukommen, und als Sergije zugesagt hatte, rannte er zum Außenministerium, um seine Ernennung zum Referenten zu erwirken. Also verließ Sergije wieder sein Vaterhaus, zum Bedauern der Eltern, die sich noch nicht an ihm satt gesehen hatten, aber sich andererseits geschmeichelt fühlten; während Eugen über die neue Trennung nur traurig war, denn danach würde er ganz allein sein.

Sergije war alles andere als das. Er fuhr nach Belgrad und von dort in einem Sonderwagen mit noch fünf weiteren neuen Mitarbeitern der Botschaft nach Warschau. Schon auf dieser zwei Tage und zwei Nächte dauernden Reise teilten sie alles miteinander. Sie aßen gemeinsam, sangen gemeinsam und informierten einander, wann wer schlief oder die Toilette aufsuchte. Zu dieser Nähe stiftete sie die Freude an, weil sie aus der Disziplin der Partisaneneinheiten oder Gefängnisse oder Lager direkt in die Welt der Diplomatie und des Wohlstands geraten waren. Aus dem Diplomatenmagazin hatten sie ihre Zuteilung bekommen – die Männer braune Anzüge, die Frauen dunkelblaue Kostüme, schöne Wäsche, Schuhe, Konserven,

Wein und Bier –, und diese geschenkten Kostbarkeiten verhießen ihnen einen ungeahnten Aufstieg, über den sie sich als einstige Kämpfer für Gleichberechtigung lustig machten. Wortführer war hier Gardinovački, dem, klein, wie er war, krummbeinig, mit früh gelichtetem krausem Haar und gesträubtem Schnurrbart, die diplomatische Verkleidung absolut nicht stand, so daß er sich hineinzwängte, sie auf- und zuknöpfte, was ihr lediglich die ersten Flecken und Deformationen zufügte. Um ihren Spaß zu haben, scharten sich alle gern um ihn, besonders die Frauen, die blonde, stupsnasige, vollbusige Stenotypistin Micka aus Slawonien und die dunkelhaarige, kräftige Buchhalterin Ljubica aus Belgrad. Sie ihrerseits wurden sofort zum Anlaß für Rivalitäten unter den Männern, die ahnten, daß sie sie jetzt, in der Zwanglosigkeit der langen Reise erobern mußten, wenn sie später unter den strengeren Bedingungen des Botschaftsalltags ihren Nutzen davon haben wollten. Bis auf Stanoje Buturlija, den in Warschau seine schon vorab als Wirtschafterin an die Botschaft abkommandierte Frau erwartete, wollten das alle, also Gardinovački, Sergije und der junge, brünette, hagere Geheimdienstoffizier Vlado Zec. Gardinovački neckte mit Vorliebe Micka, aber wenn ihn der Schlummer übermannte – was ihm ständig geschah, sobald er nicht mehr den Ton angab –, lehnte er den Kopf an Ljubicas muskulöse Schulter, was bedeutete, daß sie seine Wahl darstellte, offenbar wegen der Finanzen, die sie verwalten würde, wie Buturlija stichelte, der schweigsam war, aber, wenn er sich zu Wort meldete, auch bissig sein konnte. Um die andere, Micka, bemühten sich Zec und Sergije mit etwa gleichem Erfolg.

In Warschau trafen sie als enge Freunde ein und sahen zu, nachdem sie mit Dienstwagen zu dem zweistöckigen, für das Personal gemieteten Wohnhaus neben der Botschaft gebracht worden waren, möglichst nahe beieinandergelegene Zimmer zu bekommen. Beim Einzug halfen ihnen Buturlijas dicke, freundliche Frau und der gefällige, aber ungeschickte Handelsattaché Marko Ravlec nebst seiner Frau, einer Studentin. Am selben Abend hatten sie in der Vertretung ein Treffen mit ihrem Chef, dem Botschafter Darko Vujinović, dem Militärattaché Oberst Ilija Maraš und dem Botschaftssekretär Rajko Tomić, die nicht im Gemeinschaftshaus wohnten. Sie wurden auf zwei Stuhlreihen plaziert wie im Klassenzimmer, und der Botschafter hielt ihnen einen Vortrag über die politischen Verhältnisse in Polen und seine Beziehungen mit dem Osten und dem Westen, wobei er seine Kenntnisse und seine Fähigkeit zur Schau stellte, komplizierte Sätze unter Verwendung wohlberechneter Einschätzungen zu formulieren. Nach der Versammlung verließen sie das Gebäude betäubt vor Müdigkeit und Enttäuschung. Im Namen aller schüttelte Gardinovački sein dünnes und dennoch verklebtes Kraushaar: »Brr. Am liebsten würde ich das Lied ›Kalter Wind weht übers Feld‹ singen, aber ich muß mir erst die Kehle schmieren.« Lachend gingen sie alle nach Hause, um einen Schluck dessen zu nehmen, was von der Reise übriggeblieben war. Der Alkohol war ihnen auch weiterhin ein Anlaß, zusammenzukommen: er war reichlich vorhanden, und Gardinovački sorgte dafür, daß er nicht ausging. Sie tranken Birnengeist und Brandy, serviert von der Wirtschafterin Mileva Buturlija, sie tranken den Sliwowitz, den Gardinovački und Zec über Kurierdienst von ihren Verwandten bekamen, sie tranken das wäßrige und säuerliche einheimische Bier und heimlich besorgten Wodka, sie tranken die von den Kollegen aus den westlichen Botschaften geschenkten Weine und Cognacs und den Whisky, den Buturlija aus den Vorräten des Botschafters für sie stahl. Das ganze Warschau um sie herum trank mit einer erbitterten Ener gie, und so hatten sie den Eindruck, daß sie sich nur der allgemeinen Stimmung in der Stadt beugten. Wenn sie aus ihrem schlechtmöblierten, kasernenartigen Wohnhaus in eines der vom Krieg verschonten, zwischen Ruinen versteckten Wirtshäuser oder Cafés gingen, trafen sie auf Männer und Frauen, die betrunken oder auf dem besten Weg dazu waren, und wenn sie mißtrauische Blicke und mögliche Streitigkeiten vermeiden wollten, konnten sie nur zurückkehren und dasselbe tun.

Sie wußten, daß dieser Hang zur Selbstbetäubung aus der komplizierten Situation Polens zwischen den ungeliebten Russen und den verhaßten Deutschen herkam, von denen die einen ihnen ein Stück Land weggenommen und sie selbst den anderen auf Befehl der ersteren ein ebenso großes Stück abgenommen hatten, wie aus den detaillierten Erklärungen des Botschafters hervorging; aber obwohl sie weder Täter noch Opfer waren, empfanden sie selbst Verbitterung. Im Grunde fraß die Diplomatenkrankheit an ihnen, gegen die sie als Laien nicht immun waren: die Last einer Umgebung, die sie weder kannten noch verstanden und zu der sie keine Distanz aufbauen konnten. Sie saßen in ihren Büros, verfaßten Rundschreiben oder beantworteten sie, erbaten oder gaben Daten über Bücher, Theater, Kunstausstellungen, Orchester und Zeitschriften, die sie selbst nicht gesehen beziehungsweise gehört hatten, drängten sich bei Vorstellungen und Versammlungen, deren Sinn ihnen unverständlich oder halb verständlich war, stießen mit vollen Gläsern lachend und schulterklopfend auf Empfängen an, deren vielsprachiges Gewirr sie benebelte. Bei dieser unnützen Tätigkeit bestärkten sie nur ihr politischer Glaube und eine nebelhafte Slawophilie, aber das war gleichermaßen bei denen der Fall, die Interessen anderer Staaten vertraten. Sergije war von dieser Diskrepanz zwischen Gefühl und Interesse be-

sonders betroffen, denn er war von mütterlicher Linie her
Russe und verdankte seine Entscheidung für die Revolution zum guten Teil seiner idealisierenden Liebe zu Rußland. Jetzt bekam er direkten Kontakt über die Vertreter
Rußlands in Warschau, das sie als ungebetene Befehlsgeber
fürchtete. Er selbst versuchte sie mit der alten Sympathie
zu sehen, was ihm jedoch mißlang: sie waren schroff und
argwöhnisch, und bei näherer Berührung, das heißt beim
Trinken, aggressiv. Als Pjotr Larkin und Wsewolod Sa-
morodny, seine unmittelbaren Kollegen in der sowjetischen Botschaft, beide eher klein und trotz ihrer Jugend
vom reichlichen Essen mit Schmerbauch und Doppelkinn
ausgestattet, ihn korrekt und fließend Russisch sprechen
hörten, drängten sie sich danach, zu jeder Tageszeit mit
ihm zu trinken, doch nachdem sie erfahren hatten, daß er
der Abkömmling russischer Emigranten war, wurden sie
finster, schweigsam, bis ihm Larkin, der ältere, auf einem
Empfang seiner Botschaft mit schamloser Offenheit Geld
für Zuträgerdienste anbot. Sergije informierte Vlado Zec
und beschloß, sich künftig auf dienstliche Kontakte zu beschränken. Aber das war schwer zu verwirklichen, denn es
zeigte sich, daß sein Vorgesetzter Gardinovački abgrundtief faul und leichtsinnig war. Nicht nur, daß er die Kenntnisse nicht besaß, die er im Fragebogen des Ministeriums
angegeben hatte, sondern er gab sich auch keinerlei Mühe,
etwas aus dem Gebiet zu lernen, für das er verantwortlich
war. An Fremdsprachen interessierten ihn lediglich Flüche
und die Bezeichnungen für Speisen und Getränke; Kultur
betrachtete er als eine Sache für Müßiggänger, was er Sergije rechtzeitig und vertraulich mitgeteilt hatte; bei Thea-
teraufführungen und Konzerten, zu deren Besuch er verpflichtet war, gähnte er und gab, wann immer möglich, die
Freikarte an seinen Referenten weiter. Seine Aufmerksamkeit galt einzig den Menschen, die ihm der Zufall über

141

den Weg geführt hatte, und zwar ihren intimen, verborgenen Seiten, die er mit Leidenschaft erforschte und den anderen preisgab. Über den Botschafter, der sich für seine Begriffe zu distanziert gab, bekam er heraus, daß er sich als Vorkriegskommunist und Freiwilliger im Aprilkrieg den Deutschen ergeben und den Kampf gegen das Gefangenenlager vertauscht hatte, um seinen Kopf zu retten; über Maraš, daß er ein Schwindler war, der sich auf seine Verdienste als Spanienkämpfer berief, obwohl er den Krieg im Windschatten der französischen Internierung überlebt hatte; über Tomić, daß er Päderast war. Er beschuldigte diese drei, eine verschworene Clique zu bilden, welche die unteren Angestellten der Botschaft auf geradezu rassistische Weise unterdrückte, wie er wörtlich in seinen Berichten an scheinbar einflußreiche Freunde zu Hause formulierte, über denen er in seinem Büro schwitzte, statt seine eigentliche Arbeit zu tun.

Sergije sah sich schließlich vor die Wahl gestellt, es ihm entweder als Denunziant gleichzutun oder sich seiner Führung zu entziehen und nach eigenem Gutdünken zu handeln. Er wandte sich an Zec und legte ihm den ganzen Fall dar. Zec hörte zu, machte sich Notizen, unternahm jedoch offenbar nichts, denn Gardinovački verhielt sich Sergije gegenüber mit derselben hemmungslosen Vertraulichkeit wie zuvor. Außer daß er Sergije im Büro beim Arbeiten hinderte, suchte er ihn auch unangemeldet zu Hause auf, blieb stundenlang, wobei er aus der mitgebrachten Flasche trank und auch Sergije zum Trinken nötigte. Manchmal brachte er die Mädchen, Micka und Ljubica, mit, und man trank zu viert, was eines Abends damit endete, daß er mit Ljubica allein wegging und Micka mit der launigen Empfehlung zurückließ, bei Sergije zu übernachten. Sie fand sich ohne großes Zögern bereit. In dieser Nacht entdeckte Sergije Mickas schlanken und straffen

Körper, der auf seine leiseste Berührung reagierte und zur unermüdlichen Hingabe bereit war. Die Neuigkeit erfüllte ihn mit männlichem Stolz und zugleich gegenüber Gardinovački mit einem Gefühl der Verpflichtung, das ihm zuwider war, aber an dem er nicht vorbei konnte. Dieses Gefühl schwoll und blähte sich wie faules Fleisch, denn Gardinovački erinnerte immer auffälliger und schamloser an sein Verdienst, er peinigte Sergije mit fragendem Augenzwinkern und halb ausgesprochenen Worten, verlangte beinahe an jedem Morgen nach Einzelheiten vom letzten Liebeserlebnis. Schließlich zog er Sergije beiseite und teilte ihm im Vertrauen mit, er habe – über Ljubica – erfahren, daß sich Micka ernsthaft in Sergije verliebt habe – »verknallt«, wie er sich ausdrückte –, und darum riet er ihm mit gerührtem Augenaufschlag, das Mädchen zu heiraten, was er selbst mit Ljubica beabsichtige. Der Gedanke war Sergije nicht fremd, weil er den Eindruck hatte, daß Micka ihm auf Dauer gefallen würde, und weil er glaubte, daß ein gemeinsamer Hausstand mit ihr ihn von Gardinovačkis Einflüssen befreien würde. Er sprach mit ihr über eine Eheschließung, und sie nahm die Idee mit solcher Begeisterung auf, daß er jeden Zweifel verwarf. Er informierte sich über die Bedingungen einer Heirat im Ausland, forderte die nötigen Papiere aus der Heimat an, teilte den Eltern in einem langen Brief die freudige Nachricht mit, und dasselbe tat parallel auch Gardinovački, oder spielte es zumindest vor. Das Ritual fand in der Botschaft unter Anteilnahme des gesamten Personals mit Getränken und Reden statt, aber nur zwischen Sergije und Micka, denn Ljubica und Gardinovački hatten sich im letzten Augenblick zerstritten. Micka zog mit ihren Sachen in Sergijes Zimmer, und er war zufrieden, weil er sich jetzt nach der Arbeit zurückziehen und einschließen konnte, um ihre Anwesenheit zu genießen, wie er es schon gewohnt war. Dennoch stand in einem Winkel seines Bewußtseins die Erkenntnis, daß mit dieser Ehe etwas nicht stimmte, denn nicht er hatte Micka erwählt, sondern der Zufall, und sie hatte nur die Gelegenheit ergriffen. Als er sie besser kennenlernte, überzeugte er sich, daß Micka – eine Tochter aus armer Familie, die den Dienst im Ausland angetreten hatte, um sich von den Sorgen eines kinderreichen Haushalts zu befreien – ihr jetziges Dasein in dem hungernden, kriegszerstörten Polen kaum ertrug und darauf brannte, es loszuwerden. Sie hatte sich vorgestellt, daß Sergije bald Karriere machen und durch Versetzung in ein reicheres westliches Land auch sie aus dem düsteren Warschauer Gemeinschaftshaus erlösen würde, und als das nicht gleich geschah, warf sie ihm Unfähigkeit und Versagen vor. Er versuchte, ihr klarzumachen, daß sie übertrieb, und wenn ihm das gelang, konnte sie fröhlich und ausgelassen sein wie zur Zeit ihrer illegalen Liebesbeziehung, aber wenn er keine Lust hatte, sich mit ihr auseinanderzusetzen, trotzte sie tagelang und raubte ihm die Ruhe durch ihre Mißlaunigkeit.

Als sie zum erstenmal gemeinsam in den Urlaub nach Dubrovnik fuhren, nahm er die Route über Novi Sad, um sie seinen Eltern vorzustellen, sie fand Gefallen an seinem bürgerlichen Vaterhaus, behandelte die Schwiegereltern freundlich, verdarb jedoch diesen Eindruck durch die Forderung, Sergije solle von seinen Eltern Geld für ihre Einkäufe verlangen. Die Ferien genoß sie, aber mehr wegen der Möglichkeit, ihre neuen, in Novi Sad erworbenen Kleider und ihren hübschen entblößten Körper im Hotel und am Strand zu präsentieren, als wegen der Freuden, die Sonne und Meer boten – sie konnte nicht schwimmen –, so daß Sergije nach der Rückkehr in das kalte Warschau froh war, sie nicht den ganzen Tag um sich haben zu müssen. Aber hier zog sie wieder alles in den Schmutz und fand zu

144

Sergijes Überraschung einen Verbündeten in Gardinovački. Dieser hielt trotz zeitweiliger Unstimmigkeiten seine Liaison mit Ljubica aufrecht und setzte alles daran, sie zu einer Viererbeziehung auszubauen, wie damals, als sie alle ledig waren; aber Sergije trug jetzt neben seinen früheren Bedenken auch noch die Last einer problematischen Ehe, und Gardinovačkis Bedürfnis, sich einzumischen und zu herrschen, ging ihm ebenso auf die Nerven wie seine Ignoranz und seine saloppe Arbeit, deren Versäumnisse er selbst ausbaden mußte. Aber sobald er versuchte, sich dieser Rolle als Ersatzmann zu entledigen, die Tätigkeitsbereiche voneinander abzugrenzen oder auf den Schaden hinzuweisen, den Gardinovačkis Schluderei der Botschaft zufügte, traf er einerseits auf die festen und schleimigen Umarmungen seines Vorgesetzten und andererseits auf das abweisende Schweigen des übrigen Botschaftspersonals. Er gelangte zu dem Schluß, daß Gardinovački hier mehr Macht und Einfluß hatte, als ihm gemäß seiner Funktion zukam, und er ahnte aus den häufigen Zusammenkünften zwischen ihm und Zec, daß der verschlossene, undurchschaubare Parteisekretär ihm den Rücken freihielt. Die Botschaft war tatsächlich – wie Gardinovački schon am ersten Tag scharfsichtig bemerkt hatte – in zwei Lager gespalten: einmal die ehemaligen Gefangenen und Internierten, die die Spitze, das Gehirn darstellten, und andererseits die durch ihre Verdienste im Partisanenkampf empfohlenen unteren Angestellten, die sich mehr durch Ergebenheitserklärungen hervortaten als durch Kenntnisse und Fähigkeiten. Bezüglich seiner Vergangenheit und seinen Neigungen hatte Sergije mehr gemeinsam mit der ersten Gruppe, von der ihn jedoch Gardinovačkis Vormundschaft auf Distanz hielt.

Die Beziehungen wurden noch viel komplizierter nach dem Bruch zwischen Jugoslawien und der Sowjetunion, auf deren Seite sich alle anderen sozialistischen Länder stellten, also auch Polen. Die Einheit dieser Länder, die für dieselben Ziele gekämpft hatten, war für Sergije ein Axiom, war der Anhaltspunkt, der einen Ausgleich zu seinen Leiden aus Gefängnis und Lager herstellte und in seiner Herkunft ein besonderes Gewicht besaß. Aber zugleich spürte er die Gefahr, in seiner Vergangenheit, seinem Wagnis, seinem Opfer entwertet zu werden, wenn er sich den aus Rußland kommenden Beschuldigungen anschloß. Die Spannung wuchs sozusagen von einer Stunde zur anderen, in der Botschaft gab es lange und ermüdende Versammlungen, auf denen Klage und Gegenklage verlesen und diskutiert wurden. Alle gelobten Wachsamkeit und Treue, die Männer gingen jeden Morgen in den betonierten Keller, um ihre Dienstpistolen auszuprobieren, aber hinter diesem fiebrigen Eifer glimmten geheime Zweifel und böse Ahnungen. Diese in der jugoslawischen Botschaft und dem benachbarten Wohnhaus verschanzten Menschen kamen sich, kaum daß eine Versammlung zu Ende war, vor wie die Besatzung eines Schiffs, die erst an Deck sieht, daß ein Unwetter sie zu vernichten droht. Die Zeitungen, die sie morgens aufschlugen, predigten Haß, Haß schmetterte aus dem Radio, das sie in ihren Zimmern hörten, Haß und Verachtung und Drohung spiegelten sich in den Gesichtern der Passanten, unter denen in der Nähe der Botschaft offensichtlich Dutzende Agenten und Provokateure waren; wenn das Telefon läutete und jemand den Hörer abhob, drangen Flüche und Beschimpfungen an sein Ohr; in Geschäften, Restaurants, auf öffentlichen Plätzen wandten ihnen alle den Rücken oder forderten sie lauthals auf, ihre Irrtümer einzugestehen. Und obwohl sie sich einredeten, daß sie recht hatten, wirkte dieses ungeteilte Mißtrauen der Umgebung auf sie ein und säte Mißtrauen auf der Suche nach einem Schuldigen. Auch Sergije zerfraß sich, suchte überall Antworten auf seine Fragen, lauschte inneren und äußeren Stimmen, was ihn seine Fassung kostete. In einem Moment der Gereiztheit, als ihn Micka wie schon so oft mit trivialen Klagen belästigte – diesmal über den Fahrer der Botschaft, der ihre Einkäufe nicht transportieren wollte, weil er Vujinovićs kleine Tochter, deren Schule weit entfernt lag, abholen mußte –, wurde er laut und verbot ihr den Mund, weil er wichtigere Sorgen habe, und dann erläuterte er ihr in ein paar stammelnden Worten seine Überlegungen. Micka verstummte, ging mehrmals weg und kam wieder, und am Abend brachte sie ihr Bettzeug in das Einzelzimmer, das sie vor der Eheschließung bewohnt hatte. Tags darauf im Büro verhielt sich Gardinovački ungewöhnlich ernst und stellte Sergije einige Fragen, aus denen hervorging, daß er sehr gut über das Gespräch zwischen den Eheleuten informiert war. Sergije faßte sich schnell, gab keinerlei politische Zweifel zu, und als Gardinovački nicht aufhörte, ihn zu bedrängen, unterbrach er ihn schroff unter Berufung auf einen dringenden Auftrag des Botschafters. Kaum war die Arbeitszeit beendet, folgte er Micka auf dem Fuß, schob sie in ihr gemeinsames Zimmer und befragte sie nach ihrer Beziehung zu Gardinovački. Sie versuchte einer Antwort auszuweichen, aber Sergije schloß die Tür ab, stieß seine Frau auf die Couch und erklärte, er werde sie nicht freilassen, bevor sie geständig wäre. Dabei fiel sein Schlag heftiger aus als beabsichtigt. Micka war für einen Moment atemlos, dann verzog sie das Gesicht und schrie, nicht einmal ihr eigener Vater habe sie jemals geschlagen, also dürfe es auch nicht Sergije, dieser jämmerliche Feigling, der seine Frau mit seinem Chef teilte. Dessen Geliebte sei sie schon vor Sergijes Zeit gewesen.

»Du lügst!« schrie Sergije, der an so viel Verdorbenheit nicht glauben konnte. Aber das brachte Micka noch mehr in Rage.

»Ich lüge, sagst du? Ich hätte dich ohne ihn überhaupt nicht geheiratet, weil ich dachte, daß ich von ihm schwanger bin; das wissen alle, Ljubica, Zec, nur du Idiot hast nichts gewußt.«

Sergije fühlte, daß er diesem Grauen ein Ende machen mußte, und wandte sich zur Tür. Micka sprang auf, um ihn zu hindern, aber er schlug sie jetzt willentlich mit dem Handrücken ins Gesicht, so daß sie umfiel und sich an die Wange griff. Sergije versperrte die Tür von außen und steckte den Schlüssel ein. Ihm war, als hätte Micka noch etwas gerufen, doch mit wachsender Entfernung hörte er nichts mehr. Er ging zu Gardinovački. Der lag angekleidet auf der Ottomane und schlief. Als Sergije eintrat, sprang er auf, als wüßte er, was geschehen war, und lächelte gezwungen. Dieses Lächeln überzeugte Sergije statt aller Worte davon, daß Micka die Wahrheit gesprochen hatte. Er trat vor ihn hin und sagte:

»Micka hat mir alles gestanden. Du Dreckskerl!«

Gardinovački wich zur Ottomane zurück, zeigte dann aber auf den Platz neben sich.

»Warte. Setz dich«, sagte er. »Es geht jetzt um viel wichtigere Dinge. Um unser Leben, unsere Zukunft.«

»Red keinen Unsinn«, antwortete Sergije, der in diesen Worten seine eigenen, tags zuvor an Micka gerichteten erkannte, nur entstellt durch Heuchelei und List. »Ich will wissen, wieso du mich so schweinisch hintergehen konntest.«

Als täte es ihm leid, das Gespräch nicht in Ruhe weiterführen zu können, hielt Gardinovački in halber Sitzbewegung inne und warf sich vor Sergije in die Brust. »Ich sage dir, daß wir in Teufels Küche geraten«, erklärte er, als wäre der eigentliche Anlaß der Unterredung schon gegenstandslos. »Hier ist eine Verschwörung im Gange, und die müssen wir unterbinden.«

»Was für eine Verschwörung?«

»Eine Verschwörung gegen das internationale Prole-
tariat«, fuhr Gardinovački fort. »Diese Greise« – er wies
zum Fenster, womit er offenbar auf die Botschaft abzielte –
»wollen uns an den Westen verkaufen, und das müssen wir
verhindern.«

»Dummes Zeug«, entgegnete Sergije, der sich der
Suggestion so starker Worte dennoch nicht ganz entziehen
konnte. »Wer sind wir denn, um irgend etwas zu verhindern?«

Gardinovački beugte sich vor und verkündete fast im
Flüsterton: »Wir übernehmen die Macht in der Botschaft,
du und ich, verstehst du. Micka hat mir erzählt, wie du
denkst. Und du denkst richtig. Heute nacht verhaften wir
Vujinović, Maraš und Zec und übernehmen die Botschaft.
Die anderen werden sich anschließen, wenn sie sehen, daß
wir stärker sind.«

Sergije sah ihn an und begriff, daß Gardinovački es
ernst meinte, und zugleich, wie lächerlich er war mit seinen Phrasen aus unverdauten Broschüren, mit seinen kurzen krummen Beinen und dem hängenden Schnurrbart,
eine Fehlleistung der Natur und der Verhältnisse.

»Du Idiot!« sagte er und begann plötzlich zu lachen,
weil es ihm gegenstandslos, bedeutungslos vorkam, Mickas
wegen mit diesem schnurrbärtigen, intriganten Hitzkopf
abzurechnen, und er sich über beide keine Illusionen mehr
machte. Er wandte sich zum Gehen.

»Nein, das nicht!« hörte er Gardinovački hinter sich
herrufen, und als er sich erstaunt umdrehte, sah er, wie
sein Vorgesetzter zu dem Wandtischchen sprang, die
Schublade aufriß und mit der Hand hineingriff. Nach der
Pistole, die er nach der Schießübung hier abgelegt hatte,
das war Sergije sofort klar. Er selbst trug seine in der Tasche, denn er hatte wegen des Streits mit Micka versäumt,

149

sie wie sonst beiseite zu räumen. Der Gedanke, daß ihn Gardinovački in seiner Niedertracht auch noch töten könnte, erfüllte ihn mit Ekel und Wut. Während jener die Waffe in Anschlag brachte – Sergije sah sie, schwarz, umschlossen von Gardinovačkis bleicher Faust –, zog er die eigene aus der Tasche und drückte nach sekundenlangem Zögern ab. Der Schuß löste sich, Gardinovačkis Arm zuckte, an dessen Ende die Pistole wie ein gefangener Krebs baumelte, er faßte sich mit beiden Händen an die Brust, wobei ihm die Pistole entglitt, in seinem Gesicht malte sich Erstaunen, dann schwankte er, taumelte, fiel auf die Knie und schlug auf dem Boden auf. Sergije beobachtete ungläubig diesen Vorgang, den er selbst bewirkt hatte; er erwartete fast, daß Gardinovački aufspringen und wie so oft in ein meckerndes Lachen ausbrechen würde, aber er war sich zugleich, entsetzt, im klaren, daß das nie mehr geschehen konnte. Er sah den bäuchlings daliegenden Körper, dessen Kopf auf dem gebeugten Arm ruhte, die Pistole davor wie eine Verlängerung dieses Arms, und plötzlich bemerkte er, daß etwas Schwarzes, Flüssiges daraus hervorkroch, zu einer Lache zerfloß und den grünen Teppich tränkte. Ihm wurde übel, der Schweiß brach ihm aus, seine Beine erstarrten. Er hörte Lärm, rührte sich aber immer noch nicht; er sah Zec, der sich wie ein Schatten auf den Liegenden zubewegte, niederhockte, die Hand auf Gardinovačkis Nacken legte. Dann erhob sich Zec und blieb zwischen Gardinovački und Sergije stehen.

»Du hast ihn glatt erschossen«, sagte er, puterrot. »Du mußt doch verrückt sein. Und was jetzt?« Er wartete auf eine Antwort, aber man sah seinen weitaufgerissenen Augen an, daß er mehr in sich hinein als nach außen horchte. Er fuhr sich durch das straffe Haar, rieb sich die Stirn, tat einen kurzen Schritt zurück auf Gardinovački zu, dann einen ebensolchen in Sergijes Richtung, und streckte, ohne den scharfen Blick von ihm zu wenden, die Hand aus:

»Gib mir die Pistole.«

Sergije verstand nicht gleich, so daß Zec ganz dicht herankommen und ihm die Waffe aus der Hand nehmen mußte. Er hob sie an seine Jackentasche, offenbar um sie einzustecken, besann sich aber eines anderen, drehte sich um, kniete wieder neben Gardinovački nieder und starrte ihn an. Er hob Gardinovačkis Pistole auf, die schon fast von der Lache benetzt war, steckte sie ein, während er Sergijes Waffe kurz entschlossen dem Toten in die Hand schob. Als er sich erhob, lag diese tote Hand mit der Waffe darin schon in der schwarzen Pfütze.

»Und jetzt raus!« fuhr er Sergije an. »Und zu keinem ein Wort. Sonst« – er fuhr sich mit der flachen Hand über den Hals – »geht es dir auch bald wie ihm!«

Er trat zur Tür, öffnete sie und schob Sergije in den Flur. Hier schauten aus dem entlegensten Raum Ravlec und seine zerzauste Frau, und an Sergijes Tür wurde gehämmert. Zec rief den Ravlecs zu: »Geht rein! Ein Unfall«, worauf sie verschwanden. Dann ging er an Sergijes Tür, lauschte ein paar Sekunden und fragte: »Ist sie das?«

Sergije brauchte ein Weilchen, um den Sinn der Frage zu erfassen. Dann antwortete er:

»Ja, Micka. Sie ist eingeschlossen.«

»Wo ist der Schlüssel?« fragte Zec.

Sergije brauchte wieder Zeit, um sich zu erinnern, er durchsuchte seine Taschen, bis er den Schlüssel fand. Zec nahm ihn entgegen, näherte ihn dem Schloß, als wollte er öffnen, wurde aber anderen Sinnes und steckte ihn ein.

»Das ist jetzt nicht wichtig.« Er winkte Sergije: »Erst mal zu Buturlija.« Er faßte Sergije am Ellenbogen, sie gingen die Treppe hinunter und erblickten auf dem ersten Absatz Buturlija, der sich die Hosenträger übers Hemd zog, und zwei Schritte hinter ihm Mileva. Beide blieben stehen, Zec gab Sergije noch einen Schubs und sagte zu Buturlija:

»Versteck ihn in der Botschaft, und schließ ihn ein. Hier wird es eine Hausdurchsuchung geben. Aber laßt euch nicht sehen.« Nach kurzem Überlegen fügte er hinzu: »Am besten in den Keller. Hast du eine Pistole?«

Buturlija griff sich an die Gesäßtasche seiner Hose, worauf sich Zec an Sergije wandte: »Hast du begriffen? Zu niemandem ein Wort!«

Sergije nickte mechanisch. Er ging mit Buturlija die Treppe hinunter, vorbei an Mileva, die ihre Augen aufriß und den Kragen ihres Hauskleids um den Hals zusammenraffte. Auf dem Hof faßte Buturlija Sergije am Ellenbogen und führte ihn dicht an der Mauer durch dichtes, dürres Unkraut zu dem Eisenzaun, der das benachbarte Botschaftsgebäude umgab. An einer Stelle, wo zwei Pfähle auseinandergebogen waren, sagte er:

»Kriech hier durch. Aber dann keine Bewegung.«

Sergije ging gehorsam in die Knie und zwängte sich durch die Lücke bis zu der Hecke, die sich an den Zaun anschloß. Ohne sich umzudrehen, hörte er Buturlija keuchend näher kommen und dann das Kommando:

»Aufstehen!«

Er erhob sich, beide schlängelten sich durch die Hecke bis zum Hintereingang der Botschaft. Um die Ecke kam knurrend der Wolfshund Rex gesprungen, doch Buturlija brachte ihn durch einen Pfiff zum Schweigen. Er schloß auf, und sie betraten unter den mißtrauischen Blicken des Hundes das Haus. Hier herrschte nachmittägliche Stille. Buturlija zeigte stumm auf die Kellertreppe, und sie stiegen hinab. Buturlija schloß eine Stahltür auf und ließ Sergije eintreten. Der Schlüssel wurde im Schloß umgedreht, Sergije fand sich im Dunkeln. Aber er kannte den Raum: es war der Saal für die Schießübungen, mit vermauerten Fenstern. Er tastete sich bis zu der Stelle, wo er wußte, daß sich der Lichtschalter befand, und betätigte ihn. Dann schaltete er das Licht wieder aus, obwohl ihm bekannt war, daß kein Schimmer nach außen dringen konnte. In den Augen behielt er das erwartete Bild: den grauen betonierten Raum mit den drei Pappkameraden im Hintergrund. Jetzt schien ihm, daß man ihn nicht zufällig hierhergebracht hatte, daß Zecs Anweisung: »Am besten in den Keller« bedeutete, er gehöre hierhin, wo auf Ziele geschossen wurde. Sie dienten der Übung, und die Übung wiederum dazu, jene zu erschießen, die vom Erdboden getilgt werden sollten. Wie er jetzt, der eine maßlose Dummheit, ein unverzeihliches Verbrechen begangen hatte. Er sah die Szene wieder vor sich, wie er auf Gardinovački geschossen hatte, und fühlte wieder, wie unmöglich, verrückt das gewesen war, wie unzulässig in seiner Situation, und wie sehr ihn die Launen dieses selben Gardinovački dazu gebracht hatten, denen er monate- und monatelang aufgesessen war.

Er hatte den Tod verdient, dachte er fast sehnsüchtig, denn er konnte sich ein Weiterleben nicht vorstellen: den Menschen vor die Augen treten, die ihm vertraut hatten, Vujinović, Maraš und wieder Zec. Nein, es war besser, gleich zu sterben! Er stellte sich vor, daß Zec bei dem geheimen Schlupfloch Buturlija neue Befehle gab, und wartete auf die Schritte des Exekutors.

Doch nichts war zu hören, und er ahnte, daß er sich mit der Gefahr nur tröstete, daß eine Gefahr für sein Leben nicht bestand. Es bestand eine andere Gefahr: daß er für seine Dummheit bestraft wurde, für dieses monströse Vergehen, verlacht, bespuckt, von der Gesellschaft isoliert, in den Dreck gestoßen, wohin er auch gehörte. Er fühlte Schwäche und ging, den Rücken an der Wand, in die Knie.

Aber seine Beine zitterten so sehr, daß er sich auf den Betonboden setzen mußte. Ja, in diesem Augenblick wünschte er sich den Tod, obwohl er wußte, daß ihm der Tod noch nicht nahe war, weil Zec gesagt hatte, er solle wegen einer – natürlich polizeilichen – Untersuchung isoliert werden, und weil er seine Pistole anstelle der von Gardinovački diesem in die schon fast leichenstarren Finger gedrückt hatte. Aber er war nicht sicher und lauschte lange, lange, und zuckte zusammen, als er auf einmal wirklich Schritte hörte. »Jetzt«, dachte er und stellte sich den Feuerstoß vor, der seine Brust versengen würde. Die Tür ging auf, davor stand Buturlija, aber nicht, um auf ihn zu schießen, vielmehr befahl er ihm, aufzustehen und mitzukommen. Im Gebäude brannten schon die Lampen, Buturlija löschte sie hinter sich, und draußen wurden sie von Dunkelheit empfangen. Irgendwo knurrte Rex, Buturlija beruhigte ihn mit einem Pfiff und führte Sergije zur Hecke und jener Lücke im Zaun. Als sie das Wohnhaus betreten hatten, blieb er vor der eigenen Tür stehen und klopfte leise an. Mileva öffnete, nickte Sergije leicht zu; Buturlija brachte ihn in ein kleineres Nebenzimmer mit einer zum Schlafen zurechtgemachten Ottomane, dann servierte er ihm etwas zu essen und ein Glas Wasser und empfahl ihm zu schlafen.

»Wie ist es ausgegangen?« wagte Sergije zu fragen, aber Buturlija brachte ihn mit einem »Pst« zum Schweigen wie ein kleines Kind. Also wartete wirklich nicht der Tod auf ihn, sondern jenes andere, die Schande, und diese Gewißheit nahm er mit demselben Gefühl auf wie einst als kleiner Junge, wenn er etwas angestellt hatte und vor der Rache seiner Kameraden nach Hause in den Schutz der Mutter floh. Wie damals verwünschte und verachtete er sich selbst, und wie damals haßte er seine Obhut, auf die er dennoch nicht verzichten konnte, weil ihn das Verbrechen daran hinderte, eigenständig und verantwortlich zu handeln. Er hockte in Buturlijas Zimmer, aß, was man ihm gab, zündete sich eine Zigarette an in dem Bewußtsein, etwas zu tun, wofür er nicht um Erlaubnis gebeten hatte, rauchte sie, drückte sie aus, dann löschte er das Licht und legte sich auf die Ottomane. Er schlief wenig, weil ihn die Szenen seiner Tat in Unruhe hielten, und wenn ihn einmal der Schlaf übermannte, quälten ihn dieselben Szenen in Gestalt von Alpträumen. Morgens führte ihn Buturlija zum Bad, brachte ihm danach etwas zum Frühstück, und Sergije wagte es, um Zigaretten zu bitten, denn er hatte keine mehr. So saß er den ganzen Tag und versuchte aus Geräuschen zu erraten, was im Haus vor sich ging; er sah, wie sich die Genossen – nicht alle, ohne Gardinovački! – in der Botschaft versammelten, Zecs Bericht über dessen Tod – ob er der Wahrheit entsprach oder nicht, wußte er nicht – kopfschüttelnd anhörten und sicher aus Sergijes Abwesenheit schlossen, was wirklich vorgefallen war. Bei dieser Vorstellung stieg ihm das Blut zu Kopf, aber er war Zec auch dankbar, daß er an alldem nicht teilnehmen und die öffentliche Schande erleben mußte.

Am Abend legte er sich hin und wälzte sich lange schlaflos, aber kaum war er eingeschlummert, wurde das Licht eingeschaltet, und Vlado Zec sowie Stanoje Buturlija betraten das Zimmer. Beide trugen Tageskleidung, Buturlija setzte Gepäck auf dem Boden ab, in dem Sergije seinen braunen Koffer und den darübergeworfenen Mantel erkannte.

»Zieh dich an«, sagte Zec, und er schlüpfte schnell aus dem Bett. Buturlija führte ihn durch das Außenzimmer, wo Mileva schlief oder wenigstens im Dunkeln ruhte, ins Bad und forderte ihn auf, sich zu rasieren. Als sie wieder ins Zimmer kamen, saß dort Zec mit aufgestützten Ellenbogen am Tisch, vor sich irgendwelche Papiere. Er zeigte auf den Stuhl gegenüber: »Setz dich«, und Sergije gehorchte. Buturlija blieb bei der Tür stehen. Zec schob die Papiere und einen Füllfederhalter vor Sergije hin. »Unterschreib.« Sergije hinterließ seinen Namenszug an den ihm bezeichneten Stellen, worauf Zec die Papiere in der Innentasche seines Sakkos verstaute. Auf dem Tisch blieb nur ein Paß liegen.

»Du hast uns große Probleme bereitet«, begann Zec mit vorwurfsvollem Ausdruck, unter dem dennoch eine Art Versöhnlichkeit zu erkennen war. »Jetzt, wo die Augen der ganzen Welt auf uns gerichtet sind, wo sie uns durch die Lupe betrachten, gehst du hin und schießt auf Leute in der Botschaft!«

Er hielt inne und sah Sergije an, als erwartete er eine Antwort, dann winkte er ab und fuhr fort: »Was am schlimmsten ist: du hast unverschämtes Glück gehabt. Erstens weil wir den Skandal um jeden Preis vertuschen mußten, und zweitens weil wir wußten, daß Gardinovački dich für das Informbüro anwerben wollte. Darum ist es das beste für dich und für uns, wenn wir erklären, daß er Selbstmord begangen hat.«

Er sah Sergije wieder erwartungsvoll an, aber als dieser schwieg, schüttelte er unzufrieden den Kopf und seufzte. »Du kehrst also nach Hause zurück. Angeblich als Kurier und mit Buturlija als Fahrer und mit unwichtigen Papieren, die schon im Auto liegen. Der wahre Grund deiner Reise ist nur dir, mir und Buturlija bekannt. Wenn die Polen etwas erfahren, gehst du in den Knast und kommst nicht unter zwanzig Jahren weg. Merk dir das! Du wirst auf der ganzen Fahrt den Mund halten und Buturlija gehorchen. Und zu Hause wirst du weiter schweigen wie ein Grab. Sobald du die Grenze passiert hast, bist du nicht mehr Mitarbeiter unserer Botschaft und verlierst alle Privilegien. Eben hast du unterschrieben, daß du Gardino-

156

vački erschossen hast, das bleibt für alle Fälle bei uns, aber das Ministerium wird auch informiert. Natürlich bist du kein Parteimitglied mehr, sondern aus disziplinarischen Gründen ausgeschlossen, weil du nach deinem Kurierauftrag nicht mehr an deinen Dienst zurückgekehrt bist. Das hast du ebenfalls unterschrieben«, sagte er und klopfte sich an die Brust. »Paß also auf, was du weiterhin tust. Am besten vergißt du alles, was du hier gemacht und gesehen hast, sonst helfen wir deinem Gedächtnis nach, und das kann böse enden. Ist dir das klar?«

»Ja«, sagte Sergije mechanisch.

»Also steck den Paß ein.« Zec schob ihm das Büchlein zu. »Und zeig ihn, wenn er verlangt wird. Sonst kein Wort. Du weißt nichts, schon gar nicht über Gardinovački, den du am Tag seines Selbstmords gar nicht gesehen hast. Wenn du die Grenze passiert hast, gibst du den Paß Buturlija. Das wäre alles.« Er stand auf. Sergije hatte für einen Moment das unwirkliche Gefühl, Zec wolle ihm die Hand reichen, was aber natürlich nicht geschah.

»Nimm deine Sachen«, sagte Zec noch. Sergije gehorchte. Buturlija öffnete die Tür, und sie gingen alle drei ins Vorzimmer. Jetzt brannte auch in der Küche Licht, Mileva kam heraus, übergab Buturlija ein paar Päckchen und küßte ihn zum Abschied. Sie stiegen hinunter auf den Hof, wo der schwarze Škoda der Botschaft vor dem Tor hielt. Buturlija hob leise die Kofferraumhaube und verstaute Sergijes Koffer. Dann nahm er auf dem Fahrersitz Platz und klinkte die Hintertür auf. Sergije stieg ein und kam fast auf die dicke, auf der Rückbank abgelegte Kuriertasche zu sitzen. Draußen entriegelte eine Gestalt – der dünne, biegsame Zec – die Flügel des Eisentors, und sie taten sich rasselnd auf. Im selben Augenblick ließ Buturlija den Motor an und schaltete die Scheinwerfer ein. Zec beugte sich vor und rief lauter als nötig:

»Gute Fahrt. Und grüßt alle Kollegen im Ministerium.«

Die Lichtkegel erfaßten ein paar Figuren, die eilig beiseite wichen, dann erreichte Buturlija die leeren Warschauer Straßen. Nach dem Ortsausgang gab er Vollgas. Sie fuhren schweigend durch den blassen Morgen und den grauen, wolkigen Tag, hielten nur an, um ihre Notdurft zu verrichten. Zweimal reichte Buturlija, ohne die Fahrt zu unterbrechen, Sergije ein Sandwich und aß selbst eins. An der Grenze zur Tschechoslowakei zeigten sie ihre Pässe und bekamen ihre Stempel. So ging es auch am Übergang nach Ungarn. Sergije fürchtete jedesmal, man würde ihn, wie von Zec angedroht, aus dem Auto holen, verhören und malträtieren; erst in Ungarn atmete er auf. Hier schlief er auch ein. Als er erwachte, fuhr Buturlija durch das lärmende, abendliche Budapest. An die ungarisch-jugoslawische Grenze gelangten sie spätabends und zum Bahnhof in Subotica gegen Mitternacht. Buturlija lehnte sich im Sitz zurück und streckte die Hand aus: »Gib mir den Paß!« Er steckte ihn in die Innentasche des Sakkos. Dann sagte er, Sergije solle warten, bis er sich über eine Zugverbindung nach Novi Sad informiert habe, stieg aus und kam bald zurück mit der Nachricht, der nächste Zug fahre in fünfundsiebzig Minuten. Er bat Sergije, auszusteigen, sie gingen ins Restaurant und nahmen zum erstenmal an diesem Tag eine warme Mahlzeit zu sich und tranken danach zwei Gespritzte. Jetzt wurde Buturlija gesprächig, lobte die einheimischen Getränke, die besser schmeckten als alle ausländischen, klopfte Sergije auf die Schulter und, als wisse er nichts über die Gründe von dessen Heimkehr, erklärte, er beneide ihn, weil er der Fremde entkommen sei. Sie gingen auf den Bahnsteig, spazierten rauchend auf und ab, und als der Zug bereitgestellt wurde, half Buturlija beim Verstauen des Gepäcks und winkte

Sergije bei der Abfahrt. Sergije ließ sich auf einen der vielen freien Plätze fallen. Noch immer wühlte ihn alles auf, was er in den letzten Tagen erlebt hatte, aber die heimische Luft – etwas im Geruch des Zuges und der Kleidung der Reisenden, was auch Buturlija eben erklärt und er ihm nicht geglaubt hatte – erfüllte ihn mit Ruhe, löste die schmerzlichen Knoten im Gehirn. Er rauchte, öffnete das Fenster, hätte am liebsten gesungen.

Am Ausgang aus dem Bahnhof von Novi Sad sah er einen Milizionär, der die Reisenden passieren ließ, und dachte daran, daß er keinerlei Ausweis besaß und, wenn sich das herausstellte, es kaum hätte erklären können. Zum Glück wurde er nicht kontrolliert – auch niemand sonst, soweit er sehen konnte –, dennoch stahl er sich wie ein Dieb zum Bus und konnte es kaum erwarten, daß das dünnbesetzte Fahrzeug in die Stadt aufbrach. Es wurde Tag, als er bei seinen Eltern klingelte, die schlaftrunken öffneten und ihn umarmten und küßten. Als sie ihn fragten, ob Micka mitgekommen sei und wie lange er bleiben würde, erzählte er ihnen in einem plötzlichen Entschluß alles, beziehungsweise fast alles: daß er die Botschaft verlassen hatte und weder dorthin noch zu seiner Frau zurückkehren werde. Angesichts des auch bisher krummen Lebenswegs ihres Sohnes zeigte ihnen diese schroffe Antwort, daß er wieder Probleme hatte, also forschten sie nicht weiter und behandelten ihn an den folgenden Tagen, als befände er sich in Quarantäne. Ihm paßte diese Aufmerksamkeit, aber sie störte ihn auch. Seit er aus Warschau entkommen war, hatte der Druck der Vorwürfe und Drohungen nachgelassen, aber jetzt einer Leere Platz gemacht, die von der Zurückhaltung seiner Eltern nur betont wurde. Niemand erkundigte sich, was er getan hatte, niemand wußte davon, aber es war da, es wuchs in ihm und erfüllte die Leerräume des Schweigens und der Unwissenheit.

Der Mord, den er aus Dummheit, Gedankenlosig-
keit, Übereilung verübt hatte, für den es sogar eine Rechtfertigung in Gardinovačkis Verderbtheit gab, umhüllte ihn
jetzt wie ein giftiges Gas, das seine Atemluft verpestete,
sein Essen, die Zigaretten, die er rauchte. Ihm wäre jeder
willkommen gewesen, der ihn – mit seinem Willen oder
gegen ihn – ausgeforscht hätte, bei dem er beichten, sich
hätte aussprechen können, aber so jemand existierte nicht
in Novi Sad, hier wußte niemand von dem Mord an Gardinovački. Jemanden davon zu unterrichten konnte er nicht
wagen, denn dagegen stand einmal Zecs Verbot, und außerdem brauchte es dafür einen Gesprächspartner, zu dem er
unbegrenztes persönliches Vertrauen hatte. Es gab nur
einen einzigen solchen Gesprächspartner: Eugen. Sergije
war mehrmals nahe daran, ihn in seiner verwahrlosten
Wohnung aufzusuchen und ihm alles zu gestehen. Aber
schon seit der Gefängniszeit stand zwischen Eugen und
ihm ein anderes, unausgesprochenes Geständnis: daß Eugen im Recht gewesen war, als er sich von der übereilten,
wahnwitzigen Meuterei distanzierte, und als sich Sergije
jetzt daran erinnerte, kam er zu der Überzeugung, daß der
Mord an Gardinovački eine ebenso wahnwitzige wie über-
eilte Tat war und es nicht möglich war, das eine ohne das
andere einzugestehen. Aber alles zu bekennen, sein ganzes
Leben als Fehlschlag und Irrtum hinzustellen, das verbot
ihm seine Beziehung zu Eugen, der immer zu ihm auf-
geblickt hatte. Er verkroch sich also zu Hause, las Bücher
und die Zeitungen, die der Vater von der Arbeit mit-
brachte, und hörte aus dem Radio den unaufhörlichen
Schwall der immer gleichen Nachrichten über den Kon-
flikt, als dessen Abfall er sich jetzt schon fühlte. Eines Tages fand er in der Zeitung unter den Todesanzeigen eine
zum Gedenken an Dimitrije Gardinovački – auf dem Foto
war er jung, mit dichtem Haar und ohne Schnurrbart –,

unter der die Namen seiner Eltern und seiner zwei Schwestern standen. Sie enthielt die üblichen Worte der Trauer, aber nichts über die Todesursache. Diese Diskretion erfüllte Sergije ebenso mit Erleichterung wie die Zurückhaltung seiner Eltern, aber danach blieb ein bitterer Geschmack zurück: weil die Wahrheit über Gardinovačkis Tod zusammen mit seinem lächerlichen, schuldbeladenen Körper begraben sein würde und damit auch ein wesentlicher Teil von ihm, Sergije, selbst. Dieser Gedanke, so abstrakt er war, ließ ihn nicht los, ja, er vertiefte sich zu einer schmerzlichen Wehmut. In seiner mit Büchern und Zeitungen beladenen Untätigkeit hatte er Anfälle fast weinerlicher Hoffnungslosigkeit; Anfälle von Selbstmitleid, obwohl er einräumte, daß es dafür keinen Grund gab, denn er hatte ein Verbrechen begangen und war nicht einmal bestraft worden; er kam sich einfach vor wie das erniedrigtste, nutzloseste Geschöpf auf der Welt.

Diese Beschäftigung mit seinen gereizten Nerven fand erst ein Ende, als ihm der Postbote ein amtliches Einschreiben aushändigte, das ihn zum Wehrdienst nach Užička Požega einberief. Obwohl nichts darauf hinwies, daß der Einberufungsbefehl von Warschau aus initiiert war, paßte sein Inhalt allzusehr zu Zecs drohenden Prophezeiungen, als daß Sergije ihn nicht als Rache auffassen konnte. Sie entsprach nicht einmal annähernd seiner Schuld, aber sie befreite ihn plötzlich wie ein Zauberstab von dem Gefühl der Leere und des Schweigens um ihn, befreite ihn von der abergläubischen Angst, er müßte, da die Strafe ausblieb, durch einsame Reue büßen, bis er den Verstand verlor. Er lebte auf. Ging hinaus, sah sich einen Film an, tags darauf noch einen; suchte Eugen auf, der ihm jubelnd um den Hals fiel; brachte es fertig, ihm halb im Scherz von seinem Schiffbruch in der Diplomatie zu erzählen, weshalb er demnächst seine Vaterlandsliebe marschierend und gewehrtragend unter Beweis stellen müsse. Am festgelegten Tag fuhr er über Belgrad nach Požega, ging zur Kaserne, übergab seine Papiere und trat mit weiteren zwanzig verspäteten Rekruten – die teils vorzeitig demobilisiert worden waren, teils in feindlichen Armeen gedient hatten – auf das Fließband zum Haareschneiden, Baden, Empfang der Uniform und des Strohsacks. Er war wieder am Boden wie im Gefängnis oder im Lager: von Stacheldraht umgeben und gezwungen, Befehle zu befolgen; aber dieser Zwang trug den Schein der Freiwilligkeit und richtete sich nicht gegen das Leben, sondern vorübergehend gegen die Freiheit. Er mußte Dinge tun, die man aus freien Stücken nicht tut: im Morgengrauen beim Schrillen der Pfeife aufstehen, zum Klosett und zum Antreten hasten, bei den immer gleichen Übungen auf den verregneten Hügeln der Umgebung – es war Dezember – mitmachen, aus dem fettigen Blechgeschirr essen; aber dafür war er geschützt vor dem Mangel an Persönlichkeit, der ihn letzthin gequält hatte, denn hier, bei der Armee, galt die Persönlichkeit nichts, hier wurden nur der Körper und sein Gehorsam gefordert, und das konnte er beides geben. Zu seiner Gruppe gehörten außer ihm neun Soldaten: sechs bulgarische Landarbeiter, zwei Montenegriner aus fernen Bergdörfern und Tomislav Gajdoš aus Zemun, der, als er in Sergije einen Stadtmenschen erkannte, sich an ihn klammerte und durchsetzte, daß sie benachbarte Pritschen bekamen. Im Unterschied zu Sergije war er ein erfahrener Soldat, der während der letzten beiden Kriegsjahre bei der Landwehr des Unabhängigen Staates Kroatien gedient hatte und sich jetzt äußerst gelangweilt und verächtlich der Ausbildung und den Kasernenregeln unterwarf, die ihm jüngere, ungeschulte Partisanen-Unteroffiziere auferlegten. Auch er betrachtete also diesen sechsmonatigen Dienst als Strafe, die unverdient und für ihn dadurch erschwert war, daß er gegen Kriegsende geheiratet, einen Sohn und vor kurzem auch eine Anstellung als Buchhalter in einem Flugzeugwerk bekommen hatte und nun aus Leibeskräften danach strebte, das kleine, aber behagliche Leben weiterzuführen, aus dem man ihn gewaltsam gerissen hatte.

Mit diesem weichäugigen, bläßlichen Kleinbürger und Kollaborateur der Besatzungsmacht freundete sich Sergije immer mehr an. Ihm gefielen seine lächerlich winzigen Ziele, seine platten Träume als ein weiteres Gewicht, das ihn zu Boden zog. In den Pausen zwischen den Übungen, wenn sie sich zurückzogen, um eine Zigarette zu rauchen, in der kurzen Zeit zwischen Abendessen und Waffenreinigen und an den Sonntagnachmittagen, wenn sie über den Kasernenhof schlenderten – denn wegen der angespannten Lage an den Grenzen waren Ausgänge nicht gestattet –, hörte er Gajdoš' Erinnerungen zu: an reichgedeckte Tafeln mit intimen Freunden, an Spaziergänge mit Frau und Sohn am Donauufer – Beschreibungen, die manchmal in ordinäre Kaffeehauslieder als letzten Ausdruck von Leid und Hoffnung übergingen. Er mußte sich zurückhalten, um angesichts dieser Gefühlsausbrüche nicht in Lachen auszubrechen, und manchmal hätte er dem Freund am liebsten einen Faustschlag in den weichen, weinerlichen Mund versetzt, und dennoch unterwarf er sich unter Selbstverleugnung diesen Herausforderungen an seinen guten Geschmack und fragte sich, ob nicht Gajdoš im Recht war, wenn er dem Leben nur diese gezuckerten, toten Früchte abverlangte. Er selbst erzählte Gajdoš nichts über sich – seinen Kampf, das Gefängnis, das Lager, schon gar nicht die Ereignisse in Warschau –, sondern gab sich wie gegenüber allen anderen in der Kaserne, also auch den Offizieren, als ein Mensch ohne dezidierte Überzeugung und Beschäftigung, was er im Moment tatsächlich war;

aber wenn er sich die Lebensbilder des gleichaltrigen Buchhalters anhörte, fügte er unwillkürlich die eigenen hinzu, und ihm schien, daß er unter viel größeren Mühen und Opfern nicht mehr, sondern weit weniger erreicht hatte als der politisch indifferente, selbstsüchtige Gajdoš. Vielleicht verkörperte Gajdoš mit seinen winzigen Ansprüchen und ebenso bedeutungslosen Ideen einen Trend, der sicherer, ausgeglichener, ungefährlicher war als jene Höhenflüge, für die er selbst sich entschieden hatte und die ihm mit Schlägen, Hunger, Kälte und Schuldbewußtsein vergolten worden waren; vielleicht war Gajdoš sogar ein Beispiel, dem er in Zukunft folgen sollte?

Als der Buchhalter, der seinen Dienst zwei Wochen vor dem Bettnachbarn angetreten hatte, ebenfalls zwei Wochen früher Zivil anzog und sich im Vollgefühl seiner Freiheit verabschiedete, wurde Sergije traurig wie ein Liebhaber, den seine unansehnliche, aber einzige Gespielin verlassen hatte. Ohne Gajdoš' Klagelieder bemerkte er plötzlich selbst, wie ungerecht und unerträglich es war, daß er, der schon so vieles durchlitten hatte, auf Befehl loslaufen, mit den Waffen rasseln und salutieren mußte, eingesperrt zwischen Stacheldraht, zusammen mit fünfhundert Bauernjungen, denen nie etwas Schlimmeres begegnet war; er konnte die Demobilisierung kaum mehr erwarten und zog am Tag der Entlassung seine Zivilsachen, die er zerdrückt und angeschimmelt aus dem Magazin empfing, ebenso hingerissen an wie kürzlich sein Freund. Im Zug sang er, und auf dem Belgrader Bahnhof, wo er umsteigen mußte, suchte er sofort das Restaurant auf, um unbeaufsichtigt, bequem im Stuhl zurückgelehnt, die Beine gekreuzt, ein Bier zu trinken und Zeitung zu lesen. Die Sonnenstrahlen, die in den staubigen Fensterscheiben spielten, lockten ihn hinaus; es war Juni, die Bäume im Park gegenüber dem Bahnhof grünten, die Au-

tos und Straßenbahnen schienen ausgelassen in der honig-
dicken Luft zu tanzen. Er dachte mit Unbehagen an sein
düsteres, modriges Heim in Novi Sad und machte sich in
einem plötzlichen Entschluß zu Fuß nach Zemun auf, zu
Gajdoš, der ihn unzählige Male beschworen hatte, ihrer
Freundschaft auch im Zivilleben treu zu bleiben. In einem
ebenerdigen Haus am Ufer empfing ihn sein Kamerad mit
einer Freude, die seine Versprechungen rechtfertigte, küßte
ihn ab und führte ihn in die Küche, um ihm seine runde,
rotwangige, schwitzende Frau vorzustellen, und dann ins
Zimmer, wo der kleine Sohn auf einer Decke vor dem
Schrank spielte. Sergije mußte zum Mittagessen dableiben
und, weil ihnen beim Erzählen der Nachmittag im Nu verging, auch noch zum Abendbrot, und schließlich über
Nacht. Er bekam das Kinderzimmer, aus dem das Bettchen
weggeräumt wurde, damit die Ottomane aus dem Schlafzimmer Platz fand. So vergingen weitere zwei Tage, an denen Sergije, während Gajdoš im Büro war, durch Zemun
schlenderte und Erkundungsgänge nach Belgrad unternahm, um gegen Abend zurückzukehren. Gajdoš war
höchst zufrieden, weil er seine Sehnsucht nach dem trau-
ten Heim auffrischen und es sich damit schönreden
konnte, aber seine Frau verlor allmählich die Geduld, und
als Sergije das bemerkte, äußerte er seine Absicht, sie zu
verlassen und nach Hause zu fahren. Gajdoš wand sich
zwischen Hammer und Amboß, folgte seiner Frau, die sie
bediente, mit sorgenvollen Blicken, ging ihr auf Zehenspitzen in die Küche nach, wo er lange mit ihr flüsterte,
und schlug dann Sergije vor, endgültig in das Zimmerchen
einzuziehen und dafür eine kleine Miete zu entrichten,
damit die Frau auf ihre Kosten kam. Mit gesenkter
Stimme fügte er hinzu, er würde die Summe gern auch
selbst bezahlen, sofern seine Frau nichts davon erfuhr,
aber Sergije lehnte mit dem Hinweis ab, daß er Geld und

auch die Absicht hatte, eine Arbeit aufzunehmen. Gajdoš war begeistert und versprach, sich über seine Kontakte um eine Anstellung für Sergije zu bemühen. Dabei verblieben sie.

Sergije fuhr nach Novi Sad ab, um endlich seine Eltern wiederzusehen und seine Sachen zu packen. Außer freudigen Umarmungen empfing ihn ein dickes amtliches Schreiben der Botschaft in Warschau. Er riß es unter Herzklopfen auf, fand darin aber nicht das, was er insgeheim befürchtete, sondern die in viele Paragraphen gehüllte Forderung, seine Ehe mit Micka, die er eigenmächtig verlassen hatte, zu annullieren. Er unterschrieb sofort und schickte das Dokument zurück, über dessen Inhalt er die Eltern kurz informiert hatte; ein paar Tage später erklärte er, ihm sei in Belgrad eine Arbeit angeboten worden, und begab sich mit seinem Koffer wieder zu Gajdoš. Es stellte sich heraus, daß er nicht gelogen hatte: Gajdoš hatte inzwischen wirklich eine Beschäftigung für Sergije gefunden, und zwar nicht in Zemun, wo er sich zunächst bemüht hatte, sondern in Belgrad, wo weit mehr Arbeitskräfte gesucht wurden. Tags darauf überquerte Sergije die Save-Brücke, legte seine Dokumente zur Kontrolle vor – das Soldbuch galt als beste Empfehlung –, bezahlte die Gebührenmarken, schrieb eine Bewerbung und kehrte als neuer Angestellter der Direktion für Buchhaltungsangelegenheiten nach Zemun zurück, mit der Aufgabe, ungenügend geschulte Finanzsachbearbeiter aus Belgrader Betrieben aufzulisten und über die Gewerkschaftskomitees Schulungen unter Leitung von Wirtschaftsprofessoren für sie zu organisieren. Das war ein kurzfristiger und schwach untermauerter Arbeitsplatz, aber so war die ganze Institution: erfunden, gleich danach aufgegeben, zeitweilig in einer Baracke am Bahnhof untergebracht und dort sieben Mitarbeitern und einem Direktor aufgehalst. Dieser, namens Živadin Mijušković, war durch zweifelhafte Verdienste zu seinem klangvollen Titel gekommen: als Redakteur des Vorkriegsblattes *Der Ökonom*, der weniger aus patriotischen denn aus erpresserischen Motiven die offizielle Wirtschaftspolitik angriff und die Ausbreitung deutschen Kapitals in Jugoslawien anprangerte, war er auf die Listen der Gestapo geraten, während der Okkupation mehrmals verhaftet und wieder freigelassen worden, da die Polizei zwischen wirklichen, risikobereiten und gelegentlichen Feinden zu unterscheiden wußte. Dennoch erwartete er, daß er als Opfer des Faschismus und als begabter Schreiber Redakteur einer Tages- oder Wochenzeitung werden würde, aber auch den Parteikomitees mangelte es nicht am Sinn für die Unterscheidung zwischen einem wahren und einem zufälligen Anhänger, und so bremsten sie seinen Ellenbogenkampf um einen Platz im Gestirn der Presse, während sein Fortkommen in der Wirtschaft nicht aufgehalten wurde. Dieser gutaussehende, weichhäutige Mensch mit großen und glänzend braunen Augen, enttäuscht von den Herren, die er sich erwählt hatte, nahm Sergije, den ebenfalls verkannten Intellektuellen, bei sich auf, und als er im Verlauf eines Gesprächs erfuhr, daß Sergije während der Okkupation im Gefängnis war, suchte er seine Nähe. Aber nach seiner Erfahrung mit Gardinovački ging Sergije nicht auf diese Umarmung ein, sondern tat so, was zur Hälfte stimmte, als ob ihn die Vergangenheit nicht mehr interessierte und er nichts anderes verlangte, als möglichst wenig an sie erinnert zu werden. Wodurch er den Direktor, der nicht mehr fürchtete, in dem neuen Mitarbeiter einen Rivalen zu haben, noch mehr für sich einnahm, und so begann sein Aufstieg unter dem Personal der Direktion, den Vorkriegsfachleuten, die vor den neuen und immer anderen Vorschriften die Arme ausbreiteten, den durch ihre familiären Pflichten schon morgens müden Kassiererinnen und Stenotypistinnen. Er wurde zum Verbindungsmann von Živadin Mijušković, der, unbeweglich und geschwätzig, sein vom Staat möbliertes Barackenzimmer nicht gern verließ, wo die Frauen, sobald Besuch kam, Schnaps und Kaffee servierten. Sergije war es angenehm, sich zu bewegen, denn sobald er draußen war, befreite er sich von den buchhalterischen Tricks, die ihn in leicht persönlicherer Form auch zu Hause erwarteten. Denn er wohnte weiter bei Gajdoš, weil er sich verpflichtet fühlte und zu faul war, etwas Besseres zu suchen; er zahlte zur Zufriedenheit der Hausfrau die Miete für das einstige Kinderzimmer und pflegte die Freundschaft, die inzwischen ihren Sinn verloren hatte. Da Gajdoš trotzdem seine Gewohnheit nicht aufgab, abends unter dem wachsamen Auge der Hausfrau eine Flasche Wein mit ihm zu leeren, sah Sergije zu, erst kurz vor dem Schlafengehen heimzukommen. Dies war schon der zweite Ort, dem er zu entkommen versuchte. Der dritte war sein Vaterhaus in Novi Sad, das er den Eltern zuliebe an jedem Wochenende besuchte und Sonntag abends erleichtert verließ, und der vierte das im Gewirr der Belgrader Straßen verborgene Außenministerium, das ihn einst an die Warschauer Botschaft delegiert hatte und wo, wie er wußte, schriftliche und mündliche Zeugnisse über das unrühmliche und blutige Ende seiner Mission existierten.

All diese Bedrohungen jedoch, die Sergije wie Stacheln im Fleisch steckten, wurden in den Schatten gestellt durch die allgemeine Gefahr eines neuen Krieges, durch Nachrichten von Grenzzwischenfällen, Schuldzuweisungen, Sprengstoffanschlägen, die seine Ausweichmanöver als etwas Temporäres erscheinen ließen, wie Sprünge über Kohlenglut, bis ihn ein neues großes Flammenmeer erfaßte und unter Asche begrub. Um so eifriger stürzte er sich in diese Zeitweiligkeit, genoß Licht und Frische des

Tages, die Luft, die er ohne Angst in den Straßen der Stadt atmen konnte, und er fuhr selig kreuz und quer durch Belgrad, teils weil seine Arbeit es erforderte, teils zum Vergnügen. Auf diese Weise lernte er auch Ljiljana kennen, die im Vertrieb des Blattes arbeitete, welches die Informationstexte der »Direktion« veröffentlichte, weshalb Sergije häufig vorbeikam, um dem Mädchen die Adressen neuer Abonnenten zu übergeben. Er wunderte sich über die Beflissenheit, mit der sie sie in ihre Listen aufnahm und vervielfältigte, um sie dann auf die Versandexemplare des Blattes zu kleben. Mit ihrer Stupsnase und ihren braunen Augen ähnelte sie Micka, war aber nicht so berechnend, sondern erfüllt von dem Wunsch, ihm gefällig zu sein. Anfangs glaubte er nicht, daß diese Ergebenheit echt war, und begann sich im Grunde nur deshalb für Ljiljana zu interessieren, um sie als Heuchlerin zu entlarven. Er richtete es ein paarmal so ein, daß er sie kurz vor Feierabend besuchte und dann nach Hause begleitete, was ihm ermöglichte, ihr näherzukommen, und er überzeugte sich davon, daß ihre Ergebenheit aufrichtig war. Sie lebte allein bei einer alten Generalin, mit der sie nicht verwandt, aber seit dem Tod ihrer eigenen Mutter nachbarschaftlich verbunden war. Ihr Vater, ein Anwalt mit großer Praxis und politischen Ambitionen, und ihr neun Jahre älterer Bruder, schon vor dem Krieg Student, billigten und unterstützten Ljiljanas Kontakte mit der vornehmen alten Dame, von der sie nur nützliche Dinge lernen konnte. Während der Okkupation schloß sich der Vater der Bewegung von Draža Mihailović an und wurde gegen Ende des Krieges in dessen Zentrales Nationalkomitee gewählt, weshalb ihn die Partisanen bei ihrem Einmarsch in die Hauptstadt abführten und erschossen; der Sohn, der die Überzeugungen des Vaters nicht teilte und den Makel von ihrem Namen tilgen wollte, ging als Freiwilliger zur Volksbefreiungsarmee und fiel einen Monat später an der Front in Srem. Die Wohnung wurde von Offizieren besetzt, die Generalin bot Ljiljana an, zu ihr zu ziehen, und sie fand dort mit ihren Sachen eine Zuflucht. Die beiden Todesfälle in der Familie, der Verlust der Wohnung, in der sie aufgewachsen war und an der sie jetzt täglich vorübergehen mußte, gaben ihr das Gefühl, verhext und vom Leben abgeschnitten zu sein. Das war der Grund, warum sie Sergijes Aufmerksamkeit mit der Gier eines hungrigen Hündchens begegnete und seinem Werben mit einer Glut, die um so heftiger war, als sie keine Zukunftsaussichten einschloß. Sie wäre ihm eine zärtliche und hingebungsvolle Geliebte gewesen, hätte er sich damit zufriedengegeben. Aber er bewunderte ihre Subtilität, die Rückhaltlosigkeit und Wärme ihrer Liebe, die er für Stärke hielt, obwohl ihm Ljiljana versicherte, daß sie das Leben abgrundtief schwarz sah. Das entsprach auch seiner gegenwärtigen Verfassung. Er vertraute ihr als erstem Menschen seine ganze Vergangenheit an, mit all ihren geheimen und offenen Verletzungen, und von da an verliefen ihre Begegnungen in Berichten über alles Böse, was ihnen widerfahren war: ihre und seine Verluste in einer Flut von Gewalt.

Gerührt von dieser Übereinstimmung der Schicksale, machte er ihr einen Heiratsantrag, und sie stimmte mit demselben Entzücken zu, mit dem sie jeden seiner Vorschläge aufnahm. Sie brauchten nun eine Wohnung und fanden sie durch Vermittlung der Generalin bei einem pensionierten höheren Vorkriegsbeamten aus dem Bauministerium, der ihnen sein Arbeitszimmer mit Bibliothek und Klavier abtrat, denn er mußte die Ausbildung von Sohn und Tochter finanzieren und für seine kränkliche Frau sorgen. Sergije teilte Gajdoš mit, daß er auszog, und bat ihn zugleich um einen letzten Dienst: sein Trauzeuge zu sein neben einer in Ljiljanas Blatt beschäftigten Stenotypistin. Gajdoš stimmte freudig zu, obwohl er die tägliche Anwesenheit des Freundes vermissen würde, und er nahm ihm das Versprechen ab, daß sie sich auch weiterhin sehen und besuchen würden, was nicht erfüllt wurde; nach der Zeremonie fuhr Sergije mit Ljiljana nach Novi Sad und stellte sie seinen hocherfreuten Eltern vor, und am nächsten Tag kehrten sie nach Belgrad zurück, weil sie arbeiten mußten. Es begannen Monate der Liebe, da ihre Körper miteinander vertraut wurden, einer des anderen Neigungen kennenlernte. Ljiljana paßte sich Sergije in allem an, sie konnte leidenschaftlich sein, wenn er es war, und sanft, wenn er sich befriedigt fühlte. Diese Fügsamkeit beunruhigte ihn fast ebenso wie zu Beginn ihrer Bekanntschaft; er traute ihr nicht ganz und stellte sie auf die Probe, nur um sich immer wieder zu überzeugen, daß seine Zweifel unbegründet waren. Aber sobald Ljiljana schwanger wurde, widmete sie sich mit derselben Hingabe ihrem neuen Zustand. Sie trennte die Nähte ihrer Kleider auf, um sie weiter zu machen, vernachlässigte ihr Make-up zugunsten eines fanatischen Reinlichkeitskults, interessierte sich nicht mehr für Begegnungen im Bett, und wenn sie stattfanden, ertrug sie sie zerstreut, mit einem Lächeln in den abgewandten Augen, das dem noch unsichtbaren neuen Wesen galt. Das Zimmer, das ihr bisher wegen der vielen Bücher und des Klaviers so gut gefallen hatte – wenn sie allein in der Wohnung waren, spielte sie Sergije hin und wieder leise eine Etüde aus ihrem halbvergessenen Schülerrepertoire vor –, erschien ihr jetzt ungesund, staubig und eng, woran eben die Bücher und das Klavier schuld waren; das Bad unzulänglich, da zu oft besetzt und ohne warmes Wasser; das Zusammenleben mit dieser großen, gesundheitlich angegriffenen Familie ungeeignet, um ein Kind zur Welt zu bringen und aufzuziehen. Während sie vorher im Umgang mit den Vermietern, die das Andenken ihres

Vaters ehrten, reizend und nett, offen und bescheiden gewesen war, wurde sie jetzt jähzornig und anspruchsvoll, um schließlich bei einem Streit mit der Wirtin, die ihr erklärte, daß auch andere Frauen Kinder bekamen, die ganze Familie kreischend, mit verzerrtem Gesicht und beide Hände auf dem dicken Bauch, zu beschuldigen, sie verwehre ihr ihre bezahlten Rechte. Das bedeutete Trennung, Ljiljana mußte zur Generalin flüchten – was ihr im Grunde recht war –, und Sergije erreichte nur mit Mühe das Einverständnis, vorübergehend allein als Untermieter bleiben zu dürfen.

Sie waren jetzt so etwas wie ein getrenntes Liebespaar, also das, was Sergije hatte überspringen wollen. Die Generalin, eine siebzigjährige, androgyne, kinderlose Witwe, die sich Ljiljanas Ehe mit Sergije von Anfang an widersetzt hatte, weil es in dieser Nachkriegsgesellschaft ohne Ordnung und Moral keine Grundlage für eine so ernste Verbindung gebe, nahm ihren Schützling wieder bei sich auf wie einen aus dem Käfig entflogenen und voller Wunden heimgekehrten Vogel. Wenn Sergije seine Frau besuchte, ließ sie sämtliche Türen in der Wohnung weit offenstehen, blieb ständig in der Nähe, hustete geräuschvoll und warf mißbilligende Blicke, als erwarte sie, das Paar bei etwas Ehrlosem zu ertappen. Sergije versuchte Ljiljana zur Rückkehr in die einst gemeinsame Wohnung zu bewegen – wo sich die Beziehungen normalisiert hatten –, aber sie war dazu nur einmal bereit und zuckte bei der Umarmung ständig zusammen, als käme jeden Augenblick jemand mit gezücktem Messer, obwohl die Tür abgeschlossen war. Sie hatte auch gesundheitliche Probleme: die Schwangerschaft hatte ihre Nieren angegriffen und ihre Beinvenen erweitert. Sergije schlug ihr vor, eine Einweisung ins Krankenhaus zu erwirken und dort die Niederkunft zu erwarten; aber die Generalin meinte, es sei gefährlich, sich dem

Schlendrian und dem Schmutz im staatlichen Gesundheitswesen auszusetzen, und engagierte auf Empfehlung einer Freundin einen Arzt und eine Hebamme, die als Team arbeiteten. Sergije erfuhr das alles bruchstückhaft in den Pausen zwischen den Hustenanfällen der Generalin und ihren Märschen durch das große, dunkle Eßzimmer, wo die Teppiche ihre Schritte und das Klopfen ihres Stocks mit dem Elfenbeingriff dämpften.

Als die Wehen einsetzten, wurde er im Salon plaziert, dessen Tür zum erstenmal geschlossen war, er saß da und rauchte, beobachtete die Hebamme, eine ältere, dicke Frau, die mit Waschschüsseln und Laken vorüberging und ihm ab und zu ein beruhigendes Lächeln schenkte; er hörte Ljiljanas durch Entfernung und Wände gedämpftes Jammern und Stöhnen. Erst spät am Abend erschien der Arzt, ein grauhaariger, rotwangiger alter Mann, und ging ins Zimmer, um wie ein Hexenmeister aus dem undeutlichen Gemurmel Schreie freizusetzen, die so hemmungslos waren, daß sie nicht von Ljiljana zu kommen schienen, und in die sich Kinderweinen mischte. Die Hebamme kam heraus und teilte Sergije feierlich mit, daß er eine Tochter bekommen hatte, worauf er ihr Geld in die Hand drückte. Danach kam lange niemand, und als sich irgendwann nach Mitternacht der Arzt sehen ließ, rotwangig und frisch wie am Mittag, berichtete er Sergije von einer unerwarteten Komplikation, die mit der spezifischen Konstitution der jungen Mutter zusammenhing, weshalb das Kind mit einer Hüftluxation geboren war. Er fügte sogleich hinzu, das ließe sich operativ korrigieren, wie es häufig und erfolgreich geschehe, verneigte sich höflich und verschwand. Sergije klopfte an die Tür. Die Generalin versperrte ihm den Weg, auf ihren Stock gestützt, mürrisch, aber mit triumphierender Miene, und sagte, er ginge am besten nach Hause, um nicht eine Infektion einzuschleppen. Es gelang ihm, über ihre Schulter einen Blick auf Ljiljanas blasses, kleines Gesicht auf dem Kissen und die über sie gebeugte Hebamme zu werfen – nicht mehr.

Er teilte seinen Eltern mit, daß sie eine Enkelin bekommen hatten, und wartete darauf, Ljiljana und das Kind besuchen zu dürfen. An einem der nächsten Tage wurde ihm gestattet, sich lediglich bis zu einem Sessel mitten im Eßzimmer gegenüber dem Tisch zu nähern, an dem Ljiljana das Baby stillte. Er sah den runzligen kleinen Kopf, Ljiljanas pralle, blaugeäderte Brust und ihre obere Gesichtshälfte, denn Mund und Kinn waren von Gaze verhüllt. Schweigend wartete er, bis das Kind getrunken hatte und eingeschlafen war, und als Ljiljana es in das Bettchen legte, sagte er ihr, wie besorgt er wegen der Hüftverrenkung sei. Ihr liefen Tränen übers Gesicht. Er stand auf, um sie zu trösten, aber sie wich aus und drückte sich an die Wand, die Augen über dem Mundschutz geweitet. Die bis dahin irgendwo hinter der Tür verborgene Generalin erschien mit ihrem Stock und befahl ihm durch eine Geste, zu gehen. Die Szene wiederholte sich unverändert in Abständen von einigen Tagen und später Wochen, denn Ljiljana hatte sich mit der Generalin und dem Kind in ihrem Unglück verschanzt, das ihren Prophezeiungen entsprach und dem sie nicht entrinnen zu können glaubte. Sergije versuchte Informationen zu sammeln, zuerst aus Büchern und dann durch Gespräche mit Ärzten, die ihm Bekannte aus der »Direktion« nannten: alle empfahlen eine möglichst baldige Operation. Aber Ljiljana wollte nichts davon hören, sie hatte Angst schon vor dem bloßen Wort und vereiste, sobald es erwähnt wurde. Einmal sagte sie zu Sergije unter Mißbrauch seiner Vertrauensseligkeit aus den frühen Tagen ihrer Liebe:

»Du bist ein Mörder. Sie würdest du auch umbringen,

nur um wieder an mich heranzukommen. Aber daraus wird nichts!«

Diese monströse, mit nie vermuteter Brutalität und Härte geäußerte Beschuldigung ließ Sergije für längere Zeit verstummen. Er ging zu Frau und Kind nur noch aus Pflichtgefühl und um nicht alle Brücken abzubrechen, und seinen Eltern, die sich danach drängten, Schwiegertochter und Enkelin zu besuchen oder bei sich zu Hause zu empfangen, erklärte er schroff, das Kind sei versorgt, und sie sollten derartige Vorschläge aufgeben, wenn sie ihn weiterhin sehen wollten. Er wußte indes, daß er Verantwortung für die kleine Patientin trug, bei der sich, sobald sie gehen gelernt hatte, die Behinderung manifestieren würde; er bemühte sich um ein Gespräch mit dem Syndikus der »Direktion« und fragte, welche Rechte ihm zustünden. Der Jurist, Stanimir Veljković, zeigte sich sehr interessiert, aber da er auf diesem Gebiet unerfahren war, verschob er seine Antwort, um sich zuerst mit Kollegen zu beraten. Nach einiger Zeit verabredete er sich mit Sergije in einem Café und teilte ihm mit: »Laut Gesetz ist nichts zu machen, solange Ihre Frau von Ihnen getrennt lebt. Wenn Sie sie zur Rückkehr bewegen können, haben Sie freie Hand.«

Sergije nickte, wußte jedoch, daß er den Rat auf absehbare Zeit nicht befolgen konnte, denn Ljiljana vergrub sich immer unbeirrter und tiefer in ihrem Unglück. Also beschloß er, um den Preis eines späteren, komplizierteren operativen Eingriffs zu warten. Seine indirekte und oberflächliche Beschäftigung mit den Gesetzen hatte immerhin eine Konsequenz: Er nahm ein Fernstudium an der juristischen Fakultät auf. Das war zugleich ein Ergebnis seiner endlosen Selbstgespräche darüber, daß er bei der ungeliebten Arbeit nur Zeit vergeudete, und diese Monologe waren wiederum angeregt durch einen Umschwung in der Gesellschaft, die Kriegsgeschrei und Entbehrungen satt hatte. Es kam zu einer Gegenströmung, deren Anfänge schon aus den Gefängnissen und Lagern, den im Krieg aufgestellten Einheiten und Brigaden stammten und die, jahrelang behindert und unterdrückt, jetzt schäumend die noch vorhandenen Bunker der Furcht und Enge zerstörte. Mijušković als ein Opfer dieser Unterdrückung erwirkte den Zusammenschluß seiner Direktion mit der Druckerei Globus, deren klangvollen, aber durch mangelhafte Geschäftsführung kompromittierten Namen er beibehielt; hier konnte er seine Ambitionen befriedigen und ein Wirtschaftsblatt herausgeben. Etwa zur selben Zeit wurde im benachbarten Ungarn – die außenpolitischen Beziehungen beider Länder hatten sich normalisiert – zum erstenmal der Jahrestag der Meuterei im Gefängnis von L. begangen, zu dem auch Sergije eine offizielle Einladung erhielt. Sein Foto nebst kurzem Statement erschien in mehreren Zeitungen, und so erfuhren Mijušković und die anderen Globus-Leute, daß sie eine lebende Zierde besaßen, deren sie sich rühmen und notfalls bedienen konnten; nach seiner Rückkehr wurde für Sergije ein kleines Frühstück im Klub der Druckerei veranstaltet, und Mijušković bot ihm an, sich für seine Aufnahme in die Partei zu verwenden. Sergije bekam Herzklopfen, war aber vorsichtig genug, um Bedenkzeit zu bitten. Einmal allein, rief er sich nicht nur seine schlechten Erfahrungen mit der Politik in Erinnerung, sondern auch die klobigen Umrisse jenes Gebäudes, in dem die schriftlichen Zeugnisse dieser Erfahrungen archiviert waren. So lehnte er ab mit der Begründung, er sei schon zu alt, um seine Loyalität durch Mitgliedschaft in der Partei zu dokumentieren. Mijušković nahm das als ein Zeichen der Bescheidenheit, er unterstützte Sergije jetzt noch aktiver und versetzte ihn als einen der ersten in die Redaktion seines Blattes.

Sergije erfuhr diese Karriere mit einer gewissen Bitterkeit, weil sie für sein Empfinden zu spät kam und durch seine ungeklärten familiären Verhältnisse belastet wurde. Seine Tochter Stojanka – so getauft auf Wunsch ihrer Patin, der Generalin – war zu einem Mädchen herangewachsen, das zur Schule hinkte, und Ljiljana duckte sich noch immer unter ihrem scheinbar unausweichlichen Unglück. Es galt, sie beide von dem Handikap zu befreien und dem gesunden Leben mit seinen immer größeren Anforderungen zuzuführen, den gesetzlichen Regelungen, die Sergije studierte und die diesen Anforderungen Legitimität verliehen. Er erzählte Mijušković, daß er eine eigene Wohnung brauchte, und traf auf volles Verständnis. Nach einjährigem Kampf mit der Gemeinde, bei der sich Mijušković über persönliche und geschäftliche Beziehungen für Sergijes Fall einsetzte, wurde ihm eine Eineinhalbzimmer-Neubauwohnung im Stadtteil Karaburma zugesprochen. Es dauerte fast noch einmal so lange, bis die Wohnung fertig wurde, und Sergije nutzte diese Zeit, um Ljiljana wieder für sich zu gewinnen. Er besuchte sie öfter, machte ihr und dem Kind nützliche Geschenke, benahm sich freundlich auch gegenüber der Generalin, und brachte es zustande, sein bestandenes Examen bei ihnen feiern zu können, quasi als Gast, obwohl er Speisen und Getränke selbst herbeischaffte. Aber die Atmosphäre war entspannt angesichts seines Erfolgs. Dann rief er einmal – es war Frühling, April – Ljiljana im Büro an, holte sie mit einem Taxi zur Baustelle ab und zeigte ihr die neue Wohnung. Sie fand Gefallen an den sauberen, hellen Räumen im vierten Stock, an dem Balkon, von dem sich ein malerischer Blick auf grüne Hügel öffnete, an der frischen, lauen Luft, und obwohl sie zugleich nervös war, weil sie anderthalb Stunden später Stojanka von der Schule abholen mußte – wofür ihr Sergije das Taxi zur Verfügung stellte –, sträubte sie sich nicht gegen seine beredten Beschreibungen eines Zusammenlebens an diesem gesunden, luftigen Ort.

Sergije kümmerte sich um Möbel, nahm die Wohnungsschlüssel in Empfang und war mitten im Umzug, als die Generalin wegen einer Verschlimmerung ihres Rheumas bettlägerig wurde. Es war kaum möglich, darin keine gezielte Absicht und Schauspielerei zu sehen, aber die Schauspielerei schien im tiefsten Wesen der Generalin zu liegen, da sie von ihrer Krankheit nie wieder genas. Ljiljana pflegte sie zuerst mit Unterstützung einer ehemaligen Haushälterin, die seit Jahren nur gelegentlich bei der Generalin vorbeischaute und, statt zu arbeiten, nur murrend auf Pantoffeln durch die Wohnung schlurfte. Und danach Ljiljana gemeinsam mit Stojanka, wobei die Kleine einkaufen ging und der Kranken aus der Zeitung vorlas. Bisweilen fand Sergije jetzt Zettel an der Tür, auf denen in kindlichen Druckbuchstaben »Komme gleich wieder« stand. Auf der Straße erblickte er dann seine Tochter, die, das rechte Bein zur Seite geschwungen wie eine Sense bei der Mahd, die schwere Tasche mit Mineralwasser und Lebensmitteln schleppte. Er lief zu ihr, bückte sich, um sie auf das – ihm, nicht Ljiljana ähnelnde – kantige Gesicht mit dem runden Kinn zu küssen, hob sie hoch und trug sie samt ihrer Last die Treppe hinauf. Sie nahm seine Hilfe an, aber sobald sie die Türschwelle erreichten, entglitt sie ihm, schloß auf und hinkte in die Küche oder ins Zimmer der Generalin, um ihr das Bestellte auszuhändigen. Ohne ihre warme Berührung an Schultern und Brust fühlte er sich wie bestohlen, und wenn Ljiljana von einer Überstunde oder Elternversammlung nach Hause gehastet kam, konnte er nicht umhin, ihr vorzuwerfen, daß sie die Kleine unbarmherzig ausbeutete und von kindlichen Vergnügungen fernhielt. Aber sie, die so empfindlich für die Schwächen des Kindes war, entgegnete unerwartet, es sei gut, wenn sich Stojanka rechtzeitig an Mühe und Arbeit gewöhne.

»Warum?« fragte Sergije.

»Weil das Leben vor ihr steht, und das Leben ist schwer.«

»Das muß nicht sein«, erklärte er. »Zieht zu mir, und alles wird gleich leichter sein.«

»Aber was soll die Nana« – so nannte sie die Generalin – »ohne uns machen? Sie kann das Haus nicht verlassen. Sie würde sterben.«

Und hier endete das Gespräch. Er mußte warten, bis sie wirklich in ihrer Wohnung starb, und dann konnte er weitersehen. Aber die Alte lebte und lebte, sie hatte ein starkes Herz, einen intakten Kreislauf, sie aß, trank, ging regelmäßig zur Toilette, konnte sich auch mit Ljiljanas Hilfe im Bad waschen, ihre Stimme war fest und kräftig wie zuvor.

Sergije begriff, daß auch das ihre Absicht war: lange zu leben, länger als er, der gedroht hatte, ihre Hausordnung durcheinanderzubringen. Er verlor den Mut, ging nur noch selten zu Ljiljana und Stojanka, gab ihnen Geld statt seiner Anwesenheit und Hilfe, und suchte selbst nach einem Ersatz für ihre Gesellschaft. Zu der Zeit band er sich erstmals an eine andere Frau. Sie war geschieden und arbeitete als Rechnungsprüferin im neugegründeten Verlagszweig von Globus, in den er selbst übergewechselt war. Die Leser hatten die düstere politische Erbauungsliteratur satt und sehnten sich nach leichtem, unverbindlichem Lesestoff, was Mijušković schnell begriffen hatte: er druckte wöchentlich einen Liebes- oder Abenteuerroman unter Rückgriff auf die unversiegbaren Quellen aus einschlägigen westlichen Verlagen. Die Auswahl mußte er Sprachkundigen überlassen: Übersetzern, in der Regel halbverhungerten Oberschullehrern, die meist keine zuverlässigen politischen Maßstäbe hatten; deshalb gründete er ein Lektorat mit dem erprobten Sergije als Chef, das ihm garantierte, daß sich in keinen Globus-Roman schädliche Tendenzen einschlichen. Sergije, der den meisten Nutzen aus dieser Einrichtung zog, denn die Arbeit war wenig umfangreich, einfach und gut bezahlt, durchschaute dennoch, wie schmierig sie war, ohne die Moral und den gesellschaftlichen Nutzen, denen er sich in seinen besten Jahren verschworen hatte, und das deprimierte ihn mit der Zeit. Er verließ die Rechnungsprüferin, die schon angefangen hatte, ihn in ihre platten, gierigen Kalkulationen einzubeziehen, und begnügte sich wieder mit zeitweiligen Beziehungen zu gleichaltrigen, unabhängigen Frauen. Er war im Grunde allein, einsam; die Fahrten nach Novi Sad, die lange nur lästige Pflicht gewesen waren, wurden jetzt unmerklich zu Inseln der Nähe und Wärme.

Er ging wieder zu Eugen und fand ihn eingetaucht in Bücher und Worte, aber nicht des Nutzens wegen, sondern, wie in den einstigen, kopflosen Tagen der Rebellion und jenen des Mißtrauens und der Entbehrungen nach dem Krieg, in Selbstvergessenheit und Selbstverleugnung an sie hingegeben.

Sergije war, als habe er sich selbst wiedergefunden: jenseits aller Erfahrung, reduziert auf Gedanken und Träume. Das ließ ihn wieder zu Kräften kommen wie ein tiefes Einatmen nach dem Auftauchen aus einem schlammigen Fluß. Der Fluß war sein Belgrader Alltag, wo er sein Geld mit dem Frisieren sinnloser, im Nirgends angesiedelter Liebes- und Abenteuergeschichten verdiente, den Rest seiner Zeit im Büro mit Puljezović und Šotra und außerhalb des Büros mit einer alten oder neuen Bekannten verbrachte, und, das Schwerste, ein- oder zweimal im Monat die kleine behinderte Stojanka besuchte, die hätte operiert werden müssen und nicht operiert worden war und immer weniger Aussicht auf einen erfolgreichen Eingriff hatte. Jeder entstellte Schritt ihres rechten Beins war ein Vorwurf

für Sergije und eine Ermahnung, daß sein Leben falsch ge-
laufen war. In diesen schon trägen, monotonen, scheinbar
irreparablen Prozeß schnitt die Begegnung mit Inge ein
wie ein strahlend weißer Springbrunnen.

Diesem Strahlen läuft er jetzt durch Belgrad und Novi Sad hinterher. Er bleibt stehen, holt Luft: der reife Frühling lockt wieder zum Atmen mit geschlossenen Augen. Die Baumkronen tragen saftiggrünes Laub, die Spatzen tschilpen mit hundert Stimmen, die Frauen haben Jacken und Strümpfe abgelegt, unter den Kleidern zeichnen sich die Konturen ihrer Leiber verführerisch ab. Sergije blickt sich lange nach ihnen um, vergleicht sie mit Inge. Manche sind füllig wie sie, andere graziler, leichter. Hin und wieder ähnelt ihr eine. Dann geht er ihr lange nach, überholt sie und stellt fest, daß ihr Gesicht absolut nicht seiner Erwartung entspricht. Dieses frische, volle Gesicht mit der gebogenen Nase, den geschürzten Lippen, den ruhigen Augen und dem etwas unordentlichen aschblonden Haar ist einzigartig und gibt auch dem Körper das besondere Gepräge, das Inge ist. Er sehnt sich nach ihr, als wäre er schon an sie gewöhnt, obwohl er jetzt in Erinnerung an ihr Treffen in Eugens Zimmer erstaunt bemerkt, daß er sie kaum entdeckt hat. Er ist zu schnell, zu gierig gewesen, weil er wußte, daß sie sich gleich trennen würden, und hat sich nicht die Zeit genommen, sie genau von allen Seiten zu betrachten, als daß er jetzt behaupten könnte, sie zu kennen. Er kennt sie nicht, absolut nicht! Er hat nur ihren Geruch wahrgenommen, sie berührt, beschlafen, was ausreicht, um ihr nachzutrauern, aber nicht, um sich mit ihr vor sich selbst zu brüsten. Wäre sie jetzt hier! Er stellt sich, schon einmal befriedigt, ihre neue, gereiftere, genußbringendere Umarmung vor. Er wälzt sich mit ihr, über sie bis zur Erschöpfung. Die Gier in ihm kocht hoch, er windet sich. Er bemüht sich, nicht an Inge zu denken, vertieft sich in das Manuskript und hebt ungeduldig den Kopf.

182

Ihm fällt ein, daß er eine Typologie des Unterhaltungsromans schreiben könnte. Die Hauptfiguren auflisten und die wichtigsten Konfliktursachen – Unfall, Betrug, Liebestragödie – und die natürlich immer glücklichen Lösungsmuster. Dazu müßte er wie bei der Buchhaltung Rubriken einrichten und mit diesen Inhalten füllen. Beim Kaffee unterbreitet er Puljezović und Šotra seine Idee und schlägt zu ihrer Verwirklichung Teamwork vor. Schon dieser modische Ausdruck genügt, um sie für das mokante Unternehmen zu gewinnen, denn Selbstironie ist ihr einziges inneres Stärkungsmittel. Puljezović macht den ergänzenden Vorschlag, die Korrekturen zu analysieren, die sie drei an dem ihnen anvertrauten herzzerreißenden Lesestoff vornehmen, womit er neue spöttische Horizonte eröffnet. Denn diese Korrekturen, so betont er bescheiden, entsprechen nicht den Launen einer einzelnen Persönlichkeit, sondern dem Bewußtsein der Gesellschaft: sie drücken aus, was diese nicht akzeptieren kann. Reichtum, Adel, Gruppenbeziehungen, alles, was den Rahmen des jedem Zugänglichen sprengt, was nicht auf Leistung beruht. Womit bewiesen wäre, daß diese Gesellschaft den Kult der Leistung pflegt, wenn sie nicht andererseits das Bedürfnis nach verzuckerten Geschichten hätte, die das leugnen. Das Thema beschäftigt sie mehrere Tage; Šotra, der langsamer, aber gründlicher denkt als Puljezović, skizziert ein Diagramm, das senkrecht die Wünsche von Autoren und Lesern, waagerecht die Verbote auflistet, was im Ergebnis zum idealen Globus-Produkt führen würde. Mit diesem Schema zur Direktion und zum Arbeiterrat gehen, es vielleicht patentieren lassen, ein für diese Gesellschaft und diesen Augenblick geeignetes Muster der Massenliteratur schaffen. Rudić, Puljezović und Šotra als Erfinder, als Doktoren der Lesewissenschaft, als landesweit gefeierte Entdecker des Gesetzes von der Bewegung des literarischen Geschmacks, als Aktivisten des Marxismus-Leninismus auf dem Gebiet der Phantasie! Der Scherz wird weitergesponnen, treibt Blüten, bekommt immer neue, krummere, widersinnigere Auswüchse, bis er wie ein Hustenanfall in sich selbst erstickt. Fast ekeln sie sich voreinander, weil sie sich in derartige Extreme verstiegen haben. Das Spiel, das sie anfangs geeinigt hat, zeigt ihnen jetzt die trennenden Unterschiede: Šotras bäuerliche Selbstgefälligkeit, weil es ihm wider eigenes Erwarten gelungen ist, zu den Neunmalklugen aufzusteigen; Puljezovićs kaum gezügelte altfränkische Erbitterung; Sergijes zweideutige Freigeisterei auf der Asche des begrabenen Fanatismus. Sie wenden sich voneinander ab und der Arbeit zu. Aber jetzt ist nicht nur diese Arbeit demaskiert, sondern auch sie, die Ausführenden, sind entlarvt. Sergije muß sich fragen, mit welchen Menschen er sich gemein gemacht hat und dabei hinabgesunken ist, ohne es zu merken, und das auch noch im Glauben, dabei aufzusteigen.

Abfall der Gesellschaft! Puljezović, als Sohn eines Vorkriegshofrats von klein auf zum Botschafter bestimmt – wie er einmal im Vertrauen berichtet hat –, ist in einem Schweizer Internat mit Sprachen- und Tennisunterricht erzogen worden, um aus der Schwebe bei Globus zu landen und übersetzte Abenteuerromane umzuschreiben. Er ist unauffällig bis auf einen gewissen Esprit, klein, kümmerlich, wurmstichig, was er zweifellos auch gewesen wäre, hätten sich die Träume seines Herrn Papa erfüllt. Doch davon ahnt er natürlich nichts, so daß er diese aus seiner eigenen Konstitution herrührende Erbitterung zum bewußten Widerstand erklärt, den er übrigens Lügen straft, indem er sich den Anforderungen derjenigen beugt, die an seiner Unzufriedenheit schuld sind, und die Storys seiner ausländischen Gleichgesinnten ebenso streng zensiert wie Šotra, der seine Karriere gerade dem Niedergang der Herren vom Schlage Puljezović zu verdanken hat. Eine Karriere ohne Basis, ohne die in dem Teamspiel angesprochene Leistung. Er nutzt einerseits die Vermischung der gesellschaftlichen Schichten, um sich möglichst mühelos an der Oberfläche zu halten, hegt jedoch nicht weniger als Puljezović, den er unbeholfen in allem nachzuahmen versucht, Mißmut gegen diese Gleichmacherei, die ihm seinen Posten verschafft hat. Schließlich Sergije selbst, der bereit ist, zur Abstumpfung der Gehirne das wortgewordene Zuckerzeug zu frisieren und zu kräuseln. Nach der Idee von Mijušković, des kleinen Zeitungsschmierers und Erpressers, was er auch geblieben wäre, hätte ihn nicht die Welle des Krieges hochgespült. Die Welle, die dazu beigetragen hat, daß er, Sergije, auf den Getreidefeldern bei Bački Jarak einen Brand legte, der für einen Augenblick den Himmel mit den Flammen der Rache erhellte.

Auf einmal scheint ihm, daß nur das in seinem Leben Wert hatte, diese Flamme, diese Geste, an sich kaum bedeutend für den Ausgang eines Krieges mit den paar Dutzend Kilo Getreide, die den feindlichen Soldaten oder einem Gefangenen, einem Lagerhäftling entzogen wurden – aber dennoch ein Zeichen, spurlos wie ein Schrei, aber ewig, weil im Raum des Lebens verwirklicht. Wenn er damals gefallen wäre? Wenn sie, statt ihn zu umzingeln und nach Schüssen in die Luft gefangenzunehmen, exakt gezielt hätten – diese mobilisierten nächtlichen Feldwächter, verdummt durch ihre Befehle wie er jetzt durch seinen Zensurdienst? Er wäre ein Name in Gedenkartikeln, die von gehorsamen Leuten verfaßt werden, und in den Anzeigen, die seine Eltern alle zehn Jahre veröffentlichen würden, ein Name vielleicht mit Foto, wie Gardinovačkis Name mit einem Foto aus der Schülerzeit, ohne Falten, mit staunenden Augen, ewig jung. Verewigt in jenem Augenblick der Feuersbrunst, ohne Erfahrung und Wissen. Ohne die Verdorbenheit, die sein ganzes weiteres Leben kennzeichnet. Der Abstieg, das Nichts. Die Todesangst beim Anblick von Maras erschossenem, in den Schnee geworfenem Körper. Die zitternde Unterwürfigkeit gegenüber den Kapos, um Stockschlägen auf den Kopf zu entgehen. Der Dienst für die Gesellschaftsordnung, der ihn in einen sinnlosen Mord getrieben hat. Das Abgleiten in den Morast zu den übriggebliebenen Profiteuren und Schmutzfinken. Die unbeholfenen Liebesbeziehungen, die versäumten Freuden.

Und jetzt diese Inge, eine halbe Ausländerin, eine halbe Erinnerung, die wie eine nackte Filmdiva dem Bad entstiegen ist, sich dem Zimmerdiener hingegeben und ihn seiner Bestürzung überlassen hat. Dort in Eugens stallähnlichem Zimmerchen zwischen umhergeworfenen Büchern und Abfällen sein triumphaler Samenerguß. Eine fremde Frau, die sich ihm aus wer weiß welcher Laune ergeben hat, überrascht durch sein zielstrebiges Verlangen und dessen Intensität, um sich gleich darauf nach Hause zurückzuziehen und seinen Schleim aus sich herauszuspülen. Das also statt der reinen Flamme der Selbstaufopferung. Ihm kommt der Gedanke, sich von ihr loszusagen. Was für eine Liebe! Gestammelte Dreigroschensentimentalitäten, wie in dem Roman, den er gerade bearbeitet. Mit solchen Überlegungen fährt er zum üblichen Wochenendbesuch nach Hause. Vater, Mutter, Katzen, unbezahlte Rechnungen. Und nebenher die Wohnungsfrage. Das heißt, nicht nebenher, denn sie hat sich schon bei allen dreien im Kopf festgesetzt. Die Mutter hat in Augenblicken der Nähe den Vater zur Nachgiebigkeit bewegt, und er räumt – mit schamvoll abgewendetem Blick – die Möglichkeit ein, in sein Dorf zu fahren, um endlich seine Rechte auf den väterlichen Nachlaß geltend zu machen, woraus sich eventuell die Summe für den Kauf von Inges Erbe erzielen ließe. Sergije fühlt die Last der Erniedrigung im gesenkten Blick des Vaters, in seinem gestammelten Versprechen. Er führt sich vor Augen, wie peinlich dieser erste Besuch des gebildeten, längst selbständigen Bruders wäre, mit welchem Vorwurf und Spott man ihn empfangen würde, wenn er versuchte, für irgendwelche Felder, Hausteile, Wälder zu kassieren. Er widersetzt sich dieser Idee, so daß die Mutter, die sich schon am Ufer des Sieges wähnte, aufschreit. Warum hat er dann in all den vergangenen Wochen nur Ausflüchte gebraucht und Nervosität hervorgerufen? Er soll sich endlich äußern, ob er in diese Wohnung einziehen will, wenn sie beide gestorben sind. Sergije verneint erstaunt. Was denn, setzt die Mutter nach, könnte nicht gerade diese Eigentumswohnung ein Anreiz sein, daß Sergije, Ljiljana und die Kleine sich endlich wie eine richtige Familie zusammenfänden? In dem Fall könnte sie ruhig die Augen schließen. Sergije sieht ein, welche weitreichenden Sehnsüchte er mit seinen von Verliebtheit geleiteten Vermittlungsversuchen geweckt hat, und er beharrt jetzt schon ängstlich auf seinem Standpunkt. Nein, er braucht nichts, es besteht keine Aussicht auf ein weiteres Zusammenleben mit Ljiljana, was am allerwenigsten von einer Eigentumswohnung in Novi Sad abhänge, da er seine Frau und Tochter nicht einmal dazu bewegen kann, daß sie in Belgrad zu ihm ziehen. Am besten wird es sein, sagt er, Balthasars Angebot glatt und endgültig abzulehnen.

Er steht auf und geht zu Eugen. Durch dieselben Straßen wie immer: die breite Birčaninova, in welche die Marko-Miljanov-Straße mündet, dann ein kurzes Stück der krummen Karadjordjeva, die ganze Länge der engen, ruhigen, nach Essen und Kellerschimmel riechenden Karlovačka, die in die der Birčaninova ähnlich breite Strumica-Straße führt, wo nahe der Ecke Eugen wohnt. Durch diese

Straßen ist er so oft gegangen! In solchen Frühsommertagen, bei Regen, im Winter, immer in Eile, um Eugen Befehle und Anweisungen zu überbringen, Broschüren und Flugblätter, die oft von Mita Gardinovački stammten, und später, als er erwachsen war, hat er all das wiederholt, als es schon Vergangenheit war, wie jetzt. Aber jetzt *sieht* er, daß er immer durch dieselben Straßen, auf demselben Pflaster gegangen ist, er sieht es von außen, als wäre er ein anderer, der eine dahineilende Gestalt beobachtet. Die sich im Lauf der Jahre verändert hat, dünner und dann wieder voller geworden ist, der sich Runzeln in Wangen und Stirn gegraben haben, die sicher auch gebeugt und erschlafft ist. Die Zeit hat ihn verbraucht, die Umstände haben ihn assimiliert bei diesen ständigen Wanderungen, und wenn ihn wirklich jemand aufmerksam beobachtet hat – was ganz gut möglich wäre, denn in diesen entlegenen Straßen von Novi Sad wechseln die Mieter nicht so schnell –, dann hätte er eine exakte Vorstellung von den Veränderungen an Sergije. Vielleicht hat er sich nach ihm erkundigt, wie das in solchen Milieus üblich ist, und hinter den äußerlichen Veränderungen auch die inneren bemerkt: das Nachlassen seines Schwungs, seines Glaubens, bis hin zu dem heimlichen Rendezvous mit der hübschen Schwäbin, seiner Lust an dem begehrten anderen Körper als Ersatz für den Verzicht auf wesentliche Ziele. Aber als er Eugens Zimmer betritt, verschwinden diese Überlegungen. Der Freund liegt auf dem Bett mit dem Kopfteil zum Fenster, auf der Brust ein geöffnetes Buch, mit jenem hungrigen Ausdruck des unermüdlichen Lesers im Gesicht, das den Sonderling und Schauspieler, den Eigenbrötler und Besserwisser verrät. Das geht Sergije auf die Nerven, und er dreht das Buch zu sich herum: *I promessi sposi* von Manzoni. »Gut?« fragt er, setzt sich an den Bettrand und stützt sich über Eugens Rumpf hinweg auf die Matratze. Er spürt den Geruch des

Körpers, über den er sich beugt, und hinter diesem Geruch den Geruch des Bettes und noch einen Geruch, den er hier wahrgenommen hat, als er, es ist nicht lange her, Inge umarmte. Es genügt ein Fetzen Erinnerung an dieses Ereignis, um ihn ganz zu überwältigen. Dabei hat er das seltsame Gefühl, daß sie immer mit diesem Raum verbunden war, und daß der Raum, das Zimmer, das Bett und die Unordnung ringsum ihre Spuren tragen und daß ohne sie diesem Raum etwas fehlt. Er kann der Versuchung, von ihr zu sprechen, nicht widerstehen.

»Wenn ich daran denke, wer vor kurzem an deiner Stelle gelegen hat!« Und er drückt sein Gesicht in die Decke, um den Geruch aus nächster Nähe zu spüren. Eugen sieht ihn gerührt an.

»Hat sie dir geschrieben?« fragt er wie ein Kind, das sich für die Liebesangelegenheiten seines älteren Bruders interessiert. Sergije schüttelt den Kopf.

»Aber nein. Sie weiß nicht einmal meine Adresse.«

»Du hast sie ihr nicht gegeben?« grinst Eugen.

»Nein.«

»Dann gib sie ihr jetzt.«

»Wie denn? Ich habe auch ihre Adresse nicht.«

»Aber Magda.«

Sergije hebt fragend den Kopf.

»Gehst du zu ihr?«

»Jeden Tag!« lacht Eugen zufrieden. »Ich futtere Kuchen wie nie im Leben.«

»Und?« fragt Sergije. »Meldet sich Inge bei ihr?«

»Natürlich. Aber nicht brieflich, sondern telefonisch. Wenn du willst, lasse ich mir ihre Adresse geben.«

Sergije überlegt. »Noch nicht. Ich weiß nicht, ob ich ihr schreiben soll.« Aber er hat nicht mehr die Ruhe, hier herumzusitzen. Er gibt Eugen einen Stoß. »Steh auf, Faulpelz, wir gehen Kuchen essen.«

Er erhebt sich, Eugen springt vom Bett, fährt sich mit den Fingern durch das borstige Haar und ist zum Ausgehen fertig. Sie ziehen die Tür ins Schloß und brechen auf. Auch das ist eine Wiederholung, entsinnt sich Sergije in Fortsetzung seiner einsamen Gedankengänge, während sie schwatzend denselben Weg nehmen, auf dem er eben gekommen ist – diese Zweieinigkeit, einer im Schlepptau des anderen in den Straßen von Novi Sad und später auf den Chausseen und Eisenbahnstrecken, die den mit Gefängnissen und Lagern gefüllten Leib Europas überzogen. Auf der Suche wonach? Nach der rettenden Formel, die den Menschen Gleichberechtigung bringt und sie von ihrer Habgier befreit? Jetzt scheint ihm, daß sie nur blind ihre Energie vertan haben, mit der weder Eugen noch er hier, am Ort ihrer zufälligen Geburt, etwas anfangen konnten, daß sie nach einem Ziel, einer Hoffnung, einer Illusion gesucht haben. Aber warum gerade mit Eugen, warum nicht mit Gardinovački oder Stepanov oder einem anderen Sinnsucher, warum mit dem Bücherwurm und Sonderling Eugen, der ihm im Grunde so fremd ist? Ja, in diesem Moment ist er ihm fremd, obwohl sie nach alter Gewohnheit miteinander lachen und sich Rippenstöße versetzen und an die sinnlosen Scherze ihrer Jugendzeit erinnern – fremd, weil arglos und einfach trotz seiner Kauzigkeit, selig beim Gedanken an den Kuchen, der dem Gedanken an das eben gelesene Buch gewichen ist, während ihn, Sergije, die Unklarheit des eigenen Ziels quält. Oder ist es dieselbe Unklarheit, nur daß Eugen sie im Chaos seines Zimmers, seiner konträren Lesestoffe, seiner zufälligen Besuche zurückgelassen hat, während er, Sergije, sich bemühte, ihr eine Form zu geben? Aber auf bürgerliche Weise, gegen die er einst aufgestanden ist und rebelliert hat. Er wird neidisch, hält den Freund im Gehen auf.

»Sag mal, Eugen, wie lange willst du so weiterma-

chen? Ich meine, so nutzlos, ohne Beschäftigung, bei allen
Leuten zu Gast, ewig zwischen diesen Wälzern, die dir das
Hirn aussaugen?«

Eugen sieht ihn überrascht an, dann lacht er wieder:

»Bis zur Revolution, du Dummkopf!« Er stößt Sergije in die Seite, so daß auch dieser den Mund zu einem
schmerzlichen Lachen verzieht.

So erheitert treffen sie bei den Stepanovs ein, die, auf
dem großen Hof hinter der Veranda, schon durch das Geschrei der Kinder auf die Anwesenheit von Gästen aufmerksam geworden sind. Sie drängen sich um den kleinen
Fiat, dessen Heckklappe offensteht und an dem sich Stepanov in kurzer Hose und Trikot mit einem großen
Schraubenschlüssel zu schaffen macht. Er wirft das Gerät
sofort zu den anderen Werkzeugen im weichen Gras.

»Euch schickt der Himmel!« ruft er, während die
Kinder glücklich die Ankömmlinge umringen; die kleine
Ana umklammert schon Eugens Taille und will getragen
werden. »Den ganzen Morgen schinde ich mich mit dieser
alten Karre ab und wollte gerade alles hinschmeißen.
Kommt rein.« Aber das ist nicht so leicht in der Umzinge-
lung der Kinder, die von Eugen herumgewirbelt werden
wollen, und so kann sich Sergije in Ruhe auf dem Hof- und
Gartengelände umsehen.

»Das gehört alles euch?« Er weist auf die Remise, aus
der das Heck eines gelben, aufgebockten Bootes ragt.

»Väterliches Erbe«, entgegnet Stepanov gutgelaunt
und blinzelt in die Sonne. »Wir sind schließlich Bauern.«

Sie treten ins Haus, wo sie von der überraschten Magda
im Hauskleid empfangen werden.

»Was möchtet ihr, Bier, Schnaps?« fragt an ihrer Stelle
Stepanov, und als sie die Achseln zucken, weist er an:
»Also ein bißchen von allem, was wir im Haus haben.«
Das ist ziemlich viel, wie sich herausstellt, und mit weniger

Umständen serviert als in Anwesenheit der Gäste aus dem Ausland. Schinken, Bier, Schnaps und Brot. Stepanov lädt zum Zugreifen ein, Sergije lehnt ab, Eugen jedoch nimmt an, ißt und trinkt.

»Ein täglicher Gast, wie ich höre«, sagt Sergije und hebt fragend die Brauen.

»Leider nicht«, entgegnet Stepanov. »Obwohl ich ihn sogar mit Schach zu locken versuche, was mich persönlich langweilt. Wenn ihm Magda nicht verspricht, daß er wenigstens drei Teppiche klopfen darf, schämt er sich herzukommen, als wären wir nicht Freunde. Nicht wahr, Magda?« ruft er in Richtung der Küche, wo sie, umgeben von den Kindern, wirtschaftet, die jetzt im Gänsemarsch mit Marmeladenbroten in der Hand erscheinen.

»Was, was?« ruft sie von der Tür aus, noch dabei, die Kittelschürze gegen ein dunkles Kleid zu wechseln.

»Ich sage, daß sich Eugen zu selten sehen läßt.«

»Aber Eugen« – und hier entspannt sich ihr Gesicht und bildet Lachgrübchen – »Eugen ist unser Liebling.«

Er ist es ganz offensichtlich. Die Kinder klettern ihm auf den Schoß, bekleckern seine Hose mit Marmelade, weshalb Magda erschrocken herbeiläuft, um sie von Eugen wegzuziehen und ihre Spuren mit einem Lappen wegzuwischen, womit sie nur erreicht, daß zwei andere die freien Plätze okkupieren.

»Schrecklich!« jammert sie, bleibt aber allein, denn alle übrigen lachen.

»Laß sie doch!« sagt schließlich der Hausherr. »Sie haben ihren Gefährten gefunden, und das soll ihnen gegönnt sein.« Und er schenkt ein. Sergije trinkt das Bier, das er eben noch prinzipiell abgelehnt hat, und ergibt sich der Gastlichkeit. Er glaubt, daß sie etwas übertrieben ist, und sieht zugleich, daß sie durch seinen und Eugens unangemeldeten Besuch bedingt ist; deshalb erklärt er Ste-

192

panov, daß er noch einmal mit seinen Eltern gesprochen hat, die endgültig vom Kauf der Wohnung absehen wollen. Stepanov winkt nur ab, ihn amüsiert das Gerangel seiner Kinder mit Eugen, er sieht zu und trinkt hin und wieder einen Schluck, bläst Zigarettenrauch durch seine fleischige Nase aus, seine Augen glänzen gerührt, sein kräftiger Rumpf und die halbnackten Beine sitzen bequem im Korbstuhl. Er und alles um ihn, dieses alte wacklige Mobiliar, das dennoch ein behagliches Zusammensein ermöglicht, die Speisen, Getränke, der Zigarettenrauch, das Auto und das Boot auf dem Hof, die Kinder, die Frau, die sie bedient, sind offensichtlich auf Vergnügen abgestimmt, dem sich kein Gast oder Eindringling entziehen kann. Sergije fühlt, daß das ein Gefüge von Besonderheiten ist, kompliziert, aber wie von selbst gegeben. Wieviel Überzeugung notwendig war, um es zu schaffen und zu erhalten, wieviel Kraft und Beharrlichkeit, obwohl es scheinbar aus einfachstem Bedürfnis gewachsen ist. Vier Kinder! zählt er fast erschrocken die Schar durch, die Eugen belagert und ihm scherzend die Bissen entreißt, bevor er sie zum Mund führen kann – und stellt sich unwillkürlich all die Mühe und Redekunst vor, die es braucht, um sie in Schach zu halten. Oder nur für ihren Unterhalt zu sorgen – denn er ist sich auch der für den Gast unsichtbaren Schwierigkeiten bewußt, die ihre Erziehung begleiten: Streit und Krankheiten, ungünstige Charakterzüge, welche die Eltern von Zeit zu Zeit aufdecken und bekämpfen müssen. Er kann nicht umhin, dieses lebhafte Familienbild reuevoll mit dem eigenen nutzlosen Anteil am Aufbau einer wenigstens ähnlichen Gemeinschaft zu vergleichen. Aufmerksam sieht er Stepanov an. Er erinnert sich an ihn noch aus der Schulzeit, die ihn dem Kreis um die Familie Schultheiß nahegebracht hat: ein paar Jahre älter, gutaussehend, korpulent, langsam und schon damals unzertrennlich von Magda.

Aber im Gegensatz zu fast allen Bindungen, die sich als Jugendspielereien herausstellten, hat diese Bindung gehalten; Sergije weiß von irgendwoher, wohl aus Gesprächen mit seinen Altersgenossen, wo es ständig darum ging, ob der eine oder andere in die Bewegung aufgenommen wurde, daß Stepanov auch unter der Okkupation als Student der Rechte in Pécs Magda als seine Freundin ohne Rücksicht auf ihre deutsche Herkunft besuchte und sie – was Sergije viel später von seinen Eltern erfuhr – zu sich in die Studentenwohnung holte, als sich das Kriegsglück gewendet hatte und ihr das Lager drohte. Eine Geste heldenhafter Treue oder egoistischer Liebe? Sergije kann das nicht einschätzen und könnte es auch nicht, wenn Stepanov ihm ein Geständnis ablegte, denn es geht einfach um zwei verschiedene Auffassungen, Denkweisen, Lebensmuster. Er hat Stepanov immer für einen Menschen ohne Bedeutung gehalten, und tut das auch jetzt: verschwommene Gedanken, Kurzsichtigkeit und vor allem seine engstirnigen, eigennützigen Entscheidungen. Die Augen vor der blutigen Wirklichkeit der Okkupation zu verschließen und das Studium der Rechte bei den Gewaltherrschern aufzunehmen, welche die Rechte mit Füßen traten, nur um dem geliebten Mädchen nahe zu sein! Wirklich nur deshalb, denn er hat das Studium nicht einmal abgeschlossen, er hat es vergessen, sobald die Gefahr für ihn und seine Freundin vorüber war; er hat sich mit ihr nach Novi Sad zurückgezogen, ein Nest gebaut und Magda all die vielen unruhigen Kinder gemacht, wiederum egoistisch, denn sie fallen vornehmlich ihr zur Last, die Kinder und sein Bedürfnis nach Geselligkeit und Muße, nach leerem Geschwätz beim Alkohol, verschanzt hinter dem Rauch seiner Zigarette. Bemerkt das wenigstens auch Magda, fragt sich Sergije, die noch immer hübsch und emsig ist, nur mit zwei Falten um den Mund, die ihre Lachgrübchen durchschneiden? Ja, sie hat ihn sicher durchschaut, sie, die bestimmt die Klügere von beiden ist, allem Bombast abgeneigt, immer beschäftigt, flinkäugig und schließlich als Deutsche gewöhnt an eine sachlichere Beziehung zum Leben; ernüchtert nach den Jahren beharrlicher Verliebtheit durch seine ebenso beharrliche, nutzlose, ermüdende Redseligkeit. Aber ist nicht dies das wahre Leben: sich den eigenen Schwächen hinzugeben und die Schwächen anderer zu verzeihen, damit dieses Leben so vergeblich dahinfließen kann, im Überfluß, unbekümmert um den Zweck, der vielleicht reiner Selbstzweck ist?

Sergije sieht fast neidisch, wie Eugen in dieses ihm selbst so fremde Vergessen eintaucht, in das Spiel mit den Kindern, in die Plauderei mit Stepanov, ganz Interesse, ganz Entzücken! Eugen fängt seinen vorwurfsvollen Blick auf, den er als Ungeduld auslegt, zuckt zusammen wie ein ertappter Sünder, runzelt fragend die Brauen und hält Magda im Vorübergehen auf.

»Meldet sich Inge?« erkundigt er sich mit dünner Stimme, die Sergije bis zu den Zahnwurzeln durchbohrt. »Hat sie gesagt, wann sie wiederkommt?«, um nach der zerstreuten, unbestimmten Antwort zu bitten: »Wir möchten gern ihre Adresse haben, weil wir ihr schreiben wollen.« Sergije läuft rot an, obwohl ihn Eugen auf geradem Weg ans Ziel geführt hat – aber so offensichtlich! –, und nachdem sie die Adresse dreimal wiederholt haben und Stepanov sie danach noch in Schönschrift auf einem Zeitungsrand notiert hat, mahnt er zum Aufbruch. Natürlich meldet sich Widerstand, aber da gerade aus der Küche der Geruch nach Angebranntem kommt und Magda mit ihren beiden Töchtern dorthin eilt, beharrt Sergije auf seinem Beschluß. Dafür verspricht er, daß Eugen am Nachmittag auf eine Schachpartie wiederkommen wird; auf diese

Weise gibt er ohne Umwege bekannt, wer der Spielverderber ist. Das zeigt sich auch zu Hause, wo ihn vereiste Mienen erwarten, nachdem er durch seine Abwesenheit den Eltern Gelegenheit gegeben hat, seine Erklärungen vom Vorabend zu besprechen. Die Mutter hat deshalb die ganze Nacht – was bedeutet: ein Weilchen – nicht geschlafen und ihre Unruhe auch auf ihren Mann übertragen. Denn was soll es anderes bedeuten als Bruch mit der Familie, wenn Sergije behauptet, er könne Frau und Tochter nicht zur Übersiedlung ins Elternhaus bewegen? Lisaweta Rudić, die durch ihre Studentenliebe auf den ersten Blick in die Ehe geglitten war, hatte auch die Mutterschaft als Folge dieser Liebe angenommen, ebenso wie den Abbruch des Romanistikstudiums nach sechs absolvierten Prüfungen und den Unterhalt durch ihre Eltern, solange ihr Mann auf eine Anstellung wartete; aber seit ihre Liebe in der Alterskrise steckt, hat sie das Bedürfnis, ihre Verluste aufzulisten. Die Probleme mit dem Sohn wegen seiner Verstiegenheiten, die ihn ins Gefängnis und ins Lager gebracht und sie als Mutter gezwungen haben, in ihren besten Jahren schmutzige Wäsche zu reinigen und Pakete für ihn zu packen – solange bekannt war, wo er sich aufhielt –, um ihn zu weinen und zu bangen, wobei sie auch um sich und ihren Mann bangte, weil auch auf sie der Schatten des Verdachts fiel – all das hat sie wie im Halbschlaf ertragen und ist immer tiefer in das gesunken, was ihr geblieben ist, ihre zerrüttete Ehe, ihr Schlafzimmer; aber jetzt ist dieses Schlafzimmer steinig kalt und voller Mißverständnisse. Der Mann, der die Schwierigkeiten mit dem Sohn auf eine andere Art getragen, sie abgemildert hat, weil er sie verstand; der Anwälte engagierte, um das Strafmaß herabzusetzen, der Kredite aufnahm, um ihre Honorare zu bezahlen, der die Begräbnisse ihrer und seiner Toten durch Überweisungen finanzierte, der trotz alldem ihrer beider

Heim bewahrt hat, ist jetzt ein müder alter Zahnarzt, der noch bei seiner ihr verdächtigen zweistündigen Honorar- tätigkeit geduldet wird, der sich nicht nur immer mehr aus dem Bett zurückzieht, sondern auch aus den Gesprächen, und zu ihrem Entsetzen ordinäre, früher nicht oder kaum sichtbare Züge annimmt: er sitzt mit aufgestützten Ellen- bogen am Tisch, trinkt maßlos, schmatzt beim Essen und bohrt sich in der Nase, wenn er sich unbeobachtet glaubt, er ist unempfindlich für ihre immer gleichen Freundlich- keiten und lediglich dem Sohn zugewandt, der einmal wöchentlich zu Besuch kommt und trotz aller Heuchelei ihr gegenüber ebenso schweigsam und kalt ist.

Das schmerzt sie jetzt, denn sie kehrt, selbst alternd, zu ihren Wurzeln zurück, jener Wärme in der dreiköpfigen russischen Emigrantenfamilie mit stabilen, aber weichen Gebräuchen, so wie auch ihre Sprache war, einer Familie, wo der dominierende Vater jenseits des Schlafzimmers nie ohne gewienerte Stiefel und Soldatenbluse auftrat, wo ihre ewig hastende Mutter gesiezt wurde und sie selbst einen gehüteten Schatz darstellte. Ihr fehlt diese Intimität voller Achtung und Freundlichkeit, die melodische, hier und da mit klingenden Versen angereicherte Redeweise; sie glaubt in eine Nichtfamilie geraten zu sein, unter zwei rück- sichtslose und in die eigene Finsternis eingeschlossene Männer; sie möchte jemand um sich haben, bei dem sie sich ausjammern kann und der sich bei ihr ausjammern würde, und sie glaubt instinktiv, daß sie diese Nähe in der erweiterten Familie finden könnte. Sie hat auch früher hin und wieder darum gebeten, Schwiegertochter und Enkelin besuchen oder sie bei sich empfangen zu können, aber sie ist immer vor Sergijes Ausflüchten zurückgewichen, in de- ren Hintergrund sie Eheprobleme ahnte, die sich einmal lösen würden. Jetzt jedoch, als Sergije gesagt hat, daß es zu einer Familienzusammenführung nicht kommen wird, kocht in ihr die Unzufriedenheit samt den Bitterkeiten hoch, die sie sich selbst nicht eingestanden hat.

»Warum?« fragt sie ihn messerscharf über den gedeckten Tisch hinweg. »Warum? Sind wir deinen Belgrader Damen nicht gut genug? Habe ich meinen Sohn dafür großgezogen, daß er allein lebt, von Frau und Tochter verlassen? Will uns denn niemand haben? Können wir niemandem etwas Gutes tun? Wie hast du es angestellt, daß sie uns derartig verachtet?«

Überrascht durch ihre Heftigkeit, muß Sergije zurückstecken: er habe nie so etwas gesagt, es sei einfach nicht wahr; es gebe nur Schwierigkeiten wegen der Unterschiede in der Erziehung, die eines Tages überwunden sein würden. Er erklärt, um die Mutter zu beruhigen, daß er ernsthaft mit seiner Frau über eine Vereinigung der beiden Haushalte und ein normales Zusammenleben reden wolle. Und während er das sagt, denkt er wirklich so, zum Teil unter dem Eindruck des Besuchs bei den Stepanovs, der ihm gezeigt hat, wie wenig fürsorglich er selbst als Ehemann und Vater ist, wie fern er den elementaren Aufgaben des Lebens steht, wie zufällig und unnatürlich die kurze Episode mit Inge gegenüber der dortigen familiären Wärme und gesunden Selbstbezogenheit war. Was soll er mit dieser Fremden, überlegt er, während ihn der Zug durch Felder und vorbei an geduckten Siedlungen, deren Fenster im Widerschein des Abendrots flammen, nach Belgrad bringt. Sie zu sich einladen? Zu ihr gehen? Ein- bis zweimal jährlich Tag und Nacht mit dem Paß unterwegs sein, um sie zu sehen und in einem abgelegenen Hotel heimlich zu beschlafen? Oder soll sie unter fingierten Vorwänden und mit Hilfe verabredeter Nachrichten zu ihm kommen? Wie lange könnte das dauern? Und selbst wenn es lange dauerte, wieviel Zeit würden sie ohne einander verbringen? Er könnte sie heiraten, denn sie ist für ihn anziehend und erregend, doch würde sie ihren Mann verlassen und ihm, Sergije, nach Jugoslawien folgen, in die Verwicklungen seines persönlichen Lebens, mit denen er selbst nicht fertig wird? Würde sie sich mit einem Ehemann begnügen, der übersetzte Abenteuerromane umschreibt, zweimal verheiratet war und mit einem hilfsbedürftigen Kind belastet ist? Könnte sie sich an ein Leben gewöhnen, das weniger komfortabel ist als ihr jetziges, an eine winzige Wohnung, an Fahrten mit dem Bus, Einkäufe auf dem Markt und in den Läden? Und wenn ja, wieviel Überzeugungs- und Überredungskünste würde es ihn kosten? Er stellt sich ihr Gesicht mit den verschleierten Augen im Hintergrund von ringsum lauernden Gestalten vor und dann mit einem Blick ins Fenster im Hintergrund des eigenen Gesichts, das nur an Stirn und Wangenknochen von der blinzelnden Eisenbahnlampe beleuchtet wird. Er ist schon alt und verschlissen, zu verschlissen, um jemanden, der frisch und vital ist, auf sein Niveau herabzuziehen. Er senkt den Kopf und verfällt in Selbstmitleid.

Die Jugend ist vorbei, und was mit Inge geschah, ist nur ihr Reflex, wie diese Gestalten in der Fensterscheibe. Mutlos verläßt er den Zug; die Tasche, die er zur Straßenbahnhaltestelle schleppt, scheint nie so schwer gewesen. Ringsum tost das Leben, Fahrzeuge kreuzen einander, Menschen mit Koffern eilen über den Zebrastreifen, der Park vor dem Bahnhof ist voller Menschen, als hätte ein Erdbeben die Mieter aus ihren Wohnungen getrieben; hier draußen unter dem heiteren Sommerhimmel wird gelebt, gegessen, über Nachtlager oder Rendezvous verhandelt, wie seines mit Inge gewesen war. Unter all den vielen Menschen hat jeder sein Ziel, hastet, stößt andere beiseite, die weniger kräftig sind. Auf einmal hat Sergije seine Eltern vor Augen, dort zu Hause, wo sie nach seiner Abreise unter der Lampe am Tisch sitzen, zwei müde alte Leute, die ihr Sohn verlassen hat, um einem Licht, einer Flamme, einer Hoffnung nachzujagen, so wie sie selbst bis vor kurzem – vergeblich, denn sie sind dennoch in die Sackgasse geraten. Der eigene Versuch, sich zu entscheiden, erscheint ihm völlig nutzlos. Über ihn hat das Leben entschieden, die Jugend, die er hatte wie jedermann, die für einen Augenblick auf den brennenden Getreidefeldern erstrahlte und dann sofort verlosch, erstickt unter Schreien und Leichen: Mara, die Gefangenen und Häftlinge, Gardinovački, den er zur Leiche gemacht hat, um sich danach selbst in eine Leiche zu verwandeln.

Ja, genau das, denkt er, als er seine Wohnung betritt und die Lampe über dem kahlen Tischchen und den Klappsesseln aus hellem Holz einschaltet, die für einen Gewerkschaftskongreß produziert und danach versteigert worden waren. Seitdem, und das ist sechs, sieben Jahre her, hat er in diesem Zimmer nichts verändert oder ergänzt, nur die Lampe, in der eine Birne verkohlt war. Aber auch da hat er lange die Nachttischleuchte benutzt, bevor er sich zum Auswechseln entschloß, da er nicht wußte, wie wenig Mühe es ihn kosten würde, etwas Neues zu kaufen und einen Handwerker für die Montage zu finden. Und hierher soll er Inge bringen? Der Gedanke ist fast lächerlich. Zu Eugen ist sie zwar gekommen und hat sich ohne große Umstände ins Bett gelegt. Aber das war ein Moment. Ein Augenblick der Spannung, *seiner* Spannung, die wie ein Funke auf sie übersprang, eigentlich auch Eugens Spannung, denn Sergije hätte nicht gewagt, ihr dieses Bett, dieses Zimmer anzubieten, wäre nicht Eugen an seiner Seite gewesen, hätte er nicht mit dessen Augen gesehen, mit dessen Gehirn gedacht, das Gegenstände und ihren Gebrauchswert übersieht und sie in die Abstraktion eines Wortspiels taucht. All diese Jahre hat sich Sergije mit Eugen identifiziert, obwohl sie die Woche über getrennt wa-

ren; nur er ist sich selbst treu geblieben – ebenso eine ver-
kohlte Leiche nach der kurzen Feuersbrunst seiner Jugend. Aber Eugen ist jetzt nicht hier, und wenn er fehlt,
verschwindet der Sinn ihrer Leichtfertigkeit, ihres Spotts
über Gegenstände und ihre Brauchbarkeit, ihres Spotts
über jene Brandstiftung und den Genuß an der Vernichtung. Es bleibt nur das öde Zimmer als Tatsache. Als Legi-
timation seiner Anwesenheit nach dem Tod, der zufällig
nicht eingetreten ist. Darin steht: Sergije Rudić, 38, diplo-
mierter Jurist, Zensor übersetzter Abenteuerromane,
zweimal verheiratet, Vater eines behinderten Kindes, das
bei der nichtgeschiedenen Mutter lebt. Eine schöne Bilanz!
Sie verheißt nur ein Dahinvegetieren. Noch zehn und vielleicht weitere zehn Jahre, und dann Schluß. Der Weg ist
klar. Nur dieses öde Zimmer, diese Einsamkeit, diese er-
starrte Haltung auf einer Wippe, von deren anderem Ende
das Gewicht abgefallen ist. Er kann sich nur krampfhaft
und gekrümmt auf ihr behaupten. Oder – Abstieg. In völ-
lige Willenlosigkeit, vielleicht in Alkoholismus, in er-
stickende Misanthropie. Wofür sich entscheiden?

Mit dieser Frage legt er sich schlafen. Jetzt ist er bereits sicher, daß sein Zustand um nichts gebessert wäre,
hätte er neben sich eine Frau, selbst Inge, unter der Decke.
Er würde sich über sie wälzen und einen Augenblick der
Ekstase erleben, und danach würden sie voneinander ab-
lassen, und vor ihm wäre dieses selbe Zimmer, in dem er
nur vegetieren kann. Er zündet sich eine Zigarette an,
drückt sie angewidert im Aschenbecher aus, steht von der
Couch auf, tritt im Dunkeln ans geöffnete Fenster, beugt
sich hinaus. Der Abend ist windstill, der Abgrund unter
dem vierten Stock umgeben von Mauern mit ein paar hellen Fensterquadraten. Dahinter wird nicht geschlafen, hinter den anderen, dunklen, hat man sich hingelegt, um
frisch in den morgigen Arbeitstag zu erwachen. Die Men-

schen kuscheln sich ins Bett, trinken ein letztes Glas Wasser, decken die Kinder zu, flüstern miteinander. Ameisenhaufen, welche die letzten Gedanken ans Morgen wie Hitzewellen aussenden. Weil die Gemeinschaft sie erwärmt. Er stellt sich vor, wie er selbst hier am Fenster diese Strömung spürt, hinter sich, wo Ljiljana und die Kleine schlafen. Er glaubt ihren Atem zu hören. Er würde sich darum sorgen, ob sie satt und nicht übermüdet zu Bett gegangen sind und was sie tags darauf erwartet; er würde nicht die Ödnis seines Zimmers beklagen, sondern zusehen, es behaglicher, wohnlicher zu machen. Er legt sich wieder hin, wälzt sich unruhig, schmiedet Pläne. Er sieht sich in der Rolle des Überredenden, er sieht Ljiljanas ängstliches Gesicht, die neugierig forschenden Blicke der Kleinen, und schaltet die Lampe ein. Das Zimmer ist wieder hell mit den Holzsesseln, auf denen er seine Kleidung abgelegt hat. Vielleicht doch nicht, denkt er. Aber am nächsten Tag meldet sich die Absicht wieder, und er hat während der ganzen Arbeitszeit das Telefon im Sinn, über das er Ljiljana erreichen könnte oder müßte. Er tut es nicht aus Angst vor ihrer Ablehnung und seiner Enttäuschung. Dann kommt er auf den Gedanken, die Generalin unter dem Vorwand aufzusuchen, sein Weg führe ihn gerade vorbei. Er macht sich zu ihrer Wohnung auf, geht am Haus vorbei mit der Überlegung: wenn er zufällig jemanden von seinen Angehörigen trifft, geht er hinauf. Aber er trifft niemanden, die Straße ist leer, die Hitze hat die Mieter in den Schatten hinter den Jalousien getrieben, nur die gähnend geöffneten Türen der Läden zeigen der Straße die verschlafenen, auf die Tresen gestützten Verkäufer. An den Tischen vor den Cafés unter belaubten Bäumen trinken Dienstmänner im offenen Hemd, Taxifahrer und ein paar Einsame ihr Bier. Die halbe Stadt ist schon in die Ferien geflüchtet; auch Sergije muß sich erkundigen, was seine Angehörigen planen: Ljiljana wird sicher den Kopf schütteln, weil sie der Generalin wegen hierbleiben muß. Aber die Kleine? Er könnte für zwei, drei Wochen mit ihr ans Meer fahren, ihr beim angenehmen Zeitvertreib näherkommen, sie schwimmen lehren und dann mit gekräftigten Muskeln und frischer Haut der Mutter zurückbringen: sieh sie dir an! Und so beide für sich gewinnen. Der Gedanke macht ihm Freude, und er kehrt um.

Aber vor dem Haus der Generalin bleibt er stehen: er weiß, daß der Augenblick der Begegnung entscheidend sein wird, vielleicht Mißbilligung, weil er sich nicht angemeldet hat, oder ein kleines, eben geschehenes Malheur. Der Einsatz ist zu hoch, als daß er ihn dem Zufall überlassen könnte, er muß sich absichern. Zuerst Ljiljana und die Kleine zu einem Gespräch außer Haus einladen, vielleicht zu einem Ausflug auf den Avala, wo es nicht so heiß ist. Er geht am Haus vorbei ins Zentrum, setzt sich vor ein Café und bestellt ein Bier. Jetzt ist auch er einer von den Müßiggängern, die er im Vorübergehen mürrisch gestreift hat, obwohl jeder mit wichtigen Plänen beschäftigt sein könnte. Rings um sich sieht er lauter verschwitzte, gedunsene Gesichter. Alle ohne ein inneres Leuchten. Hier wird ganz unverhohlen biologisch gelebt, und so lebt auch er. Die Geliebte, die er binnen einer Stunde erobert hat, die Frau, die ihn nicht will, die nicht erfüllten Vatergefühle. Das Milieu, das noch nicht zu einem geordneten, geregelten Leben gefunden hat. Er wird sich auf einmal bewußt, daß er ein untrennbarer Teil dieses Milieus ist und wie wenig er darüber wußte, während er in es hineinwuchs; wie sinnlos er sich nach erdachten Mustern um Veränderungen bemüht hat. Michail Grigorjewitsch und die sonntäglichen Empfänge mit Handküssen, Tschernyschewski und die Geschichte der KPdSU (B), und dann diese balkanische Hemmungslosigkeit! Er ruft ungeduldig nach dem Kellner, zahlt und geht. Aber er weiß, daß er im Sumpf steckt, und findet verzweifelt immer neue Beweise dafür, sei es im Bürogeschwätz, sei es in zankerfüllten Autobusfahrten. Außerdem ist dieser Niedergang prall von Sinnlichkeit: straffe weibliche Gesäße, weiße, mit schwitzenden Härchen bewachsene Achseln. Ein Ausweichen vor der Verantwortung, begreift er. Wohl der einzige Ausweg für Menschen ohne höhere Pläne, die mit ihrer bloßen Körperlichkeit zufrieden sind. Wie zum Hohn läuft er auf der Rückkehr von der Arbeit seiner Rechnungsprüferin über den Weg; sie trägt ein buntes, tief ausgeschnittenes Kleid, das ihr Gesäß betont und raschelnd die kurzen, dicken, sonnengebräunten Beine umspielt. Sie bleiben stehen und wechseln Worte lallend wie Betrunkene. Sie lachen gleichzeitig über ihre Verwirrung, die eigentlich betörte Erinnerung ist. Sie gehen gemeinsam zum Mittagessen, sitzen dann lange beim kühlen gespritzten Wein vor dem Restaurant. Zwischen ihnen stellt sich nicht mehr die Frage, ob sie zusammenbleiben, sondern zu wem sie gehen. Sergijes Wohnung liegt näher, aber wenn er daran denkt, mag er nicht mit dieser Frau zu den Dingen heimkehren, die er tagelang forschend betrachtet hat, und nachdem sie bezahlt haben, lenkt er die Schritte in ihre Richtung. Dort ist alles bekannt: ihr winziges Zimmer, in dem man flüstern muß, weil nebenan noch ihr geschiedener Mann wohnt; die ausziehbare dreisitzige Couch, die vielen hölzernen und wollenen Nippes auf Tisch und Kommode, das Bad mit ihren und fremden Bademänteln und Handtüchern. Neu aber ist sein Zorn, weil er wieder hierhergekommen ist, nachdem er schon einmal glaubte, sich für immer und zu seinem Glück zurückgezogen zu haben. Dieser Zorn ergreift ihn sofort und überträgt sich auf sie als Duldsamkeit, mit der sie sich freiwillig und stöhnend hingibt. Danach sitzen sie verschwitzt an zwei Enden der Couch, rauchen und schweigen, bis der Tag sich neigt. Sie ziehen sich an und gehen zusammen zum Abendessen, das in angespannter Atmosphäre verläuft, weil diese neue Begegnung ebensoviel Trennendes wie Verbindendes hatte.

Als Sergije zu Hause eintrifft, fällt ihm ein, wie nutzlos und häßlich er den Tag vergeudet hat, und er schläft mit dem Vorsatz ein, Ljiljana auf jeden Fall anzurufen. Er tut es an einem der folgenden Tage und trifft sie gesprächsbereit an: die Kleine hat gerade die zweite Gymnasialklasse mit ausgezeichneten Noten abgeschlossen und sogar über die Abneigung ihrer Astronomielehrerin obsiegt, die ihr mit Mühe ein »genügend« gegeben hatte, es aber auf Verlangen der anderen Kollegiumsmitglieder in ein »sehr gut« umwandeln mußte. Sergije hört sich geduldig die Schilderung dieses kleinen Krieges an und schlägt vor, den Erfolg mit einem Ausflug in die Umgebung zu feiern. Nach kurzem Schweigen stimmt Ljiljana zögernd zu, erwärmt sich dann aber für die Idee und fragt, was Sergije sich so vorstellt. Er erwähnt den Avala, Ljiljana möchte wissen, wann und wie – doch er weiß es nicht und gibt das auch zu, worauf sie enttäuscht aufseufzt: ach so! Er wird sich gleich heute erkundigen, sie soll die Kleine auf Samstag, Sonntag vorbereiten, wie es ihnen am besten paßt, und morgen werden sie sich exakt verabreden. Am Nachmittag geht er zu einem Reisebüro in der Knez-Mihailo-Straße, stellt Fragen, studiert Prospekte; eine ältere Angestellte, die sich seiner annimmt, lobt die Fahrt mit dem Gleitboot zum Eisernen Tor, die sie kürzlich mit Mann und Enkel unternommen habe, und informiert ihn über den Preis und die Abfahrts- und Ankunftszeiten. Ihm gefällt ihre Empfehlung, und er gibt sie an Ljiljana weiter, so daß sie nach Einwänden wegen möglicher Erkältungen, die er mit dem Hinweis auf das fest geschlossene Boot zurückweist, ihre Zustimmung für den Sonntag gibt. Sergije meldet nach

Novi Sad, daß er an diesem Wochenende nicht kommen werde, weil er einen Ausflug mit Frau und Tochter plane. Er stellt sich das zufriedene Gesicht der Mutter bei der Lektüre dieser Nachricht vor und fühlt sich selbst zufrieden. Er kauft die Billetts für die Passage und in einem benachbarten Laden Süßigkeiten für unterwegs; am Sonntag halb neun hält er mit einem Taxi vor dem Haus der Generalin. Ljiljana und die Kleine sind nicht wie verabredet erschienen, er wartet auf dem Gehweg; die Zeit ist auf die Abfahrt des Bootes um neun Uhr verabredet, weshalb er häufig auf die Uhr und zu den Fenstern im zweiten Stock blickt. Deshalb entfällt die Empfangszeremonie; als Ljiljana und die Kleine erscheinen, stellt er gerade noch fest, daß sie zu warm angezogen sind – Ljiljana trägt ein Tuchkostüm und die Kleine lange Hosen und Anorak –, und schiebt sie in das Auto. Er wirft ihnen die Verspätung nicht vor, ist aber gerade deshalb kürzer angebunden als beabsichtigt; erst jetzt bemerkt er, daß er beide auf dem Rücksitz plaziert hat und sich jedesmal umdrehen muß, wenn er das Wort an sie richten will. Es sind knappe Bemerkungen: über das schöne heitere Wetter, über die Fahrtroute, derentwegen es anfangs zu einem Mißverständnis zwischen ihm und Ljiljana kommt.

Als sie sich dem Hafen nähern, entbrennt auch ein kleiner Streit mit dem Taxichauffeur, weil er in großer Entfernung vom Kai gehalten hat, hinter dem man zwei gleiche niedrige Schiffsrümpfe sieht; es stellt sich heraus, daß hier Verbot für Kraftfahrzeuge herrscht, was Sergije nicht wußte, weil er nach dem Kauf der Billette versäumt hat, an die Donau zu gehen und sich zu informieren. Sie sind allein auf der Straße, auch der Kai ist leer, die Zeit zum Auslaufen also nahe; als Sergije das Taxi bezahlt hat, mahnt er seine Begleiterinnen zur Eile, aber aus Rücksicht auf die Behinderung der Tochter nicht sehr energisch. Dennoch müssen sie sich sputen, und dabei hinkt sie schwerer denn je, oder es scheint ihm so wegen der leeren Straße, auf der sie mit Ljiljana vor ihm hergeht, so daß er, gleichsam zur Strafe für sich selbst, zusieht, wie mühsam ihr krankes Bein mit dem gesunden Schritt hält. Als sie den Kai erreichen, ist ein junger Matrose eben dabei, den Steg von dem näher gelegenen Boot zu ziehen; er hält nur inne, um den Ankömmlingen einen vorwurfsvollen Blick zuzuwerfen, und läßt Sergijes Frage, ob dies das Boot zum Eisernen Tor sei, unbeantwortet. Sie gehen in dem Augenblick an Bord, als der Steg unter ihren Füßen entfernt wird und das Schiff zu schwanken beginnt. Selbst schwankend, steigen sie über die Treppe in den Passagierraum mit den beiden durch einen Gang getrennten Bankreihen hinab, durch den sich ein Grüppchen drängt. Da vorn alles besetzt ist, folgen sie dem Grüppchen und finden nur noch hinten drei getrennte Plätze: Ljiljana am Rand einer Bank auf der rechten Seite, wohin sie die Kleine zu winken versucht; aber Sergije schiebt das Kind weiter und setzt sich mit ihm auf eine Bank auf der linken Seite. Zunächst werden sie versuchen, sich durch Zeichen zu verständigen, aber nicht für lange. Sergije wird sich nämlich ganz der Kleinen widmen, jetzt wo er sie für sich allein hat: er zeigt ihr die Ufer mit ihren Wiesen, Wäldern, Siedlungen, der Eisenbahnstrecke, und zwischendurch bemüht er sich, etwas von ihr zu erfahren, er stellt ihr Fragen nach der Schule, vor allem nach ihrem schönen Erfolg und den Schwierigkeiten, die sie überwinden mußte und von denen er schon weiß, die er aber noch einmal von ihr selbst hören möchte; dann nach ihren Freundinnen, ihren Ansichten über Menschen, ihren Zukunftsplänen. Die Kleine folgt seinen Hinweisen und Erklärungen mit stummer, etwas zerstreuter Aufmerksamkeit, und auf die Fragen antwortet sie wortkarg und widerstrebend und verrät damit einen verschlossenen Charakter, was er sich dadurch erklärt, daß sie ständig von erwachsenen, älteren, zum Teil auch kranken Menschen umgeben ist. Er hätte die Geduld aufgebracht, sie zu einem vertrauensvolleren Gespräch zu bewegen, wenn nicht Ljiljana unausgesetzt Zeichen herüberschicken würde. Möchte die Kleine nicht den Anorak ablegen, da es hier so warm ist? Zieht es vielleicht vom Fenster? Hat sie Durst? fragt sie mit lebhaften Gesten, auf die Sergije und das Kind verneinend antworten; schließlich, nachdem Sergije ungeduldig reagiert hat – weil er wieder mitten in einer Erklärung unterbrochen wurde –, steht Ljiljana auf, kommt geduckt herüber und wiederholt ihre Vorschläge mit lauter Stimme. Sie erreicht es, daß die Kleine das überflüssige Kleidungsstück auszieht, und bringt es hinüber auf ihren eigenen Platz; aber jetzt, da der erste Versuch geglückt ist, kommt sie immer öfter, bietet zu essen und zu trinken an, bis sie schließlich merkt, daß ihr Verhalten von dem der anderen Passagiere absticht, die ruhig plaudernd dasitzen und durch die großen getönten Fenster auf das schäumende Wasser und die stummen, immer hügligeren Ufer blicken. So bleibt sie bei ihnen stehen, geduckt unter der Last der Taschen, Schachteln und Netze, die ihre Vorräte enthalten. Sergije sieht, daß er ihr Platz machen muß, und rückt ein Stück weiter auf der Bank. Zuerst lehnt sie ab, doch ihre Bürde zwingt sie, sich zu setzen. Jetzt indes wird ihnen eng, Sergije fühlt Schweißtropfen auf der Brust, er bemerkt, daß das Gesicht der Kleinen glüht, und hört aus nächster Nähe die Hinweise seiner Frau, die ihn aus dem pädagogischen Sattel werfen. Während der ganzen Zeit ist jener eine Platz rechts von ihnen frei, also steht er mit einer unbestimmten Geste der Erklärung auf, damit es die beiden bequemer haben, und wechselt auf Ljiljanas ehemaligen Platz. Natürlich paßt ihm der Tausch nicht, er scheint ihm durch Ljiljanas Egoismus erzwungen. Andererseits fühlt er sich erleichtert, da er seit Jahren gewöhnt ist, allein unterwegs zu sein. Er sieht jetzt die Ufer nicht mit den Augen des Kindes, sondern mit seinen eigenen.

In der Zeitung hat er gelesen, daß am Eisernen Tor ein riesiges Wasserkraftwerk entstehen soll, und jetzt überlegt er, welche Auswirkungen das auf die Natur haben wird. Man wird einige Siedlungen überfluten, vielleicht gerade dieses Dorf, dessen rote Dächer sein Blick eben streift. Heute leben hier Menschen mit ihren Dingen, und morgen wird alles vom Wasser bedeckt sein, das Dorf wird an seinem Grund liegen wie ein Spielzeug unter Glas, während die Menschen sich eine neue Gegend suchen müssen und hierher zu Besuch kommen werden, um in den Fluß zu blicken, der einen Teil ihres Lebens verschlungen hat, und an stillen Tagen vielleicht auch die Konturen und Farben ihrer Straße, ihrer Häuser zu erkennen. So etwa, wie er nach Novi Sad zu Besuch fährt. Ohne diesen Ausflug wäre er auch jetzt dort, säße mit den Eltern am Tisch, spräche über dieses und jenes und dächte nur daran, wie er ihnen zu Eugen entwischen könnte. Oder er wäre bereits bei Eugen, balgte sich mit ihm um ein aufgeschlagenes Buch, erstaunt, weil er noch immer eine gemeinsame Sprache mit diesem Sonderling findet, und beschäftigt mit der Frage, wohin danach – zu den Stepanovs? Immer ist er dort in Novi Sad voller Unruhe und Verwunderung, weil er seinen alten Wohnsitz unverändert vorgefunden hat und diese Entdeckung ganz nutzlos ist. Denn Novi Sad ist für ihn das, was dieses Dorf für seine Bewohner sein wird, überschwemmt von etwas, das in seiner Abwesenheit hergeströmt ist und die Stadt für seine Blicke in eine unerreichbare Tiefe versenkt hat. Oder eine kaum erreichbare. Die nur Erinnerung an etwas Gewesenes ist wie ein Besuch auf dem Friedhof. Wirklich und echt war in all diesen Jahren nur die Begegnung mit Inge in Eugens Zimmer. Und jetzt denkt er wieder an Inge: wie würde diese Fahrt verlaufen, wäre sie bei ihm? Ganz gegenwärtig, greifbar mit ihrem festen Körper auf der Bank, die Beine unter dem Sitz gekreuzt, der Kopf geneigt und verhüllt durch lose Haarsträhnen bis zu den Wangenknochen, der gebogenen Nase, den geschürzten Lippen, den grauen Augenschlitzen. Sergije würde ihr eine Hand in den Schoß und die andere auf die leicht gewölbte Hüfte legen, die er zuerst an ihr berührt hat. Er würde ihre Wärme spüren, die leichten Bewegungen ihres Atems. Jede Sekunde, sechzigmal in einer Minute eine Bewegung, die sich wie ein Stoß auf ihn überträgt und beweist, daß sie lebendig, wirklich ist.

Aber zugleich fühlt er, daß es ungehörig ist, sich solchen Phantasien hinzugeben, da in drei Schritt Entfernung seine Frau und Tochter sitzen, mit denen er diesen Ausflug unternimmt, um ihnen wieder nahezukommen, aber daß es ebenso ungehörig ist, die Wahrheit um eines erdachten Zieles willen von sich zu schieben. Er dreht sich um: die beiden sitzen aneinandergeschmiegt und dem Fenster zugewandt. Er sieht jetzt ihre Gesichter nebeneinander im Profil, sie erscheinen ihm sehr ähnlich: die gleichen Stupsnasen und weichen Kinnlinien, nur daß die Kleine kantigere Konturen hat, wie er. Sie blicken sich nicht um und denken vermutlich nicht an ihn; wenn er sich irgendwo versteckte, würden sie vielleicht ruhig aussteigen und sich nicht über seine Abwesenheit wundern und sich erst später, wenn etwas sie an ihn erinnert, fragen, wohin er geraten und ob er heute morgen überhaupt bei ihnen gewesen ist. Denn auch sie haben wie er nur ein wirkliches Leben, und dieser von ihm arrangierte Ausflug könnte ein Phantom sein. Er wendet den Kopf. Mögen sie für sich den Sinn dieser Gleitfahrt übers Wasser enträtseln. Er tut das auch, betrachtet die Sehenswürdigkeiten, auf welche die besser informierten Mitreisenden lauthals aufmerksam machen.

Als sie in Kladovo anlegen, steigt er als erster aus und wartet auf seine Begleiterinnen. Ringsum bilden sich Gruppen, aus einer kommt die Aufforderung zur Ortsbesichtigung. Er würde sich anschließen, aber Ljiljana erklärt, daß die Kleine erhitzt ist und sich nicht dem Wind aussetzen darf. Sie sehen sich nach einem Gasthaus um, und da sie keins entdecken und Ljiljana schon unruhig wird, eilt Sergije mit großen Schritten in die Siedlung, um sich zu erkundigen. Die Post, das erste öffentliche Gebäude, ist geschlossen; im Nebenhaus erfährt er von einem Jungen, der im Hof einen Fußball gegen die Mauer kickt, daß die nächste Gaststätte stromabwärts liegt. Er kehrt zu den Frauen zurück, sie gehen lange in der angegebenen Richtung, wobei Ljiljana der Kleinen ständig den Anorak im Nacken hochzieht, damit sie sich nicht im – übrigens schwachen – Wind verkühlt. Sie erreichen eine ebenerdige Schenke mit einem unbeholfen gemalten Fisch auf dem Schild; Sergije will hineingehen, aber da Ljiljana meint, dies sei kein Ort für sie, setzt er den Weg fort. Plötzlich ist die Siedlung zu Ende; vor ihnen erstrecken sich nur Wasser und auf der anderen Seite ein felsiges Ufer. Sie machen also kehrt und betreten doch die Schenke. Der Raum ist klein, nur an einem der vier Tische sitzen zwei Mädchen und ein älterer, grauhaariger Mann. Eins der Mädchen – dünn wie ein krankes Bäumchen – und der Grauhaarige stehen gleichzeitig auf und kommen näher; offenbar der Wirt und seine Gehilfin oder Tochter. Sergije fragt, was es zu essen gibt, der Mann bietet mit einem kleinen Lächeln des Stolzes Zander und Kartoffelsalat an. Sergije dreht sich zu Ljiljana um, die mißtrauisch das Gesicht verzieht: nein, sie und die Kleine essen keinen Fisch, gibt es etwas anderes? Der Mann verneint mit einem trotzigen Achselzucken; Sergije versucht Ljiljana umzustimmen, doch sie sträubt sich jetzt erst recht mit der Erklärung, sie habe auf diese Fahrt ins Ungewisse genügend Proviant mitgenommen. Sergije bestellt für sich gebratenen Zander und Salat und fragt Ljiljana und die Kleine, was sie trinken möchten. Nur Mineralwasser, antwortet Ljiljana in beider Namen. Dann greift sie zum Nachbarstuhl, wo sie Tasche und Netz abgelegt hat, zuckt aber zurück und will erst wissen, wo sie sich die Hände waschen kann. Sergije entdeckt im Hintergrund des Raums eine nicht sehr vertrauenerweckende Tür, geht zu dem anderen Mädchen am Tisch. Sie bestätigt, daß sich dort das Klosett befindet, er öffnet die Tür zu einer ziemlich unsauberen Latrine, aber es gibt zum Glück ein Waschbecken mit fließendem Wasser. Er macht Ljiljana ein Zeichen, und sie kommt zusammen mit der Kleinen. Er setzt sich an den Tisch, ermüdet von der Aufmerksamkeit, die er Frau und Tochter widmet, und von dem Unbehagen, zu sehen und zu wissen, daß diese Aufmerksamkeit sie nicht zufriedenstellt. Dieses Gefühl beherrscht ihn auch während des Essens, das der Wirt in zwei tiefen Tellern vor ihn hinstellt. Ljiljana und die Kleine essen aus Schachteln und Servietten: Eier, Backhähnchen und Kuchen, alles sichtlich trocken und fettarm. Er selbst verspeist mit Genuß den frischen, heißen, nach Öl und Pfanne duftenden Fisch mit Salat und Zwiebeln und trinkt Rotwein dazu. Er versucht einen Tausch der Speisen oder wenigstens eine Kostprobe vorzuschlagen, was Ljiljana entschieden ablehnt, und dem Verbot beugt sich auch die Kleine, obwohl sie die Teller des Vaters mit neugierig geweiteten Augen mustert. Beinahe haßt er sie deswegen, und mehr noch Ljiljana, die diesen sinnlosen Verzicht erzwingt. Er kann ihr nicht verzeihen, daß sie die Kleine zu einem so furchtsamen und demütigen Wesen gemacht hat, zum Gegenteil dessen, was ihm einmal für sein Kind vorschwebte; der Kontrast ist so tief, sieht er ein, daß er jede Annäherung verhindert. Jetzt schätzt er sie mit Männerblick ab, was er schon lange nicht getan hat; sie ist noch immer schlank, biegsam und äußerlich anziehend, aber ihn läßt dieser Körper kalt und stößt ihn sogar ab wie eine Materie, die nicht Fleisch und Haut und Blut ist, sondern nur ihre künstliche Nachbildung.

Dennoch, wie sich und ihr zum Trotz, legt er nun einen Plan für die Sommerferien dar, langsam und detailliert, bis auf Ort und Datum, als ginge es gar nicht um sein Anliegen, sondern um die Reaktion auf einen unausgesprochenen Wunsch. Und es gelingt ihm tatsächlich, Ljiljanas Mißtrauen zu besiegen: da die Entscheidung nicht unmittelbar bevorsteht, läßt sie sich von den Versprechungen umgarnen und malt nach einem forschenden, ja beschwörenden Blick auf die Kleine rosige Bilder der nahen Zukunft. Die salzige Meerluft, Zypressen und Sonne; man darf natürlich nichts übertreiben; sie selbst würde so gern irgendwohin fahren, Meer und Berge hat sie zum letztenmal vor dem Krieg gesehen, als der Vater mit ihr und ihrem Bruder Sommerferien auf der eigenen kleinen Insel Banovići bei Budva machte; sie muß indes die Generalin pflegen, wird aber mit Freude die Briefe der Kleinen über ihre Erlebnisse lesen. Und sie schaut Sergije an, in dem sie, gerührt, endlich den Vater ihrer Tochter erblickt. Unterstützt vom starken Wein, geht ihre besänftigte Stimmung auch auf ihn über; er fühlt sich plötzlich beengt in der Schenke und schlägt vor zu gehen. Er bezahlt, sie stehen auf. Draußen scheint grell die Mittagssonne, der leichte Wind hat sich gelegt, das Wasser lockt mit seiner lautlosen Strömung und seinem natürlichen Geruch. Sergije bekommt Lust zu baden, es ist eine Gelegenheit; in Belgrad findet er nie Zeit für einen Ausflug an Save oder Donau, und in Novi Sad hindert ihn seine Sohnespflicht, das Haus länger zu verlassen.

»Habt ihr vielleicht Badeanzüge mitgenommen?« fragt

213

er, bekommt aber, wie befürchtet, verneinende Antworten. Er selbst hat auch kein Badezeug dabei, doch dieses Versäumnis kann seine Phantasie nicht zügeln: zum letztenmal hat er so ein unvorhergesehenes Bad wie ein Fest am Ende des Krieges erlebt, als der Zug aus Deutschland wegen eines Schadens an der Lokomotive sozusagen kurz vor dem Ziel in Bogojevo stehenblieb; er und die anderen Heimkehrer aus den Lagern sprangen aus den Waggons und rannten wie die Eidechsen über das sonnenbeschienene Feld, die Tatkräftigsten wie Sergije bis an den flachen Nebenarm der Donau. Sie zogen sich nackt aus, badeten, legten sich rücklings ins harte Gras und gaben sich der Sonne hin. Erst hier, beim Liebesspiel der nackten Haut mit dem lebendigen Wasser, mit der Wärme unter freiem Himmel, wo Grillen zirpten und Frösche quarrten, im ruhigen Schlummer, der gesichert war durch das Wissen, daß die Kameraden aus dem Zug Bescheid geben würden, wenn die Lokomotive fahrbereit war – nicht im Befehlston, den Hundegebell und Schläge begleiteten, sondern mit fröhlichen Rufen –, in dieser körperlichen Reinigung mit Wasser, das anders war als die kochendheißen oder eisigen Duschen in den Zuchthäusern und Lagern – wo sie den Unflat und die Seuchen des Häftlingsdaseins nur abspülten, um im nächsten Augenblick wieder davon befallen zu werden –, hier, im beglückenden Schoß der Natur, wo die Zeit stillzustehen schien, fühlte er sich zum erstenmal wieder als menschliches Wesen und glaubte sich gerettet. Dieses Erlebnis würde er jetzt gern wiederholen, im Namen der Befreiung, die er in dem erneuten Beisammensein mit seiner kleinen Familie und dem harmonischen Gespräch über die baldigen Sommerferien ahnt.

»Gehen wir kurz ins Wasser?« fragt er.

»Ich sage doch, daß wir keine Badeanzüge dabei haben«, entgegnet Ljiljana.

»Das macht doch nichts. Nur ein bißchen. Da hinten ist ein Wäldchen« – er zeigt auf das Ufer jenseits der Siedlung. »Die Schuhe ausziehen und die Füße hineinhängen. Ich würde auch ein paar Züge schwimmen. Ihr könntet inzwischen im Schatten sitzen und die gute Luft atmen.«

»Wir haben nicht mal eine Decke.«

Ja, die haben sie wirklich nicht, und er wagt nicht, sein Sakko anzubieten, obwohl es zusammen mit dem Anorak der Kleinen und Ljiljanas Kostümjäckchen als Unterlage genügen würde. Ljiljana mustert ihn unter gerunzelten Brauen, als fühlte sie sich attackiert; die Kleine steht eingeschüchtert beiseite.

»Na gut, aber wohin wollen wir sonst?« Sergije hofft noch auf eine Erfüllung seines Wunschs, indem er auf die Leere verweist, die jenseits davon lauert. Aber für Ljiljana ist das keine Leere.

»Zu den anderen«, erklärt sie mit einem ungeduldigen Achselzucken, welches das Gelenk ihrer freien Hand entblößt. »Es ist schon zwei. Wann fahren wir eigentlich zurück?«

»Halb fünf.«

»Na bitte. Was, erst halb fünf? Dann kommen wir ja im Dunkeln nach Hause!«

Fast verängstigt, angespannt und hastig machen sie sich auf die Suche nach dem Gros der Reisegruppe. Sie finden sie am anderen Ende der Siedlung auf der Terrasse eines dem Fluß zugewandten Motels, wo alle ihre Gesichter in die Sonne halten.

»Hier hätten wir gleich hergehen sollen«, bemerkt Ljiljana, und obwohl Sergije sie daran erinnern könnte, daß sie nach einem windgeschützten Ort verlangt hatte, nimmt er den im Grunde berechtigten Vorwurf wortlos hin. Sie steigen auf die Terrasse, er gruppiert freie Stühle um einen nackten Tisch, ruft nach dem einzigen Kellner, der unter dem Ansturm so vieler Gäste Sergijes Mahnungen lange überhört; aber es stellt sich heraus, daß Ljiljana und die Kleine nichts möchten, oder fast nichts, denn sie haben eigentlich Durst, aber kein Zutrauen zu dem Getränkeangebot. Warum, nachdem sie in der Schenke keine Einwände hatten, ist nicht herauszubekommen; am Ende entscheiden sie sich für Coca-Cola, wie sie an den Nachbartischen getrunken wird, nur soll sie nicht gekühlt sein. Beim Warten auf das Getränk, der Kontrolle, ob es wirklich lau genug ist, vergeht der für Sergije quälende Rest der Zeit. Er atmet wie die beiden auf, als das Signal zum Aufbruch ertönt – alle stehen auf –, und nachdem er in den Passagierraum hinuntergestiegen ist, setzt er sich in dieselbe Reihe abseits von Frau und Tochter, die aus Angst vor Zugluft in der Mitte bleiben, ans Fenster. Man muß ziemlich lange warten, bis das Boot ablegt, weil noch zwei Ausflügler fehlen. Sie kommen hochrot an – ein junges Pärchen –, und in den ersten Minuten der Fahrt stromaufwärts hört man scherzhafte Bemerkungen über den Grund ihrer Verspätung. Danach gilt aller Aufmerksamkeit wieder dem Fluß, den Steilufern, den Sehenswürdigkeiten; sie erinnern sich, wie sie am Vormittag hier vorbeigekommen sind, und stellen die Unterschiede aufgrund der anderen Tageszeit und des anderen Sonnenstandes fest. Sergije als langjähriger Dauerreisender kennt diese schmerzliche Ähnlichkeit ohne Identität und erblickt in ihr ein Bild der Entscheidung, die er eben getroffen hat: nicht wie einst ins Ungewisse rennen, in eine Brandstiftung, die ihn auf unerforschte Wege, womöglich an den Rand des Untergangs treiben wird, sondern auf dem erprobten Pfad gehen. Der wird, so mit Ljiljana und der Kleinen, immer gleich sein, das weiß er und wußte es von Anfang an, weshalb er sich von ihnen getrennt hat: sich mit ihrem schon verknöcherten Argwohn und Mißtrauen herumplagen, geduldig und unter Selbstverleugnung auf sie einwirken, um – was? Um mit ihnen leben zu können? Oder um sie ihm ähnlich zu machen? Aber wozu eigentlich? Zu Rebellen? Umstürzlern? – was er selbst nicht mehr ist. Eine Harmonisierung der Charaktere, die er die ganze Zeit zwischen Wohnung und Büro, Büro und Wohnung und bis nach Novi Sad und zurück praktiziert. Und jetzt noch diese Zugabe. Wird er sie ertragen können? Die stummen, kahlen, fremden Hügel am rechten Flußufer sind taub für seine Frage. Sie dauern. Er möchte sein wie sie und der Fluß. Einfach existieren. Er schließt die Augen. Unter den gesenkten Lidern laufen die Bilder seiner Vergangenheit ab, in der er sich in die Brust warf und zurückwich, marschierte, sich duckte, steinerne Lasten schleppte, in der Kolonne den Schlägen von Gewehrkolben und Knüppeln ausgesetzt war – ist nicht auch das Dauern, wenn man es in die Bestandteile zerlegt?

Er beugt sich über die Leiber der fremden Banknachbarn zu seinen Angehörigen, fragt, ob sie bequem sitzen, ob sie Durst, Hunger haben, ob sie Spaß an der Fahrt hatten, die übrigens gleich zu Ende ist. Er ermuntert sie zu neuer Nähe und Vertraulichkeit, spricht von den Ferien in einer noch schöneren, weiteren Gegend am Meer. Sie kommen lebhaft in Belgrad an, zumal es noch nicht dunkel oder kühl geworden ist; dennoch bringt Sergije Frau und Tochter in den Warteraum des Hafens und begibt sich auf den Wettlauf nach einem Taxi. Ja, er ist auf einem Wettlauf – womit, kann er nicht definieren, während er Frau und Tochter im Fahrzeug unterbringt und nicht aufhört, von dem gemeinsam verbrachten Tag zu schwärmen, dem viele weitere folgen werden. Als er sie vor dem Haus abgesetzt und dem Fahrer seine Adresse genannt hat, sinkt er mit einem müden Seufzer in den Sitz des ruckartig anfahrenden Autos. Von jetzt an ist alles nur eine Frage der Ausdauer, denkt er. Und bleibt dabei. Am Montag ruft er Ljiljana an und fragt, was zu Hause los war und ob sie sich ausgeruht haben; hört geduldig ihren Bericht an, in dem die Klagen der Generalin wegen ihrer Einsamkeit viel Raum einnehmen, und ist froh, daß ernstere Folgen ausgeblieben sind. Er beschließt, jeden zweiten bis dritten Tag Erkundigungen einzuziehen, um den Faden nicht loszulassen, der ihn mit dem abgeirrten Teil seiner Familie wieder verbunden hat, ihn aber auch nicht allzusehr anzuspannen und zu zerreißen. Das ist schon eine zielgerichtete Tätigkeit, die ihn beruhigt und von der Verantwortung für alles andere befreit; wenn er dieses Ritual befolgt, kann er in der verbleibenden Zeit fast alles tun, was er will. Träumen. Spazierengehen. Lesen. Entgegen seinem Vorsatz meldet er sich an einem leeren Tag bei seiner Rechnungsprüferin, und die Begegnung verläuft wie die vorige: gemeinsames Mittagessen, Aufenthalt bei ihr, Abendessen. Und er empfindet danach keine Reue mehr. Die erzielte Befriedigung und Entspannung sind nicht vollkommen, sie sind verkrampft und belastet, dennoch geht es um Befriedigung und Entlastung, die er jetzt durch den Verzicht auf der anderen Seite verdient zu haben glaubt. Den Verzicht auf Ehrlichkeit. Am Telefon sagt er Ljiljana, wie oft er an die gemeinsam verbrachten Stunden denke, lobt die Intelligenz und Ernsthaftigkeit der Kleinen, spricht von näheren Kontakten. Dann blickt er ganz verzweifelt auf seine Hand, die schwitzend auf dem abgelegten Hörer ruht.

Schnell flieht er in die Phantasie: Inge. Aber Inge steht jetzt vernebelt vor ihm. Bedeckt von der Spreu der Verstellung. Sie ausgraben? Das wagt er nicht. Und auf einmal erscheint an ihrer Stelle Eugen mit seinem spöttisch verzogenen Mund. Könnte Sergije ihm die Erfahrungen der letzten Tage berichten, wäre ihm leichter; Eugen ist das Salz, das faden Bissen einen Sinn gibt, der Sinnlosigkeit ist.

Sinn und Sinnlosigkeit der Bemühungen, Sinn und Sinnlosigkeit der Jugend. Er schickt Eugen eine Postkarte, auf der er ihn trotz aller Perversität bittet, Inge zu schreiben – er hat ihre Adresse auf einem Zeitungsrand – und sie zu einem möglichst baldigen Besuch nach Novi Sad einzuladen. Er atmet auf: endlich hat er etwas wider Ordnung und Plan getan; er hat wieder Luft. Er lädt Ljiljana zu einem Ausflug zu dritt für den kommenden Sonntag ein, und als sie sich auf die Bedürfnisse der Generalin herausredet, beschränkt er sich – dankbar für das Argument – auf ein gemeinsames Mittagessen. Als er ihre Zustimmung erhalten hat, schreibt er wieder seinen Eltern, sie mögen ihn nicht erwarten. Er geht mit Ljiljana und der Kleinen in den Topčider-Park, in ein Gartenrestaurant unter Bäumen, wo man außer Fisch auch Schnitzel à la nature essen kann. Alles verläuft normal, denn Sergije kümmert sich nicht mehr um Ljiljanas bereits vertraute Ängste und Vorsichtsmaßnahmen, sondern redet und handelt, als wären sie nicht vorhanden. Die Kleine bemerkt das und zwinkert verschwörerisch, was sie plötzlich dem großväterlichen Zahnarzt Rudić ähnlich läßt, mit dem sich Sergije kaum je verglichen hat. Die Entdeckung rührt ihn, er tätschelt den Arm der Kleinen und nickt ihr zu: ich hol dich heraus. Aber zugleich ahnt er in der eigenen Bewegung einen anderen, inneren Zug seines Vaters: seine Gönnerschaft, seinen Optimismus. Auch der Vater hatte ihn so vor den Exaltationen seiner Frau beschützt, seinen Rücken hingehalten, ihre Eifersuchtsanfälle ertragen, damit Sergije unbelastet aufwachsen und sich entwickeln konnte. Dennoch hat er den Weg der Überspanntheit und Phantasie, Irrealität und Abenteuerlust eingeschlagen, im Widerspruch zum vernünftigen, pragmatischen Denken des Vaters, das er für oberflächlich hielt. Während er angenehm gesättigt, das Sakko über der Stuhllehne, unter dem Geäst der Kastanie sitzt, spürt er, daß auch dies nur ein feierlicher Augenblick der Stille ist inmitten von Gefahren, die in irgendeinem Winkel unserer eigenen Natur lauern, um alles zu zerstören, was mit guten Absichten und Vorzeichen errichtet wurde. Wir handeln, und dann bemerken wir, daß wir nichts geschaffen haben, daß sich die Wirklichkeit in ganz anderer Richtung bewegt, und wir müssen hinterherlaufen, um sie zu verteidigen, obwohl sie uns schon fremd ist und wir nicht daran schuld sind.

Er sieht das entgeisterte Gesicht seines Vaters während der Besuche im Gefängnis, wo er mit trockenen Lippen Trostworte murmelt, an die er selbst nicht glaubt; er sieht ihn nach der Gerichtsverhandlung, fast ohnmächtig. Er hat Sergije gezeugt und hängt an ihm trotz aller Eigenheiten, die er ihm nebst seinen Vorfahren und den Vorfahren seiner Frau vererbt hat. Und Sergije hat die Kleine gezeugt und stolpert jetzt ebenso den Verletzungen nach, die von etwas Fremdem in ihr herrühren. Er fühlt, wie hoffnungslos das alles ist, und läßt Frau und Tochter fast froh nach Hause gehen, weil sie es angeblich eilig haben. Es ist erst früher Nachmittag, vergoldet von der Sommersonne, die ihm seine Einsamkeit erst klarmacht. Er ist versucht, zum Bahnhof zu gehen und nach Novi Sad zu fahren, dem Vater um den Hals zu fallen – er könnte übernachten und morgen nach Belgrad zurückkehren. Doch er verzichtet bei dem Gedanken an die peinvolle Wortkargheit, die ihn befällt, sobald er dem Vater gegenübersteht. Er ist es und zugleich jemand anders, dem er sich seit jeher widersetzt hat. Gerade weil sie sich ähneln und weil er weiß, daß der Vater das weiß und deshalb triumphiert und unbeholfen versucht, ihn als Sohn mit sich gleichzusetzen. Der Vater ist sein Bild im Spiegel, nur mit den Spuren des vorgerückten Alters und körperlichen Verfalls. Und jetzt ist er selbst dieses Bild im Spiegel, und die Kleine sieht und empfindet ihn sicher auf diese Weise. Wie aus diesem Teufelskreis herauskommen? Auf dem Weg des Gehorsams, den er schon eingeschlagen hat? Am nächsten Wochenende muß er nach Novi Sad, er darf die Eltern nicht so lange vernachlässigen, er hat sie in letzter Zeit verwöhnt, und in ihrem Alter brauchen sie öfter diese Dosis Selbsttäuschung, jemanden zu haben, der von ihrer Art ist. Er kündigt zu Hause seinen Besuch an, erkundigt sich telefonisch bei Ljiljana, wie es ihnen im Topčider gefallen hat und wie sie die Generalin angetroffen haben, und deutet an, daß sie sich wegen seiner Verpflichtungen gegenüber den Eltern an diesem Wochenende nicht sehen können. Sie scheint erleichtert. Ist ihre Abneigung gegen ihn so stark? Die ganze Woche belastet ihn diese Entdeckung, die seine Anstrengungen nicht nur vergeblich erscheinen läßt, sondern unnatürlich, geheuchelt, wie der selbstmörderische Sprung von einer Brücke in ein leeres Flußbett. Aber er wird springen, hierhin und dorthin, bis an sein Lebensende, weil er es beschlossen hat, weil ihm nur das als Aufgabe und Sinn geblieben ist. Er setzt sich voller Eifer an seinen Tisch im Globus, vereitelt die Versuche von Puljezović und Šotra, das »Teamwork«spiel fortzusetzen, und als in Abwesenheit des Rechtsvertreters – der im Urlaub ist – ein juristisches Problem auftaucht, entzückt er Mijušković durch seine Lösungsvorschläge. Die Rechnungsprüferin ruft er nicht an, obwohl er in schwülen Abendstunden an sie denkt, wenn ihn der Zweifel plagt, ob er Inge jemals wiedersehen wird. Diese Angelegenheit ist als einmaliger, unverdienter Gewinn zu verbuchen, schlußfolgert er: jeder Wunsch nach ihrer Wiederholung würde bedeuten, nach dem Unmöglichen zu greifen. Als er am Sonnabend nachmittag im Zug sitzt und den Ablauf der nächsten Tage überschlägt, läßt er einen Besuch bei den Stepanovs aus, wo er sich schon genug bloßgestellt hat mit seiner ausweichenden Verhandlungstaktik, deren Hintergründe inzwischen sicher alle durchschaut haben.

Aber als er aus dem Zug steigt, lockt ihn der Sommerabend, im frischen Wind zu Fuß zu gehen und so die vertraute Familienbegegnung hinauszuzögern. Von der krummen Karadjordjestraße, durch die er marschiert, ist es jedoch nur fünfzig Schritt seitwärts bis zu den Stepanovs, was ihn plötzlich veranlaßt, seinen Beschluß zu ändern. Er öffnet das Tor und betritt, die Reisetasche in der Hand, den Hof. In der Veranda brennt Licht, und ein trübweißer Widerschein fällt auf ein dunkelrotes Auto. Obwohl Sergije Stepanovs Fahrzeug nur kurz gesehen hat, ist ihm klar, daß dies ein anderes ist, daß das Haus einen Gast beherbergt. Die Ahnung erregt ihn, und er wendet sich nicht zur Haustür, sondern zu dem Auto. Im selben Moment schließt sich die Kofferraumklappe, und Inge taucht ins Licht. Sergije zuckt ungläubig zusammen, aber es ist wirklich Inge, ihr Schritt, ihre Bewegung, ihre Gestalt, ihr Gesichtsausdruck. Er reißt trotz der Tasche beide Arme hoch und läuft zu ihr, umhalst sie. Seine Lippen berühren ihr weiches Haar, ihr Gesicht, finden ihren Mund, und plötzlich fällt jeder Zweifel von ihm ab und macht den Weg frei für den einfachen und einzigen Wunsch, mit ihr zusammenzusein.

Wieso bist du hier?« fragt Sergije, als sie sich voneinander gelöst haben.

»Ich bin einfach gekommen.« Inge zuckt mit den Schultern und lächelt.

»Wann?«

»Ich glaube, gestern.«

»Du glaubst?« wundert sich Sergije.

Inge wendet den Blick ab. »Gestern abend.«

»Warum hast du mir nicht Bescheid gegeben?«

»Wie denn?«

»Ich weiß nicht. Telefonisch. Oder du hättest über Belgrad fahren können.«

»Ich dachte, daß du morgen kommst.«

»Aber ich bin schon heute hier.« Sergije lacht verzückt, aber fast lautlos, so wie ihr ganzes Gespräch flüsternd geführt wird. Sie sehen sich im milchigen Licht der Verandafenster an, bis im Haus eine Tür oder eine Schublade geräuschvoll geschlossen wird, weshalb sie tiefer in den Hof flüchten, wo der Schatten sie verbirgt.

Inge zittert. »Gleich werden sie nach mir rufen. Ich bin nur hinausgegangen, um meinen Pullover zu holen.«

»Geh wieder hinein und sag, daß du ihn nicht gefunden hast«, bittet Sergije, aber als sie einen Schritt getan hat, scheint ihm, daß das zuwenig ist. »Oder sag, daß es etwas länger dauern wird.«

Erst jetzt fällt ihm die wichtigste Frage ein: »Bist du allein? Balthasar?«

»Nein, nein, er ist zu Hause geblieben«, sagt Inge nachdrücklich und schüttelt den Kopf; dieses Zeichen der Abneigung erfüllt ihn mit dem Triumph des Auserwählten.

»Dann bist du ja frei, Liebes«, frohlockt er. »Wir sind

frei! Die Nacht gehört uns. Und der nächste Tag, und der übernächste. Wir sollten irgendwohin wegfahren.«

»Wohin?«

»Egal. Irgendwohin, wo wir allein sein können.«

Sie überlegt. »Mit dem Auto?«

An das Auto hat er überhaupt nicht gedacht, obwohl es die ganze Zeit vor ihnen steht, und sieht es jetzt zweifelnd an. »Kannst du?«

Sie sieht indes keine Schwierigkeiten, runzelt die Brauen, aber nicht abweisend, wie eben noch, als sie den Kopf schüttelte, sondern konzentriert. »Doch, ich denke schon. Ich sage es Magda, und die soll eine Ausrede für die anderen erfinden.«

Diese einfache Lösung läßt sein Herz höher schlagen.

»Dann geh und sag ihr Bescheid. Aber bitte bestimmt. Und laß dich nicht zum Bleiben überreden. Und beeil dich.«

Inge lacht: »So viele Befehle auf einmal!«

»Ich halte es jetzt doch nicht lange ohne dich aus«, rechtfertigt sich Sergije. »Sag einfach Bescheid, und fertig.«

»Du kommst nicht mit herein?«

Er zuckt zusammen. »Nein, auf keinen Fall. Das würde nur ein langes Palaver geben. Milan, die Kinder... nein, nein. Ich warte hier auf dich.«

»Aber wenn sie dich sehen?«

»Dann eben auf der Straße.« Schon löst er sich von ihr, hält nur noch ihre Hand. »Um die Ecke. Aber beeil dich wirklich.«

»Schon gut. Ich sag nur Magda Bescheid und packe die nötigsten Sachen.«

Er gibt ihre Hand frei und bewegt sich rückwärts auf das Tor zu, wo er stehenbleibt. Aber auch Inge steht noch da. Er winkt ihr: »Geh.« Er ertastet die Klinke, öffnet langsam das Tor. Als er die Straße betritt, ist sie auf dem

224

Weg zur Veranda. Die Straße ist beleuchtet, Menschen gehen träge oder lebhaft irgendwohin. Niemand steht nur so da, wie er. Aber niemand erwartet eine geliebte Frau, die er mit zwei Worten überredet hat, mit ihm zu gehen, wohin es auch sei. Das ist unglaublich, dieser Unterschied zwischen ihm und allen anderen Menschen, die er sieht. Am liebsten würde er es ihnen ins Gesicht schreien, doch er weiß, daß er es für sich behalten muß. Ein großer, korpulenter Passant mustert ihn neugierig, und das erinnert ihn daran, daß er versprochen hat, um die Ecke zu warten. Er geht um die Ecke, aber nicht weit und nicht für lange. Es zieht ihn zurück an die Mauerkante, um nachzuschauen, ob Inge auftaucht. Er hat Angst, daß etwas sie behindern könnte. Daß Magda einwendet, ihre Absicht sei unausführbar oder schändlich oder wer weiß was. Oder daß sich Milan mit seinen weisen Redensarten einmischt. Daß ein Kind sich gerade in diesem Augenblick verletzt, schnellstens ins Krankenhaus gebracht werden muß, wo man dann bis tief in die Nacht darauf wartet, was weiter geschehen soll. Ein ganzer Wirbel von Möglichkeiten, und Sergije reibt sich die Stirn, um ihn zu verscheuchen. Er versucht, sich durch Bewegung zu beruhigen. Zehn Schritte vorwärts und wieder zurück, und wenn er das mehrmals wiederholt, muß sie inzwischen eintreffen. Aber er kann sich nicht so weit von der Ecke entfernen, und er rennt zurück, um sich zu vergewissern. Endlich wird ein Motor angelassen, und Sergije sieht aus dem Augenwinkel, daß sich beide Flügel des Tors öffnen und dazwischen Gesäß und Beine von Milan Stepanov und schließlich seine ganze Gestalt in kurzen Hosen und Trikot erscheinen, und dahinter das Blinklicht. Er zieht sich in panischer Angst zurück. Was will Milan hier? Selbst wenn er ihr zu Fuß nachgeht, wird er fast gleichzeitig mit dem Auto die Ecke erreichen und ihn, Sergije, entdecken, der sich wie ein Dieb an die

Mauer drückt. Er muß weg, verkriecht sich im nächstgelegenen Haustor. Einige Autos fahren vorbei, aber keins ist ihres. War es doch ein Mißverständnis, und Milan hat das Tor aus einem ganz anderen Grund geöffnet? Er stürzt heraus und entdeckt dabei schräg über die Straße das dunkelrote Auto und ihren beleuchteten Kopf über dem Lenkrad. Er rennt über die Fahrbahn und weicht um Haaresbreite einem schnellen Wagen aus, der im Weiterfahren wütend hupt. Er läßt sich davon nicht stören, sondern geht um das Auto herum, dessen rechte Tür für ihn offensteht, und steigt ein. Er sitzt neben Inge mit seiner Reisetasche. Sie wirft ihm nur einen kurzen Blick zu und fährt langsam an. Dann beschleunigen sie, fliegen durch die beleuchtete Straße, überholen andere Fahrzeuge. Sie lassen Häuser, Straßen hinter sich, überqueren eine Flußbrücke und sind zwischen Feldern auf einer geraden Chaussee. Sergije beobachtet ungeduldig diese Zeichen, die ihre Fahrt begleiten, und betrachtet hin und wieder Inges Profil mit der gebogenen Nase und den geschürzten Lippen, ihre Hand auf dem Schaltknüppel, ihren Schoß, die vollen Schenkel und die runden Knie. Er kann es noch immer nicht glauben. Sie beide in einem Auto, das ihnen gehört und das Inge geschickt lenkt und das wie ein abgeschossener Pfeil des Luxus ist, der Inge stets umweht hat; allein, ohne Vermittler, ohne Störung, auf einem Weg ohne Ziel, ohne alle Zwänge und Bindungen. Er weiß, daß dies sein höchstes, reichstes Erlebnis ist. Was kann noch folgen? Das weiß er nicht, wagt nicht, daran zu denken. Will es auch nicht. Er will nur so neben Inge sitzen, während das Fahrzeug sie in die Nacht trägt, sie von der Seite betrachten und sehen, wie der Erdboden, der ihn nichts angeht, zurückweicht.

Inge hat zu dem Boden, über den sie sich bewegen, ein sehr inniges Verhältnis, und dem hat es Sergije zu verdanken, daß sie jetzt neben ihm sitzt. Schon im Frühjahr hat sie hier nicht wie Balthasar die Trümmer einer Schiffskatastrophe entdeckt, sondern die Formen eines Lebens, das sich ihr tief eingeprägt hat. Während ihr Mann sich bei den gemeinsamen Besuchen der Sehenswürdigkeiten vor allem für die Festung Petrowardein, die Dicke ihrer Grundmauern und ihre Entstehungszeit interessierte, blickte Inge häufig hinunter auf die Stadt am anderen Flußufer, wo zwischen den von steilen Kirchtürmen wie von stummen Hirten bewachten Herden der Dächer geheimnisvolle, ihr vertraute Dinge sich regten. Obwohl sie unter Balthasars Einfluß den Verkauf des Familienerbes als Zweck des Besuchs in Novi Sad nach zwanzigjähriger Abwesenheit akzeptierte, bedeutete dieser Verkauf für sie nicht die endgültige Trennung wie für ihn, sondern Rückbesinnung und neue Annäherung. Sie besichtigten mehrmals das Haus in der Marko-Miljanov-Straße 12, wobei sie aus geschäftlichen und privaten Beweggründen keine der Wohnungen betraten; aber während Balthasar nur den äußeren Zustand des Gebäudes wahrnahm und daraus auf den Wert seines zum Verkauf stehenden Teils schloß, untersuchte Inge die Fassade wie unter einem Vergrößerungsglas und schrie fast auf, als sie neben dem massiven Eichentor in Schichten von Tünche vier kleine, regelmäßig angeordnete Löcher entdeckte und sich sofort erinnerte, daß sie von den Schrauben stammten, mit denen vor langer Zeit das Praxisschild ihres Vaters hier befestigt war. Das war ein schmerzlicher Anblick, wie der von zufällig erhaltenen Spuren an einem zerstörten Grabmal, aber er erweckte kein Gefühl der Distanz, sondern der Nähe. Durch Bilder, die sich aufdrängten: ihr düster schweigender Vater im leeren Behandlungszimmer, ihre Mutter in fiebrigen Vorbereitungen auf elegante Vergnügungen, ihr teilnahmsloser, schwacher Bruder, der schon damals sein frühes Ende zu ahnen schien. Die Szenen jener gedämpften, aber bedeutungsschweren Kommunikation, die hier ihren Platz hatte, ihre Kraft und Verständlichkeit, mit denen sich keine spätere messen konnte, gaben ihr das Gefühl, daß sie noch immer mit einem vitalen Teil zu diesem Ort gehörte. Einmal, als Balthasar seinen Geschäften nachging, suchte sie allein die einstige Mühle ihres Großvaters auf. Sie war nicht mehr in Betrieb: das hohe, ausladende Gebäude beherbergte jetzt eine Möbelverkaufsstelle auf zwei Etagen. Anstelle der fortgeräumten Maschinen waren nun blankpolierte Tische und Stühle aufgereiht, Schränke, Sofas, Kronleuchter und Stehlampen, Sessel und Teppiche, all das sichtbar hinter breiten Vitrinen, welche die kleinen, vergitterten Fenster ersetzt hatten. Aber vom offenen Tor aus blickte Inge in den einstigen Mühlenhof mit dem Häuschen von Onkel und Tante im Hintergrund, und obwohl hier alles verändert war – die Mähmaschine fortgeschafft, die Fläche planiert für Lastautos, die schweigend auf ganz andere Ladungen warteten als die früheren Bauernwagen mit ihren nach der Fruchteinbringung zufriedenen Kutschern –, trat ihr die Kindheit vor Augen – die Spiele, die ersten Küsse – und begleitete sie auf dem ganzen Weg nach Hause wie eine plötzlich erinnerte alte Melodie. Sie hatte das Gefühl, unter ein geschlossenes Gewölbe geraten zu sein, wo alles dichter und gedrängter war als anderswo, Luft und Worte und Gesten und Aktionen, die auch sie mit ihrem Gewicht zur Erde drückten, ihren Atem spürbarer, ihre Schritte fester machten und ihre ganze Körperlichkeit hervorhoben.

Aus dieser Perspektive sah ihr Wohnsitz Wien öd und kalt aus, wie ein geräumiger, gutgelüfteter Wintergarten, und die Beziehungen, die sie dort unterhielt, schienen ihr oberflächlich und belanglos. Das heißt, Beziehungen, wie sie sie hier empfand, schienen in Wien nicht zu existieren, sondern nur Positionen: Besitzer und Mieter, Ehefrau und Ehemann, Geliebte und Liebhaber, Händler und Käufer. Dabei versetzte sie Balthasar natürlich nach Wien, obwohl er neben ihr durch Novi Sad ging; sie fühlte, daß er mit seinem kühlen Verstand, seiner Zielstrebigkeit, berechnenden Neugier dorthin gehörte und nicht hierher. Zwar ist er selbst hier aufgewachsen, aber jetzt zieht er die rötlichblonden, fast farblosen Brauen hoch und wundert sich: über die Trägheit der Angestellten in den Geschäften, die vielen Müßiggänger auf den Straßen, die bettelnden Zigeuner, die Müllhaufen vor den Häusern, die schwache Beleuchtung, das bucklige Pflaster. In seiner Ungeduld und Uneinsichtigkeit hat er sich angewöhnt, wenn sie abends nach dem Essen noch zusammensitzen, seine Verwunderung und seine Fragen darzulegen, obwohl er an ebensolchen Abenden bereits Antworten erhalten hat, die allerdings nur unklar waren, schläfrig, gedämpft durch das reichliche Essen und die Müdigkeit nach der Tageshast, die das Haus der Stepanovs den ganzen Tag erfüllt. Warum? will er wissen. Ging das nicht alles praktischer, einfacher und billiger? Obwohl er diese Fragen nicht ausdrücklich auf die Verwandten seiner Frau bezieht, zielen sie doch auf sie und meinen sie im Grunde als nächstliegendes Beispiel. Denn wie in der ganzen Stadt herrscht auch in ihrem Haus das Prinzip von Chaos, Zufälligkeit, Augenblicksbedürfnis. Die vier Kinder und der redselige, aber faule Mann; das alte, für eine Handwerkerfamilie errichtete Gebäude mit seinen vielen Zwischenwänden und Fluren, dem großen Hof und Garten, in das die ungelenken Finger des modernen Lebens mit Auto, Wasserleitung, Elektroherd und Kühlschrank nur noch mehr Konfusion gebracht haben; große Ansprüche bei niedrigen Einkünften, großzügiger Gastlichkeit und längst überholter Selbstversorgermentalität halten es von früh bis spät am Leben und hemmen es zugleich wie einen Apparat, der von einer launischen Mähre anstelle eines Motors angetrieben wird. Die Last dieser Lotterwirtschaft trägt Magda, die zeitig aufsteht, die Kinder wäscht und anzieht, ihnen und dem Mann das Frühstück bereitet, zur Arbeit ins Gemeindeamt hastet, wo sie in der Handelsabteilung ein kleines Ressort leitet. Dort stiehlt sie sich Zeit für eine Pause, um auf dem Markt und beim Metzger einzukaufen, und nach Feierabend rennt sie zurück nach Hause, kocht, trägt das Essen auf und verbringt den Rest des Tages dabei, mit heißem Wasser, Seife und Bürste die Abfälle und Schmutzflecken zu beseitigen und bereit zu sein für den Wettlauf, der am nächsten Tag von vorn beginnt. Zweimal wöchentlich kommt eine verwitwete Nachbarin, Tante Mara, um die groben und liegengebliebenen Arbeiten zu erledigen, aber da die Verbindung schon lange besteht und Mara fast zur Familie gehört, begreift sie ihre der serbischen Natur ohnehin fremde Diensttätigkeit eher als netten, einträglichen Zeitvertreib im Haus der guten Nachbarn und ihrer Kinder, die sie seit ihrer Geburt kennt und fast als Enkel betrachtet. So hilft sie mehr mit Ratschlägen und Stadtklatsch als mit ihrer Arbeitskraft, erträgt es nicht, allein in der Küche oder einem abgelegenen Zimmer zu sein, weshalb Magda im Grunde zusammen mit ihr und gleichrangig Hand anlegen muß.

Diese alte, stets schwarzgekleidete Frau im Kopftuch – sie war nur knapp über fünfzig – störte Balthasar besonders, und er unternahm mehrmals, nachdem die Hausherren sie ausbezahlt und wortreich verabschiedet hatten, den

Versuch, ihnen zu beweisen, daß sie ein reines Verlustge-
schäft war, denn wenn man ihren Tagelohn und die Kosten
ihrer Verpflegung addierte, dann konnte man auf ihre Anwesenheit verzichten und statt dessen in Ruhe ein Restaurant aufsuchen. Mit diesen Argumenten vertrat er nicht
nur das Prinzip der Sparsamkeit, sondern negierte auch
unausgesprochen die Ansichten von Milan Stepanov, dem
sichtlich besonders an Tante Mara und ihrer Hilfe gelegen
war, zumal er sich nicht beteiligen mußte, es sei denn
durch ein Gespräch, das er gern aufnahm. Wie er oft betonte, liebte er den unmittelbaren Kontakt mit dem »Volk«,
worunter er die einfachen Menschen seiner Umgebung
verstand: Marktfrauen, Bauern, die ihre Häuser in der
Stadt und ihre Felder außerhalb hatten und ebenfalls, nicht
ohne Eitelkeit, gern bereit waren, mit dem gebildeten und
dennoch zugänglichen Nachbarn über ihre Angelegenheiten zu reden. Sie kannten ihn von klein auf und nannten
ihn liebevoll Brüderchen, und er kannte sie als Freunde seiner verstorbenen Eltern, von denen er mit einem Stolz redete, als wären sie Aristokraten gewesen. Er jammerte,
weil er diesen Stand der ehrenhaften körperlichen Arbeit
und der reinen, uneigennützigen nachbarschaftlichen Beziehungen aufgegeben und einen papierenen Beruf – er
lehrte Ökonomie und Verfassungsrecht an einer Berufs-
schule – ergriffen hatte, der ihn dem wahren, produktiven,
gesunden Leben entfremdete. Diese Lob- und Jammer-
sprüche entsprachen jedoch weder seiner Weigerung, an
den Hausarbeiten teilzunehmen, die zweifellos zu den ge-
priesenen gehörten, noch seiner längst bewiesenen, jetzt
nicht mehr erwähnten Unfähigkeit, auf dem wenn schon
falsch gewählten Weg auszuharren und das Studium zu beenden, was ihm größere Selbständigkeit und auf jeden Fall
höhere Einkünfte gesichert hätte.

Balthasar durchschaute die Heuchelei solcher Bekundungen, aber in seiner Rolle als Gast wagte er nicht, sie direkt zu brandmarken, und kämpfte als ungleicher Gegner nicht gegen den Träger der Untugenden, sondern gegen jene, die sie ermöglicht hatten. Er hatte auch intime, gefühlsmäßige Gründe, auf seinen Gastgeber erbost zu sein, den er früher nur vom Sehen gekannt hatte. Schon seit seiner Ankunft war er enttäuscht von Stepanovs offen bekundeter Bereitwilligkeit, in diesem Novi Sad zu existieren, das für Balthasar nach der Vertreibung der Deutschen und dem Machtantritt des ungebildeten Pöbels in die tiefste Provinz Europas und der Welt herabgesunken war, wovon er sich durch direkte Berührung mit den einzig wertvollen Zeugnissen der Vergangenheit und den heutigen Institutionen überzeugt hatte, zu denen er nicht zuletzt die dubiose Anwaltskanzlei von Dr. Nikolić zählte. Er beobachtete von Wien aus und hier an Ort und Stelle, daß die Stadt seiner Jugend zurückblieb, verkam, in Gesetzlosigkeit, Chaos und Fehlern und Untätigkeit feststeckte, in leerem Geschwätz bei schlechtem Bier und türkischem Kaffee – aber Milan Stepanov als Beispiel dieser Rückständigkeit und Zerrüttung, ihr Auslöser sowohl als auch ihr Opfer, zwinkerte fröhlich auf der Veranda seines Hauses, umgeben von Kindern, die Verantwortungslosigkeit und Arbeitsscheu lernten – zweifellos künftige Auslöser und Opfer. Balthasar war hergekommen, um zu retten und zu helfen – wenigstens in Höhe des Preises für eine Dreizimmerwohnung –, aber Stepanov, dessen Kindern und damit ihm selbst das zugute kommen sollte, nahm diese Bemühungen mit halber Aufmerksamkeit, fast mit gutmütiger Ergebenheit hin, überließ Balthasar alle Anstrengungen und Konfrontationen, selbst unbeteiligt, als wäre er ein Krösus und nicht ein kleiner Lehrer mit vielköpfiger Familie. Bei solchen Beobachtungen mußte Balthasar überlegen, was er selbst für seine Nachkommen tun würde, wenn er sie hätte. Daß er keine hatte, war ein schmerzlicher Punkt in seinem sonst so erfolgreichen Leben, was seine Vorwürfe gegen Stepanov nur noch verstärkte. Die Kinder der Kusine seiner Frau und ihres Mannes waren gesund und lebhaft; der Älteste, Petar oder Pera, getauft nach seinem Großvater, hübsch und gescheit, die Tochter Katarina eckig und dünn, durch eine Brille entstellt, aber eifersüchtig dem Vater ergeben und darum sein Liebling, Ana, eine lustige, weise Egoistin, der Jüngste, Vojislav, pausbäckig und zutraulich wie ein Hündchen. Dieses kleine Völkchen zog den ganzen Tag durchs Haus, begleitet von dem Hund Herkules – dessen Größe seinen mythologischen Namen absolut nicht rechtfertigte –, und vollführte einen keuchenden, warmen und geräuschvollen Reigen, da der nervenstarke Stepanov die Ansicht vertrat, Kinder würden am besten ohne Schelte und Strafe erzogen, um von selbst hin und wieder aus den Folgen ihrer Vergehen zu lernen.

Balthasar war nicht dieser Meinung und sah besorgt diesem ziellosen Heranwachsen zu, das nur fruchtlose Energien freisetzen konnte wie beim Vater, und in diesem Sinne sprach er in passenden Augenblicken nicht mit Stepanov als dem Schuldigen, sondern mit Magda und in der Abgeschiedenheit des Gastzimmers mit seiner Frau. Aber während Magda noch ein Ohr für seine Einwände hatte und ihnen nur ihre Unfähigkeit entgegensetzte, die Kinder zu zügeln neben diesem weichen Mann, der sie bei alldem behinderte, hörte Inge ruhig zu und erklärte dann achselzuckend, ihr erscheine keine der beiden Erziehungsmethoden absolut richtig, und die Kinder seien doch zufrieden. Dieses letzte Argument ging Balthasar besonders nahe, denn wenn er darüber nachdachte, enthielt es Inges vielleicht unbewußte Andeutung von Widerspruch gegen seinen Führungsstil: ihre Unzufriedenheit an seiner Seite.

Er hatte das immer geahnt, sich aber nie gänzlich eingestanden. Er sah, daß seine Frau sich bester Gesundheit erfreute, ruhig und gelassen ihre Arbeit tat und mit den Menschen ihrer Umgebung kommunizierte, und das beruhigte ihn und hielt ihn davon ab, weiterzuforschen. Daß sie ihm nicht treu war, wußte er, schrieb das aber keiner Abartigkeit ihres Naturells zu – sie hatte durchschnittliche sexuelle Bedürfnisse, die durch ihn mehr als befriedigt wurden –, sondern eher ihrem Eigensinn, wie er sich in ihrer Wahl von Kleidung, Möbeln, Bildern, Schmuck ausdrückte und in der Abneigung gegen eine monotone, alternativlose Ehe. Um so mehr erbitterte es ihn, daß Inge gerade jetzt ihrer Souveränität entsagte, hier in Novi Sad, wo sie den meisten Grund dafür hatte. Statt dessen paßte sie sich dem schlampigen Lebensstil ihrer Kusine und deren Mannes an, schleppte ihre saubere Schönheit durchs Haus wie Perlen durch den Schlamm, ließ sich auf end- und nutzlose Gespräche mit Stepanov ein, dem sie als Zuhörer anstelle seiner ewig beschäftigten Frau willkommen war, ja auch mit der Klatschtante Mara und den Nachbarn, die unter Vorwänden hereinschauten – eine Autoreparatur, ein Rat in Steuerangelegenheiten – und dann, auf ein Gläschen eingeladen, sitzen blieben. Sie selbst schwieg dabei meistens, wie es ihrer Veranlagung entsprach, aber ihr Gesicht war beim Zuhören so entspannt und offen, wie es Balthasar in Mistendorf oder Wien nie begegnet war, ihr Körper schmiegte sich dem steiflehnigen Stuhl oder wackligen Sessel an, während ihre schönen, weißen, kräftigen Hände zerstreut auf dem Tischtuch oder im Haar eines der Kinder auf ihrem Schoß spielten. Sie war auf eine sichtbare, fast greifbare Art das, was sie von Stepanovs Kindern behauptete: nämlich zufrieden. In weiteren Überlegungen stellte Balthasar hier eine Verbindung her und erklärte sich Inges Zufriedenheit durch die angebliche Zufriedenheit

der Kinder, worin ihr unausgelebter Mutterinstinkt einen
Ersatz fand. Im Grunde projizierte er so sein eigenes Bedürfnis auf sie, die für ihn ungünstige Tatsache zu verne-
beln: daß Inge nicht nur die Leere der Unfruchtbarkeit
ausfüllen wollte.

Die Ursache dieser größeren Leere lag darin, daß sie
weder Balthasar noch einen ihrer zufälligen Verehrer liebte
und die Überzeugung gewonnen hatte, sie sei keiner tiefe-
ren Bindung an einen Mann fähig. Sie erinnerte sich ihrer
Schwärmerei für Franz und jener einfacheren, rein neugierigen für Radomir Denić; aber diese beiden Jungen gehörten in ihr Leben vor der Flucht von zu Hause, was ihr den
Schluß nahelegte, daß gerade diese Flucht ihre Liebesfähig-
keit zerstört hatte. Diese Flucht war verbunden mit dem
Ende ihrer Mädchenzeit, dem Verlust von Vater, Heim und
Halt, dem grausigen Tod der Mutter und nicht zuletzt mit
Balthasars durch Blut und Angst erzwungenem Einbruch
in ihr Leben. Die Umstände dieses Einbruchs hingen über
Inges Heranreifen zur Frau wie eine schwere und drohende
Eiswolke. Als sie sich in einem der ersten Ehejahre auf
Balthasars Rat an einen Gynäkologen wandte und erfuhr,
daß einer Schwangerschaft keine körperlichen Mängel, sondern vielleicht nur psychische Hemmnisse im Wege stünden, ließ sie keine weiteren Untersuchungen mehr machen,
denn die Antwort genügte ihr und bestätigte ihre eigene
Meinung. Da sie kalt und berechnend war (so empfand sie
sich) und nicht zu lieben vermochte, hielt sie es für gerecht,
ja natürlich, von jener auf Liebe beruhenden Funktion
ausgeschlossen und auch befreit zu sein. Das war zugleich
eine höhere Rache an Balthasar, ein Ausgleich, der ihr ermöglichte, nicht nur als die allein Geschädigte mit ihm zu
leben und ihm als Ehefrau ohne Murren zu gehorchen. So
fuhr sie auch auf seine Anordnung nach Novi Sad, ohne
Begeisterung und Erwartung, denn der Gedanke an den

Verkauf der Wohnung war für sie ebenso bedeutungslos
wie abstoßend und die Begegnung mit Magda und ihrem
Mann, die über ihre Kinder den Nutzen davon haben sollten, zu anstrengend und kompliziert. An Magda erinnerte
sie sich als an ein selbständiges erwachsenes Mädchen, das
in einer für die Familie schicksalhaften Stunde abtrünnig
geworden war und, während zu Hause über Flucht oder
Nichtflucht gegrübelt wurde, Briefe mit dem nicht sehr
ernsthaften und talentierten serbischen Studenten Milan
Stepanov wechselte, um ihm schließlich Hals über Kopf
und unverheiratet nach Pécs zu folgen. Die Zeit gab ihr
allerdings recht, denn auf diese Weise waren ihr Leiden
und Tod erspart geblieben, so daß Inge nach dem Ende
des Krieges mit ihr als einziger eine Korrespondenz aufnahm, die an Herzlichkeit und Bedeutung gewann, als der
Großvater aus dem Lager zurückkehrte und betreut werden mußte, woran auch Stepanov seinen redlichen Anteil
hatte. Aber gerade deshalb fürchtete Inge, daß der direkte
Kontakt mit ihnen in unaufrichtiger Dankbarkeit und vielleicht ebensolchen Vorwürfen steckenbleiben könnte. Statt
dessen empfing sie das Haus ihrer Kusine mit Freude,
Kinderjubel und fröhlichem Gebell des frei umhersprin-
genden Hundes; mit deftigen, seit langem nicht gekoste-
ten Gerichten und altmodischer Behaglichkeit. Sie war
überrascht, als sie bei ihrer Ankunft spätabends auf den
Hinweis, das Tor sei nicht abgesperrt, die Antwort erhielt,
niemand wisse, wo sich der Schlüssel befinde; als tags darauf ihre Kusine telefonisch im Büro Bescheid sagte, sie
könne nicht kommen, weil sie Gäste aus Wien habe; als sie
zu Fuß mit ihr zum Markt ging, der wirklich »gleich um
die Ecke« war und wo hinter Bergen frisch geernteter Gemüse und Früchte schnurrbärtige Männer und rotwangige
Bäuerinnen im Kopftuch standen – wie aus den Bildern
ihrer Kindheitserinnerungen –, die offensichtlich mehr am

Schwatz miteinander als an Preisen und Wechselgeld interessiert waren. Dieses Leben lief auf einer niedrigeren Ebene ab, als sie es aus Wien und Mistendorf gewöhnt war, aber es war dicht und prall von heimischen Gerüchen, von dem Staub der Ebene, der wie ein dünner Schleier hinter den Wagenrädern aufschwebte und sich wieder legte und einen süßlichen Geschmack im Mund hinterließ, von dem vielsprachigen, zu keinem Idiom verpflichtenden Stimmengewirr, von einem endlosen Hinundherwogen, dessen warme Trunkenheit die geschäftlichen und nachbarlichen Beziehungen unter den Menschen gleichermaßen bestimmte. Sie sah die Risse und Flicken in diesen Beziehungen, die ungleiche Verteilung der Pflichten, unter der ihre Kusine zu leiden hatte, die konventionelle Leere oder beabsichtigte Verschwommenheit der Gespräche; sie sah, wie hier aus Laxheit und Unwissenheit Zeit und Worte und Geld vergeudet wurden; aber sie gewöhnte sich schnell daran, denn sie trug in sich das Modell aus der Kindheit, aus den wunderbaren, sorglosen Stunden und Tagen in Großvaters Mühle, in das dieses Leben paßte wie ein geschwollener Fuß in einen strohgepolsterten Holzschuh.

Es kam in ihr zu einem Wechsel der Maßstäbe: statt »wozu« und »wie« stellte sie sich jetzt die im Haus ihrer Kusine fast einzige zulässige Frage »will ich das«. Sie überließ sich diesem Richtmaß wie einem veränderlichen Wind, der einmal wärmt und einmal kühlt, wie dem Summen der Insekten im Hof als Begleitmusik zu allen Vorgängen. Spöttisch betrachtete sie Stepanov, wenn er jammerte, weil er zur Arbeit mußte, und sich wie ein Kater spreizte, wenn er unter den Seinen war; sie betrachtete Magda, die trotzig Hunderte kleiner, aber notwendiger Hausarbeiten erledigte; sie beobachtete die Kinder und Tante Mara und die Nachbarn und den Hund, die gierig alle nahrhaften und ihnen angenehmen Säfte in sich aufsogen. Sie lächelte über dieses Knäuel von Wünschen, die immer gleich waren, wie in einem alten Märchen mit den immer gleichen Fehlern und den gleichen, auf die jeweilige Figur abgestimmten Worten. Obwohl hier Gegensätze aufeinanderprallten, fiel das Märchen nicht auseinander, es hatte sein inneres Gefüge in der Energie, mit der Magda vor zwei Jahrzehnten zu ihrem serbischen Liebsten, dem Wagenmachersohn und erfolglosen Studenten, hielt, und Stepanov zu Magda, als hinter ihren Fersen die rächenden Trompeten erschollen. Sie erzählten gern von den Ereignissen jener Zeit, von ihrem fiebrigen Briefwechsel, von den hastig beschlossenen Reisen, den gefälschten Papieren, den illegalen Übernachtungen unter der ständigen Gefahr, entdeckt zu werden, wobei sie alle Leiden und Erniedrigungen vergaßen und nur die Aufregungen und ihre verrückte jugendliche Zuversicht hervorhoben. Auf ihren Gesichtern lag ein sinnliches Lächeln, das verriet, was sie einander als Lohn für die damaligen Schwierigkeiten gegeben hatten und wahrscheinlich für die jetzigen noch gaben. Inge verglich diese fast großspurigen Berichte mit ihrem und Balthasars eisigem Schweigen über die Ereignisse, die sie beide zueinander gebracht hatten, und kam auf den Gedanken, daß die Ursache dafür nicht in der Brutalität der Fakten lag – denn solche gab es reichlich auch in den Erinnerungen der Stepanovs –, sondern in der Unvereinbarkeit ihrer Beteiligung, in der Sünde, die ihr zugrunde lag. Sie rief sich wieder Franz Schultheiß und Raša Denić in Erinnerung, diese Beziehungen, die sie nicht aufrechterhalten konnte, weil sie zu jung und die Einmischung von außen zu grausam war. Oder weil sie nicht Magdas Beharrlichkeit besaß, was ihr wieder den Schluß nahelegte, daß sie zur Liebe nicht fähig war und deshalb bekommen hatte, was sie verdiente. Das war jedoch für sie diesmal nicht beruhigend wie früher, sondern erfüllte sie mit Erbitterung gegen sich selbst.

Und als Sergije auftauchte, Franz' Freund nicht nur aus der Schule, sondern auch aus dem berühmten afrikanischen Abenteuer, und vom ersten Augenblick an zeigte, daß sie ihm gefiel – mit einer fast schroffen, zugleich lächerlichen und rührenden Offenheit, die an das Verhalten der Jungen aus der Zeit von Großvaters Mühle erinnerte –, überkam sie das prickelnde Gefühl, daß ihre Gestalt aus der Jugend vielleicht doch zurückkehrte, und sie zögerte nicht, sich im Dämmer des Eßzimmers beim Telefon an ihn zu schmiegen. Sie wartete neugierig darauf, daß er wiederkam, bot sich ihm an, verführte ihn mit Blicken und Gesten, was sie bei ihren Wiener Verehrern für überflüssig und altmodisch hielt; sie wandte alle Fallstricke an, die sie früher verachtet hatte und jetzt aus der Erinnerung hervorholte, und als Sergije sie durch Eugens Vermittlung einlud – was für ihre Wiener Erfahrungen ungewöhnlich war und unfehlbar an längst vergangene Mädchentage erinnerte –, ging sie ohne Überlegung zum Rendezvous mit ihm in dem schäbigen Junggesellenzimmer. Als sie von diesem provinziellen Stelldichein zurückkam – sie hatte es ebenso provinziell als »kleinen Spaziergang« deklariert –, sah sie Balthasar an, daß er erriet, was geschehen war. Aber in diesem Moment war sie bereit, mit ihm abzurechnen, sich zu streiten, zu prügeln; sie hoffte sogar ein wenig, daß er sie zu einem Affront provozieren würde. In dem Fall würde sie für kürzere oder längere Zeit in Novi Sad bleiben, vorgeblich weil sie sich verletzt fühlte, in Wahrheit, weil sie noch in diesem alten Haus bei Magda und Stepanov und ihren Kindern verweilen wollte, faulenzen, Gespräche und Gerüche in sich aufnehmen, auf Sergije warten, der bestimmt wiederkommen würde, und mit ihm schlafen aus Rache für alles, was sie versäumt hatte und was ihr vorenthalten worden war. Balthasar schien jedoch zu merken, daß die Grenze erreicht war, äußerte kein Wort des Vorwurfs oder Zweifels, sondern beschlief sie nur besonders intensiv, wie immer, wenn er entdeckte, daß sie ihn betrogen hatte, und drängte zum Aufbruch.

Sie kehrten nach Mistendorf zurück. Hier gab es für Inge viel zu tun: das Haus war eingestaubt, Kühlschrank und Gefriertruhe leer, eine lange aufgeschobene Party mit Balthasars Geschäftsfreunden und deren Frauen zur Verpflichtung geworden. Sie nahm alle diese Aufgaben in Angriff, und als sie erledigt waren, fühlte sie sich leer. Sie hatte zu nichts mehr Lust. Wenn sie sich in der Wohnung umsah, fühlte sie sich wie ein nutzloser Gegenstand. Nach dem Aufenthalt bei Magda wollte sie jedoch kein Gegenstand mehr sein, der je nach Bedarf benutzt wurde. Sie wollte Befriedigung, ein Ziel, aber da sie das nicht fand, wurde sie mißlaunig. Sie verlor den Appetit, zitterte vor rätselhafter Unruhe, hatte Schweißausbrüche, selbst wenn sie nichts tat, schlief schlecht und erwachte mit schwerem Magen, obwohl sie am Abend kaum etwas gegessen hatte. Dazu gesellten sich ausgesprochen krankhafte Symptome: ihre sonst regelmäßige Menstruation blieb aus, ihr Leib blähte sich wie unter einer fremden Geschwulst. Sie wartete, daß diese Geschwulst platzte und mit sich auch sie selbst zerriß. Aber nichts geschah, nur daß es ihr immer schlechter ging. Schließlich suchte sie einen Arzt auf – absichtlich einen unbekannten, denn sie hätte sich geschämt, ihre Beschwerden jemandem vorzutragen, den sie auch tags darauf treffen könnte. Aber sie bekam eine ebensolche Antwort wie damals in ihren ersten Ehejahren, nur umgekehrt, und zwar von einem älteren, heiter-gleichmütigen Internisten, der sie flüchtig untersuchte:

»Bei mir sind Sie offenbar nicht an der richtigen Adresse. Ich überweise Sie zu Dr. Pfeifer hier in der Nachbarschaft, der Gynäkologe ist, falls Sie nicht bei einem in Behandlung sind.« Er lächelte gutmütig:

»Keine Angst, Sie sind nicht krank. Aber das wird Ihnen Dr. Pfeifer besser erklären können.«

Sie ging zu der auf einem Rezeptblatt notierten Adresse und erfuhr nach einer wie im Halbschlaf durchlebten Untersuchung, daß sie ganz einfach schwanger war.

Wieder zu Hause, hatte sie das Bedürfnis, jemandem diese unglaubliche Neuigkeit mitzuteilen, die ihr mit fünfunddreißig Jahren widerfahren war. Aber wem? Sicher nicht Balthasar, der nach ihrem Empfinden gar nicht der Vater dieses unerwartet gezeugten Kindes war und der sie sofort vor die Frage stellen würde, die sie in sich unterdrückte und zu der sie trotzdem hartnäckig zurückkehrte: Was tun? Sie wollte und konnte nichts entscheiden, sie hatte nicht die Kraft dazu. Zum erstenmal trug sie in sich etwas Lebendiges, das wuchs und ihr ganzes körperliches und emotionales Wesen auf den Kopf stellte. Sie lauschte ihm, betastete es. Ja, es war da, tief in ihrem Leib, drückte auf ihren Magen und verursachte säuerlichen und ekligen Speichelfluß, aber ringsum waren nur die Gegenstände in ihren Zimmern, niemand, dem sie sich anvertrauen konnte. Da dachte sie an Magda und ihr Haus und fühlte, daß dieses dort gezeugte neue Leben auch dorthin gehörte, in diese chaotische, vitale Umgebung, und sie beschloß abzureisen. Einige Tage rang sie noch mit ihrem Beschluß, überprüfte seine Ernsthaftigkeit, verschwieg ihn Balthasar, der ihn mit irgendeinem Argument hätte umstoßen können, und eines Freitagmorgens, als er zur Arbeit unterwegs war, packte sie die nötigsten Sachen in ihr Auto, hinterließ auf dem Notizblock die Nachricht, Magda habe sie dringend nach Novi Sad gerufen, und sie werde sich gleich nach ihrer Ankunft melden, und fuhr los. Sie hatte nicht gedacht, daß sie dort Sergije sozusagen sofort treffen würde, aber als er aus dem Dunkel trat und sie ansprach, folgte sie ihm wie an jenem ersten Abend ohne Überlegung.

Sie verweilen in Titel. Es ist von Novi Sad dreißig Kilometer entfernt, die sie aufs Geratewohl und auf der Suche nach einer passenden Herberge zurückgelegt haben. Sie hatten keine Vorstellung davon, wie sie aussehen sollte, während die Scheinwerfer des Autos Dörfer am Wegesrand aus dem Dunkel holten, mit gewundenen Kirchtürmen, klobigen, neonbeleuchteten Warenhäusern, Schenken, aus deren weit offenen Türen näselnde Musik erklang, jungen Nachtschwärmern an den Hausecken; sie überließen sich dem Forscherdrang wie einem unverbindlichen Ruf, einem Wunsch, der die Erfüllung aufschob zugunsten der Gewißheit, daß sie nach der ermüdenden Fahrt irgendwann und irgendwo ein Ziel erreichen würden. Das Ziel wurde ihnen am Rand des dritten Dorfes angekündigt durch eine plötzlich aufragende Anhöhe wie durch eine über die Felder ausgestreckte Hand, der sie gehorsam folgten, bis neue Häuser, Straßen, Lichter auftauchten und an ihrem Ende hinter einem Eisengitter ein Dutzend Gartentische und -stühle im Licht zweier Laternen erschienen. An den Tischen saßen Gäste, eine Kellnerin ging mit hocherhobenem Tablett herum, und Inge hielt nach einem fragenden Blick auf Sergije das Auto an. Sie stiegen aus, sahen über den Laternen die Aufschrift »Hotel Anker« und reckten sich zufrieden. Hier wohnen sie. Sie haben zwei Zimmer auf der ersten Etage, denn sie haben gleich zwei Zimmer bei dem jungen Portier verlangt, nach dem sie lange in dem kleinen halbdunklen Vestibül hinter dem leeren Gastraum Ausschau gehalten haben: zwei altmodische, langgestreckte Zimmer mit hohen Decken, je einem Bett, Schrank, Tisch und Stuhl, die nicht einmal nebeneinander liegen, sondern auf entgegengesetzten Seiten des Flurs. So teilt er sie ihnen zu, steckt die Schlüssel in die

243

Schlösser – obwohl sie hätten wählen können, da das Hotel halb leer ist und außer ihnen nur ein älteres Ehepaar beherbergt und einen Handelsreisenden, den sie an seinem Pfeifen im Flur erkennen. Aber sie überlassen sich der Führung dieses jungen Angestellten des staatlichen Gastgewerbes, der ihre Papiere lange überprüfte – Sergijes Personalausweis und Inges Paß, etwas verglich, seine Nase von der Wurzel bis zur Spitze massierte und ihnen dann die Anmeldeformulare aushändigte, nicht damit sie sie ausfüllten, sondern nur unterschrieben, was er besonders betonte – denn sie waren in dieser Stimmung des Sich-Überlassens, der vom Zufall gelenkten Fahrt, zu der sie auch aufgebrochen waren. Diese Stimmung beherrscht sie ständig, wie eine Melodie, welche, einmal gehört, sich im Hirn festsetzt, sich unaufhörlich wiederholt, in sich selbst übergeht und durch ihren Klang alle anderen verdrängt.

Sie waschen sich in dem am Ende des Flurs neben der Toilette gelegenen, großen, kalten, nach Karbol und Lehm riechenden Bad mit riesiger, zerbeulter Wanne und ungeheiztem Ofen, so daß die rostige Dusche sie mit eisigem Strahl trifft, gegen den sie sich mit hastigem Einseifen und Abfrottieren verteidigen, wie Winterreisende beim Warten unter freiem Himmel. Das eisige Wasser ist ein Thema in ihrem Austausch der täglich anwachsenden Erfahrungen, fast ein besonderes Vergnügen, auf das sie sich freuen, wenn einer im Flur auf den anderen wartet, während drinnen das zähneklappernde Ritual abläuft, und an das sie einander mit vielen Einzelheiten erinnern, bevor sie die Treppe hinab in den Frühstücksraum gehen. Das Frühstück serviert ihnen eine dicke Köchin, die auf das Hallen ihrer Schritte – manchmal müssen sie sie, vom Tisch aufgestanden, wiederholen – aus dem Schiebefensterchen schaut, verschwindet und dann im raschelnden, sauberen, weißen Kittel in der Tür erscheint, mit geheimnisvollerweise bereits fertigem, allerdings lauwarmem Milchkaffee, vier abgezählten Semmeln, etwas Butter und Konfitüre. Sie essen. Sie essen mit einer Gier, die weniger der mageren und wenig schmackhaften Mahlzeit gilt als dem Morgen, der zu dem von ihnen erhofften Tag offen ist. Obwohl oder weil es an diesem Tag nichts Definitives und noch weniger Grund zur Eile gibt. Es ist früh, die Sonne blinzelt noch schläfrig über den dunklen Dächern jenseits der breiten Straße und fließt durch die Fenster und die offene Tür in den Speisesaal. Sie halten ihr das Gesicht hin. Weil sie das nicht befriedigt, gehen sie hinaus und setzen sich an einen der weißen Gartentische mit den Stühlen, die sich noch kalt anfühlen. Hier herrscht bereits die Lebhaftigkeit des Tages, zwei, drei Tische sind von Einheimischen besetzt, denen dieselbe Kellnerin, die sie am ersten Abend gesehen haben – klein, mager, schwarzhaarig, mit langem Pony –, Kaffee und Bier bringt. Sie bestellen Kaffee. Sitzen mit dem Rücken an den weißgestrichenen Zaun gelehnt oder mit dem Ellenbogen auf ihn gestützt, sozusagen auf der Straße. Und die Straße ist hier die ganze Stadt beziehungsweise das ganze Dorf, wo die aufgereihten Häuser, die dickblättrigen Bäume, der Himmel, der Sonnenball miteinander verbunden sind. Wenn sie die Hand ausstrecken, berühren sie die Sonne. Aber sie sind auch in ihrer Reichweite, in der Reichweite von allen. Die Gäste an den Tischen – Bauern oder Studenten in den Ferien – glotzen sie schamlos an, ebenso die wenigen Passanten und die Kutscher der Pferdewagen, denn sie sind eine Neuigkeit für das Dorf, eine unerwartete Farbe, ein Rätsel. Sie fühlen und wissen es und setzen sich dieser Neugier aus wie der Sonne, denn sie will ihnen nichts Böses, ist angenehm und anregend. Sie entspannen sich bei Kaffee und Zigaretten. Die Sonne wärmt ihnen Scheitel, Rücken, Schenkel; sie haben das Gefühl, wenn sie noch länger sitzen bleiben, entschwebt sie durch die Baumkronen zum Himmel.

245

»Es ist warm, laß uns gehen«, sagt einer von ihnen. Sie bezahlen, stehen auf, durchschreiten die Öffnung im Zaun, der nur eine Attrappe ist, denn zwischen drinnen und draußen gibt es keinen Unterschied. Sie sehen auf der einen Seite den Straßenabschnitt, von woher sie angereist sind, auf der anderen eine Leere. Diese Leere bildet die Theiß, und dorthin gehen sie. Von der Straße aus ist sie nicht zu sehen, obwohl nur hundert Schritt entfernt, was diesem Spaziergang besonderen Reiz verleiht. Er ist eine Wiederholung des ersten nach ihrer Ankunft. Nachdem sie sich flüchtig gewaschen und zu Abend gegessen hatten, waren sie vor dem Schlafengehen losgegangen, um zu sehen, wo sie sich befanden. Sie wußten, daß Titel an der Theiß lag, Sergije mit Bestimmtheit, Inge aus vager Erinnerung, aber beide waren nie hier gewesen. Sie verließen den Umkreis der Häuser und sahen noch immer nur die Erde und darüber den hohen, mit großen Sommersternen besäten Nachthimmel. Die Stimmen der letzten Hotelgäste waren mit der Stille verschmolzen, man hörte nur das durch die Entfernung gedämpfte Gebell der Wachhunde. Der Weg stieg an, sie mußten aufpassen, wohin sie traten, und so bemerkten sie gar nicht, wie sie die Krone des Deichs erreichten. Erst als die Mühe des Steigens aufhörte, konnten und mußten sie den Blick vom Boden heben. Und schon befanden sie sich ohne Übergang und Vorbereitung an und über dem Wasser, das sich breit und sanft nach rechts und links erstreckte, in dem sich die Sterne spiegelten und das die Sicht freigab auf das jenseitige bewaldete Ufer und auf das Skelett einer Brücke. Man hörte nur das leise Plätschern, mit dem das Wasser die Wange des Ufers streichelte. Sie jauchzten auf und fielen sich in die Arme: dies war das Geschenk – oder sein Zeichen –, auf das sie gehofft hatten, als sie sich der Führung des Weges überließen. Lange gingen sie miteinander verschlungen und allein über den Deich, denn der Ort schlief bereits, und traten leise auf, um nicht das feine Flüstern der Theiß zu stören; sie unterquerten die ebenfalls stille, unbelebte Brücke, und erst als sich der Deich in zwei fast parallele Zweige gabelte, zwang sie die Unschlüssigkeit wie eine Strafe für ihre Hingabe an den Zufall zur Rückkehr.

Aber am nächsten Morgen gingen sie nach dem Frühstück zuerst an den Fluß, und das wurde zur Gewohnheit. Zu dieser Tageszeit ist er ohne Geheimnisse, roh und schnell, grüngrau, sehnig wie ein Aal. Er benetzt und scheuert, trägt in seinem Bett die Berührung der Erde und über sich die der Luft. Er lockt nicht mehr zum Spaziergang, und als sie sich an dem glänzenden Bild satt gesehen haben, machen sie kehrt. An diesem ersten Morgen auf der Suche nach Badezeug. Sie schlendern durch die lange Hauptstraße, betrachten die weitverstreuten Geschäfte. Und dabei entdecken sie alle für ihren Aufenthalt wichtigen Punkte. Die Post mit ihrer runden Fassade an einer Ecke, den Marktplatz in einem Gewirr von Gassen, den Tabaks- und den Zeitungskiosk. Schließlich gibt es auch einen Laden mit schmaler Tür und breiter Auslage, in der Oberhemden, eine Bluse, zwei verblichene gestreifte Krawatten, ein Paar Herrensocken und Taschentücher dekoriert sind. Sie treten ein und werden von einer großen und mageren, einsamen Verkäuferin empfangen, die sich von einem unsichtbaren Stuhl hinter dem Tresen erhebt. Sie sieht Inge und Sergije gelangweilt, neugierig und verwirrt an, wie am Vorabend der Portier und am Morgen die Köchin und die Kellnerin. Denn ihr Anblick entspricht nicht der gängigen Vorstellung, die man von Touristen hat. Als sie ihr sagen, was sie haben möchten, bückt sie sich und kramt in den Kartons auf den unteren Regalfächern. Schließlich stellt sie einen auf den Ladentisch, der zwei schwarze Herrenbadehosen enthält. Während Sergije sie zum Probieren über seine Taille spannt, erscheint ein zweiter Karton mit ausgewählten bunten Damenbadeanzügen. Sergije entscheidet sich schnell, denn die Badehosen sind nicht nur gleichfarbig, sondern von gleicher Größe. Inge sucht länger und entscheidet sich dann für einen elastischen, dunkelblauen Badeanzug. Sie zahlen und gehen fast entzückt hinaus, weil sie einen so leichten Kauf nicht erwartet haben. Unterwegs besorgen sie Zigaretten, Zeitungen, je ein Kilo Aprikosen und kleine Äpfel in Tüten aus Zeitungspapier und kehren so beladen ins Hotel zurück. Solche Besorgungen erledigen sie auch an den folgenden Tagen. Im Bad des Hotels waschen sie das Obst und gehen zum Schwimmen. Sie haben schon ihren Platz. Nur am ersten Tag erkundigten sie sich bei einem älteren, schnurrbärtigen Fischer, der am Ufer sein Werkzeug ins Boot packte, wo in Titel der Strand sei. Nachdem er ihnen ziemlich umständlich und langsam – wobei er sie musterte, als hinge die Antwort von dem Eindruck ab, den sie bei ihm hinterließen – erklärt hatte, daß es zwei gebe, einen stromabwärts nahe der Brücke und einen an der Mündung der Bega in die Theiß (die sie erst jetzt in der Verlängerung seines ausgestreckten Zeigefingers entdeckten), wandten sie sich wortlos stromaufwärts, wohin sich seine Empfehlungen nicht erstreckten, wo aber das Ufer schön bewaldet war. Es sind hohe und schlanke Pappeln, die sich am Fuß der ihnen schon bekannten Anhöhe reihen, welche sich steil und rauh und graslos auch hier an der Theiß erhebt, so daß sie eine kleine Zunge üppigen Grüns zwischen den zwei leeren und leblosen Elementen, Erde und Wasser, bilden. In ihrem Schatten folgen sie einem Weg, auf dem viele Wagenräder ihre Rinnen hinterlassen haben, rechts und links die hohen sehnigen Stämme mit den in Schulterhöhe beginnenden kurzen, steilen Ästen und ihrem gekräuselten Laubwerk, durch das Himmel und Sonne bunte Flecken malen. Schließlich lockte sie doch das grüne Wasser. Sie tasteten sich zwischen den Bäumen über den rissigen Boden ans Ufer. Zogen die Badeanzüge an und setzten sich. Sie waren ganz allein. Der Fluß ist hier viel schmaler als vor dem Deich, dennoch dauerte es einige Zeit, bis sie begriffen, daß das nur einer seiner Arme war und sie eine Insel vor sich hatten. Das war wieder ein Anlaß zum Jauchzen; sie fühlten sich wie vor der Entdeckung eines neuen Kontinents. Schnell rollten sie ihre Kleidung zusammen, versteckten sie im Gebüsch und gingen ins Wasser, an den Händen gefaßt, um sich auf dem rutschigen Boden zu stützen. Aber das Ufer fiel steil ab, sie konnten schwimmen und erreichten nach zwanzig, dreißig Zügen das jenseitige Ufer. Unter den Füßen spürten sie samtweichen Sand. Sie schüttelten das Wasser ab und streckten sich atemlos am Strand aus. Hier ist jetzt ihr zweiter Aufenthalt. Der erste ist noch immer auf der anderen Seite, der sie sich am frühen Vormittag auf dem Weg voller Radspuren und unter den Pappeln am Fuß der Anhöhe nähern. Sie finden den Platz fast unfehlbar, indem sie zum Ufer abbiegen, wenn sie vom Gehen ermüden und ihnen der Schweiß ausbricht, so daß sie immer das Ziel oder seine Nähe erreichen.

Das Ufer ist überall gleich, aber sie halten sich fast abergläubisch immer an denselben Platz, weil sie fürchten, daß ein anderer nicht ganz nach ihrem Geschmack wäre, und dabei übersehen, daß gerade er oder andere, an denen sie sich aufhielten, diesen Geschmack gebildet haben. Sie ziehen sich aus, setzen sich ans Ufer. Zu dieser frühen Stunde liegt hier noch die Sonne, die langsam über der Insel und ihren höchsten Baumwipfeln aufsteigt. Die Arme um die Knie geschlungen, halten sie ihre Gesichter dem wärmenden Licht entgegen. Der Ungeduldigere von ihnen beiden hält einen Fuß oder beide ins lauwarme Wasser, und das ist auch das Zeichen für den anderen. Sie schwimmen zur Insel. Dort liegen sie lange und trocknen am Rand des Wassers, immer näher an den Sträuchern und Bäumen, um gegen Mittag den Schatten zu suchen. Hin und wieder springen sie ins Wasser, schwimmen ein paar Züge und kehren zurück. Wenn sie Durst bekommen oder rauchen möchten, kehren sie ans Ufer zurück, essen eine Aprikose oder einen Apfel und stecken sich eine Zigarette an. Das Mittagessen schieben sie auf, obwohl sie früh Hunger bekommen. Sie sind allein, man hört nichts außer hin und wieder die Stimme eines unsichtbaren Fischers oder Winzers. Dann dämpfen sie selbst ihre Stimmen, um nicht bemerkt zu werden. Aber ihr Gespräch setzen sie fort. Sie erzählen einander, wie das Wasser und die Sonne ist – das eine kühlt, die andere wärmt –, wie die Aprikosen oder Äpfel schmecken, als könnte der eine erst durch die Aussagen des anderen die Eigenschaften von allem erkennen, was sie gleichberechtigt teilen. Zwischen ihnen ist ein ständiges Gemurmel, mit dem sie sich für viele Jahre ohne liebevolle Gespräche entschädigen. Wenn die Impulse des Augenblicks erschöpft sind, fangen sie, als hätten sie Angst, den Faden zu verlieren, übergangslos ein Gespräch über frühere Beobachtungen an, die sie einander nicht mitgeteilt haben oder die eine andere Bedeutung bekommen haben. Zum Beispiel: »Gestern war es noch wärmer« oder »Ich glaube, da drüben ist der Sand am weichsten«. Aber sie entfernen sich nicht weit von diesem Kreis gemeinsamer Feststellungen. Wenn es geschieht, daß sie jemanden aus seiner oder ihrer Vergangenheit oder Gegenwart erwähnen: Sergije Frau und Tochter, Inge Vater und Bruder oder eines Vergleichs wegen die Stepanovs oder Balthasar, gleiten sie schnell über das Thema hinweg, weil keiner von ihnen sicher ist, daß der andere das nötige Verständnis hat, und sie kehren zu den gemeinsamen unmittelbaren Erfahrungen, Eindrücken, Gedanken zurück. Beim Sprechen sehen sie sich an, und die Blicke wecken Verlangen. Nach dem Schwimmen streift Inge den Badeanzug ab, wringt ihn aus, hängt ihn über einen Strauch und legt sich auf dem Sand in die Sonne. Sie reden weiter, sie dreht sich von einer Seite auf die andere, breitet die Arme aus, spreizt die Beine, manchmal so, daß Sergije ihren Schoß direkt vor Augen hat. Er betrachtet dieses zarte Tal zwischen ihren Hüften, das von weichen, goldenen, nach unten schütterer werdenden Härchen bewachsen und senkrecht von den rosigen Lippen durchschnitten ist, die sich zitternd voneinander lösen und den Rand des feuchten, roten Inneren entblößen. Er ist ihr dankbar für diesen intimen Anblick, diese unabsichtliche Aufforderung. »Komm näher«, sagt er, und während sie auf die Ellenbogen gestützt zu ihm rückt, kriecht er ihr entgegen, küßt sie zwischen die Schenkel, küßt ihren Bauch, ihren Nabel, ihre Brüste, ihre Lippen, und sie vereinigen sich. Lange liegen sie übereinander, und der Schweiß verreibt ihnen den Sand auf der Haut. Sie springen wieder ins Wasser, um ihn abzuspülen. Als sie Hunger bekommen und die Sonne in den Wipfeln der Pappeln verschwindet, merken sie, daß sie gehen müssen. Sie schwimmen über den Flußarm, schütteln die Nässe ab, ziehen sich um und brechen langsam auf in die Stadt.

Hier empfängt sie – immer wieder überraschend – die Sonne mitten am Himmel. Indes ist es nicht mehr früh, nur der Sommertag ist lang. In der Hauptstraße sind die Geschäfte wieder geöffnet, und aus dieser Richtung verfolgen neugierige Augen, wie sie vom Deich herunterkommen und den Fahrdamm überqueren. In dieser Wachsamkeit liegt das Wissen um die Natur ihrer Beziehung und die Vorahnung dessen, was sie tun werden, wenn sie hinter vier Wänden den Blicken entzogen sind. Sie gehen über die sonnenheiße, leere Terrasse und betreten den Gastraum. Die Mittagszeit ist längst vorüber, Abendessen wird noch nicht serviert, also wiederholen sie ihre energischen Schritte auf dem knarrenden Boden, um die Kellnerin herbeizulocken, die in der Küche schwatzt. Fertige Gerichte sind im Angebot, und da sie Hunger haben, verzichten sie auf frisch Zubereitetes, auf das sie warten müßten. Sie bestellen eine dicke Suppe oder Paprikasch mit viel Salat, an dem es im »Anker« zum Glück niemals mangelt, und trinken Bier. Aus der jetzt unbesetzten Pförtnerloge holen sie ihre Schlüssel und steigen in den ersten Stock hinauf, werfen die Kleider ab und legen sich hin. Durch die unverhängten Fenster dringt mattes, rosiges Sonnenlicht, das nicht mehr blendet, aber klar und nüchtern jede Einzelheit nachzeichnet. Sie umarmen sich mit dem Blick in das lächelnde, leicht angespannte Gesicht des anderen, auf seine sich hebende und senkende Brust, seine Gliedmaßen. Schweigend studieren sie einander. Jetzt wissen sie bereits, wie wer auf welche Berührung reagiert, wie seine Lippen schwellen, die Nüstern sich weiten, die Augen dunkel werden und die schweißnasse Haut zuckt, und dabei triumphieren sie jedesmal über die Wiederholung, als wäre sie etwas Neues. Für sie ist das auch etwas Neues, diese sichere Wiederkehr desselben Gesichtsausdrucks, derselben Bewegung, desselben Lächelns – dieser sichere Beweis, daß gerade sie nebeneinander und ineinander sind, daß sie genau so sind, wie sie waren und es voneinander erwartet haben, diese Beständigkeit, die sie durch ihren Instinkt und die Perfektion ihrer Umarmung erzielen. Sie liegen nebeneinander, bis die Sonne erlischt und sie mit dem Halbdunkel des Abends verschmelzen. Dann stehen sie betrübt auf, denn jeder Abend ist ein Ende und darum eine Mahnung, daß auch ihr Ausflug zu zweit irgendwann vorbei sein wird. Sie berühren einander mit zärtlichen Händen, gehen nacheinander ins Bad, um vor dem Essen zu duschen, und erwarten einander hinter den offenen Türen ihrer gegenüberliegenden Zimmer. Sorgfältig gekleidet gehen sie hinunter ins Restaurant.

Hier sitzen um diese Zeit mehr Gäste: neben dem älteren Ehepaar und dem Handelsreisenden, deren Aufenthalt im Hotel sich mit dem von Inge und Sergije deckt, sind auch ein paar Junggesellen aus Titel zum Essen da – ein Anwalt, zwei Angestellte, ein Offizier der Miliz – und, obwohl zu späterer Stunde, die eine oder andere Gruppe aus einem der nahe gelegenen Dörfer. In dieser Umgebung wecken Inge und Sergije nicht mehr die gaffende Neugier wie in den Straßen; Leute, die in ein Restaurant einkehren, sind an fremde Gesichter gewöhnt. Sie fühlen sich freier, aber nicht mehr so verschwörerisch miteinander verbunden. Sie sind etwas nüchterner und sehen die Mängel ihrer Herberge klarer und schärfer: die düstere Beleuchtung, die Eintönigkeit der Speisekarte, die unsauberen Tischtücher, die Fliegen, die sich schläfrig auf den eben gefüllten Tellern niederlassen. Sie beenden ihre Mahlzeit möglichst schnell und gehen, um noch bei einem Glas Wein draußen zu sitzen. Aber nicht vor dem »Anker«, wohin sich ein Teil der abendlichen Gäste begibt und wo aus anderen Richtungen die hiesigen jungen Männer zusammenkommen, um über Fußball und Heldentaten beim Sex zu reden, sondern in einer kleinen Csarda, deren von Petroleumlampen beleuchtete Terrasse direkt über dem Fluß hängt. Hier treffen sich Winzer und Fischer, essen kalten gesalzenen Fisch, trinken Wein, und ihre Gespräche versinken im Rauschen des Wassers und des Windes, der ungehindert Tischtücher und Kleider bläht wie die Segel eines Schiffs. Sie sind wieder am Fluß, wie schon den ganzen Tag, nur daß er in Dunkel gehüllt, stiller, kühler ist. Sie trinken ihren Wein und sehen sich im flackernden Licht an, das hier jedoch nicht stört. Sie finden einander schön, nicht so herausfordernd wie auf der Sandbank mitten im Fluß, auch nicht so in Einzelheiten zerlegt wie auf dem Bett im Schein der untergehenden Sonne, sondern reduziert auf elementare Formen und Farben wie auf einem Bild. Wieder ergreift sie das Begehren, ein ziemlich hoffnungsloses Begehren, denn in ihm liegt das Wissen vom Ende des Tages und gemahnt an die Endlichkeit von allem. Sie sitzen lange auf der Terrasse der Csarda, trinken ihren Wein und halten sich, wenn sie nicht mit Zigarette oder Glas beschäftigt sind, an den Händen. Einer fühlt des anderen Wärme, die Haut der streichelnden Hand, und sie sind bereit, diese Aufforderungen bei der nächsten Umarmung zu erfüllen; dennoch zögern sie, weil ihnen scheint, daß jetzt die Aufforderung selbst, vor ihrer Verwirklichung, die höchste Stufe ihres Beisammenseins ist. Und sie kehren aus der Csarda nicht in den »Anker« zurück, sondern machen Hand in Hand auf dem Deich einen Spaziergang zur Brücke. Es ist fast völlig dunkel, bis auf ein paar Straßenlaternen, die hinter niedrigen Zäunen oder zwischen den Obstbäumen zu sehen sind. Wieder begleitet sie das Rauschen des Wassers und des Windes, der im Laub der wenigen Bäume raschelt.

Sie sind die einzigen Spaziergänger, und das Gespräch lebt wieder auf. Doch ist es nicht mehr jenes Murmeln, mit dem sie einander ihre Beobachtungen mitteilen; der Abend mit seiner ernsten Mahnung, daß alles im Leben endlich ist, veranlaßt sie zu weiterreichenden Überlegungen. Bei einem solchen Spaziergang beschäftigt sie der Sinn ihrer Beziehung und die Frage, wie sie sie ungestört fortsetzen könnten. Sergije hält beiderseitige Scheidung für die einfachste Lösung, doch Inge entgegnet, daß Balthasar nicht einwilligen würde. Auf diese, für Sergije nur scheinbare Schwierigkeit kommen sie mehrmals zurück, und Inge führt widerstrebend immer neue Argumente aus ihrer Erfahrung als Ehebrecherin an. Sie schildert Balthasars stumme Zweifel, seine heimlichen Nachforschungen, seine

Anfälle von Großzügigkeit bei jeder Gelegenheit, da sie versucht hat, ein Leben ohne ihn zu beginnen; diesen ganzen Männerkampf, dem immer die Bereitschaft zur Klärung und Trennung fehlte. Aber was dann? Sich immer verstecken, selten und heimlich treffen, mit einer Schuld beschmutzen, die es gar nicht gibt? – so umschreibt Sergije die andere Alternative aus dem Vorrat seiner früheren inneren Auseinandersetzungen. Inge senkt den Kopf. So vor die Wahl gestellt zu werden, trifft sie tiefer als Sergije ahnt, aber dann schüttelt sie sich und wiederholt beharrlich ihre Überzeugung: von Balthasar kann sie weder Verständnis noch Nachsicht erwarten. Sie verschweigt ihre Schwangerschaft – von der sie an diesen Ausflugstagen beherrscht ist wie von der Sonne, dem Fluß und den körperlichen Kontakten mit Sergije –, obwohl sie die ganze Zeit über diese neue Situation sprechen wollte und will. Aber sie hat Angst, daß diese Eröffnung sie vor vollendete Tatsachen stellen würde, vor den Entschluß zu gebären, für den sie noch nicht reif ist, und dabei wird sie durch die Gespräche über Scheidung nur bestärkt. Sergije bemerkt, wie verbissen ihr Widerstand ist, und da er die Ursache nicht kennt, findet er keine Gegenargumente mehr. Er vermutet, daß Inge einfach an ihre Lebensweise, ihren Standard gebunden ist, was von Anfang an seiner Sehnsucht nach ihr im Weg stand. Jetzt ist diese Sehnsucht erfüllt, Inge ist hier, er hält sie an der Hand, kann sie ins Bett zerren, wann immer er will, und sicher sein, daß sie sich voller Begierde hingeben wird. Vielleicht zu sehr, denkt er, denn er hat noch immer den Eindruck, sie nicht besiegen zu können: ihr Feuer ist zu stark, es verbrennt ihn zu schnell; er ist außerstande, Inge nicht nur mit den Sinnen, sondern auch rational zu sehen, so daß er sie beherrschen könnte. Er weiß nicht, daß ihn gerade das Neue an ihr verbrennt, das, ihr selbst unbewußt, als Voraussage schon bei jener ersten, heimlich verabredeten Begegnung vorhanden war, welche ihn befriedigt, aber auch seine Wünsche geweckt hat. Jetzt scheint ihm, daß er für immer verurteilt ist, unbefriedigt zu bleiben, gezwungen, Inge in solche Fallen zu locken, wie es dieser Ausflug nach Titel ist. Dabei wünscht er sich Dauerhaftigkeit, Sicherheit, den Überblick über das Geschehen, an dem er leidenschaftlich beteiligt ist. Er fürchtet, daß diese Liebesbeziehung wieder ein Debakel wird, ein umso sinnloseres, da er fühlt, während er Hand in Hand mit Inge über den Deich spaziert, daß sie ihm ergeben ist. Aber nur unmittelbar, emotional, denn in ihren Gedanken, ihrem Willen ist etwas, das sich gegen ihn sträubt.

Sie ist eben trotz allem eine Deutsche, denkt er blasphemisch, und als er sie ins Hotel, in sein oder ihr Zimmer zurückbegleitet hat, fällt er mit der Raserei des Eroberers und zugleich des Sklaven über sie her, der sich seiner Herrin bemächtigt hat. Auf daß tags darauf, im Licht der Sonne, seine Sicherheit zurückkehrt und sich bis zum späten Abend hält. An einem solchen Abend wandelt sich ihre Erkenntnis, daß sie heimkehren müssen, zum Entschluß. Es ist ein windiger Abend, schon als sie aus dem Restaurant auf die Straße treten, werden sie von Staub überschüttet. Sie überlegen, ob sie trotzdem zur Csarda gehen sollen, und wagen den Versuch, nur daß Inge nach oben rennt, um Sergijes Sakko und ihren Pullover zu holen. Warm eingehüllt, wie zum Kampf gerüstet, stellen sie sich dem Ansturm der Kälte, die aus fernen Steppen zu kommen scheint. Die Csarda ist leer – die Fischer und Winzer haben offenbar längst den Wetterumschlag vorausgesehen –, und der überraschte Wirt, den sie erst rufen müssen, bringt ihnen eine Literflasche Wein mit Gläsern und einer Schiffslampe. Allein, mit dem flackernden Licht, das zu erlöschen droht, leeren sie schnell und schweigend ihre Gläser und fühlen mehr denn je, daß sie auf einer Schiffahrt sind, die sie allzuschnell ins Unbekannte führt. Als sie bezahlt haben und auf den Deich steigen, ballen sich schon Wolken über den schwankenden Pappeln, ihre Kleidung flattert im Wind. Doch sie geben nicht auf, fassen sich an den Händen und schreiten in die Finsternis. Für sich zählen sie die Tage, die sie in diesem Versteck verbracht haben – fünf –, und sehen ein, daß sie allzulange niemandem Nachricht von sich gegeben haben. Sie beginnen gleichzeitig zu reden, fallen einander ins Wort, lachen und erwähnen wieder gleichzeitig, aber diesmal endgültig – er das Büro und die Familie, sie Magda und Balthasar. Dicke lauwarme Tropfen benetzen sie, der Wind legt sich, und ein Blitz erhellt den ganzen Deich bis zur Brücke. Der nach Erde und Wasser riechende Regen beginnt zu trommeln, sie machen kehrt und rennen zum Hotel. Dort kommen sie durchnäßt an, nehmen ihre Schlüssel, steigen ins erste Stockwerk, öffnen beide Zimmer, um sich der feuchten Kleidung zu entledigen. Inge, die sich zuerst umgezogen hat, geht zu Sergije; sie treten ans Fenster und beobachten, wie der schräge Regen die Dächer verschleiert. Ein Blitz zerreißt den Himmel, erleuchtet die Dächer und die nassen Baumkronen, dann donnert es wieder inmitten des heftigen Regens. Sie warten, bis das Gewitter vorüberzieht, öffnen das Fenster, ziehen sich aus und legen sich hin. Die Nähe erregt sie sofort, und sie erleben eine der schönsten, heftigsten und zugleich zärtlichsten Paarungen. Aber sie haben inzwischen in sich geklärt, was sie als Notwendigkeit erkannt haben: daß sie tags darauf abreisen werden.

Sie erwachen früh, stehen sofort auf, duschen. Draußen ist ein wundervoller, stiller, sonniger Tag, aber das kann ihren Entschluß nicht mehr erschüttern. Sie empfinden gleichzeitig, daß sie über ihre Zukunft ins reine kommen müssen, daß sie sich nicht mehr so hemmungslos geben können wie bei diesem kurzen Seitensprung. Sie werden wieder nach Titel kommen, sobald Sergije seine Eltern wegen seiner Abwesenheit beruhigt, seiner Tochter die Sommerferien abgesagt und Urlaub genommen und Inge mit Magda geredet und gesehen hat, ob und was Balthasar geschrieben hat; oder ob sie einen wirklichen Urlaubsort aufsuchen, vielleicht am Meer? Darüber sprechen sie beim Frühstück, das ihnen diesmal sofort und frisch serviert wird – da sie rechtzeitig kommen, worauf auch die Anwesenheit des älteren Ehepaars und des Handelsreisenden hinweist –, und als sie bei der Begleichung der Rechnung den jetzt freundlichen Portier fragen, ob es in ein, zwei Wochen Plätze im »Anker« gebe, erweist sich das als überflüssig. Sie brauchen aber diese Aussicht auf Zukunft, diese Fortsetzung, und sei es auf dem Weg der Erkundigung und Versprechung einer Rückkehr, von der sie genau wissen, daß sie angespannt wäre, weil sie sich überall so wohl fühlen würden, wenn dieselbe Übereinstimmung zwischen ihnen herrschte. Aber würden sie das tatsächlich? Sie zittern vor dem Gedanken, daß der Ausflug nach Titel ein Geschenk gewesen sein könnte, wie sie es nie wieder bekommen werden. Darum verzögern sie die Heimkehr, zu der sie sich so schnell entschlossen haben. Inge fährt in diesem hellen Morgen an der hier frischgrün begrasten Anhöhe entlang, und als sie an ihr Ende gelangen, wo sie in die Äcker taucht wie eine Insel ins Meer, wissen sie nicht, welchen Weg sie wählen sollen, als hätten sie im Tageslicht die Orientierung verloren. Das ist zum Teil richtig, denn was sie neulich bei der Herfahrt dem Zufall überlassen hatten, müssen sie jetzt bestimmen, und da sie sich davor fürchten wie vor einer Abweichung von der erprobten glücklichen Wahl, finden sie sich schlechter zurecht als an dem Abend, wo sie keine Ahnung von der Gegend hatten. Sie lesen die Ortsnamen auf den Wegweisern, streiten, ob sie schon hier vorbeigekommen sind, ob sie sich nicht verirrt haben? Die

Unsicherheit ist zermürbend, und sie halten in dem Dorf Kać vor der Schenke an, um sich zu erkundigen und einen Kaffee zu trinken. Die leere Schenke riecht nach Rauch und abgestandenem Bier, im Hof gackern Hühner, der Kaffee, den ihnen der unordentliche Wirt serviert, ist wäßrig und überzuckert.

»Nein, das ist nicht Titel«, sagt Inge, als beriefe sie sich auf eine ferne Erinnerung, und Sergije nickt traurig. Ein Weilchen halten sie sich an den Händen, dann zahlen sie seufzend, gehen, steigen ins Auto und fahren von nun an schweigend und ohne Pause bis nach Novi Sad. Hier will Inge um jeden Preis Sergije vor der Haustür absetzen, er schlägt die Mitte zwischen seinem und Magdas Haus vor, und als sie schließlich an der Ecke der Miljanov-Straße anhalten, haben sie, um nicht den Verkehr zu behindern, nur noch Zeit für eine hastige Vereinbarung, wie sie einander über das Wichtigste benachrichtigen können: die nächste Begegnung.

Die Verabredung ist noch nicht in die Tat umgesetzt, als Balthasar unangemeldet auftaucht. Da er seit einer kurzen Meldung über ihre Ankunft vergebens auf Nachrichten von Inge gewartet hatte, rief er in Novi Sad an und erfuhr von Magda, daß seine Frau in Urlaub gefahren war, und zwar mit unbekanntem Ziel. Er vermutete Untreue, übergab das Steuer des Unternehmens dem ältesten Geschäftsführer, nahm selbst viel früher als geplant drei Wochen Urlaub – unter Verzicht auf einige wichtige Besprechungen und den von ihnen erhofften Gewinn – und startete mit dem Auto nach Novi Sad. Im Haus der Verwandten traf er ein, als Inge schon aus Titel zurück war, fand aber in ihrer Enttäuschung beim Wiedersehen den Beweis für seinen Verdacht. Die Tatsache, daß nichts in ihrem Verhalten auf die Anwesenheit des Mitschuldigen hinwies – sie blieb den ganzen Tag im Haus, nahm an den Gesprächen auf der Veranda teil, beschäftigte sich mit den Kindern –, zerstreute seinen Verdacht nicht, sondern bestärkte ihn als Beweis dafür, daß es diesmal um etwas Komplizierteres, also Gefährlicheres ging. Darauf deutete auch die erschreckende Veränderung hin, die er an Inge bemerkte. Sie war mehr als sonnengebräunt, wofür ihr Bericht über den Aufenthalt in einem kleinen abgelegenen Ort an der Theiß – sie vermied den Namen Titel – keine glaubwürdige Erklärung war, da sie sich sonst, selbst auf viel längeren Sommerreisen, wegen ihrer empfindlichen Haut kaum der Sonne ausgesetzt hatte und fast weiß geblieben war, was ihm gefiel, sah er doch in dieser Ablehnung der allgemeinen Bräunungshysterie ein weiteres Beispiel für ihre Vornehmheit. Jetzt aber wirkte sie gewöhnlich: sie trug ein weites, zerknittertes Kleid, dem Schmutzspuren vom Flußufer und von Proviantpaketen anhafteten und das formlos um ihren sichtlich füllig gewordenen Körper fiel. Dessen nachlässige, schlaffe Haltung hatte nichts mehr mit der früheren Festigkeit zu tun, und ihr ebenfalls gerundetes Gesicht, von dem sich an Wangenknochen und Nase die Haut schälte, zeigte einen zufriedenen und stumpfen Ausdruck der Abwesenheit und Sattheit. Wenn sie allein waren und er sie umarmen wollte, wich sie erst verängstigt aus, kam dann aber mit diesem neuen, zerstreuten Blick von selbst zurück, schmiegte sich schamlos an ihn und reizte ihn zu einem hastigen, flüchtigen, für ihn unbefriedigenden Beischlaf. Er versuchte eine Erklärung für die Veränderungen an ihr zu bekommen, doch sie verneinte, daß es so etwas überhaupt gab; wenn er sie fragte, mit wem sie die Zeit in jenem kleinen Ort an der Theiß verbracht hatte, antwortete sie kurz, sie wolle sich auf Einzelheiten nicht einlassen, da sie müde sei. Diese durchsichtige Ausrede war etwas Ungewöhnliches in ihren Gesprächen, aber Balthasar erkannte an ihrer Härte, daß sie einen Punkt erreicht hatten, an dem er ihre Beziehung in Frage stellen mußte – wozu er sich nie entschlossen hätte –, also fragte er nicht mehr, sondern verlegte sich auf geduldige Beobachtung.

Die wurde jedoch überflüssig, sobald Sergije auftauchte. Schon an seiner ebenso wie bei Inge gebräunten Haut erriet Balthasar, daß sie zusammen in jenem ungenannten Ort gewesen waren, und ein rascher Blick in Inges strahlendes Gesicht mit den glühenden und geweiteten Augen erhellte ihm die Natur dieses Aufenthalts zu zweit. Die Entdeckung stellte ihn vor die Entscheidung, wie er sich zu den beiden verhalten sollte, aber hier gab bereits seine Natur den Ausschlag: ohne Anzeichen von Unmut das Ende auch dieses Abwegs abzuwarten, unerschütterlich zu seiner Frau zu stehen, bis sie ihn hinter sich gebracht hatte, um sich ihrer wieder ganz zu bemächtigen. Er zeigte Sergije und Inge ein gefaßtes, wissendes, aber unerschütterliches Gesicht und begleitete sie auf seinen ungleichen Beinen wie ein hinkender Schatten. Sergije fand sich sogleich in den Fesseln dieses Schattens und mußte zugeben, daß er nach Novi Sad gekommen war, um hier den Urlaub mit seinen neuen Freunden zu verbringen – was für alle offensichtlich bedeutete: mit Inge –, und das in Gegenwart des Nebenbuhlers. Diese Doppeldeutigkeit überträgt sich auf die ganze Gesellschaft. Scheinbar ist hier alles in Ordnung: die Gäste aus Österreich sind wieder im Haus, der Freund und Verhandlungspartner im Familiengeschäft nimmt an der Muße teil, es ist Sommer, Zeit der Erholung, der Badeausflüge, der leichten Ernährung mit viel Obst, sie haben das geräumige Haus der Familie zur Verfügung und an der Donau den »Sommersitz« der Stepanovs, dazu schon drei Autos und einen Kahn für den Transport und für Ausfahrten; aber all das ist überschattet von der ehebrecherischen Liebe.

Sie ergreift auch das nahe gelegene Heim der Familie Rudić. Ihr einziger, auf unerklärliche Weise verschwunden gewesener Sohn ist eingetroffen, und zwar allein, obwohl er behauptet hat, er werde mit seiner Tochter die Ferien verbringen, um sich ihrer körperlichen Ertüchtigung und geistigen Hinwendung zum Kern der Familie zu widmen. Es ist ihnen lieb, ihn für länger bei sich zu haben, nach vielen Jahren zum erstenmal ohne Eile, wieder abzureisen; aber diese neue Anhänglichkeit paßt nicht zu seinem Alter und seinen Verpflichtungen. Auch sein Verhalten ist seltsam nervös. Er steht früh auf, aber nicht, um am Familienleben teilzunehmen oder um auszugehen und die Frische der später stickig-heißen Straßen zu genießen; nach hastigem Frühstück zieht er sich in sein Zimmer zurück und produziert Rauchwolken, die selbst bei geschlossener Tür in die ganze Wohnung dringen. Dann geht er plötzlich und zur Unzeit weg, wenn das Mittagessen fast fertig ist; falls ihm das gesagt wird, hört er zerstreut zu und kann nicht sagen, wann er wiederkommt. Manchmal tut er das sofort, kaum daß der Tisch gedeckt ist, zur Freude der Mutter, die er jedoch trübt, wenn er erklärt, er habe noch keinen Hunger und werde später allein essen. Oder er bleibt den ganzen Nachmittag und Abend weg und bringt den Vater um den gemeinsamen Spaziergang. Sie entnehmen seinen spärlichen Erklärungen, daß er die Zeit bei den Stepanovs verbringt, mit denen er neuerdings Freundschaft pflegt; aber sie durchschauen nicht den Hintergrund dieser offenbar beunruhigenden und erschöpfenden Kontakte. Sie sprechen darüber, wenn sie auf ihn warten, und sind fast wieder so besorgt wie damals, als er im Gefängnis saß und Mittelpunkt all ihrer Gedanken war. Sie rätseln, ob sich wegen der Wohnungsfrage der Druck auf ihn verstärkt hat, obwohl Sergije diese Sache inzwischen für gegenstandslos hält; sie überprüfen noch einmal ihre Meinung dazu und beschließen, sie zu ändern, sofern das zu seiner Ruhe beitragen würde. Aber wenn sie davon anfangen, fertigt er sie ab: »Schon wieder?« Sie stören ihn. Ihn stören ihre beharrlichen Versuche, hinter sein Geheimnis zu kommen, und ihr Wissen, daß es ein Geheimnis gibt, das ihren Wünschen entgegensteht.

Es steht auch seinen Wünschen entgegen. Ein Dieb, ein Eindringling in eine fremde Ehe zu sein – diese Situation widert ihn an. Aber er kann nicht innehalten, denn Inge verzaubert ihn. Wenn er morgens erwacht, sieht er ihr Gesicht mit der über die Wange fallenden Haarsträhne, mit den verschleierten Augen, er sieht einen Schenkel wie einen hellen Bogen, eine zur blondbehaarten Achsel geneigte weiße Brust und möchte sich über sie beugen, den Kopf auf ihren Bauch legen und das Grimmen ihrer Därme und von oben ihre murmelnde Stimme hören. Geht er jedoch ihretwegen zu den Stepanovs, wird er sie nicht allein antreffen, und was er von ihr hat, wenn sie angezogen ist und sich in den Grenzen des Erlaubten bewegt, ist von kurzer Dauer, erschöpft sich in wenigen Stunden. Er wartet auf später, auf die Badezeit, die sich in allgemeiner Vergessenheit hinziehen kann. Und warten muß er zu Hause, das ist seine Basis, sein Aussichtspunkt, seine Rechtfertigung dafür, daß er in der Nähe ist, jeden Augenblick bereit und in der Lage, zum Haus der Stepanovs zu rennen. Und noch ein Schlupfwinkel: Eugen. Mit Eugen kann er die Stunden überlisten, und wenn sie verbraucht sind, mit dem Freund als Schutzschild das Ziel ansteuern: seinetwegen bin ich gekommen, er wollte es. Zumal Eugen immer willkommen ist. Die Kinder vergöttern ihn, freuen sich über die unverständlichen Zitate aus seiner Lektüre, die wie Zaubersprüche klingen. Sie hängen sich an seine Arme, ziehen ihn hinter sich her. Und da die Kinder ein Hindernis für jede sinnvolle Aktion sind, akzeptieren das auch die Erwachsenen und freuen sich über diesen lebenden Blitzableiter, der mit ihnen verschwindet. »Wo ist Eugen?« wird gefragt, wann immer man sich zu Tisch setzen oder den Proviant einpacken will, um zum Baden und Angeln das aufzusuchen, was alle den Sommersitz nennen. Das Boot ist schon dort, man braucht nur noch Menschen, Fleisch, Tomaten, Paprika, Milch abzutransportieren. Da die Trennung von Eugen für die Kinder Unglück und Strafe wäre, fahren sie zusammen mit ihm in Balthasars großem gelbem Auto, während die Eltern Stepanov und Sergije zu Inge in deren roten Volkswagen klettern, denn ihr eigener störrischer und störanfälliger Fiat ist zu klein, um neben vier Insassen Körbe, Netze und Ballonflaschen mit Essen und Trinken zu fassen. Es kommt vor, daß Magda von der Hausarbeit aufgehalten wird (obwohl auch sie schon ihren Jahresurlaub genommen hat und seit dem

frühen Morgen am Herd steht) und sich die Karawane
teilt: die ungeduldigen Kinder brechen mit ihrem amüsan-
ten Freund und dem ernsten Fahrer zuerst auf, während
die zweite Fuhre erst ein, zwei Stunden später nach-
kommt, eine für sie kostbare Zeit ohne Aufsicht. Auch für
Sergije sind das wertvolle Pausen: er packt Inge bei der
Hand und zerrt sie durch die leeren, heißen Straßen zu
einer hastigen Umarmung in Eugens Zimmer. Was natürlich sein ständiges Verlangen nicht annähernd stillen kann,
sondern zur Verbitterung führt. Und diese Verbitterung
steigert sich beim gemeinsamen Nichtstun, sobald sie wieder bei den Stepanovs ankommen und diese zur Abfahrt
bereit sind. Unterwegs und am Ziel ist Inge für Sergije unzugänglich. Die Stepanovs haben ihren »Sommersitz«, in
Wahrheit ein Bretterhäuschen mit einem einzigen Raum,
nach einer romantischen Idee des Familienoberhaupts fern
jeder Siedlung oder Badestelle errichtet und dafür an
einem schwer zugänglichen Seitenarm der Donau ein
Stück Weidicht gerodet, und das zwingt die Fahrzeuge zu
halsbrecherischen Manövern durch Schlamm und Laub-
haufen. Die Lichtung wirkt wie die Tonsur an einem be-
haarten Kopf. Hier ist man ständig den Blicken aller Anwesenden ausgesetzt, muß mit den anderen essen und
trinken und schwimmen und enggedrängt auf einem
schmalen trockenen Uferstreifen liegen.

Einzige Ausnahme ist Balthasar, der wegen seines
einen verkürzten Beins weder Schuhe noch Hosen ablegt,
zumal er nicht schwimmen gelernt hat. Einsame Spaziergänge, mit denen er sich für versäumten Wassersport ent-
schädigt, ermöglichen ihm – nur ihm – einen vollständige-
ren Überblick. Seine zweite Lieblingsbetätigung ist das
Rudern, wo er die Kraft seiner breiten Brust und seiner
langen Arme erproben kann; aber Stepanovs Boot mit seinen drei Sitzen ist zu klein, um die Gesellschaft wesentlich

zu reduzieren, und zu groß, als daß Sergije allein eine Aus-
fahrt machen könnte, das heißt, allein mit Inge. Die Kinder
sind ständig dabei, so daß er, wenn es ihm auch gelingt, mit
seiner Liebsten zusammen einzusteigen, die ganze Zeit
beim Rudern ständig auf die Fragen der kleinen Mitfahrer
eingehen muß. Sie aber, die ihn dabei einzig interessiert,
sorgt sich lediglich darum, daß eines von ihnen einen
Schiffbruch verursachen könne. Sie ist da, aber auch nicht.
Sergije gewinnt sogar den Eindruck, daß Inge ihm absichtlich ausweicht. Sie scheint leidenschaftlich beschäftigt mit
den Kindern ihrer Kusine, die sie vorher nur erstaunt bei
ihren Streichen beobachtet hat und denen sie nur genügend Geschenke zu geben bemüht war. Jetzt zuckt sie zusammen, sobald sie zu übermütig werden, streckt heftig
den Arm aus, wie um sie vor einer Gefahr zu beschützen,
der sie sich nach ihrer Meinung aussetzen. Sie ist auch aufmerksam gegenüber ihren Eltern. Während ihres ersten
Aufenthalts bei den Stepanovs hat sie gegen Magdas über-
triebenen Eifer aufbegehrt, obwohl sie einsah, daß das zu
ihrer Natur gehörte und nicht zu ändern war, jetzt aber
hilft sie ihr beim Packen, beim Ankleiden der Kinder, bei
der Zubereitung der Sandwiches, die sie, so scheint es Sergije, auf zauberische Weise üppiger und wohlschmecken-
der macht als irgendwer sonst. Milan Stepanov, über dessen ausschweifende Geschichten und Beteuerungen ihre
Aufmerksamkeit mit fast beleidigender Zerstreutheit hin-
weggleiten konnte, ebenso wie ihre rauchgrauen Augen
über seine schmalziggelockte Erscheinung, hört sie jetzt
mit Interesse zu, die Ellenbogen aufgestützt und mit
einem Blick, als studiere sie ihn gründlich und käme zu bedeutenden Schlußfolgerungen. Was alles genau beobachtet
ist, denn für Inge ist die Familie ihrer Kusine, bis vor
kurzem ein Bild dessen, was sie selbst nie haben wird,
unter dem Eindruck der Schwangerschaft zur einzigen

Verwandtschaft geworden, die noch dazu den ihr erst bevorstehenden Weg bereits hinter sich hat. Unerfahrenheit, Zweifel, Ängste, all das treibt sie in die offenen Arme der Stepanovs. Als sie zum zweitenmal, allein, nach Novi Sad reiste in einer Art Flucht vor der Verantwortung nach der gynäkologischen Diagnose, war sie noch unsicher, ob sie sich dieser Verantwortung mit Hilfe eines bestechlichen Arztes hier oder in Wien entziehen sollte, und der Ausflug mit Sergije bedeutete einen Aufschub, wieder eine Flucht vor dem Dilemma. Aber der Ausflug wurde beendet, und bevor sie ihn in Titel oder anderswo fortsetzen konnte, traf Balthasar ein als Mahnung an den Ernst und die Unabwendbarkeit einer Entscheidung. Einer Entscheidung, deren Bedeutung sich inzwischen unter dem Einfluß der in Inge wachsenden Frucht verändert hatte.

Denn während sie diese Frucht anfangs als Fremdkörper in ihrem Leib quälte, sie zum Erbrechen reizte und Eßgier nach zugleich widerlichen Dingen verursachte, setzte sie sich an den heißen Tagen in Titel, da Inge sich der Sonne und dem Wasser und der Maßlosigkeit ihrer Liebe hingab, in ihr fest, gewöhnte sich ein, gewöhnte sie an sich und schuf in Inges Körper anstelle der ursprünglichen Angst ein sattes und träges Glücksempfinden. Sie fühlt sich stark und kräftig wie nie, ißt mit Appetit und schläft tief, traumlos. Sie wird dick und freut sich darüber, denn sie empfindet das als sichere Grundlage für die übernommene Last; sie betrachtet im Spiegel ihr auf Kosten der in die Höhlen gesunkenen Augen geschwollenes Gesicht mit den roten Flecken und findet in seiner Verhäßlichung Zeichen einer neuen Kraft, neben der seine Schönheit unwichtig und inhaltslos erscheint. Dies ist das erstemal, daß sie in ihrem Körper einen Sinn, ein tieferes Ziel erkennt, zum erstenmal begreift sie, daß er die Quelle von etwas Größerem und Wertvollerem sein kann, von etwas, was wichtiger ist als sie selbst, weil es ihr ermöglicht, sich zu wiederholen und zu überleben. Eine Abtreibung kommt ihr nicht mehr in den Sinn; sie ist ganz mit der Zukunft ihrer Mutterschaft beschäftigt. Und die ist in den Stepanovs verkörpert – Heim und Kinder. Natürlich kennt sie die Unterschiede und ist deshalb so wachsam. Sie erinnert Magda und Stepanov an ihre Jugendliebe, derentwegen sie sich nicht getrennt und die vier kleinen Ebenbilder gezeugt haben. Anstelle einer solchen natürlichen Verbindung ist sie an einen Mann gebunden, der nicht der Vater ihres Kindes ist, und an einen fremden Geliebten. Sie begreift, auf wie vieles sie verzichten mußte, und betrachtet sehnsüchtig diesen Familienverband, in dessen Gefüge sie bisher so viele Mängel gefunden hat. Er hat ein Fundament: die aufrichtige Liebe, die ihn wie tief in die Erde reichende Wurzeln mit den heilkräftigen Säften der Vergangenheit nährt. Was dagegen hat sie? Paarungen aus Begierde oder Angst, in beiden Fällen mit dem Blick zum Nebenbuhler, der nichts wissen darf. Versteckspiel, Lügen. Das ist keine Grundlage, auf der ihre Leibesfrucht wachsen und zur Welt kommen kann, das ist ihr klar. Ein Kind erfordert ein harmonisches Verhältnis zur Umwelt, dezidierte Standpunkte und Absichten. Ein Heim. Das schleudert sie ihren Beischläfern fast zornig ins Gesicht, zwar unausgesprochen, aber deutlich durch die schamlose Sachlichkeit, mit der sie sich ihnen hingibt. Sie haßt ihre egoistische Lüsternheit, diesen männlichen Drang nach Entleerung, nach der sie kraftlos sind, ohne Wert für sich und andere, wie mit einem Messer von der Zukunft getrennt. Sie würde sich ihnen entziehen, wenigstens einem von beiden, wenn sie sich entschieden hätte, aber sie gibt ihnen noch immer nach, weil sie unschlüssig ist und damit rechnet, daß sie sich morgen an einen von ihnen halten muß. Aus Angst vor Erniedrigung flüchtet sie zu den Kindern, zu Magda, Stepanov, beteiligt sich an der Hausarbeit, der sie früher aus dem Weg gegangen ist, und bei den Badeausflügen, für die sie schwärmt, spielt sie die Betreuerin und liebe Tante, nur um die Aggressivität der Männer abzuwehren.

Sie hängt sich an Eugen, den sie als ihresgleichen betrachtet, der an diesem Reigen der Begierde nicht beteiligt und dennoch infolge seiner Unselbständigkeit gezwungen ist, ihm zu dienen. Sie sorgt dafür, daß er zu essen hat, nötigt ihm ihre saftigen Sandwiches auf, die sie in ihrem neuen Instinkt der Ernährerin mit Freude zubereitet. Sie gesellt sich zu ihm, wenn er mit den Kindern spielt, lernt seine Bewegungen und witzigen Bemerkungen, um sich später daran zu erinnern. Sie umschmeichelt ihn, tätschelt seinen muskulösen Arm, wobei sie weiß, daß sie ihn verführt, aber auf schwesterliche Art, denn er wird es nicht wagen, ihr als Mann näherzutreten. Wie einer nicht existierenden besten Freundin vertraut sie ihm ihre Vorbehalte gegen Mann und Liebhaber an, deren Rollen er ohnehin kennt, und bittet ihn, sie vor ihnen zu schützen, indem er an ihrer Seite bleibt. Schließlich legt sie ihm nahe, nicht mehr seine Wohnung für die ihr unangemessenen Schäferstündchen zur Verfügung zu stellen, was Eugen, der dem feuchten Blick der schönen grauen Augen nicht widerstehen kann, nicht nur verspricht, sondern auch ausführt: unter dem Vorwand, seine Nachbarn beschwerten sich über die verdächtigen fremden Gäste, weist er mehrmals Sergijes Absichten zurück. Dieser ist wütend, wird blaß, beißt die Zähne zusammen, wenn er mit Inge und den Stepanovs zum Strand fährt, denn er ahnt, woher der Widerstand kommt. Inge sieht ihn erleichtert und mitleidig an, zufrieden, weil sie sich von einer für sie jetzt unwichtigen Leibesübung befreit hat. Gegenüber Balthasar hat sie keinen solchen Schutz, und er beschläft sie in seiner

Eifersucht jetzt öfter als zu Hause. Öfter und länger, als es seinen physischen Bedürfnissen und Kräften entspricht, als wollte er sich für seine Demütigung rächen. Bei diesen widernatürlichen Anstrengungen erlaubt er sich einem geregelten Eheleben unangemessene, ordinäre Grobheiten, beißt und kneift Inge hier in der fremden Wohnung, wo die Kinder sie hören können, da er weiß, daß sie es nicht wagen kann zu schreien. In einer Nacht, nachdem er sie eine Stunde lang quer über das Doppelbett gezerrt hat, umfaßt er mit dem einen Arm ihren Rumpf und mit dem anderen ihre Schenkel von unten, drückt sie zu einem Knäuel zusammen – sie zappelt verzweifelt, befreit sich gewaltsam aus der Zange und stößt ihn von sich. »Hör auf! Ich bin schwanger!« stöhnt sie. Als er begreift, versetzt er ihr weit ausholend einen Schlag ins Gesicht. Sie jammert, und damit ist die Mauer der heuchlerischen Stille durchbrochen; er stürzt sich auf sie, versetzt ihr mit der flachen Hand und der Faust Schläge auf Wangen, Kiefer, Hals, Brust. Inge wehrt sich, schützt Gesicht und Körper mit den Armen, wälzt sich auf den Bauch, damit Balthasar ihn nicht verletzt, schluchzt vor Schmerzen. Erst da läßt er von ihr ab und rollt sich in sein Bett. Sie weint leise. Er stützt sich auf einen Ellenbogen, zieht das Laken über sie, deckt sich mit dem eigenen zu. Die Lampe auf seinem Nachttisch brennt, in der Stille hört man nur ihr unterdrücktes Schluchzen; er hofft, daß sie niemanden geweckt haben. Er überlegt. Beziehungsweise, das ist keine Überlegung, sondern seine immer gleiche Abrechnung mit ihr, der Ungetreuen, jetzt verschärft durch das Wissen, daß sie beim Ehebruch auch ein Kind empfangen hat, wie ein belastendes Bündel, etwas Folkloristisches aus dieser Gegend, in die weder er noch sie mehr gehören, etwas Schmutziges, nach Knoblauch und Schnaps Stinkendes, wovor ihm ekelt. Er ekelt sich vor dieser Last in ihrem Bauch, obwohl sie ihm Beruhigung bringt, als wären die Kämpfe jetzt beendet. Seit er Inges Seitensprünge beobachtet, hat er befürchtet, daß sie mit jemandem schwanger würde und daß dies das Ende seiner Herrschaft über sie wäre. Jetzt, da er Gewißheit hat, stellt sich heraus, daß nicht seine Macht am Ende ist, sondern seine Furcht. Wegen der stinkenden Klebrigkeit der empfangenen Last, wie er sie empfindet. Und das muß auch sie empfinden, glaubt Balthasar, sonst hätte sie nicht gewartet, bis er mit seinen Bissen und Schlägen die Wahrheit ans Licht brachte, und würde nicht so krampfhaft unter dem Laken weinen. Sie fühlt sich unsicher mit dieser in der Halbwelt der Fremde empfangenen Leibesfrucht, und diese Unsicherheit, die sich nur steigern kann, wird sie endgültig an ihn binden. Sie wird diesen Bastard gebären und ihn lieben, weil sie eine Frau ist, und sie wird dieser Liebe wegen von ihm, Balthasar, abhängig sein. Auch er wird ihn liebgewinnen, obwohl er aus dieser Halbwelt kommt, oder gerade deshalb, denn er stellt ihn vor die Aufgabe, ihn auf sein eigenes Niveau zu heben.

Er kann sich vorstellen, wie er mit ihm auf dem großen Teppich im Wohnzimmer spielt, wie er ihm erst einfache und dann kompliziertere Spielsachen bringt und ihn sprechen lehrt. Inge wird ihnen von der Seite voller Angst zusehen, ob in ihm das Böse erwacht, ob er ihr Kind erwürgt oder gegen die Wand schleudert; aber wenn sie sieht, daß er es auf die Schultern nimmt und dann sorgsam zwischen den Spielsachen absetzt, um nach oben unter die Dusche zu gehen, wird sie sich dankbar in seine Arme legen. Er ahnt schon diese künftigen Begattungen, was ihn wieder erregt, er kriecht in Inges Bett, streichelt sie, zieht das Laken weg, vereinigt sich wieder mit ihr, die verweint und erstarrt daliegt. Dann wischt er sich mit dem Laken ab, zieht es über sie, rollt zurück in sein Bett, deckt sich zu und löscht die Lampe.

»Alles ist klar, Inge«, sagt er in die Dunkelheit. »Wir werden ein Kindchen haben, einen Erben. Jetzt paß nur auf, was du tust, denn du bist die Mutter, und ich, das weißt du, werde dafür sorgen, daß uns niemand mit Schmutz bewirft.« Er legt sich zurecht und schläft ein. Am Morgen erwacht er mit dem Wunsch, sein neues Selbstbewußtsein zu zeigen. Er geht ins Bad, setzt sich händereibend an den Tisch, fragt jeden, wie er geschlafen hat, wirft fragende Blicke um sich und fordert seine Frau, die vor ihm aufgestanden ist und Magda schon hilft, auf, sich zu ihm zu setzen. Er bemüht sich, die Kinder zu unterhalten, mischt sich in die Vorbereitungen zum Strandbesuch ein, spült die Ballonflaschen, reicht die Körbe zu, empfängt lauthals die Gäste – Eugen und Sergije –, die gegen Mittag eintreffen. Er treibt die Gesellschaft an, da man an so einem schönen sonnigen und windstillen Tag keine Minute verlieren dürfe. Wenn sich an der Donau alle ausgezogen und am Strand verteilt haben, spaziert er vor dem Sommersitz unter den Bäumen umher, aber so, daß ihm alle vor den Augen sind, wie ein Hahn, an den auch sein rotes, am Morgen hochgekämmtes Haar erinnert. Aber all das befriedigt seinen Stolz nicht, er muß ihm Ausdruck verleihen. Er bleibt bei Stepanov stehen, der die am Ufer parkenden Autos wäscht, guckt ins Haus, wo die Frauen Brot schneiden und den Kohlsalat vorbereiten, geht um Sergije herum, der mit dem Boot voller Kinder beschäftigt ist, entdeckt Eugen unter ihnen wie einen von nackten Körpern umgebenen Laokoon, reicht ihm die Hand.

»Befreien Sie sich doch, Eugen, von diesem Gewühl, das unserem Alter nicht angemessen ist. Gehen wir ein bißchen in den Schatten.« Er führt ihn, der überrascht und von der Aufforderung geschmeichelt ist, zu einem kleinen Rundgang um den Strand. Ihm scheint, er könne sich am besten diesem einzigen Menschen anvertrauen, der mit

Inge nicht verwandt und in dieser Stepanov-Rudić-Sippe
ein Fremder ist wie er selbst, wenn auch ein Freund von
Sergije; denn was hat er als armer Jude mit ihnen gemein?
Mit dieser Voraussetzung wendet er sich auch an ihn, als
sie zum erstenmal allein unterwegs sind.

»Ein schöner Ort für Sommerferien, nicht wahr? Nur
für meinen Geschmack zu eng. Zu laut, zu gedrängt.
Sonne, Wasser, Essen, halbnackte Frauen, alles auf einem
Haufen. Nirgends Weite und Ruhe zum Aufatmen, Sie
müssen ständig mit den anderen zusammensein und tun,
was die anderen tun. Ich habe das Gefühl, daß Sie hier ein
Opfer sind wie ich selbst, weil Ihnen hier nichts gehört.
Mir schon, die eine der Frauen. Aber das wird mir bestrit-
ten, wie Sie wissen.«

Und als Eugen verwirrt die Arme ausstreckt, drückt
er sie ihm beruhigend wieder an den Körper.

»Ich verstehe Sie und werfe Ihnen nichts vor. Sie haben diesen biologischen Hunger, und wir weichen ihnen
aus. Aber sie ermüden schnell, merken Sie sich, was ich
Ihnen sage. Was sie so leicht erreichen, können sie nicht erhalten. Sehen Sie nur!« Er zeigt auf das Boot, in das die
Kinder einen großen Stein an einem dicken Seil zu heben
versuchen.

»Ich weiß, daß Sie die Kinder mögen, und auch die
Kinder mögen Sie, aber nicht, weil Sie eine gebildete und
geistvolle Persönlichkeit sind, sondern weil Sie lustig
wirken. Diese Kinder werden nie in Ihre Fußstapfen treten. Wenn sie groß sind, werden sie sich nur körperlichen
Freuden hingeben und an Onkel Eugen bloß als jemand
denken, der seltsame Sachen gesagt hat. Von mir ganz zu
schweigen, ich bin für sie ein steifer Ausländer. Die zivili-
sierte Welt wird ihnen für immer verschlossen bleiben,
außer wenn es um Autos und Kühlschränke geht, die sie in
unserer Lizenz produzieren und mit ihrer ungeschickten

Behandlung verderben. Dabei sind sie nicht schuld an alldem, sie sind liebe, gescheite Kinder, das wissen Sie am besten. Aber was lernen sie von ihren Eltern! Sehen Sie nur diesen Stein, wer hat ihnen den in die Hand gegeben, wenn nicht ihre Alten? Als wäre nicht schon vor Jahrhunderten der Anker erfunden worden! Aber ihnen fällt es leichter, so ein Ungetüm am Viehstrick zu benutzen.«

Sie haben einen Halbkreis beschrieben und machen kehrt.

Balthasar wechselt das Thema. »Sehen Sie, ich habe in einer Sache versucht, ihnen zu helfen.« Er neigt sich zum Ohr seines Gesprächspartners. »Mit dieser Wohnung, damit wenigstens die Kinder einen Nutzen von dem Erbe haben. Aber es ist ihnen egal!« zürnt er. »Es ist ihnen egal, als würde ich einen Blödsinn vorschlagen und nicht die logischste Lösung für beide Seiten. Sie wollen einfach nicht denken. Weil sie mit Essen und Faulenzen beschäftigt sind. Na gut, wie sie wollen. Bloß daß sie nicht antasten, was meins ist!« Er bleibt stehen, führt das kürzere Bein an das gesunde. »Sie verstehen, was ich meine? Es geht natürlich um Ihren Freund. Dem ich mit meinen Vorschlägen auch helfen wollte, der aber nur begriffen hat, daß er sich in meine Ehe einmischen kann.« Er wehrt Eugens verwirrten Widerspruch ab: »Moment, Moment. Vergessen wir die kleinbürgerlichen Regeln, wenigstens wir beide als Menschen mit weiterem Horizont. Ein bißchen Spaß, das ja, das können wir beim heutigen Tempo des Lebens nicht verbieten. Aber jetzt geht es um etwas anderes. Sie erwartet ein Kind, Eugen! Sie haben das nicht gewußt? Dann verstehe ich Ihren, wie soll ich sagen, Gleichmut in diesem Fall. Aber jetzt, wo Sie es wissen, werden Sie mir helfen? Wenigstens dadurch, daß Sie diese unmögliche Beziehung nicht mehr unterstützen. Ich habe meinerseits Schritte unternommen, die Sache zu unter-

274

binden, und ich bitte Sie herzlich, Ihren Freund zur Vernunft zu bringen.«

Er nickt, nimmt zur Kenntnis, daß Eugen stumm entsetzt ist und nicht einmal versucht, das Thema zu wechseln, sondern sich ungeduldig nach Sergije umschaut, der im Boot mit den kleinen Stepanovs verschwunden ist. In Ermangelung eines wesentlichen Themas bewegt sich das Gespräch der beiden Spaziergänger eine Zeitlang wieder um allgemeine Angelegenheiten, aber als das gelbe Boot unter dem Geschrei der Kinder einläuft, trennen sie sich mit einem Blick des Einverständnisses, und während Balthasar seinen Rundgang fortsetzt, beeilt sich Eugen, Sergije die Botschaft zu überbringen. Dieser ist nicht minder bestürzt als Eugen und sieht sich nach dem benachbarten Glied in dieser Kette der Verkündigungen um. Inge hält sich jedoch konsequent in Magdas Gesellschaft auf, gerade verlassen sie das Haus mit Tabletts voller Speisen, auf die sich die Kinder jubelnd stürzen. Stepanov wirft den Schwamm in den Eimer und kommt hinzu; mit spöttischer Langsamkeit nähert sich auch Balthasar. Sie sitzen im Kreis auf Baumstümpfen, und da ihnen der Mund vom Essen, einigen auch von Scheu verstopft ist, tauschen sie die dramatischen Botschaften nur mit Blicken aus. Sergije fragt, Inge wundert sich, Balthasar erläutert, Eugen übersetzt nach links und rechts; nur die Stepanovs bemerken nichts, bis auf den außergewöhnlichen Appetit ihrer Gäste. Das erfüllt sie mit Zufriedenheit, sie fordern zum Zugreifen auf, so daß man länger als sonst um die Tabletts und Ballonflaschen zusammensitzt. Für Sergije ist es eine Tortur, der sogleich die nächste folgt, denn Inge, gewarnt durch sein feuriges Augenrollen und die mürrisch gerunzelten Brauen ihres Mannes, zieht sich mit ihrer Kusine unter dem Vorwand zurück, beim Geschirrspülen helfen zu müssen. Danach steigt sie mit Magda und natürlich den

Kindern ins Boot und überläßt die Männer sich selbst. Der ahnungslose Milan Stepanov, der das Alleinsein bei der Arbeit satt hat, holt das im schlammigen Flachwasser gekühlte Bier herbei, bietet Zigaretten an, gibt Feuer und unterbreitet mit weit ausholenden Gesten seinen Plan, ein größeres, stabileres richtiges Fischerboot zu kaufen und dazu später einen Motor, damit die Gesellschaft auch auf dem Wasser so nett beisammen sein kann. Obwohl diese Absicht erst im kommenden Sommer zu verwirklichen ist, läßt er sich auf detaillierte Beschreibungen nicht nur des ersehnten Wasserfahrzeugs, seiner dicken Planken aus Tannenholz und des undurchlässigen Teers ein, sondern auch jener ganztägigen gemeinsamen Ausflüge zu entfernten sandigen Inseln mit Mahlzeiten an jungfräulichen Stränden, Mittagsruhe im Schatten des mitgeführten Zelts, Nacktbaden – und bringt seine mit ganz anderen Gedanken beschäftigten Zuhörer an den Rand der Erschöpfung und besonders Sergije an den der Verzweiflung.

Er wartet auf Inges Rückkehr, beißt sich auf die Lippen und wiederholt bei sich unaufhörlich wie die Melodie von einer zerkratzten Schallplatte Eugens Eröffnung, von der er fast nicht mehr glaubt, daß er sie richtig verstanden hat. Aber Inge verspätet sich. Sie ist mit diesem verdammten Kahn weggefahren, aufs Wasser entglitten mit den fremden Kindern und ihrer Kusine, der sie sich vielleicht gerade jetzt anvertraut. In Übereinstimmung mit Eugens Behauptung oder im Gegenteil mit einem unbekannten Inhalt, der, nach ihrem abweisenden Verhalten der letzten Tage zu schließen, nur Schlimmes ahnen läßt? Die Sonne neigt sich zum Untergang und beendet einen weiteren Tag mit Inge und zugleich ohne sie, einen in Sehnsucht und Vergeblichkeit auf Kosten seiner familiären Pflichten verbrachten Tag. Wenn sich Eugens Nachricht als falsch erweist, wird er mit ihr Schluß machen, entscheidet er fast erleichtert, schon morgen früh nach Belgrad abreisen, seine Tochter holen und mit ihr den kurzen Rest des Urlaubs irgendwo im Süden verbringen, um zu sühnen. Stepanov schildert mit glänzenden Augen, wie er sein künftiges Boot mit langsamen Strichen teeren wird, und Sergije verflucht ihn bei sich, verflucht alle Fahrzeuge, die Inge wegbringen können, er verflucht ihr Auto, das Auto ihres Mannes, der sie auch zu entführen droht. Als das echte, gelbe Boot hinter den Weiden auftaucht, erscheint es allen wie eine Vision, und sie gehen ihm entgegen. Die Realität treibt sie aber wieder auseinander. Stepanov erinnert sich, daß es Zeit zum Aufbruch wird und er das Auto noch nicht fertig gewaschen hat, also fordert er die Kinder auf, ihm zu helfen; Balthasar hält Eugen zurück, der sich zu ihnen gesellen will, und bittet ihn, bei einer kurzen Bootsfahrt sein Steuermann zu sein; und so bekommt Sergije freien Zugang zu Inge. Er reißt sie weg von Magda, die verstreute Essensreste ins Haus bringt, und zischt ihr ins Ohr: »Ist es wahr? Rede! Ist es wahr?« Worauf sie in der Meinung, er beziehe sich auf ihre Verabredung mit Eugen, und sie müsse jetzt offen sein, mit »Ja« antwortet. Und sie rennt voller Reue und Rührung zu Magda zurück. Er bleibt stehen wie unter einem Peitschenhieb, beobachtet die Frauen bei ihrer Beschäftigung, er braucht Zeit, bis er begreift, daß er das Wichtigste nicht erfahren hat. Aber sie ist jetzt vorsichtig, versteckt sich hinter Magda, und er muß auf den Augenblick lauern, als ihre nichtsahnende Beschützerin zu den Kindern rennt, um ihnen ein Sieb wegzunehmen, mit dem sie im Sand spielen. Sergije packt Inge am Arm und läßt nicht los. »Warte einen Moment. Ist es von mir? Oder nicht?« Womit ihr klar wird, daß sie mehr bestätigt hat, als sie wollte. Sie sieht ihn ängstlich an, erkennt aber an seinem fast wilden Gesichtsausdruck, daß sie nicht mehr ausweichen kann, und senkt den Blick. »Ich weiß es nicht. Wahrscheinlich.« Und als sich sein eiserner Griff nicht lockert, gesteht sie leise jammernd: »Hör auf, du tust mir weh. Natürlich ist es von dir.« Und sie sieht ihn unter gerunzelten Brauen scharf an, wie bei jenen heißesten Umarmungen im Hotelzimmer in Titel. In ihm steigt stolzes Begehren auf, er läßt ihren Arm los und greift nach ihrer Hüfte, aber sie entzieht sich, und da gleitet schon mit plätschernden Rudern das gelbe Boot in ihren Blick: Balthasar und Eugen kommen zurück.

Unglaublich!« murmelt Sergije bei sich, wenn er im Zimmer hinter geschlossener Tür und herabgelassenen Rollos auf und ab marschiert, wenn er zu den Stepanovs geht, um an ihren Badefreuden teilzunehmen, und auch während dieses Badevergnügens, halbnackt am Donauufer und mit lauerndem Blick auf Inges ebenfalls entblößte Gestalt. Sie fasziniert ihn weiterhin, ob er sie sieht oder sich nur vorstellt, dieser dicke Körper mit dem kräftigen Hals und dem schmalen Kopf, aus dem ihn die mattgrauen Augen ansehen und die schwellenden, immer leicht geöffneten roten Lippen locken. Jetzt aber geschieht in diesem Körper etwas für ihn Unbegreifliches, das ihn allmählich entstellen wird, bis er den Weg freigibt für ein schleimiges, runzliges, durchdringend weinendes Wesen. Er, der schon einmal Vater geworden ist, hat damals nicht so über den Körper der Frau nachgedacht, die sein Kind trug: als er mit ihrem Körper in Zärtlichkeit und später im Zwiespalt zusammenlebte, hat er besorgt beobachtet, wie er anschwoll, und ihm sein Verhalten angepaßt, weil die Vorgänge in diesem Körper ein Bestandteil seiner Symbiose mit ihm waren. Entweder hat er ihn in jüngeren Jahren, in seiner Unerfahrenheit, als nah und fern zugleich empfunden, oder die Ehe mit ihren Tausenden kleinen und großen Veränderungen, Zusammenstößen und Lösungen hat das Näherkommen der größten Veränderung verschleiert. Jetzt ist nichts verschleiert, es ist nicht seine Ehe, sie spielt sich in einem fremden Schlafzimmer und einer fremden Küche ab und gibt seinem Blick nur den einen Körper frei, Inges Körper, in dem der von ihm gezeugte Embryo wächst. Dieser Körper wird für ihn ein vereinzelter Gegenstand, wie ein seltener Käfer unter dem Mikroskop. Er studiert ihn, sucht nach Veränderungen,

die seiner Aufmerksamkeit bei täglichen Begegnungen entgangen sind, und entdeckt wirklich Zeichen, die auf andere
Umstände hinweisen: gerundete Formen, Trägheit, Un-
reinheit der sonst immer gleichmäßig weißen, seit kurzem
sonnengebräunten Haut.

Das ist eine neue Inge, ein bißchen abstoßend, aber
zugleich anziehender als zuvor, gerade wegen dieser Un-
vollkommenheit, deren Ursache seine Vereinigung mit ihr
ist. Als wäre ihre Wäsche und Kleidung benetzt vom
Schleim des Geschlechtsverkehrs und verbreite den Geruch nach Leidenschaft und Selbstvergessenheit. Aber
auch nach etwas anderem, das nicht mehr nur sie und er
ist, sondern jenes Dritte, das in ihr heranwächst: Wund-
heit, Windeln, Milch. Sie sind nicht mehr allein, und nicht
nur Balthasar steht zwischen ihnen, sondern auch diese
Veränderung in ihr. Sie hat jetzt einen unabhängigen Willen, der sie an ihn, Sergije, bindet und zugleich von ihm
entfernt, einen Willen, der sich schon in ihrer Ablehnung
gezeigt hat, ihn regelmäßig allein zu treffen, was erst jetzt
durch das Eingeständnis seiner Vaterschaft klargeworden
ist. Er begreift, daß er sie verlieren könnte, und ahnt die
Richtung: Sicherheit, Legalität, Ende der Unentschlossen-
heit, in der er sie bisher festgehalten hat. Als kröche sie in
die Erde, in eine Höhle, wo er sie nicht mehr erreichen
kann. Er beobachtet, wie sie sich ihm entzieht, wie sie seinen Blicken ausweicht, sich an Magda und Eugen an-
schließt und die Kinder ihrer Kusine betreut. Diese Sitt-
samkeit gefällt ihm, verärgert ihn aber auch, weil sie gegen
ihn gerichtet ist. Will sie ihn gänzlich loswerden? Er studiert ihr jetzt fleckiges, von früher unbekannten, dienst-
fertigen und beschützerischen Regungen verschattetes
Gesicht und kann nicht glauben, daß es dabei bleibt. Sie
wird zu ihm zurückkehren, denkt er, sobald diese An-
wandlungen der Schwangerschaft vorbei sind, sobald sie

dieses Kind geboren, gestillt, gewiegt hat; sie wird sich wieder dem zuwenden, der sie befruchten konnte.

Aber dieser Gedanke betrübt ihn auch. Er wird warten müssen, und dann wird das eine Frau mit eigener, von ihm getrennter, noch dazu mit einem anderen geteilter Erfahrung sein. Ist seine Aufgabe wirklich nur die Befruchtung? Ist das sein Schicksal? Oder ist er unfähig, das zu behalten, was er geschaffen hat? Ist er ein Hengst dieser Generation, dieses Kreises zwischen Novi Sad und Belgrad, in dem er sich bewegt? Er stellt sich vor, wie er alt wird, allein und überflüssig, knorrig wie ein Baum, grau, behaart, schwerhörig, ohne Echo um sich, und mit weitverstreuten Früchten, die wachsen und sich unter anderen verzweigen und sich von ihm lossagen. Die sich seiner sogar schämen. Ein versteiftes Glied, das, wenn nötig, ejakuliert – eine wenig erhabene Erinnerung für Töchter und Söhne. Er weiß, ist fast sicher, daß ihn Stojanka bereits so sieht, er hat es in ihrem Blick des pubertierenden Mädchens bei ihren flüchtigen Begegnungen und bei dem einen, halb mißlungenen Familienausflug entdeckt und geahnt, woher ihre Entfremdung kommt: aus der Voreingenommenheit ihrer Mutter und aus seiner Abwesenheit, aus dieser Entfernung, die den Verdacht auf Sorglosigkeit und Egoismus nahelegt. Dafür hat die Kleine wahrscheinlich Gründe, denn obwohl er sich unter dem Druck der Mutter und ihres närrischen Verhaltens zurückgezogen hat, steht fest, daß das für ihn eine Erleichterung war. Er hat sich damit vor Zusammenstößen geschützt, seine Integrität und Menschlichkeit für etwas anderes bewahrt. Offensichtlich nicht für eine Ehe. Oder für eine andere Ehe? Vielleicht hat er schon damals damit gerechnet, obwohl er Inge noch nicht kannte, jedenfalls nicht als Frau, und an das Mädchen Inge hat er sich nicht erinnert, obwohl sie für ihn, wenn er jetzt darüber nachdenkt, seit ihren ersten Begegnungen, da sie als Franz'

Freundin in grauen Reithosen und schwarzen Lackstiefeln auftauchte, irgendwie die Auserwählte war. Haben ihm also die beiden Ehen als Übung gedient, um die Grenzen seiner Macht zu erkennen, mögliche Konfrontationen und Hindernisse zu bestehen, und in der zweiten seine Fähigkeiten als Vater zu erfahren? Die Kleine war in diesem Fall das Objekt eines mißlungenen Versuchs, weil sie behindert geboren wurde und es durch die Schuld der Mutter auch blieb, ihrer Ängstlichkeit, ihres Mangels an Mut, aber auch durch seine Schuld, weil er die Mutter nicht zur Vernunft, zum vernünftigen Risiko überreden konnte. Die Kleine muß also geopfert, als Ausschuß abgeschrieben werden, damit man zu einer besseren Maschine gelangt, die ein vollkommeneres Produkt verspricht?

Sergije findet sich allmählich mit diesem Gedanken ab, verleugnet seine Empfindsamkeit, seine edlen Absichten mit der Tochter, die gerade dieser Tage an einem sonnenbeschienenen Strand bei ihm sein sollte, um im salzigen Meerwasser zu schwimmen, das ihre trägen Muskeln kräftigen, ihren Appetit steigern, ihre blasse Haut gerben, ihr seidiges Haar straffen, ihren Blick sicherer machen würde. Dieser Blick verfolgt Sergije, sein Flehen, die Angst, er könne sie mit seiner männlichen Aufdringlichkeit verletzen, an die sie nicht gewöhnt war in der rein weiblichen Obhut, aber auch Ödnis, diese Angst mitsamt der Bitte, sie dort nicht allein zu lassen, nachdem er schon ein vages Versprechen abgegeben hat. Aber er hat sein Versprechen nicht gehalten und weiß bereits, daß er es nicht mehr erfüllen wird, er wird einfach verschwinden, verstummen und es ihr überlassen, sich an die Scherben einer Möglichkeit zur Rettung zu erinnern. Er wird zulassen, daß es mit ihr neben dieser monströsen, sorgenvoll blickenden Mutter bergab geht, daß sie welkt und nie zur Frau wird, sondern zu einer lahmen alten Jungfer, ewig blaß, gebeugt, ängstlich, mit unerfüllter Sehnsucht, zernagt von bitterer Erinnerung an sein falsches Versprechen, das, wäre es gehalten worden, sie aus der Dürre befreit hätte. Kann er ihr das antun? Beschämt fühlt er, daß er es kann, denn seine Lebenssäfte ziehen ihn ins Kräftemessen, ins Abenteuer, ins Risiko, zur Sonne, zum lebenden Wasser, zur Bewegung, dahin, wo Inge ist. Inge ist, so scheint ihm jetzt, seine letzte Eintrittskarte in die Zukunft; sie ist zu ihm zurückgekehrt, als er gerade seinem ersten Kind alle Wünsche opfern wollte und in seinem Irrtum übersah, daß es zum Opfer ausersehen war als Prüfung, als Sackgasse, in der er festgesteckt hätte, wäre nicht Inge wieder erschienen. Aber diesmal nicht mehr allein, sondern mit seinem Kind im Bauch, was er zwar nicht wußte, aber dieses Kind hatte mit seinen Säften die Tage und Nächte in Titel genährt, jene Sonnenbäder, Spiele im Wasser, Spaziergänge, nachmittäglichen Umarmungen im Hotel »Anker«. Vielleicht ohne es zu wollen, hat Inge ihn auf diese Dreieinigkeit im Blut hingewiesen: sie hat ihm gezeigt, was er von ihr bekommen und erwarten kann, nachdem er seinen Samen in sie ergossen hat. Und dieser Same, seine Schöpfung, wächst, bis er sie zerreißen und zur Mutter machen wird, was sie bisher nicht war, zur Mutter seines Kindes. Kann er diese Gelegenheit versäumen? Die Gelegenheit, für immer bei Inge zu bleiben, ihrem prangenden Körper, dem verschleierten Blick ihrer grauen Augen, ihren geschickten Armen und Beinen, dem leichten, über die Stirn hängenden Haar? Er weiß, das ist ein zu großes Angebot, als daß er darauf verzichten könnte. Er wartet schon zu lange, seit er sie zum erstenmal in Reithosen und Lackstiefeln erblickt hat und noch früher, als er neugierig die Welt der Familie Schultheiß betrat, zu der auch sie gehörte. Noch heute erinnert er sich an das schloßähnliche Haus mit dem gepflasterten Hof hinter dem grünen Gitterzaun, den dunkel polierten Türen,

283

den geräumigen Zimmern, die nach Leder, fremden Getränken und teurem Tabak dufteten und für den Empfang vieler verwöhnter Gäste eingerichtet waren, mit vielen Durchgängen, wo man flüsterte, heimlich Liebe machte, sündigte, ohne das äußere Ansehen und den Familienstolz zu beschädigen. Auch der kindische, mit Franz Schultheiß ausgeheckte Plan einer Flucht nach Afrika war die Fortsetzung dieser Eitelkeit, die Sergije hier in Novi Sad nicht verwirklichen konnte, statt dessen wandte er sich gegen das aggressive und bewaffnete Deutschland, indem er Getreidefelder in Brand steckte. Jetzt bereitet er sich, scheint ihm, auf eine ähnliche Diversion vor, wobei er besser ausgerüstet ist mit Geiseln, Inge und ihrem von ihm gezeugten Kind, und sozusagen auf feindlichem Territorium agiert statt wie umgekehrt während des Krieges; jetzt ist er derjenige, der angreift, rafft, erobert, und der Feind muß seine Verteidigung nach seinen Vorstößen richten. Wie sie aussehen wird, ist nicht schwer zu erraten: wie bei allen Angegriffenen ist es die Berufung auf das Recht, sein Eigentum zu behalten.

Hat ihm nicht Inge wörtlich gesagt – er erinnert sich genau an Zeit und Ort, ein bestirnter einsamer Abend auf der Deichkrone –, daß »Balthasar nie in eine Scheidung einwilligen wird«? Das heißt, daß er sie erzwingen muß. Er muß vernichten, töten, wie die Feinde damals. Und als er an diesen Punkt seiner Überlegungen gelangt, begreift er, daß er Balthasar tatsächlich umbringen muß. Das entsetzt ihn. Er fühlt, daß er nicht töten will, nicht kann. Damals, als es darum ging, aus dem Gefängnis zu entfliehen, war er auf Befehl zum Töten bereit, um sich und die anderen aus der Knechtschaft zu befreien, um kein Sklave mehr zu sein, er hätte nicht einen bestimmten Menschen getötet, sondern einen Feind, einen Gefängniswärter, einen Waffenträger, der ihn zur Sklaverei zwang, und als er in Warschau

284

Mita Gardinovački erschoß, war das ein Mensch, der ihn
angriff und töten wollte. Hier kehren seine Gedanken zur
ursprünglichen Richtung zurück. Denn Mord ist Mord,
unter welchen Bedingungen auch immer er verübt wird,
wobei derjenige, der ein bestimmtes Ziel hat, für einen
denkenden Menschen den Vorzug haben müßte. Nicht
nur eine Figur im Spiel der Geschichte sein, nicht blind-
lings, zufällig und aufs Geratewohl schießen, sondern
durchdacht und zielbewußt auf jemand, der im Weg steht –
wäre das nicht eine Gelegenheit, seine Unterwerfung
unter die Kräfte zu sühnen, die jenseits von ihm und ohne
Rücksicht wirkten? Wäre das nicht eine Pflicht gegenüber
sich selbst, deren Erfüllung ihn wieder gleichberechtigt
auf die eigenen Füße stellen würde?

Natürlich begreift er die Labilität dieses ersehnten
Gleichgewichts, die Gefahr, daß er im Abgrund landen
könnte. Ein Mord in Friedenszeiten, einer Frau wegen –
dafür bekommt man keine Orden und keinen Ehrenplatz
in Gedenkbüchern und Chroniken, sondern endet im
ganz ordinären Arrest, und Ausbruchsversuche sind nicht
mehr ruhmreich und heldenhaft, sondern Gewalttaten
und Rowdytum. Er würde seinen kleinen Anteil am Leben
verlieren, das bißchen Himmel über sich, den Rasen unter
den Füßen, den Schlaf im eigenen Bett, die Möglichkeit,
sich zu bewegen, zu verrennen, die Möglichkeit, sich in
wenn auch sinnlosen und verfehlten Liebesaffären zu erproben, er würde den Frieden der seinetwegen schon so
beunruhigten Eltern verlieren, die Achtung seiner lahmen
Tochter. So kehren seine Gedanken wieder zu diesem
Mädchen zurück, das jetzt vielleicht auf ihn wartet, die
Tage des Sommers zählt, sich immer unsicherer an seine
Versprechungen erinnert, Schicht um Schicht alle Vertrau-
enswürdigkeit, Wahrhaftigkeit, Zuverlässigkeit vom Bild
ihres Vaters schält, bis nur der zerkratzte, nackte Hinter-

grund übrigbleibt. Nein, er kann, er darf ihr nicht noch diese Demütigung antun, einen Mörder zum Vater zu haben, einen Zuchthäusler, den sie sich in ihrem freudlosen Zimmer hinter Mauern, mit Ketten an den Füßen, in gestreifter Jacke und mit geschorenem Schädel vorstellt, statt Bildern vom sonnigen Badestrand, mit denen er sie gelockt hat. Er muß also zwischen ihr und Balthasar wählen, diesen beiden Invaliden. Der Vergleich verwirrt ihn. Plötzlich sieht er Balthasar vor sich, wenn er an seine Tochter denkt, und andererseits, wenn er Inges Mann sieht, wie er hinkend, als einziger angekleidet, um den »Sommersitz« streift und sein rotes Haar mal hier, mal da zwischen Sträuchern und Bäumen aufleuchtet, tritt ihm Stojankas dünne, blasse Gestalt vor Augen. Ihm kommt der abergläubische Gedanke, ob nicht das Böse, der Satan in ihm verlangt, daß er durch den einen dem anderen Leid zufügt. Er muß seine Urteilskraft anstrengen, um aus dem Chaos den wahren Feind herauszuheben und ihm alle bisher festgestellten Mängel und Laster aufzubürden. Obwohl lahm, trägt Balthasar nicht die Dornenkrone des Schmerzensmannes, im Gegenteil: seit Sergije ihn kennt, strahlte er die Sattheit und Selbstzufriedenheit seiner Nation und Familie aus und einer ganzen Spezies Mensch, die mehr umfaßte als Nation und Klasse und die Sergije und die ihm Gleichgesinnten etwas verallgemeinert als Faschisten bezeichneten. Er erinnert sich an Balthasar aus der Zeit seines anwältlichen Vaterhauses: wie er fest und allwissend dasaß, obwohl nur ein paar Jahre älter als der verträumte Franz, wie er seine kurze englische Pfeife rauchte, die für die Schüler mit ihren versteckten Zigarettenschachteln eine Provokation war, wie er überlegen zum Zimmer des jüngeren Bruders blinzelte, wo dieser mit Sergije über Jagdmesser und Kanus zur Überwindung der afrikanischen Stromschnellen diskutierte, wie er allwissend auf die größere, echte Jagd wartete, an der er zwar wegen seines verkürzten Beins nicht teilnehmen konnte, die ihm aber die kostbarste Beute einbringen würde.

Ja, der Feind war nicht Franz, der das Jagdmesser gegen die Maschinenpistole eintauschte, um in der russischen Steppe zu enden, sondern dieser Nichtkämpfer, der im warmen Haus seine Verachtung, seine Bosheit eines Invaliden nährte und auf der Flucht nach der von anderen geschlagenen, verlorenen Schlacht Inge ins Heu zerrte. Er hatte mehr bekommen oder vielmehr geraubt, als ihm gebührte; er verdiente, daß ihm die Beute abgenommen wurde. Sergije steigt also auf das Podium des Richters, und von dieser Höhe aus verringert sich auch seine Pflicht gegenüber der Kleinen. Sie ist nur eine Einzelheit, eine unsichere, kranke Stufe, auf die sein Fuß tritt. Die Kranken werden aufgegeben, vernachlässigt, das ist das Gesetz jedes Kampfes, jeder Revolte. Und die nicht fallen wollen, wie Balthasar, müssen in den Abgrund gestoßen werden. Sie sollten das selbst begreifen und sich nicht in den Weg stellen. Ein verkürztes Bein verurteilt dazu, in der Tiefe und zurückzubleiben, eine Ersatzbefriedigung vielleicht auf dem Gebiet des Geistes oder der Barmherzigkeit zu finden, einer perversen, aber nicht weniger starken Selbstliebe. Aber Balthasar scheint das nicht zu begreifen, er verlangt seinen vollen Anteil am Besitz, an der Macht über andere. Er, der kein Kind zeugen kann, will sich sogar ein fremdes Kind aneignen, fest entschlossen, wie ein mittelalterlicher Lehnsherr alles zu haben, was ja auch das Ziel, der Traum jedes verspäteten Autokraten und Faschisten ist. Er will ein Lager, wo ihm alles auf Gnade und Gewalt ausgeliefert und garantiert ist, was jeder andere Mensch durch Mühe und Leistung erreicht: Frau, Kinder, Wohlstand, Aktionsfeld. Er ist ein egoistisches und tückisches und unschöpferisches Monstrum, das wertvolle und ge-

sunde menschliche Wesen unter seinem harten Bauch erstickt und zermahlt. Auch Inge und ihr Kind wird er so
zermahlen, wenn Sergije dem nicht Einhalt gebietet.

Er sieht sich in der Rolle des Drachentöters, wobei
Inge eine Art Prinzessin spielt. Und das ist sie auch für ihn,
der nie eine bessere bekommen kann und das wußte, seit er
sie zum erstenmal sah und nicht zu hoffen wagte, daß es
je zu einer Annäherung kommen würde, die sich nach so
vielen Jahren dennoch ereignete. Er wird sie aus dem ver-
gossenen Drachenblut, aus dem Schmutz des getöteten
Ungeheuers in seine Arme nehmen und auf ein reines Lager tragen, in die Sonne, die Ruhe, die flockige Ungestört-
heit der Vereinigung, wie sie ihnen in jenen paar Tagen in
Titel vergönnt war. Titel war die Probe ihres Zusammenlebens, und sie haben sie bestanden; sie haben bewiesen, daß
sie einander gehören. Sie haben bewiesen, daß sie über
dem geschriebenen Gesetz stehen, wonach sie Balthasar
gehört. Und Sergije wird sich an dieses höhere Gesetz halten. Jenes gesellschaftliche, erzwungene Gesetz der Raff-
gierigen muß er umgehen, er muß mit Balthasar so Schluß
machen, daß ihm nichts nachzuweisen ist, er muß ihn insgeheim vernichten, so listig, wie Balthasar das errafft hat,
was ihm nicht gehört. Ihn vergiften oder an einem verlas-
senen Ort erdrosseln, bei einem Spaziergang, nachdem er
ihn vom Strand in den Wald oder ans Wasser gelockt hat.
Am besten ans Wasser, in das er ihn danach mit einem
Stein um den Hals stoßen könnte, damit er nie gefunden
wird, zumal er bestätigen könnte, daß Balthasar als Nichtschwimmer selbst ertrunken ist. Er entscheidet sich für
das Wasser, denn das ist das einzige für Balthasar unbe-
herrschbare Element, sozusagen sein einziger natürlicher
Feind. Er wird mit Balthasar eine Bootsfahrt machen und
ihn dann ins Wasser stoßen. Oder das Boot zum Sinken
bringen und allein ans Ufer schwimmen. Stepanovs Kahn

ist ohnehin alt und brüchig; es reicht, eine Planke am Boden zu lockern, damit Wasser eindringen kann. Sergije wird allein mit Balthasar darin sitzen, mitten auf der Donau, das genügt für die Glaubwürdigkeit eines Unfalls; in der Regel retten sich die Schwimmer, und die Nichtschwimmer ertrinken. Er wird ans Ufer schwimmen, um Hilfe rufen, den Verzweifelten, Hilflosen spielen, und wenn sich das Entsetzen gelegt hat, wird er mit Inge allein sein. Sofort die Scheidung von Ljiljana beantragen – ein Jahrzehnt getrennten Lebens ist leicht zu beweisen – und danach Inge heiraten. Inzwischen wird sie sein Kind zur Welt bringen, er wird es adoptieren oder schon vorher seine Vaterschaft deklarieren. Das wird natürlich Zweifel in Bekanntenkreis und Familie hervorrufen, man wird über diesen seltsamen Zufall flüstern, der die Witwe des Verunglückten direkt in die Arme dessen getrieben hat, der seine Rettung vereitelt hat, und Sergije weiß, daß solche Gerüchte auch denen zu Ohren kommen, deren Beruf das Lauschen ist. Außerdem existiert in einer Schreibtischschublade des Gebäudes, um das er in Belgrad einen Bogen macht, das eigenhändig unterschriebene Eingeständnis seines ersten Mordes, das die Häscher auf seine Spur führen würde. Also wieder Handschellen, geschorener Schädel, Einzel- und Gemeinschaftszelle. Schande auf seinem Namen, dem seines Vaters und seiner Tochter, des noch ungeborenen Kindes, das Inge in einem feschen Wiener Kostüm zur Besuchsstunde mitbringen würde, damit es seinen Vater sieht. Er schüttelt sich. Unsinn! Er weiß, es ist Unsinn. Er weiß, Inge würde nicht kommen, sondern in ihrem roten Auto nach Wien fahren, um nie zurückzukehren. Damit er sie nie mehr sieht, nie mehr mit ihr jene Wollust genießen kann wie in Titel, als weder Vergangenheit noch Zukunft existierten, sondern nur der Tag, den sie Sekunde um Sekunde an der Sonne und im Wasser wie Vögel und Fische verbrachten. Er darf also keinen Verdacht auf sich lenken, darf nicht zulassen, daß sich das Bild des gefesselten und kahlgeschorenen Häftlings auch bei Inge wiederholt. Er darf kein Mörder sein. Der Mörder muß ein anderer sein, der seinen Willen, aber nicht seine Belastung übernimmt. Und hier fällt ihm sofort Eugen ein. Wie seine andere Hälfte, als die er ihn immer empfunden hat.

Sergije läßt nicht viel Zeit verstreichen, bevor er ans Werk geht. Als er sich gegen Abend nach der gemeinsamen Rückkehr zu den Stepanovs von Eugen verabschiedet, verrät er vorerst nichts, fragt ihn nur, ob er entgegen seiner Gewohnheit noch irgendwohin gehen will. Dann begibt er sich nach Hause, ißt mit den Eltern zu Abend, unterhält sich mit ihnen über die Tagesereignisse, bricht mit dem Vater zum üblichen Spaziergang auf und hört sich geduldig seine Lobsprüche über den schönen Sonnenuntergang an. Wieder daheim, wartet er, bis Vater und Mutter sich hingelegt haben, und schleicht durch die Küche in die Vorratskammer, wo auf einem Regal die Werkzeugkiste steht. Er entnimmt ihr einen Meißel mit breiter Schneide und festem Griff. Danach schließt er sich in seinem Zimmer ein, löscht das Licht und wartet, bis es in der Wohnung still wird. Erst als der Vater zu schnarchen beginnt, steht er auf, zieht seine Sommerjacke an, verstaut den Meißel in der Innentasche und stiehlt sich auf Zehenspitzen hinaus. Schnell legt er durch die kaum befahrenen Straßen die Entfernung bis zu Eugens Haus zurück, überquert lautlos den Hof bis zu dem Fensterchen, aus dem bleiches Licht dringt und hinter dem er seinen Freund erblickt, der auf dem Bett liegt und ein geöffnetes Buch einer an der Fensterbank befestigten Kerze entgegenhält. Ringsum herrscht Stille. Sergije löst sich vom Fenster, kontrolliert, ob sich im Hinterhof jemand aufhält, und geht dann geräuschvoll auf sein Ziel zu. Er klopft, hört Eugens überraschten Ruf, öffnet die Tür. Im Zimmerchen ist es stickig-warm, aber er zieht die Tür hinter sich zu und tritt in den Lichtkreis der Kerze.

»Hast du was vergessen?« fragt Eugen, ohne aufzustehen.

»Nein«, sagt Sergije, »ich habe schon nachmittags beschlossen, zu dir zu kommen, aber den Mund gehalten,
damit du dich nicht verplapperst. Und ich möchte auch
jetzt, daß das Gespräch unter uns bleibt, und darum sollten wir vor allem die Kerze löschen.« Und ohne auf Eugen
zu warten, streckt er die Hand aus und drückt mit Daumen und Zeigefinger das Flämmchen aus. Als sich seine
Augen ans Dunkel gewöhnt haben und Eugens Gesicht im
Mondschein aufschimmert, setzt er sich an den Bettrand.

»Ich habe eine Aufgabe für dich. Wir müssen morgen
Balthasar ertränken.«

Eugen zuckt so zusammen, daß das Bett schwankt, das
Buch fällt zu Boden, und er zieht sich zum Kopfende hoch.

»Balthasar? Was hat er dir getan?«

»Er ist Inges Mann und hat erklärt, daß er sich nie von
ihr trennen wird. Aber ich will sie heiraten.«

»Aber du hast doch eine Frau«, bringt Eugen nach
kurzem Zögern hervor.

»Ja, aber ich werde mich scheiden lassen und Inge heiraten. Das Kind, mit dem sie schwanger geht, ist von mir,
und ich will, daß sie es für mich zur Welt bringt. Auf jeden
Fall brauche ich klare Verhältnisse, ohne Balthasar.«

»Soll ich mit ihm reden?« versucht Eugen auszuweichen. Sergije würde am liebsten zuschlagen.

»Du? Um alles auszutrompeten? Gerade das muß verhindert werden. Niemand weiß etwas, Mensch. Nicht mal
Inge.«

»Inge weiß nicht, daß sie schwanger ist?« fragt Eugen
fast hingerissen zurück, und seine Augen funkeln im
weißen Halblicht.

»Du Esel! Sie weiß nicht, daß sie zur Witwe wird, und
sie darf nie erfahren, wie und warum. Es wird einen Unfall
geben. Stepanovs Boot, in dem du mit Balthasar sitzt, bekommt ein Leck und sinkt. Du schwimmst ans Ufer, und

Balthasar geht unter. Niemand wird dir die Schuld geben. Du wirst auch Zeugen in den Kindern haben, die am Ufer stehen, wenn du um Hilfe schreist. Kapiert?«

»Nein. Was ist, wenn wirklich Hilfe eintrifft?«

»Woher denn? Wir anderen, Stepanov, Magda, Inge und ich werden noch in der Stadt sein, niemand in der Nähe. Wenn wir ankommen, wird alles vorbei sein.«

»Aber warum ich? Warum nicht du?«

»Weil mich jeder verdächtigen würde. Wenn nicht gleich, dann nach der Geburt des Kindes. Oder spätestens, wenn ich Inge geheiratet habe. Dich kann niemand verdächtigen und beschuldigen. Du bleibst sauber.«

»Den Teufel werd ich! Jeder wird sich fragen, warum ich ihn nicht gerettet habe.«

»Du wirst sagen, daß du nicht konntest. Daß du zu ihm geschwommen bist, aber als du herankamst, war er schon untergegangen.«

»Und wenn nicht? Wenn er sich an das Boot klammert und mich anfleht, ihn zu retten?«

»Du vergißt den Stein.«

»Welchen Stein?«

»Der immer im Boot ist, und der wird ihn mitsamt dem Boot auf den Grund ziehen.«

»Aber vorher? Wenn er noch an der Oberfläche zappelt? Wie soll ich ihm nicht die Hand reichen? Ich kann das nicht.«

»Du kannst, und wie du kannst. Und wenn nicht, dann mußt du. Denk nur daran, wie die dich fast haben krepieren lassen.«

»Wer ›die‹?«

»Die Schwaben, verdammt noch mal. Die Faschisten. Hast du das vergessen?«

»Balthasar war kein Faschist.«

»Wegen seines verkürzten Beins. Sonst hundertprozentig. Hat er je einen Finger für uns gerührt, als wir im Gefängnis hockten, geprügelt wurden, hungern mußten? Erinnert er sich wenigstens jetzt an einen der Unseren, die in ihren Lagern vermodert sind? Und du vergießt schon vorab Tränen um ihn!«

»Er ist unschuldig.«

»Niemand ist unschuldig. Auch wir waren es nicht. Wir haben den Kampf aufgenommen, und der hört nicht auf, solange einer von uns am Leben ist, auf beiden Seiten. Wir waren bereit zu töten und sind damit auf die Seite des Todes getreten, wo die Gesetze des Lebens nicht mehr gelten. Unsere einzige Rettung ist, nicht auf frischer Tat ertappt zu werden. Und dafür habe ich in deinem Fall gesorgt, so daß dir nichts geschehen wird.«

»Aber ich werde es wissen, Sergije!«

»Du meinst, du wirst Gewissensbisse haben? Wie du willst. Du als einziger hattest keine. Du als einziger hast dich im Knast aus der Scheiße gezogen, bist am Leben geblieben und hast ein reines Gewissen. Okay, du hattest recht. Du wußtest, daß wir nicht entkommen konnten. Aber das war ein Verbrechen, Eugen, vergiß das nicht, denn du standest schon auf der Seite des Todes. Du hast uns zu Lügnern gemacht, uns verraten, Genosse! Und wenn du dafür nicht zur Verantwortung gezogen wurdest, hast du das nur mir zu verdanken. Ich habe über deinen Verrat geschwiegen, ich habe bis heute niemandem gesagt, daß Eugen Patak im entscheidenden Augenblick seine Genossen im Stich gelassen und sich mit den Faschisten verbündet hat, statt ihre eigenen Gewehre auf sie zu richten, und daß er mit seinem Blut das Blut jener sühnen müßte, die glaubten und kämpften, die in Treue gefallen sind. Ohne mich, Eugen, wärst du als Verräter erschossen worden, das dürfte dir klar sein. Du schuldest mir also ein Leben, Balthasars Leben, egal, was du persönlich empfindest. Dein Leben ist in meiner Hand, und ich befehle dir jetzt, es mit Balthasars Leben zu erkaufen. Verstehst du? Ich befehle es.«

»Ja? Und wenn ich nicht gehorche?«

»Dann gehe ich ab morgen durch die Stadt, zum Sekretariat für innere Angelegenheiten, zum Kämpfer-und-Internierten-Verband, in die Zeitungsredaktionen, in die jüdische Gemeinde, ins Wohnungsamt, in alle Häuser, wo du Teppiche klopfst, in die Geschäfte, wo du einkaufst, die Molkerei, die Bäckerei, den Markt, und ich werde allen sagen, daß Eugen Patak kein Opfer, sondern ein Henker war, daß er seine Genossen verraten und sein Leben gerettet hat, als andere es für ihre Ideale aufs Spiel setzten. Du wirst keine Ruhe mehr haben, alle werden nachforschen, wühlen, verlangen, daß du dich rechtfertigst. Wie Ratten werden sie über dich herfallen. Du wirst nicht mehr auf die Straße gehen können, in deinem Haus leben, den sorglosen, zerstreuten Spaßvogel spielen. Alles wird in Not und Elend enden, man wird dich aus der menschlichen Gesellschaft ausstoßen.«

Eugen breitet lächelnd die Arme aus: »Bin ich das nicht schon so?«

»O nein«, widerspricht Sergije. »Du tust nur so. Du spielst den Außenseiter, den Trottel, was weiß ich, nur um tatenlos in dieser schlampigen Höhle herumzuliegen und dein Verrätergesicht hinter Buchseiten zu verstecken. Aber ich werde dir die Maske abreißen, und alle werden in dir das Monstrum erkennen, das keiner menschlichen Tat fähig ist.«

Eugen richtet sich auf, gleitet vom Bett und tut zwei Schritte in Richtung der Tür.

»Ich dachte, du bist mein Freund«, sagt er, und dann stürzt er sich mit voller Wucht auf Sergije. Der verliert das Gleichgewicht und stürzt zu Boden. Sie ringen, keuchen, stoßen mit Füßen und Köpfen gegen das Bett. Sergije ist größer und schwerer, aber Eugen hat geschmeidigere und kräftigere Muskeln.

»Wie du siehst, bin ich stärker als du«, stöhnt Eugen.

Sergije schüttelt den Kopf, soweit es der Druck von Eugens Arm zuläßt. »Du kannst nicht gegen mich an«, keucht er.

»Ich kann alles«, widerspricht Eugen, »wenn ich will, kann ich dich erwürgen.« Und er schiebt seinen Unterarm bis an Sergijes Kinn. Sergije kann nicht atmen, das Blut steigt ihm zu Kopf, seine Augen treten aus den Höhlen, er versucht vergebens, sich loszumachen, und flüstert nur: »Dann würdest du … dennoch … einen Mord begehen.«

Eugen drückt noch heftiger zu: »Das würdest du auch akzeptieren? Soviel liegt dir an dieser Kuh?«

Sergije, röchelnd, bestätigt nur mit einem Senken der Lider. Darauf zieht Eugen langsam seinen Arm zurück und springt auf die Füße. »Okay, du hast mich«, sagt er und setzt sich aufs Bett.

Sergije holt Luft, atmet tief ein, hustet, hebt mit zitternden Armen den Rumpf an, schüttelt den Kopf und spricht kurz, stockend seine Anweisungen aus. Danach steht er auf, befühlt sein Kreuz, richtet seine Kleidung, greift in die Innentasche des Sakkos, und als er den Meißel ertastet hat, wendet er sich zum Gehen. An der Tür dreht er sich um.

»Dann also bis morgen an der Donau.«

»Bis morgen an der Donau«, wiederholt Eugen.

»Bei den Stepanovs will ich dich nach acht nicht sehen. Das wird das Zeichen sein, daß alles in Ordnung ist.«

»Alles geht in Ordnung«, entgegnet Eugen.

Sergije studiert sein Gesicht im Halbdunkel, zuckt mit den Schultern und bricht auf. Er geht mit steifen und zitternden Schritten, kaum fähig, Geräusche auf dem Hofpflaster zu vermeiden. Das Tor findet er halboffen wie bei seiner Ankunft, betritt die Straße und marschiert aus der Stadt hinaus, bis er spätnachts das Donauufer erreicht. Lange irrt er umher, ehe er den Seitenarm mit dem Holzhaus der Stepanovs und das mit einem Stein am Ufer verankerte Boot findet. Mit dem Meißel löst er sorgsam zwei Planken, schiebt Steinchen darunter und verschmiert alles mit Schlamm. In einem weiten Bogen geht er durch ganz andere, aber ebenso leere Straßen nach Hause, legt den Meißel an seinen Platz und begibt sich zu Bett.

Das also!« – damit wendet sich Eugen etwa zur selben Zeit nach einer Nacht voller quälender Träume an die vom Stapel bis zum Bett geglittenen Bücher. »Mit euch ist es auch aus«, murmelt er, indem er einen Band greift und aufs Geratewohl eine Zeile liest. »... des berüchtigten Volksgerichtshofs ...«, »Au clair de la lune, près de la mer, dans les endroits isolés de la campagne ...«, »La mujer Iloka que hasta mi alma se parte ...«, »Für das verhärtete Gewissen sich demütig beugen ...«, »Ruslan steht auf, und das Pferd ...« Er schüttelt den Kopf: »Dummes Zeug!« Dennoch, mit diesen Worten hat er Jahre, Jahrzehnte verbracht, und wenn ihm etwas vom Leben geblieben ist, dann sind sie es und nicht die Ereignisse. Oder: in untrennbarer Einheit mit den Ereignissen. »Guten Morgen, gnädige Frau« zu Sergijes Mutter und allen, denen er für Geld Dienste leistet; »Oh, wie schön Sie heute sind« zu der Kassiererin der jüdischen Gemeinde, wenn er die Sozialhilfe abholt; Heras Sechsspänner, der vom blauen Himmel ins noch blauere Meer rollt; Inges fester Körper, wenn er im Bett an sie denkt, und ihr süßlicher Duft, wenn er sich ihr nähert; Tatjanas Brief an Onegin; die Schimpfworte aus Petronius, die er auswendig kann und dennoch immer über sie lacht; der Schatten der Stiefmutter am Morgen, wenn sie zusammen mit ihm erwacht, und die Angst, sie könne erschrecken, wenn der Vater knurrt; Luzias Verzweiflung im Schloß des Räuberhauptmanns; Jagos so begreifliche Bosheit, die Bosheit der Gefängniswärter, die Roheit der Transportbegleiter; Lear in der Hölle der Mißverständnisse, wie er selbst. Dennoch immer in Erwartung eines anderen Lesestoffs, nicht eines anderen Ereignisses, als wären Ereignisse nur eine Pause, ein leerer Raum, dem wieder eine Lektüre folgt. Und wozu?

Um diesen leeren Raum ins Vergessen zu drängen, bis zur nächsten Lektüre. Alles in allem, um den leeren Raum, die leeren Räume zu überfliegen, zu durchträumen. Denn die Welt selbst ist ein leerer Raum, ist Einöde, Kälte, Verlassenheit, Unverständnis. Darum die Worte, deren jedes ein Bohrloch zu den Wurzeln ist, in die Vergangenheit mit ihren Sitten und Gebräuchen, ihrer Intimität.

Er griff nach ihnen wie ein Ertrinkender, wie ein Blinder, wie ein trockener Halm, der nach Inhalt, Feuchtigkeit dürstet. Die Feuchtigkeit des Lebens. Er fühlt sie noch in sich, in Knochen und Muskeln und Lungen, ihr verdankt er, daß er sich bewegen kann, denken, die Morgenluft atmen, jedes Buch aufheben oder weglegen, Teppiche klopfen oder mit den Fäusten auf jemanden losgehen, wie am Abend auf Sergije. Aber Sergije hat ihn besiegt. Weil er ein Bruder ist, aber ein Bruder mit eigener Kraft, eigenem Willen, eigener Liebe. Und deshalb kein echter Bruder, Eugen hat das immer gewußt. Im Grunde hat er Sergije nie richtig gemocht. Bewundert, das ja, in gewisser Weise. Aber nicht wegen seiner Vorzüge – es sind ja keine: ein bißchen Entschlossenheit, ein bißchen Zuverlässigkeit, gemäßigte Menschenliebe, Sinn für immer dieselben Scherze –, sondern wegen seines Instinkts, der fest und klar umrissen ist wie ein Abguß aus Stahl. Etwas, das er nicht verdient, nicht erkämpft, nicht bewältigt hat, etwas fast Animalisches. Auch Tiere liebt man nur um ihres Instinkts willen; er ist das Reine, Unverfälschte in ihnen, das Odysseus die Tränen in die Augen trieb, als sein treuer Argos ihn erkannte, während er Eurykleia nicht so unbefangen gegenübertrat, denn sie war kein Tier, sondern nur ein Mensch. Aber er, Eugen, hatte nie einen Hund, er maßte sich das Recht nicht an, fürchtete, das Tier könnte ihn eines Tages durchschauen, begreifen, daß er nicht sein Herr war, sondern eine Ergänzung, eine Stütze brauchte, wie er sie in

Sergije hatte. Und dann hätte er geknurrt und gebissen und ihn verhöhnt, so wie ihn Sergije verhöhnte und biß.

Also auch ihn hätte er nicht haben dürfen; schon als er sich Bücher von ihm holte, hätte er wissen müssen, daß Sergije nur ein Hund war und ihn beißen würde; er hätte ihn nach der Meuterei im Gefängnis wegstoßen müssen, als sein Leben von einer geschmuggelten Brotrinde abhing; er hätte ihn in den Abgrund des Todes schleudern müssen wie seine letzte Sklavenkette, von der er sich anders nicht befreien konnte. Doch damals war er empfindsam, er fühlte: wenn er das tat, konnte er nicht unter die Menschen zurückkehren, die Worte, die Bücher, in diese Ferien, die er sich seit der erneuten Ankunft in diesem Zimmer leistete, wo er vom Schatten der Stiefmutter träumen und abends beim Kerzenschein Bücher lesen kann. Schon damals, in der modrigen Ödnis, beschimpft und geprügelt, hungernd und frierend, gierte er nach einem Atemzug, nach dem Meer der Worte. Ja, er hatte diese Ferien, dieses Gefühl der Fülle und Unerschöpflichkeit; was hätte er außerdem noch haben können? Nichts, absolut nichts. Es ist nur eine Frage des Überdauerns, aber das Überdauern ist unwesentlich, wenn sein Ziel bloß Rausch und Betäubung ist: jedes Erwachen daraus ist gespenstisch und erniedrigend, ist die Hand, die einen an der Schulter rüttelt: »Genug!« Jetzt ist das geschehen, und es ist nur natürlich, daß diese Hand und diese Stimme Sergije gehören, denn er hat diese Zwischenzeit, diese Flucht ermöglicht als noch ein Aufseher, mit dem man über eine Schachtel Zigaretten oder einen Geldschein verhandelt. Man muß bezahlen, aber Eugen will nicht bezahlen, zumindest nicht diesen hohen Preis, der nicht vereinbart wurde, oder doch? In der Welt jenseits des Lebens, wie sich Sergije ausgedrückt hat, ist der Preis niemals endgültig und klar festgelegt; dort verkauft man sich gegen Kredit.

Also doch der Tod, nur wessen Tod? Balthasars Tod oder der eigene? Eugen bedauert in diesem Augenblick Balthasar mehr als sich selbst, obwohl er ihn nicht mag, nicht schätzt, ihn sogar wegen seiner Gewalt über Inge ein bißchen haßt. Wenn er selbst den geforderten Preis bezahlte, würde er nur verlieren: die Übermacht der Worte über die Taten, die ihm auf diesem über den Abgrund des Todes gespannten Seil das Gleichgewicht sichert. Ihn ekelt davor; seit er denken kann, wird er damit gemästet und zugedeckt. Von einem Buch, von den rettend aufgeschlagenen Seiten hochzublicken bedeutet immer, mit ihm konfrontiert zu sein, mit Gänsehaut, mit Schauder im Nacken. Das ist deren Psalm, ihre Hymne, und jetzt wollen sie ihn endlich zwingen, sie selbst aus voller Kehle und triumphierend anzustimmen, nachdem er mit zusammengebissenen Zähnen ihren Reihen entschlüpft ist. Das werden sie nicht erleben; Eugen wird nicht singen. Eugen hat ihre Lieder empfangen, gelesen, aufgesaugt, sie mit dem Gift der Einsamkeit zum Opiat gemischt, aber den Mund aufzureißen, die Brust zu blähen, die Stimmbänder anzustrengen nur wegen dieser Lügen, von denen er immer wußte, daß es Lügen sind, auch als er sich von ihnen hinreißen ließ und sie ihm Tränen in die Augen trieben – so tief wird er nicht sinken. Und er legt das letzte Buch beiseite – es ist ein lateinisches Rituale, das er sich im vorigen Jahr nach dem Begräbnis des Kanonikus Bodulić von dessen außerehelichem Sohn erbeten hat –, schiebt die anderen mit dem Fuß zusammen, wendet ihnen grinsend den Rücken zu und verläßt die Wohnung.

Als Sergije am späten Vormittag in der üblichen zweiten Fuhre mit den Stepanovs und Inge beim »Sommersitz« eintrifft, sieht er sich schon aus dem Auto, das die kleine Bucht ansteuert, vergebens nach einer chaotischen Szene infolge einer Havarie um. Es gibt kein Chaos und auch keine Havarie, denn das gelbe Boot der Stepanovs ruht sicher am Ufer, umgeben von seinen Nutzern, darunter der einzig angekleidete, frische und muntere Balthasar. Sergije unterdrückt einen wütenden Fluch und klettert mühsam aus dem Auto, voller Ungeduld, sich auf Eugen zu stürzen und ihn zur Verantwortung zu ziehen. Aber er muß innehalten. Denn bevor er mit steifen Beinen ausgestiegen ist, legt das Boot bereits vom Ufer ab, und darin steht Eugen. Er sitzt nicht, sondern steht, hält ein Ruder in der Hand – während das andere schräg zum Fahrzeug im Wasser liegt – und steuert wie betrunken in krummer Linie auf die Flußmitte zu. Sergije möchte mit jemandem darüber sprechen, seine Verwunderung, seinen Zorn zum Ausdruck bringen, aber da seine Mitfahrer mit Körben, Flaschen, Netzen schon die Bretterhütte erreicht haben, wo der hilfsbereite Balthasar sie empfängt, da also niemand da ist, der ihm zuhören würde, weiß er selbst, daß er das, was er zu sagen beabsichtigte, nicht aussprechen darf. Eugens Verrat. Seinen Verrat, den er im Grunde erwartet und vorhergesehen hat, denn Eugen ist offensichtlich auf der Flucht. Vor dem Versprechen, das er nicht gehalten hat, er, so launisch, unkonzentriert, verantwortungslos, so daß Sergije, als er vorgab, ihm zu glauben, seinen Frieden in diesem Glauben und der Erkenntnis fand, daß alles, was er erdacht hat, mit Eugens Beteiligung lächerlich und unmöglich wird. Lächerlich und unmöglich ist auch das, was Eugen jetzt tut: er flieht, doch wohin? Bis ans Schwarze Meer?

302

Aber gerade, als Sergije sich zum Lachen gereizt fühlt, sieht er, daß Eugen das Ruder weit in den Fluß wirft, als würde er es nie wieder brauchen, und sich hinunterbeugt. Man bemerkt bereits, daß das Boot sinkt und bald überflutet sein wird. Eugen hält sich dennoch auf gegrätschten Beinen in dem Bemühen, das Gleichgewicht zu wahren, zumal er mit Mühe etwas Schweres und Unförmiges an seine Brust hebt, worin Sergije den zum Ankern benutzten Stein erkennt. Endlich befreit sich seine Kehle, er schreit »Nein!«, aber seine Stimme klingt schwach, übertönt durch eine andere Stimme, die vom Fluß herkommt, von dem bereits unsichtbaren Boot, aus dem Eugen, bis zu den Waden im Wasser, den Stein an die Brust gedrückt, zum Ufer hinüberruft: »Du bist angekommen, Hagen! Willst du ins Hunnenland zu Kriemhild? Aber Siegfried ist nicht tot, dort steht er, und dieser Fährmann setzt für kein Armband aus reinem Gold über!« Jetzt sind auch die anderen aufmerksam geworden, Sergije stürzt sich zu ihnen ans Ufer. »Nein! Laßt das nicht zu!« schreit er jetzt schon laut, da er mit Entsetzen erkennt, daß er Eugen verlieren wird, seine andere Hälfte. Aber Eugen ist schon bis zum Hals im Wasser, und im nächsten Augenblick geht er unter. Er taucht nicht mehr auf, und jetzt laufen alle am Ufer herbei und schreien. Stepanov verlangt, daß sofort das Boot geborgen wird, als hätte er es nicht untergehen sehen, und da erscheint es an der Wasseroberfläche, aber nur kieloben, und während das bei den anderen Rufe der Erleichterung hervorruft, weiß Sergije, daß der Stein herausgefallen und zusammen mit Eugen untergegangen ist. Er stürzt sich ins Wasser, schwimmt mühsam, weil er Anzug und Schuhe trägt, und braucht viele Züge, bis er die Stelle erreicht, wo er das Boot gesehen hat, aber jetzt ist hier nur Wasser, nichts außer der Donau, die ihn umgibt. Vom Ufer kommen nun auch die anderen Schwimmer,

Inge, Stepanov, die Kinder, die vergebens von Magda vor dem tiefen Wasser gewarnt werden; alle schwenken die Arme und rufen, bis sie ermüden. Dann kehren sie nacheinander keuchend und entsetzt ans Ufer zurück, wo sich Inge dem einzig trockenen Balthasar an die Brust wirft und ihm weinend mitteilt, daß Eugen, der eben noch unter ihnen weilte, auf unerklärliche Weise ertrunken ist.

Das Vermächtnis der Erzählerin Libuše Moníková

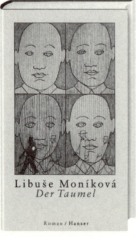

196 Seiten. Leinen, Fadenheftung

Mit ihrem letzten Roman führt Libuše Moníková den Leser noch einmal zurück in das Prag der siebziger Jahre, in die Zeit der Unterdrückung und Angst. »*Der Taumel* ist ein Roman, der auf großartige Weise mit der Erfahrung der Diskontinuität umgeht, indem er eine Verkettung von Motiven schafft, nichts in den Vordergrund schiebt, nichts singulär erscheinen läßt.« *Karin Röggla, Frankfurter Rundschau*